新乡土文学丛书

凤凰村的昼与夜

黄金明　著

SPM
南方出版传媒
花城出版社
中国·广州

图书在版编目（ＣＩＰ）数据

凤凰村的昼与夜 / 黄金明著. -- 广州 ： 花城出版社，2018.5
（新乡土文学）
ISBN 978-7-5360-8195-6

Ⅰ．①凤… Ⅱ．①黄… Ⅲ．①散文集－中国－当代 Ⅳ．①I267

中国版本图书馆CIP数据核字(2018)第049284号

出　版　人：詹秀敏
责任编辑：邹蔚昀
技术编辑：薛伟民　凌春梅
装帧设计：林露茜

书　　名	凤凰村的昼与夜 FENG HUANG CUN DE ZHOU YU YE
出版发行	花城出版社 （广州市环市东路水荫路11号）
经　　销	全国新华书店
印　　刷	广东新华印刷有限公司 （广东省佛山市南海区盐步河东中心路23号）
开　　本	880 毫米×1230 毫米　32 开
印　　张	10.5　1 插页
字　　数	230,000 字
版　　次	2018 年 5 月第 1 版　2018 年 5 月第 1 次印刷
定　　价	39.00 元

如发现印装质量问题，请直接与印刷厂联系调换。
购书热线：020－37604658　37602954
花城出版社网站：http://www.fcph.com.cn

目录

河　流

颜色

在凤凰村，河流最初留给我的记忆并不是水声，而是它的颜色（除了河水的颜色，还有细沙、鹅卵石和青草的颜色）。其实河水一直在哗哗作响，一条不深的河流只能以无休止的流动来证明它的存在。通常，河水在舒缓地流着，甚至称不上有什么波浪。在一些水深的河湾，河水仿佛注入了时间的洞穴（那是一个无底的黑洞），停止了喧哗，它平静得像一面崭新的镜子。清澈的河水从浅浅的河床上流过，然后注入河湾，并没有惊动河流巨大的蓝。只有蜻蜓才在它的表面划出一圈圈涟漪，犹如镜子边缘镶嵌着的黄铜花纹。这是一种不含杂质、深不可测的蓝，它跟水面上倒映的夏日天空保持着同一种纯粹的颜色。我非常喜欢这种颜色，每当在喧嚣烦躁中感到身心俱倦的时候，我就回到昔日的记忆之中，跟这条河流交谈并重新获得安宁。

河流在我的心灵流淌而过之前，首先占据了我的视觉。

一个婴孩首先是从他所看见的一切认识世界的，他甚至还不懂得聆听。最初，是祖母把我带到河边的，我已经记不清祖母的模样。在我掺杂了冥想的记忆之中，她总是佝偻着身体，她的身影是黑色的。一年四季，她总是穿着自己缝制的麻布衣服，连布料也是她用手摇织布机纺织而成的。祖母背着我在河滩上牧鹅，这对我来说是一个重要的事件，这是我第一次窥见河流并互相凝视。我以为河流在我看见它的同时也看见了我。二十年之后，我不经意中跟母亲谈起了年幼时跟祖母去河滩牧鹅的经历，这让她深感惊讶！祖母是在一九七六年去世的，那时我仅有两岁。

　　祖母为了防止我从她的背上掉下来，使用了粤西乡村最常用的背带。这种背带是用较为柔软的布料缝制的，通常绣着牡丹或秋海棠之类的大红花和"四季平安"之类的字样，还有着精致的花边。它有四条长长的带子，恰好牢牢地束缚着我的四肢。这是必要的。我在小时候整天手舞足蹈，喜欢歌唱和操练拳脚，这跟成年之后的深居简出、沉默寡言判若两样。有一次，我看见从地里劳作的母亲汗涔涔地回来了，按捺不住兴奋，竟然要从摇篮里"走"出去。那时我还不会走路。我脆软的双腿还不足以承受身体的重量。结果可想而知，我连人带摇篮一起翻倒在地上，我的额头被门槛磕破了，鲜血汩汩地流出来，我的额头至今仍留着一个月牙形的小伤疤。开始我并没有看清鲜血的颜色，因为血水流入了我的眼睛。这是我第一次迎接一样东西却受到了迎头痛击。多年过去了，我想不明白这是为什么，但这跟我日后慢慢变得细腻和敏感并向世界谨慎地缩回我的触角大有关系。我在幼年时难以安静下来，肯定是因为这个世界的诱惑，这个世界那么新奇，对我充满了不可抗拒的吸引力。我喜欢歌唱，我渴望跟世界对话。我喜欢思考，我渴望了解世界的秘密。有时我奢侈地享受着安静，我希望在宁静的微风中下沉并成为这种宁静的一部分。

　　我感到祖母的背部是人世间最温馨的庇护所，我会慢慢安静下来。我心里缓慢滋长着说不出的情愫，它应和着缓慢流动的水声，无声无息，一刻不停。显然，我忽视了祖母佝偻着的脊背，我不知道我的身体对于老人来说是越来越沉重的压迫。我只看到一团灰黑的身影在一群白鹅之中笨拙地弯下腰去，弯下腰去。她在河滩上行走着，捡拾着浅水上的沙蚬和河蚌，有时还能抓到一两只毛蟹。她只能看见自己的脚趾头和周围的一小片地方。她穿着一双褐色的草鞋，它由"关草"编织而成，甚至不能在沙滩上留下完整的脚印。

　　祖母置身于白色鹅群之中的景象，具有一种木刻版画的效果，多年来一直深刻地楔入我的记忆。鹅弯下脖子吃草，跟祖母在河滩低头捡蚌在本质上并无不同。但那时我无法理解草芽在鹅嘴中的营养和苦味，那些脆嫩的草叶通过鹅长长的喉咙，并转化为成长和行走的力量。据说家鹅的祖先是大雁，鹅也许一直没有放弃过飞翔，我无数次见过它们在河岸上扑打着翅膀并幻想它们会把我带到天上去。然而，我一次次受到了打击，并承受了鹅群深刻的沮丧。我的失望乃是十二只鹅失望的总和。我开始意识到一个人的局限和事物之间的相互牵制。也许我过早就看到了不该看到的东西，它几乎使我的梦境出现了边界。而梦境应当是多么广阔的啊，一个孩子的梦想就更加神奇和瑰丽！

　　我无法理解祖母为什么在凌乱的河滩上走来走去并弯下

腰身，她仿佛陷身于一种迷茫中手足无措，显得彷徨而无依。有时她抚摸着我，不停地说着什么，逗得我哈哈直乐。我能听懂她所说的一切但全已忘记。有时她深深地凝视着我，那是一种长久的沉默，但她掩饰不住心底冒出来的叹息。一个老人在荒凉人世逐渐抛弃了歌唱，最终选择了沉默。我偎依在祖母的背上惊诧于河水的平静，河岸上的柳树和芦苇为轻风所吹动，河滩上的鹅群因争食而走动，甚至连年迈的祖母也无法停下疲倦的双脚，而河水却能保持着光滑的表面和幽深的蓝。我不能说我陷入了沉思，一个婴孩还不知道沉思为何物，但我的确卷入了河水的氛围与气息之中。其实，河流并不能保持绝对的停止，至少鱼群会推动着它往下游走去，光线也会弄皱它平静的河面。

一天早晚两次，祖母背着我在河滩上出现。在黎明，我看见朝阳从水里升起，鲜红的河水带给我一种似曾相识的感觉。我依稀记得生命曾遭遇过这种刺眼的颜色。太阳在移动，它的速度并不能说太快，我的目光跟随朝阳从河流不知不觉移到了天空。阳光在渐渐加强，我跟太阳的对视让我刻骨铭心。它刺痛了我的眼睛，并让我清晰地看到了跟祖母一起投射在沙滩上的身影。这个影子在沙滩上扭曲、变形，它几乎吞噬了地上的阳光，像黑鸟那样贯穿了我的梦境。一切影子都显得丑陋而邪恶，这可能是人类一切噩梦之肇始。在黄昏，落日缓缓地滑过山冈，滑过树梢和屋顶，最后沉入了河底。在很长的一段时间里，我都认为太阳是河流之子，早上从河流中升起，傍晚会回到河流中去。河流是它的屋宇和墓茔。我对此深信不疑。在这样的时刻，河流美丽得让人晕眩。彩霞满天，河水一片金黄，河床仿佛铺满了闪光的金

4

子。这是一大块完整的黄金，它还在晚风中轻轻地晃动，它坚硬的棱角碰撞着湿润而柔软的河岸。在河边淘金的人是有理由的。

在太阳高悬的夏日正午，蔚蓝的天空像一块透明的玻璃倒插在水底，甚至取代了河水。我看到蓝色的天空被放置在两道狭长的河岸之间，偶尔有几朵白云在水中飘浮。水中的太阳跟天上的一样明亮。这样的幻象非常真实，它几乎抹掉了现实和虚拟之间的界线。

这一次，河流呈现给我的是浑浊的黄色。那是一种跟我们皮肤相似的颜色。在雨季，河水涨潮并泛滥，在粤西，雨季主要是夏天和初秋，从山上、沟壑和溪涧汇流下来的雨水使河流饱满、自大而最终变得一片污浊。河水变黄是因为山上的黄土，河流就像一瓶清水那样被一包墨水粉染上了另外的颜色。河流发出阵阵轰鸣并迅速地奔涌向下游，它挟裹着破损的树枝、香蕉树和旧木板诸如此类，泛着白色的泡沫，仿佛一股新的潮流或势力不由分说地带动着那身后的一切。但无论河水如何汹涌和咆哮，也无法脱离它的河床。世上的河流并不能脱离它的两岸而存在。倘若河水是一头野性未驯的野兽，那么河岸就是一只牢固的铁笼，它限制着河水的流量和速度。然而，所有关在铁笼中的猛兽都会失去野性。只有一次例外，那种浓郁、鲜明的黄色长时间映现在我的脑海里，以至于我一想起这条河流，记忆中只留下一片辽阔、汹涌、疯狂的苍黄。

那是一九七六年，南方一带出现了百年难遇的特大洪水。当时我只有两岁，我无法说清这次洪水带给我的启示，更不会把它跟北方的大地震以及玄奥的政治事件联系起来。

我只是清晰而固执记住了一片苍茫的黄色。据说，这片黄色漫溢过河岸，抹掉了河流两岸稻田的绿色，甚至淹没了村口的池塘，生产队的塘鱼趁机跑了个精光。我家就在村口上，洪水差点漫入了我家的门槛。几天后，洪水慢慢退却了，田里的甘蔗被冲得东倒西歪，豆荚桩和丝瓜桩被连根拔起不知去向，水稻和蔬菜则被大水冲走了大半……道路和田野一律涂上了滑腻的泥油，河水虽然退去了，但它依然在陆地上留下了它的痕迹。莫非这就是河流的影子？如果不是，它的影子隐藏于何处呢？无论如何，一九七六年的洪水使我受到了极大的惊吓。想不到一条温情脉脉的小河，也会肆虐和暴怒，它似乎要摧毁和卷走一切。它几乎破坏了我对河流的美好记忆。

我无数次猜想过河流的影子是什么，追寻一切事物的影子成了我童年的爱好。影子让我惊惧，只有将它弄清楚才能减轻我的恐惧。我试图了解影子的秘密。后来，我了解到一个令人震惊的事实，事物有影子是因为太阳或灯盏的照耀。但我无法找到河流的影子。清澈的水面映照着天空、云朵和鸟群的影子，甚至发光的太阳和圆月，但它的影子隐匿在何处呢？河流具有镜子的平面和性质，但它是流动着的，流动的事物不会被打碎，这正是它迥异于镜子的地方。我不知道镜子是照不见自己的。后来，我错以为水中的鱼就是河流的影子。鱼群在水中游动着，它们长着黛青色的脊背和雪白的肚皮，它们在水中仿佛利刃一样击刺，有时又突然像铅块沉入水底。

当又一个夜晚降临，我终于放弃了探寻事物影子的努力。黑夜抹掉了一切事物及其影子之间的界限，它使事物蒙上了黑色的面纱。我不否认黑夜对我的打击，我的悲伤总是伴随着黑夜降临。黑夜概括并抽象了一切事物的阴影。黑夜是如此的广阔而坚固，使人类的烛火始终被覆盖于它的巨翅之下。但黑夜也使事物露出了另一个侧面的真相，它暴露了一切它所想掩饰的。譬如星辰、灯盏和萤火虫。白天所不能闪烁的，终于在黑暗中露出了它的脸庞。我在黑夜中了解到河流的另一个侧面，在夏日的星空下，河流怀抱着满天星斗，它在黑暗中露出了白光，仿佛是星星使它浑身发亮。而星星一直在下沉，最终要沉入银河系的深处。曙光初露，只有启明星才会坚持到天亮，其他的星星都会在黎明中退隐、消逝。

清洁

这条河流自西向东呈半圆形环绕着凤凰村流过，它是如此的细小，以至于没有名字。我说不清沿岸分布着多少条村庄，但一直到在下游汇入罗江也没有自己的名字。农民是不善于命名的，他们甚至连亲生儿女也懒得起名，一律以"虾仔"和"阿女"名之。不知从什么时候起，人们开始把这条河称为"江"。江是一切大河的统称，这跟珠江三角洲的人称河流为"海"一样，未免言过其实。这足以看出人们对这条河流的重视。

河流哺育着两岸的村庄。人们饮用并浇灌。河流的重要性源于人类自身的焦渴。经常有劳作归来的农夫把家具往河岸上一扔，搓洗一下沾着泥巴的双手，捧起一掬水送入口中。河水是清甜的。他们喝得如此贪婪，他们不停地喝着河水，仿佛要把河水喝光才能彻底解除那惊人的焦渴！一切事物都因尘土而需要洗濯。从早到晚，河中经常可以见到洗濯的景象。人们在清洗着那必须清洗的一切！清晨，农妇是从洗衣服开始一天冗长而繁琐的劳作的。她们在青石板砌成的洗衣台上搓洗着衣服，她们要洗去衣服上的污垢，这些污垢由人世的风尘和身上的汗渍交织而成，它凝聚着人们在途中跋涉的疲惫、艰辛和苦涩！孩子们洗着青草，母亲们洗着白菜。青草是供给牛羊的食粮，蔬菜乃是村庄一年四季最主要的菜肴。人们的索求跟牛羊一样单纯，然而青草和蔬菜给人与牲畜带来了相似的鲜美滋味。

母亲在把蔬菜放入油锅之前会剔去发黄的菜叶，牛羊在吃草时也会吐出草根上的泥巴。这是一种温和而固执的拒绝。正是在这种拒绝之中显示了卑微者渴求清洁的神性。这尘土中来的一切沾着尘土，最后仍要复归于尘土。泥土并不是肮脏的，泥土是万物的泉源，它在静默中孕育着果实，它在相反的方向上接近了清洁和纯净。但童年的我不知晓这一切。

大约在八九岁的时候，我苦恼于身上源源不断的泥垢，我不知道它们从何而来，它们生长的速度是惊人的。也许，万物都是大地之子，甚至连人也概莫能外。尘土仍带着人们来到世间之前的种种记忆。而每一种记忆都跟尘土有关。尘土乃是一切回家的道路。幸好有河流可供我们施洗，并得以保持身体和精神上的双重清洁。河水是那么清澈，它宛若刀片刮掉了我心灵的尘土。正是身上那源源不断涌出的泥垢，使人们一次次听见了河流的召唤。在暮色降临的夜晚，人们安静地沐浴在河水中。河水在静静地流逝，人们像大鱼一样厌倦于游动。我无数次在河中沐浴，那种坐在河上的感觉让人永生难忘。河流的重要性在于捍卫了人间的清洁。在人的一生中，保持清洁是重要的。多少年过去，昔日的河流仍在我的记忆中缓慢地流淌，并在梦境溅出水声。

孤独

河边生长着各式各样的植物，它们生存在封闭的乡村方言之中，除了极少数的几样，我无法用普通话说出它们的名字。"关草"是其中最常见的一种。它们扎根于水中，"关草"头像葱头一样雪白，它们在浅水上伸出碧绿的叶子，又细又长，极其柔软而富有韧性，用小刀把它切断，可以看到其呈三角形的横断面。我们睡的席子大多是由"关草"编织而成的，这种席子比竹席尤为柔软而清凉。我之所以要提到"关草"，是因为它跟一次带有血腥的记忆有关。

在某个秋夜，我在半梦半醒之中依稀听到了一阵类似河水流动的声音。水声越来越大，我可能梦见了一九七六年的那次大水，肯定还在噩梦中发出了骇人的惊叫。我把父亲惊醒了。我终于苏醒过来，我看见父亲在油灯旁惊惶的脸，然后舔到了一股难闻的腥甜。我流鼻血了！父亲赶紧用双手捂住我耳朵两旁的血脉，并使我努力地仰起脸庞，但鼻血并没有得到有效的抑止，我听见了血滴在地上的声响。父亲用瓜瓢盛一勺水泼洒在泥墙上，叫我凑近泥墙使劲地嗅。一股泥土温热的气味钻入我的鼻孔，让人舒服之至，但墙上的水渍很快就干了。墙上仿佛有一张焦渴的嘴在啜饮着这些水。父亲又迅速泼了一勺水。在寂静的秋夜中，在一个农家小院里，一个孩子贴近一面土墙，拼命汲取着大地神秘的力量。我很快就止住了鼻血。

童年时，我经常在睡着时流鼻血，这个毛病困扰了我好几年。父亲四处寻找使我根治流鼻血的办法，譬如往鼻孔塞揉碎的番薯叶，这是一种最常见的方法。还有一种方法说起来犹如幻术，父亲用小绳子系着我左手的食指，然后让我有节奏地抖动。能找到的办法都在我身上用过了。在这些五花八门的民间偏方之中，用"关草"头煲塘鲺鱼让我吃掉是最让人受用的一种。然而，这些方法并不能使我痊愈。父亲就是在这个时候自学起中医来的。后来，他终于依靠神奇的中草药让我彻底根除。多年之后，我总是忘不了梦境中的那一片水声。尽管我知道那只不过是一次流血事件。

河流并不宽阔，但小船及竹排并非毫无必要。人们借助舟楫在河面上行走，船上往往装载着稻穗和蔬菜诸如此类。我家没有木船，我用三只煮熟的番薯向小伙伴换取了一次划船的权利，但我用尽了力气，木船仍在江心打转，我无法真正驾驭它。木船也是一种机械，尽管它是如此简单，但也需要深谙其中的奥秘。我想，在那些木板、铁钉和黑漆构成的船底肯定跟光滑的水面存在着一种玄妙的联系，而木桨跟水面的接触无疑有更密切的关联。然而，我说不出这种联系。木桨在向后划去，而小船却向前驶去。更大的神秘是从河水的神秘中开始的，一只小木船使单调的河面焕发出了无穷的诗意。在这次划船失败之后，我对世界的奥秘产生了兴趣。

竹排跟木船是相似的一种水上工具，但它在故乡的河流上似乎更为轻捷。我经常看到携鸬鹚捕鱼的老人坐在竹排的前头，而撑竿竹横放在竹排的中央。老人（与鸬鹚）就这样漂泊在水上。他已经完成了一次漂亮的捕鱼过程。那个由竹篾编成的圆形鱼篓掩着盖子，上面沾着一些银色的鱼鳞。老人坐在竹排上，叼着烟斗，他仿佛仰望着天空，又似对一切视而不见。他像一尊雕像那样静穆，只有他唇边的烟雾在飘动、四散。而竹排前头上的几只鸬鹚仿佛由生铁铸成，它们耷拉着潮湿的翅膀，歪斜着黑褐色的脖子，在落日的余晖中显得无限孤独。

　　我看见了鸬鹚的孤独，尽管我不知道它的孤独缘何而生。我看见了老人的孤独，他脸上的皱纹仿佛重叠着无数个横写的"川"字。我看见了河流的孤独。当我沉浸在清凉的水中时，我只看到自己。只有当我从河流中抽身而出时，我才能看清它的模样。它那仿佛千篇一律的波浪，其实每一朵都各不相同；它那有着难以描述的形状复杂的河岸，甚至河底中接近沉默的河蚌，就是它的面影、表情以及全部。我不知道河水从何而来，又要到哪里去。我既看不到它的源头，也望不到它的尽头。一个孩子的视力非常好，他可以看清楚细微之处，然而他看不清一条河流的来龙去脉。我只听到淙淙的流水声在日夜奔流，我觉得肯定有一种无比珍贵的东西在流逝，一去不复返。我的心在抽紧。我坐在山坡上，在满坡青草和野花中深感悲伤。我挽留不住那些正在流逝和将要流逝的。河水一刻也没有停留，那么多的河水在流走，有更多的水流迅速补充上来，以至于我看不到它们之间的缝隙。河水在不停地流动，仿佛在听着一个神圣的召唤，而河流却似乎没什么改变。

河水在流动中保持着神秘。我不知道这是河流在呈现时间的形态。时间本是没有形态的，但河流令人惊叹地使时间在流水中呈现它的面容。一直到我念小学，老师才告诉我说，河流大都会向东流去并最终奔向大海，犹如桌面上的一把铁钉会被磁石所吸引。那时，我没有见过大海，我想象不出大海的模样。我不知道大海是一只巨大的盐罐，它是蓝的，但蓝得还不够，没有一条河流可以抗拒蔚蓝色的诱惑。然而，我感到河流似乎要迅速地离我而去，我难以描述那种被一条河流遗弃的感觉。其实，大海离我并不太遥远，南海就在距离我们村庄不足一百公里的地方。

流动或方向

曾经，我不止一次疯狂地沿着河岸奔跑，我要看清楚河流到底要流向何方。我所做的事情，每一尾鱼都可能做过，但它们分不清两条河流之间的区别。我一直跑到精疲力竭，才颓然跌坐在芳草萋萋的河岸上，遥望着远方的河流，抑止不住心底涌起的悲怆。

多年之后，我知道小河在十多里外的黄花镇汇入罗江一条较大的支流，罗江在化州跟鉴江交汇并流入南海。村庄的小河就这样失去了自我，并最终拿到了进入大海的门票。通常，一条河流进入大海的怀抱，这意味着它已经赢得了不朽，然而，对于小河来说，这一切仍为时过早。它在沿途接纳了无数条细小的泉水和溪流，却被一条更大的河流所吞没。

我曾顺着河流的方向往下游走去，一直走到化州城郊。那是一九九四年，我跟高中同学骑着自行车在罗江的河堤上呼啸而过。河流在下游越来越开阔，一条开阔的河流需要河堤的庇护，而河堤需要树根的铁线和青草的钉子来反复加固。我们骑车风驰电掣地行驶在河堤上，江风拂面吹来，视野非常开阔，我看到了高高的堤坝下面低矮的村落和斜坡上啃草的牛羊。村庄升起了炊烟，牛羊显得多么安详。没有人觉察一条河流就这样不知所终。罗江依然流动着小河的水，但小河已经消失在它的流动中。大河总是处于动荡和奔波之中的，很难界定它的河床和流速。但它的方向是不变的，它总是向着大海日夜兼程并梦想拥有大海的蔚蓝和辽阔。一条大河有足够的力量指向海洋并向无限敞开。它像一支箭那样呼啸着命中了海洋，当它把自己交给大海，它并没有失去，反而获得了整个海洋——它将以大海的面目来重新出现，它并没有失去活力——因为它就是无限海洋里的那个波浪，而海洋隐藏于内在的深处。

　　直到一九九八年秋天，我才看到真正的大海。我在惠州一个名叫"巽寮"的偏远小镇上，看到了一大片迥异于纸上描述和电视荧屏中出现的海水，比我多次梦想过的海面更为湛蓝和辽阔。事实上，它的广博超出了我的想象，我看不到它的边界，彼岸在世界的另一端，它需要以梦想命名的航船过渡。但它给我的感觉竟是只有一滴，是的，沧海仅有一滴，正如情人腮边缓缓滑落的那一滴泪珠，充满了无告的美和爱的滋味。大海是一部深邃的启示录，每一个人都会得到不同的启示。大海接纳着各式各样的水，但它并没有被弄脏；大海是地球上最低的地方，但人置身于海面却能看得最远。大海是河流所能获得的最好勋章和荣耀。大海是一切河流的归宿。一条能到达大海的河流是有福的，然而，并不是每一条河流都有这样的福分，多少小河被焦渴的大地所吸干，或被一条更大的河流所吞噬，犹如羊入虎口。人世间有无数虔诚的信徒就这样渴死在朝圣的路上。譬如家乡的这条河流，它的水仍在日夜奔流，然而它所注入的并不是自己的河床。它终于走向了开阔，但不幸的是在这种炫目的开阔中消失了。

一条小河在大河中消失。它所注入的乃是一个黑暗的虚无。它的悲剧是因为没有一个属于自己的名字，这就是小河跟大河的区别。

对于所有的河流来说，流动乃是最重要的。河流在流动中显现了那消逝的一切。那么，我夜以继日记述下的这一切，是否都要付诸东流？流水是无法持久的，连河岸都遭到删改和歪曲。河流是一张椅子，它在流动、拆散并重新组合，但不会消失，它的三条腿是时间的三种形态（过去、现在和未来），另一条用来反驳时钟的虚妄（世上的一切钟表只不过是时间的面具，它跟时间无限接近而不能真正遭遇）。每一尾鱼都上足了发条，但永远赶不上流水的脚步。每一尾鱼都在水声中奔走并衰老，每一尾鱼都成了河流甩不开的包袱。水声从大地的深处传来，从树木的枝条上传来，宛若时钟的滴答。后来，更大的水声震荡着风琴的肺叶，那是大海起伏的波涛。

大海收容了大地所无法容纳的一切。譬如果实的尘土和人类的污垢，它们像沉重的河沙那样减缓了河水的流速。越来越多的污水泼向河流，河面漂流着废纸袋和农药瓶（这仅是工业化给一切河流带来伤害的预兆，而更大的损害已从资本家的规划图中露出了匕首）。河流中的鱼类在急剧减少，现在，我再也看不到祖母曾经捉过的毛蟹和缩头缩脑的河龟了，人们网住的鱼越来越小。河流的源头在逐年萎缩，河水的流量在逐年减少，河床在升高并裸露出了砾石和黝黑的淤泥，日呈老态龙钟之相。在一阵吹过河岸的风中，那些细碎的美变得更加细碎和尖锐，那些细碎的美只不过是漏网之鱼。一条河流的枯竭和衰老，让我感到了一股说不出的悲怆。我仿佛看到了河流的森森白骨。人类是最大的污染源。人们在越来越脏的河水中洗濯并保持清洁，从不关心生命的泉源。

桥　梁

桥与路

两件相反的事物互相依靠对方，譬如灯盏和黑夜、肉体的镜子和爱情的虚像。两件相反的事物是一对矛盾，相互诋毁、赞美和诅咒。桥梁跟河流的关系也许更复杂。有河流的地方就有桥梁，桥梁跟河流形影不离。但桥梁不是河流的反面，河流不需要桥梁而存在。最早的桥梁肯定是建在河面上的，也许，对于河流来说，桥梁是一件强加之物，它使河流感到了难堪。桥梁的出现，跟人类的行走有关，并且承载着人类匆忙的步履，它是人类足迹的延伸。或者说，桥梁是另一条道路，所有道路都是脚印的叠加，正如鲁迅先生所说，世上本没有路，走的人多了，也便成了路。但桥梁的形成不是因为人的脚印，而是出自人类的精密设计。恰恰相反，它建起来是为了承受人们的践踏。它先于人的行走而存在。因此，桥梁并不是一条真正的道路，充其量只是道路的代用品。

16

一条真正的道路犹如猛犸，吞吃着脚印和时光，在人类的行走中不断生长。遗忘才是它的敌人。一条长满荒草的小路逐渐被人们遗忘，它像一头年迈的狮子，在落日下收集着光辉年代的脚印和脸庞。一条被人们遗忘的小路犹如一曲挽歌，它是从大地中来的，最终要回到大地中去，犹如一滴水落在波浪上面，这就是它的归宿。

但桥梁会有迥然不同的命运。世上所有的桥梁都会在人们的脚步声中走向末日。它最终覆灭于人的行走，在倦怠的时光中坍塌，在劫难逃。一座桥梁在坍塌声中瓦解、消失。一道坍塌的桥梁是无法树立的，哪怕它还保留着若干桥墩和桥拱，既然倒塌了，就不再是一座桥，而是一堆废墟。这是一堆砖石、木料或钢铁的废墟。这就是桥梁的残骸。这是一堆庞大的废料，现在堆积在河床上，让人不知所措，犹如头脑中一堆思想的瓦砾，压迫着人们的记忆。一道神奇的桥梁，犹如一位可靠的红娘，促成了两条道路的联姻。两条道路在互相拥抱，并交换亲吻。我说的是鹊桥。这是看不见的，但它存在于有情人心中。桥耸立于浩淼的银河之上，岁月之水从桥下滚滚流过，多少有情人在桥上相会，在落日下忘情地拥抱。

桥之诞生

桥的存在，乃是出于行走的必要。一座耸立在大地上的桥梁，同时揭示了道路断裂、坎坷遍地的事实。逢山开路，遇水搭桥，在这里，桥和路是合一的，桥梁就是道路的一部分。桥梁的方向就是道路的方向，它指向的乃是一个人的归宿，或一种不可逆转的命运。我们生活在此处，而别处又在诱惑。我们在此处劳作并生育，而彼岸有着神秘的风景。

在我们村庄，一道小河环绕着流过，河湾深蓝，水声丁冬，犹如一把流动的琴。小河把村庄和田畴隔开，它像太极图中弯曲而妩媚的线条分开这两极。村庄在这一边，稻田、菜地和果园则在另一边，我们每天都要到对岸去。对岸生长着我们赖以活命的庄稼和蔬果。我们必须去侍弄它们，浇灌并采摘。尽管河水看上去如此温柔，它掩盖了许多不为人知的东西，但河流毕竟是一道裂缝，它使我们的行走出现了麻烦。现在，河流变成了横亘在我们面前的一道难题，我们不能绕开它，正如我们不可能绕开生活中遇到的种种难题，而必须做出正确的解答。

过河的方式有许多种，譬如划船和游泳，但有什么比河上有一座桥更方便的呢？这条河流源于化州北部靠近广西的崇山峻岭之中，它不算长，顶多只有一百公里，我不知道它的沿岸分布着多少面目相似、腔调不同的村庄，但可以肯定的是，河边的村庄，肯定有着桥梁，而且不止一条。这些桥梁形态不同，材料各异，但它们无一例外地使我们通向彼岸有了条件。

简陋的小桥

在我们乡下，桥梁随处可见。沟渠溪涧是河流的儿孙，架在上面的桥是如此细小，仿佛是一些精致或粗糙的桥梁之模型。在水渠或山涧之中，最常见的小桥乃是木桥或单拱桥。搭一座小木桥不需要任何建筑技术，准备好足够的木头或木板就够了。在水渠上搭上三五段粗大的木头，然后在木头上铺木板即可完成。有时图省事，干脆连木板也不铺，人们照样在木头上行走自如。

那种单拱桥也不复杂，由于桥面并不宽，一个桥拱就够了，桥拱是由石头或砖块砌成的，或者往沟渠中放上一个预先制好的水泥圈，然后在桥拱上砌几块砖头并敷上一层水泥。这样的活计，乡间一个普通的砖瓦匠就足以胜任。这些小桥大多简单而粗陋，它镶嵌在两条道路之间，犹如一件衣裳上的补丁，它缝紧道路的空隙，又是如此格格不入。这些灰头土脑的小桥不可能真正融入到道路中去，只不过是一些道路的碎片。它们不需要任何工艺，更谈不上任何风景的特征，它们唯一的用途乃是方便行走或跨越。

这些简陋的小桥，跟江南一带巧夺天工的桥梁无疑在两个不同的世界中。江南小桥俨然翩翩浊世佳公子，白衣胜雪，衣袂飘飘，有说不出的悠然和飘逸。家乡的小桥则粗糙、沉默而质朴，跟建造它们的工匠如出一辙：面孔黝黑，表情木讷，横着大脚板，撅着厚嘴唇，这是南方农夫的共同特征。事实上，不管他们从事木匠、砖瓦匠还是铁匠，都不可能脱离"农民"二字。他们无论去到哪里，无论从事何种工作，都会听从土地的召唤，在农忙时节及时赶回耕作。农事乃是其安身立命之本。尽管三尺薄田并不能提供足够活命的食粮，但土地乃是他们活下去的唯一希望。这些小桥没有任何雕琢的地方，其目的乃是铆紧两条道路之间的裂缝，衔接阡陌间的鸿沟，让农夫和牲畜在桥上匆忙地走过，建桥的初衷达到了。农夫所做的任何一项事情都很简单，无一不具有惊人的目的性，他们讨厌一切花哨的东西。他们所做的一切无不直接指向生存。

桥上的花纹和装饰毫无意义。也许，艺术是有闲阶级的专用品。他们瞅着自己饥饿的胃，而无暇欣赏任何艺术或风景。是的，我的故乡没有风景。倘若说那些苍郁的矮山和单薄的流水是风景的话，这些风景跟我们无关，我们更看重山上的薯地和果园。黄土下深埋着地雷般的红薯、木薯、淮山和沙葛，果树悬挂着甜美如蜂蜜的果子，我们视之如岁月奖赏的勋章。

曾有大地方的人来到村庄，他们似乎是摄影家或记者之类的人物，他们为所见到一切欢欣鼓舞，不停地按动快门，如获至宝。他们的长枪短炮对准了高低不平的村巷、低矮的泥砖屋、香火缭绕的祠堂，当然还有赤裸上身、腰扎布带、肩扛农具的农夫，衣衫褴褛而目光惊异的孩子……他们眉飞色舞，仿佛发现了世界的一种奇迹，按捺不住内心的惊叹，嘴中啧啧有声："太美了！这一切多么新鲜，它们还没受到工业废料和污水的污染——"尤其是小河或沟壑上的小桥，更是赢得了这些异乡人的赞叹。那一年，我未满十岁，这些留长发穿奇装异服的异乡人吸引了我，他们仿佛来自另一个陌生的世界。的确，他们的世界跟我们肯定大相径庭。我无法洞悉他们的日常生活。但他们夸张的举止和奇怪的腔调吸引了我们，我们跟着这些人跑来跑去。异乡人把所见到的一切当成了风景，而我们将他们当成了风景。有个人在侃侃而谈："那座小桥多么美啊，它仿佛不是出自人类之手，而仿佛是天与地的造化。它跟河岸完全融为一体，它仿佛不是一座桥，而是河岸的渴望和延伸，它是如此自然，几乎没有任何雕琢的痕迹，它不像是道路之间的过渡，而完全是道路的一部分……"

我几乎记住了他奇怪的言辞和陶醉的表情，然而当时我不能理解他所说的意思。我难以理解的是，那样一座灰不溜秋的小桥何美之有？而且，这样的美跟我们何干？我们并不太需要美，仿佛美在生活中并不是多么重要的事物。当我们为一个成熟的果子吸引并发出赞叹，所注视的并不是它的颜色和形状，而是其饱满和甘美诱惑着我们，里头潜伏着一股力，它将会制服我们贪婪的嘴和疯狂的胃。倘若说，我们的破衣烂衫和倾颓老屋是镜头下最美丽的风景，那么制造这样的风景并不是我们的初衷。异乡人似乎没有看到这一点。

当我成年之后，在大地上四处漫游。我觉得当年遭遇的"艺术家"如果仅看到村庄的所谓风景，而忽视了农夫额头的皱纹和心底郁积的悲伤，我很难想象他们的"摄影作品"有何艺术可言。一座小桥静静地卧在沟壑之间，它老了，老得掉光了牙齿但不去诉说。它身上承受了多少疲惫、艰辛和悲怆，没有人知道。一座小桥在大地上悬空，不是要成为风景，这就是唯一的真相。

石头桥

这是一座石头桥，而不算是石桥。它虽然有着桥梁的功能，但只不过是几块大石头。这是我所见过的最简陋的桥，它没有桥墩，没有桥梁，甚至没有桥面。然而，这些摆在浅水上的石头的确充当着桥梁的作用，村人和牲口从石头上迈步或跳跃，从此岸到达彼岸。石头一共十二块，我不知道它们是花岗岩还是红砂岩，更不知道它们来自哪一座深山。并不是每一颗石头都裸露在山丘的表面，更多的石头犹如山丘的心脏，它们跳动在山沟的深处，或包裹于一座土山的内部。

我少年时骑车路过化州郊外的一座采石场。在漫天灰尘和震耳欲聋的巨响之中，我看见掘土机挥动有力的膀臂，将一座小山劈成了两半。在被清理的泥土之中露出了一堆巨石，它们静静地躺卧在那里，闪着幽暗的微光，犹如老蚌中的珍珠。等待着它们的将是钢钎和碎石机，久困于一场大梦的石头将在机械的怒吼中苏醒。我用脚尖支着自行车，凝视这一堆石头，我想起了村庄小河上的那十二块石头。它们有着不同的体积和形状，但有着同样的坚硬和质地。

那十二块石头在浅水中一字摆开，它们组成了一条线，只是略微有点弯曲。石头之间的空隙并不大，这有利于人们在石头上行走。流水薄薄地从石头上流过，水是透明的，常有一些小鱼顺着流水经过石头，何其活泼。石头的表面看上去灰白而光滑，底部则略显红褐色，生长着一些黝黑的苔藓。石头高出水面，人们从上面迈过，河水弄湿了脚板和裤管。

这段河滩的水很浅，石头才能起到桥梁的作用。在雨季，很小的一场雨也会将小河搅混，并将这些石头淹没。那是一些从上游涌来的波浪，挟带着山上的黄土，将河水染得一片土黄。在哗哗作响的流水声中，波浪上面有着十来处平整而光滑的凹面，这些凹面几乎保持着静止，那是河水经过石头表面留下的印痕。小河在山洪的汇聚中变得宽阔而饱满，宛若一匹起伏着的黄色丝绸，不动声色地覆盖着那些巨石。然而，不管雨天晴天，我们一样要过河去，菜地和瓜田都在对岸。我们把裤腿挽得高高的，一直挽到大腿根，瞄准河水中近于静止的凹面，小心翼翼地探去，待确认落脚之处是石头才放心地踩下。这就是摸着石头过河。河水漫过我们的膝头，甚至淹到了腰部，那些石头似乎在水底失去了桥梁的作用，然而我们仍在呼唤并寻找。因为我们深知，在石头的两侧，乃是河水更深的地方。

独木桥

凤凰村有一句老话说：双木桥好走，独木桥难行。我们村子没有独木桥，但我在年幼时跟母亲走了一趟独木桥。那天，我和母亲到另一个村庄去看望亲戚，那是二十世纪八十年代初，自行车之类的交通工具在凤凰村并不多见，摩托车更是凤毛麟角。我们出门远行主要是靠步行。亲戚的村庄异常遥远，仿佛在世界的尽头，我们从清晨走到黄昏，这是一段漫长而疲乏的旅途，我记不清翻过了多少道山梁，涉过了多少个田垌，我只感到饥饿从肚子升上头顶，而双脚早已磨出了血泡，每行走一步都感到阵阵疼痛。

终于，我们来到了一条小河边，我们被河流隔断了行程。我们必须过河去，然而河面上只有一条独木桥，河水和桥之间的高度让人眩晕。独木桥的旁边长满了苍郁的树木，一丛丛枝节横生的灌木犬牙交错，互相纠缠，中间耸立着几棵躯干光滑的乔木，树林宽阔的影子投身在河面上，河水在树木的掩映中透出亮光。树木是如此茂密，枝叶把晚霞阻隔在树林外面，我看见夕阳在对面的山冈上滚落，但看不到霞光打在水上。河面并不宽阔，但异常安静，在黄昏光线的照射下，显得深不可测。我们听不到水声，河水仿佛遗忘了流动，或者这是一个被时间遗忘的所在。

母亲颦起了眉头，一条独木桥对她来说算不了什么，但我还是一个未满十岁的孩子，带我过这样的一条独木桥，无论对我对她都是一种考验。母亲在河边伫立着，迟疑不决，暮色逐渐笼罩下来，河面显得幽深了一些，天色更暗了。母亲必须及早做出决定。我瞧着那晦暗而安静的河面，觉得它宛若一头没有面目而凶狠的野兽，我不能肯定它是否睡着了。母亲凝视着我，我望着母亲紧抿的嘴角，心里一阵抽紧，我知道她已经打定了主意。我们决定通过独木桥走到对岸去。

母亲对我说，孩子，不要怕，紧瞧着木桥，千万不要看河水。我在前，母亲在后。母亲在出发之前叮嘱了两句之后，就再也不吭一声。她担心声音会造成我的慌张。独木桥是一段粗大的木头，圆滚滚的，横架在河面上，逾往前走木头逾小，给人一种从木头往木尾攀缘而上的感觉。独木桥并不长，但我感到了它的遥远。我很紧张，胸口在"扑通"乱跳，过独木桥对我来说的确凶险。我平时常双手环抱一棵光滑的桉树，双脚一伸一缩，犹如壁虎爬墙那样一直爬上枝叶婆娑的树巅，这是我的拿手好戏。我宁愿这条河流跟这道独木桥同时竖立起来，那么我就可以像爬树一样走完这段让人惊惧的路程。房子旁边有一棵歪脖子相思树，就生长在池塘畔，它歪歪斜斜地往池塘的中心延伸开去，跟地面的角度很小，我经常用双脚一口气冲到树梢。但我不能凭着一口气走到对岸，我没有把握。还有，我可以掉进池塘，却不能掉到河水中去，河水的深度不为人所知。事实上，我就多次从相思树中掉到池塘中去，然后抖动一身水珠爬上塘堤。

我牢记母亲的嘱咐，紧盯着桥面，一步步地走去。轻风在吹拂，我感到头发根凉飕飕的，时间对我失去了意义，仿佛在凝固。我只知道小心翼翼地迈出脚步，我必须在迈出脚步的同时保持平衡。我听到身后响起轻微而坚定的脚步声，母亲的足音让我感到镇定。

有时，过河就是过桥。桥梁在我心中，一直是沟通和过渡的工具，它意味着平安和平稳。起码村庄的那些小桥均是如此，包括那道"石头桥"也不例外。我第一次知道过桥也是这样惊心动魄。我终于平安地抵达了对岸，母亲随后也到了。我回头望了一眼树木环抱中的河面，它变得更加灰暗了，犹如一只野兽的毛皮或树丛的阴影。我依然窥不破它的奥秘，但对它产生了浓厚的兴趣。天色更黑了，幸好远方亮起了灯火，亲戚的村庄依稀可见。母亲拉着我的手，轻叹一声说，走吧。

水泥桥

在凤凰村西面的"长滩"，两边是山丘，水面较为开阔、幽深，水流也湍急，最适合修坝蓄水。此处矗立着一座较有规模的桥梁，以桥为分界，上游和下游的落差高达数米，每到洪水奔涌，水声轰鸣，浪头滔天，颇为壮观。这座桥至今有五六十年的历史，乃是钢筋水泥的产物，桥基由石头砌成，七节高大的桥墩之上，覆盖着水泥浇制的桥板。桥墩设计成菱形的样子，乃是为了在最大限度上减轻水力，更有利于泄洪。这座桥除了供行人过渡，还兼有蓄水的功能，事实上乃是一道水坝。两桥墩之间有着一道槽口，据说是放水闸用的，旱天蓄水，雨天放水，平时则有一层薄薄的水流顺着桥底往下游流去。但我从来没有见过任何一块闸板，想来早已毁掉或被大水冲走了。

在桥梁的前方，天长日久，被冲刷出一个水潭，碧绿幽深，犹如一只装水的陶罐，清水注入其中，几乎不发出响声。水坝和水潭之间是一道斜坡。桥梁的东南侧是水轮机房，村民挖了一条水渠，让水流带动水轮机发电供碾米磨麦之用。

二十世纪八十年代之前，农村还没有装上电，碾米就全靠这台水轮机了，四邻八乡来碾米的人络绎不绝。人工水渠的水流经水轮机房，之后再通过一段人工水道注入河流。

水轮机是一座生铁铸成的庞然大物，它坐落在房子中，黑乎乎的，沾满灰尘和油污，发动起来咆哮如雷，柴油箱上蒸汽沸腾。房中的机械主要是碾米机和电磨，前者用来碾米，后者用来打粉。还有一台打糠机，可以将谷壳和玉米磨成齑粉，此乃是禽畜的上佳饲料。水轮机的动力通过数条又长又宽的皮带传递到各个机械中去，皮带连接着好几个稀奇古怪的齿轮和傻头傻脑的马达。对我来说，它们有着非同小可的吸引力，每次父亲要碾米，我都要跟他去水轮机房。机械发出的轰鸣让人着迷，我一边倾听，一边思索这些巨大而古怪的声音从何而来。那些残旧的机械犹如一群怪兽，那些源源不断的声音是从怪兽内部迸发出来的。当一台机械完成碾米或磨面的任务，满身油污的操作员拍拍头上的草帽，扳了一下开关，机械的声音在缓缓变小、减弱，最后停顿下来。空气中飘动着谷糠和粉尘，从天窗照射下来的光线变得粗糙而混浊，那些轰鸣声依然回旋在我的体内，终于四处飘散。铁器的静默异常沉重。这样的沉默，是一种无形的压力，笼罩了房子的每一个人和每一样事物。

我在机械轰响和沉默的间隙不知所措。我分明听到声音是从机器发出来的，但它的终止更让人吃惊：操作员只需轻轻一按，那些狂妄的喧嚣顷刻间消失于空气中。肯定有一种看不见的力量在左右这一切。

我留意到操作员在发动机器之前，都会扳动一个方向盘，它有点类似汽车方向盘的形状，却要大上数倍，它连接着一根巨大的铁轴，铁轴一直延伸到水轮机房的地底下去。地面覆盖着一层木板，我俯下身去，透过木板的缝隙，我看到了幽暗中闪亮的水流，还有水中转动的叶轮。原来，那道人工水渠就深藏于水轮机房的下面，这些秘密全在于流水和机械的运转，它们藏得如此隐蔽。我按捺不住狂喜，仿佛发现了一个装满奇珍异宝的隐秘山洞。潺潺的水声隔着木板传入我的耳朵，让我感到陌生而新奇。其实水声跟平常并无两样，但因为它跟机械的组合而染上了迥然不同的意味，那是人造的工具跟流水交织在一起发出的声音。那些铁片制成的叶轮在快速地转动，我所窥见的乃是人力施加给自然的影响，但我仿佛看见了一个神奇的世界。

水轮机房建在河畔的山坡上，这儿地势较高，那条人工水渠贴着山坡流过。水轮机房矗立在高处，即使山洪暴发时也不至于被大水淹没。在雨季，大水常会漫上那面用石头砌成的墙基，但很少有浸到房子的时候。在我的印象中，只有一次例外。就是一九七六年的那一次特大洪水。我曾多次说到一九七六以及那年发生的洪水，它在我的生命中留下了深刻的印记。洪水在西方语境中大有深意，它意味着死亡和复活、惩罚和救赎。在茫茫大水之中，满载着生灵和谷物的挪亚方舟驶向新生的陆地，远翔的鸽子在船舷上飞落，它鲜红的嘴角衔着一根橄榄枝。对于中国人来说，一九七六年同样显得意味深长。它犹如一根导火索，点燃了埋在岁月深处的地雷。那一年，社会的震动和大地震重叠在一起，在瓦砾遍地的废墟之中，人们感到了失去家园的切肤之痛。而一次玄奥的政治事件结束了一场滑稽而血腥的"革命"，直接影响了每一个中国人的生活和精神事件。

28

一九七六年，我才两岁，我对世事及久远的传说懵然无知，我所记住的乃是目击的东西。对于一个婴孩来说，它甚至还没有学会分析和判断，耳闻目睹乃是他赖以认知世界的唯一方式。这一年，在我的生命中发生了两件大事。祖母在这一年离我而去，我还不能看清她的表情和模样。我伸出我的手去，但无法挽留我所挽留的一切。另一件事就是那一场大水，一片苍茫而深黄的大水完全覆盖了我的视野。奔涌着的波浪挟裹着一切，桥孔下迸涌出的洪水掀起冲天的浪头，发出震耳欲聋的声响。

我无法忘记这一片大水，二十多年过去，这片水声穿透了无穷岁月，依然在我的头脑中轰响。这些水是从天上来的，那天上来的雨水落在地上，并汇聚在一起，不由分说地汹涌过来。我不需要这些大水，不需要一条疯狂的河流，在我的生命当中，我不需要的东西曾经有很多，以后也将会有更多，然而我知道我无法拒绝。祖母回到天上（过世的另一个说法乃是升天，西方也有死后到天堂的说法），雨水从天上掉下来。这两者原本毫不相干，但我总会在一刹那想起这两件事。

我跟在大人的屁股后头，站在山坡上观看洪水。雨季的大水成了村庄唯一的风景。每逢大水泛滥，我们总是不会错过。大水漫溉过河堤，河流两岸的水稻和红薯全被淹没了，豆角桩和黄瓜桩被连根拔起，不知所终，只有那些高高的甘蔗和木薯在辽阔的水面露出一些青色的叶子。河水从门槛涌入水轮机房，水深数尺，数天之后水才退去，地板上堆积着一层滑腻的泥油，连水轮机也染上了流水的痕迹。洪水是如此盛大，甚至弥漫过桥梁，一层薄薄的水流从桥面流泻而下，形成了一道黄玉般的瀑布，又跟桥孔下奔涌而出的滔天大浪汇合一起，咆哮着往下游涌去。由于桥坝和下游之间的落差甚大，洪水声势惊人，非常壮观。

即使在洪水肆虐的时候，人们也还是要过河去的，对岸乃是稻田、菜地、果园，牲畜吃的青草也要到对岸去割。更重要的是，土地庙就坐落在桥梁旁侧的斜坡上，土地神是村庄最为信仰的神祇，初一十五必为祭祀之日，雷打不动。在大水流过桥梁的日子，天上飘着细雨，雨水那么清洁，然而它们不能减轻河水的混浊。桥梁在河水中依稀可辨，我看见过河的人们戴着斗笠，挽起裤腿，光着双脚，扛着农具或挑着拜神的箩筐（里面装着熟鸡、香烛和果品），小心翼翼地迈上了桥面。桥面异常狭窄，宽约一米，桥梁两边是汹涌而咆哮的洪水，人在桥上走，看上去惊心动魄。

人们之所以赤脚，乃因被水淹没的桥面异常光滑，如果一不小心，滑入水中，后果真是不堪设想。我曾看见一位老人牵着一头水牛来到桥边，他想牵牛通过桥走到对岸去，水牛平时异常温驯，但它在水边停下了脚步，死活也不肯挪步。洪水在咆哮，它的眼眸露出了深深的恐惧。水牛会游水，但它在洪水之中也无能为力。曾经，有一头水牛在洪水中打转，仅露出牛头和脊背，被洪水挟裹着迅速冲向下游，就算它侥幸不被淹死，主人再也找不到它了。桥梁是坚固的，洪水一次次冲刷，当洪水退后，那黛青的桥墩和灰白的桥面又巍然耸立。

另一座水泥桥

在这座桥下游约一里许，有另一座水泥桥。村庄的形状犹如一尾青鱼，自南向北微微摆动，那座小桥正处于鱼头的旁边。这是一座简陋的水泥桥。它只有三座桥墩，河中一座，两岸各一座。桥墩上安装着水泥浇铸的斗和拱，在斗拱上嵌着两道长长的横梁，横梁上铺着数十块水泥板。这道桥梁使村庄和田野得以连接起来，在桥梁的对面，是连绵的青山和成片的沃野。

在小桥的下面，就是河边那半壁坍塌的洗衣台，它由水泥混凝土砌成，有些年月了。每天清晨，村庄的女人挎着脏衣服，在河边集合。河水很清，鱼很白，水气缭绕，河面上笼罩着一层轻雾。洗衣台上摆满了红色的桶，白色的盆，像盛开的荷花，大朵小朵。女人在一起总是热闹非凡，尤其是没有男人在旁的时候。粤西民谚说，三个女人一条墟，该语形容女人扎堆之热闹，极为传神。女人的舌尖上仿佛扑腾着一百只麻雀，叽叽喳喳的，东家长西家短，翻菜头捡菜叶，净挑带荤的说话相互取笑。花香水气之中，交织着女人们尖利、沙哑或清脆的声音。二妹在三姑六婆之中，低着头，不停搓洗着衣服，眼睛却一瞬不停地望着洗衣盆中的面影，真像水做的人儿。二妹十六岁了。"妹子，有相好了吗？改天嫂子帮你物色一个好婆家。"二妹吃了一惊，心头突突地狂跳，脸上的红云从额头一直灼烧到耳根，慌忙掬水洗了一把，却哪能洗去这恼人的色彩？女人们嘻嘻哈哈，笑得前俯后仰。

红日从远处的山冈升起，河水却一片灿烂。阳光照亮了竹林、河湾和村庄的一角。跟二妹在一起浣衣的还有几位小姑娘，她们微微上扬的脸庞对着太阳，犹如晨光中的葵花。

辛勤的农夫扛着农具通过桥梁往田野走去，那厚实的脚板踩在桥面上，小桥仿佛在足音中微微震颤，不要说一座桥，就是南方的山河也无法承受这生命之重。河水在奔流，衣服在漂洗中变旧，连洗衣石也被磨得发亮、发白，宛若一面破旧的镜子。岁月就像这一块石头，变得越来越薄了。一切都在变化，甚至连静穆的桥梁也无法阻止面容的衰老。桥身上的苔藓遮掩着蚂蚁般细小的罅隙，然而，裂缝在岁月的推移中扩大，没有人留意一座桥梁的衰老和疲倦。正如一位老妪鬓角的白发，她的儿子没有察觉。河水在涨起涨落，日子在黑白中交替。

一九九四年九月，我考上了省城的一所高校。我跟着白发飘忽的母亲去拜祀土地神，答谢神祇对我的眷顾和庇佑。据说，村庄的每一个人，无论身在何方，都会受到土地神的保佑。母亲和我一前一后走在青草挺拔的田埂上，迈上了小桥。母亲用箩筐挑着熟鸡、猪肉、水果、茶酒和香烛、鞭炮诸物，我看着她开始变得佝偻的背部，头上变白的头发，犹如丝线般绕缠的霜雪。我的心底一阵抽紧，目光变得湿润而柔和。我以前从没留意过她头发的颜色。母亲的满头青丝宛若仍在昨天，但仿佛在一夜之间全白了头！事实上，她只有四十多岁。村庄的女人总是衰老得太快，二十年了，一位青年成长，又一位母亲衰老。我站在河边，我捧起一掬流水，我也不能留住更多，譬如流水、花泥、昨夜黯淡的星光……

现在，我很少有机会踏上这条小桥。我大学毕业后留在省城，因为谋生的缘故，我从事过多种职业。为什么一个人长大后就要远走高飞，离开养育他的村庄，离开他亲爱的妈妈。又快十年过去了，我的老母亲仍然在乡下侍弄庄稼和禽畜，我在城市里过日子，狼奔豕突，遍体鳞伤，我没有能力将母亲接到城市小住一阵，哪怕是简单地"旅游"几天也好。而我又无法丢下手上的工作回乡下陪她小住数日。每一个人都可以找出一千个不回家的理由，譬如工作繁忙、生活紧张诸如此类。在城市谋生的人总是如此匆忙，在他的背后总有一条看不见的鞭子在抽打着他，使他无法停下疲乏的脚步，然而，这些所谓的工作真的如此重要吗？

我有多久没踏上这条通向土地庙的小桥了。我没有明确的宗教性信仰，然而，我仿佛从一尊泥塑的土地神中汲取到信仰的力量。我每次返回乡村，都会跟母亲去拜祀。我在香火缭绕以及鞭炮的响声中，所体会到的乃是农人对土地的膜拜、对祖先莫名的尊崇。土地是民间信仰的神灵，地位卑微，却几乎寄托了乡村民众全部的信仰。农夫是质朴而知足的，当他们奉上茶酒和牲品，所祈求的也无非是出入平安、五谷丰登、六畜兴旺诸如此类。然而，我又似乎从没离开过这样的一条小桥。我的耳畔依然响着母亲对着土地神喃喃祷告的声音，尽管我不知道她在说些什么。至少，我在月夜朦胧的梦境一次次徘徊在桥上，我需要这样的一座桥将我带回往昔安详而伤感的时光。我不知道这样的一座桥是否可靠。它甚至连自己的躯体也无法保持完整。岁月是无情的。而一座桥矗立于河面上，对于它来说，河水从来就没有停止过对它的冲刷。我向来认为河水也是时间的一种表现形式、一个侧面，而它的汹涌和消失都显得更加无情。

所谓似水柔情，在乡村是千真万确的事，在月光挥霍的夏夜，河水犹如美人的手臂环抱着村庄。村庄中的每一个人都感受到了河水的清凉和温柔。然而，河水也会显示摧毁一切的力量。我又说到了生命中那一次无法避开的洪水，洪水卷走了我童年时代的乐器和书卷。在童年的河床，每一次洪水都仿佛是时间之神的暴怒和咆哮，河岸犹如一只老式挂钟的木框，无法控制疯狂地乱转的时针和分针——那是时光之流摧毁了一切似是而非的时钟。钟表只不过是时间的一个面具，而时间并不需要面具，它无孔不入。

大水漫过了河堤，完全覆盖了这座小桥。这座小桥曾经凌驾于河床之上，如今却在茫茫大水中不见踪影。我亲眼见过一座桥在水中没顶，水在一寸寸上升，从桥墩漫上桥梁，最终完全将它吞没。我只看到汪洋一片，波浪受着一种内在的力量所推动，重重叠叠，一浪更高过一浪。那水上的桥梁如今下沉到水底。在洪水面前，这样的一座小桥何其脆弱。当大水退去，我看到了触目惊心的一幕：小桥只剩下桥墩和横梁，而水泥铸造的桥面所剩无几，那些桥板已被大水冲走，挟裹着泥沙到了下游。一座只剩下桥墩和横梁的桥让人深感悲怆，原本平整的桥面现在满身都是陷阱般的窟窿，犹如一件千疮百孔的粗布衣衫飘荡在河面上，给人满目疮痍的感觉。这样的一座桥，只剩下骨头，而它的血肉全被吹走。那曾席卷过一切的大水也被自身所吞没，如今不知消失在何方，仿佛从来就不曾存在。

我和小伙伴来到河边，注视着一座失去血肉的桥梁，感到了命运的乖戾和无常。一座桥的容貌在大水中更改，它不能抵抗来自上游的攻击。然而，桥既然架在河床上，就要承受来自河水的一切，包括柔情和乖张、赞美和呵斥、轻抚和啮咬。河流有着所有女人的性格，反复无常，变幻莫测。一座桥来到水边，跟一个男子来到一个女人身边何其相似！

一座没有桥板的桥让人不安，就算人们可以像走钢丝一样小心地踩着横梁走过，水牛之类的庞然大物也不敢贸然踏上。所以，在大水过后，把桥修好乃是当务之急。我看见几个小伙子穿着一件裤衩或只缠着一条灰白的腰布潜入水中，在下游寻觅桥板。他们在河湾深处找到了桥板，当他们抬着桥板从水中走出，忍不住脸上的喜悦，犹如找到了水中的宝藏。水的力量是惊人的，那些被冲到下游的桥板，棱角被磨损了，甚至出现了裂缝乃至粉碎——支离破碎的桥板露出了纵横交错的钢筋和铁线，那些钢铁在水力的挤压下蜷缩和弯曲，犹如一团乱麻。这样的一块桥板，犹如一尾被吃掉的鱼只剩下鱼刺！我的体内仿佛涌动着波浪，而那些沉重的桥板在心底翻卷并下沉。

每一次洪水过后，小桥都无异于毁容。毁容是痛苦的，整容也不见得好受，那凹凸不平的表面只能让它痛苦地想起往昔的美丽。洪水卷过，人们并不能将遗失的桥板悉数找回。为了修好这座桥，还必须重新用水泥和钢筋铸造一些新的桥板。桥墩和横梁上还残留着些许泥沙和垃圾，人们用扫帚将其清理干净，然后将桥板重新安装上去。那几块新的桥板在一座旧桥中显得如此突兀，犹如一个刺眼的补丁。过于崭新的东西，在一个陈旧的背景中显得孤立无援，正如过于耀眼的灯盏，为自身的光芒所遮蔽。但一座桥不会挑三拣四，不会排斥任何一块桥板，这座劫后的桥梁修复了损坏的部分，它看上去坚固而完整，一直到下一次洪水来临，它才可能在大潮中崩溃或坍塌。

河水冲走桥板→人们从水中捞回桥板并安装（间或会铸造几块新的桥板）→又一次洪水泛滥并冲垮桥面，就这样周而复始，以雨季为周期形成了一个循环。幸好，桥墩异常坚固，历经洪水冲击而岿然不动，换来换去的只是那些桥板。数年之后，我说不出那些桥板是旧的，那些又是后来新做的，流水和时光统一了它们的面容，但无论新的还是旧的，都在竭尽所能捍卫一座桥的尊严。

桥梁附近的波罗蜜树

距这座桥下游数丈之地，生长着一棵波罗蜜树。它盘根错节，虬枝弯曲，它在河心中横生枝节，旁逸而出，几乎就要坠落。它硕大的树根裸露在空气中，根梢狠劲抓住河岸的泥土与石缝，这是它唯一的希望。树肚子是空心的，那是一个潮湿的树洞，灰褐色的树皮皴裂而粗糙，它身上的树枝显得孱弱而坚硬，上面点缀着几片青黄的叶子。这样的一棵树，它身上的叶子仿佛比枝干还要少，它摇摇欲坠的样子，犹如人世间一个冰冷而巨大的嘲讽。它还能支撑多久呢？它随时会倒下，直至坠入河中，连同它身上的花与果。这棵波罗蜜树有一定年纪了，在每一年的雨季，我都担心它不堪风雨，但每次它都挺过来了。

在春天，它身上长出了淡黄色的果子，拇指般大小，然后快速膨胀。这些果子生长的速度相当惊人，那些成群结队的果实犹如一队饥饿的小兽，紧紧叼着母亲瘦弱的乳房，吸取着一棵树的乳汁。其实，果实才是一棵树的乳房。这棵树晃动着身上的乳房，犹如一个告别了青春期的女人，开始散发出成熟的气息。在秋天，果实成熟了。果树上悬挂着累累硕果，圆滚滚的，表面上布满了钝钉，犹如一个个香甜之瓮。波罗蜜的香味异常浓郁，空气中弥漫着香甜的味道。谁也没想到一棵垂死的老树会结出这么多果实，它的力量是从何而来的呢？也许它的根部触及了生命的泉源。这棵树也是一座桥梁，它的任务乃是将一茬又一茬的果实送到对岸去，果实通过它的身躯，涉过了命运之水，一步步走向丰收之秋。

一棵果树和一座桥梁在相互凝视。果树倾听着桥上走过的脚步声，那些轻快或凝重的足迹仿佛踩在它的每一根神经（纤维）上，它仿佛也承受了一座桥的全部压力和沉重。一座桥不会呼喊，正如一棵树也只能忍受着命运的摆布和自身的重量。一座桥注视着这棵果树，它闭上了嘴，对于这样的一棵树，它还能说些什么呢？它只不过是一条找不到彼岸的桥，现在，它的树梢在广阔的空间中迷失了方向。它身上的果实压迫着它脆弱的腿骨，它最终因躯干的膨胀而掀翻孱弱的根部。

　　一棵果树犹如一座桥梁的影子，它有着桥梁类似的形状，它在河水上凌空的样子犹如半截断桥。它的枯荣也反射着桥梁的生死。一座桥梁在河水和时光的拷问中不会动摇，然而，洪水总是将它的躯体搬运到了另一截河湾。一棵果树死劲抓住河岸，但它没有保持绝对的停止，起码它催动着枝条中的汁液，将其施送到每一片叶子和每一个果子上去。尽管它不会挪动半步，但并没有停下生长的脚步。事实上，它乃是踩着自己的肩头走向天空。然而，它的根须难以承载它粗大的身躯，它必将在一个风雨交加的夜晚轰然倒下。它身上的果子是岁月奖赏的勋章，还是留给大地的深情回眸？每一只果实都会腐烂，每一只果实都有着一粒粒不死的种子。

　　在一个暴风雨之夜，那些硕大的波罗蜜还来不及采摘，纷纷坠落在地上，它们在掉落时肯定有响亮的声音，但无人听见。桥梁在黑暗中注视这一切。它听到了来自体内的水声，那些隐忍已久的波浪应和着上游排山倒海般涌来的洪水，波涛将会把松动的桥板抬到一个无人知晓的河底。

引水天桥

　　在粤西的丘陵或山地之间，常常可以见到这样的引水天桥：桥长十数米至数十米不等，桥槽宽约五十厘米，桥槽是圆底的，天桥的横断面乃是一个半圆，那又高又长的桥墩犹如仙鹤的脚，每隔数米一道，牢固地支撑着天桥。与其说这是一道桥梁，毋宁说它是一道水渠，建它是用来引水的，而不是供人们行走。只是这样的水渠脱离了大地，凌驾于空中，水渠多是环绕着丘陵的山脚修筑而过的，但在两山之间，就需要天桥将两截水渠连接起来了，它使水流得以保持滔滔不绝。

天桥通常修建在两山之间，桥底下就是田野或河流。我多次从天桥下走过，头顶上响起汩汩的水声，但我看不到水流。那些水来自遥远地方的"水口"水库，不知道要在途中经过多少道沟渠和多少条天桥才能流到这里。那些从水库流来的水异常清澈，没有任何杂质，河水与之相比，就显得混浊多了。在一些宽阔的水渠，那是孩子们的乐园。在骄阳似火的夏日，那些清水使我们消除了暑意，孩子们在渠中游泳或洗濯青草，那些绿色的嫩草是牲畜的食粮。

我幼时曾数次见过"水口"水库，那是跟大人去祭祖。在水库旁边的茅坪山上，有一座巨大的汉白玉坟墓，它几乎占据了整个山坡，听大人说此乃是黄姓从福建迁入当地的始祖。每年清明，前来拜祭者除了凤凰村，还有其他村庄的族人。人们挑着祭品，舞动醒狮，旗幡招展，敲锣打鼓，唢呐高奏，好不热闹。所烧的鞭炮烟雾弥漫，其响声绵延数小时，所烧的香烛纸钱不计其数。去茅坪祭祖乃是村庄一年一度的盛事，每年我都吵着要去。从村庄出发，我们要步行几小时，从清晨一直到午后才能抵达，走得双脚都磨出了血泡。

我很小的时候，父亲就带我去过。他背着我行一段路，又让我走一段路，这样交替着进行，好不容易才到达目的地。我们要爬上茅坪山，就要通过"水口"水库的大坝，大坝是由花岗岩筑成的，青黑色的石头由灰白色的石灰浆所连接，看上去犹如小学语文课本上刊登的蜂巢图案。我伏在父亲的脊背上看到了水库，我被这片辽阔的水面所震撼。以前我从来没有见过这么广阔的水域，轻风吹拂，波光粼粼，绿色的水面上泛着白光，远处是连绵起伏的群山，郁郁葱葱。父亲背着我走上水库的大坝，堤坝筑在半山腰上，水库犹如一个巨大的水盆高悬在半空，坝下是种满了水稻的田畴，一片碧绿。一条相当宽阔的水渠哗哗地流动着冲向山脚，这是水库唯一的出口，那流向四面八方的水将通过这道主干渠输送出去。天空蔚蓝，山下绿野晃动，风从耳畔呼呼地吹过，高高的大坝犹如巨龙横空出世。我因高度而眩晕。

父亲感到了我轻微的战栗，说："你没事吧？孩子——"我摇了摇头，答非所问："怎么会有这样的一道大坝呢？"这段大坝以其壮美让我感到新奇和惊异，作为一座气势恢宏的建筑物，它以其自身巨大的力量征服了我。父亲说："那是穷苦人用石头一块块地垒起来的。你以后一定要挣大钱，否则就要征来这里筑大坝。"我打了个寒战。这句话就像一根鞭子抽打在我幼小的心上，犹如一句谶语，牢牢地刻在我的头脑中，永远不可摆脱。父亲又解释说："读书人很受人们的尊敬，也不用驱遣来筑大坝，你今后一定要好好读书。"

一九九四年秋天，我考上了大学，我就是公鸡下的蛋，是西边出的太阳，总之是一个奇迹。我在秋天成了村庄的头条新闻，成了孩子们学习的好榜样。在那时，我得说乡下要供出一位大学生可不是请客吃饭那样的简单，其艰苦复杂不亚于全国人民赶走蒋介石。当我成了村庄屈指可数的大学生，父亲得意地说："以前我跟他说过不好好读书就要去修水库大坝，他就拼命学习啦。"父亲说的不是事实，我读书时算不上认真（我讨厌学校那种机械化的教育），但我也不否认对筑坝的恐惧贯穿了我的童年。在我们村庄，没几个不是穷人，而又没几个人能靠读书离开这个让人爱恨交加的地方。事实上，我没有怎么想过靠读书改变自己的命运。我对此不抱指望，村庄鲜有成功的先例，之前也只有二伯父在二十世纪六十年代考上省城的大学。

当水库的水通过水渠和天桥从远方流到我们身边，我无数次倾听那些细微而清晰的水声，猜想着这些流水遥远而神秘的源头。而现在，我终于来到这个水源。这片辽阔的水域不由分说地融入我的生命，成了我记忆深处柔软隐秘的一角，多年来一直灌溉着心灵中干旱的田亩。

我在八九岁的时候，又跟随族人去茅坪祭祖。这次，父亲因有事缠身而没有陪我。队伍宛若长蛇迈上了大坝，我想起往昔中的水库，不禁停下脚步，凝视着水面的细浪和岸边的远山。不知不觉中，我掉队了，队伍已经爬上了山坡。一阵风吹过来，我感到心中异常空旷，我想是辽阔的水库使我深感孤单。水库是一只巨大的眼睛，我隐约感到它看见了我，我站在大坝上与它对望。我感到水量并不充盈（水量不多的原因，可能是雨季还没到来，或许是春耕耗损了它的储存），露出了高高的库壁。四面的库壁往中间收缩，越来越深，越来越小，这是一个横截面呈梯形的容器，犹如一口庞大的铁锅。库壁是由石灰浆和岩石砌成的，我感到石灰浆缝比往昔更为灰暗和陈旧，还带着一些褐色的淤泥和淡绿的水痕。

又一阵更大的风吹来，风竟然吹落了我头上的草帽，掉在库壁上。圆形的草帽像轮子那样顺着斜坡往水面迅速滚去。我吃了一惊，不假思索，马上翻越大坝下到库壁，我在风中追赶着草帽。我脚下一滑，打了个趔趄，几乎跌了一跤。幸好那些石头异常粗糙，那些石灰浆缝使有点光滑的库壁增大了阻力，我一步步向草帽走去。当我接近草帽的时候，它已经滚到了水面，那黄色的丝带在水面上漂浮。我伸出手去，抓住了草帽，同时触及了水面，一股清凉马上通过我的手传递到我的全身。

当我取回草帽，正要往上爬时，我抬头往来路一看，不禁头晕目眩，双腿发软。天啊，原来水库的石壁有这么高！我犹如置身于井底，头顶上飘着云朵，波浪拍击石壁的声音此起彼伏，堤坝在很远的高处。我所看到的天空乃是奇怪的天空，我当时有着一种跟井底之蛙相似的感受。但我不赞同语文老师对青蛙的指责，在这样的视角上看到的东西，不是经常有机会看到的，它为我打开了一个崭新的天地。以后，当我接触到一样新事物时，习惯于从不同角度不同侧面去打量并感受。一九九九年春天，我写过一首诗《世界的侧面》：从侧面来看，我一生都在描述一片相同的叶子/从侧面来看，我和大海是两面相爱的镜子/但看不清彼此的脸。这首诗阐述了我认识世界打量世界的基本方法。

刚才，我凭一口气来到水库下面，想不到堤坝跟水面有这么远的距离，看来有十几二十米啊。我稳住心神，强自镇定。我必须设法爬上去。我戴好草帽，将帽带在脖子上系得紧紧的，又把脚上的凉鞋脱下来，别在裤头上。我担心鞋子会让我打滑。我手脚并用，犹如猴子爬山，好不容易平安爬上堤坝，才吁出一口长气。我看着泛起白光的水面，感到一阵惊恐，倘若我失足滑入水库，那后果真是不堪设想！多年后，我记起为了一顶草帽而冒险涉身水库，其实在追赶草帽时并没想那么多，在上来后才感到恐惧。与其说我为了一顶草帽，毋宁说我于恍惚中听从水库的召唤来到了水边。我宁愿当是大自然给我的一次启示，它让我更深地感受到了水的声音和气息。后来，我很少有机会如此近距离地触及一座水库。

　　我快步追上了队伍，人们已经散布在祖先坟墓的四周上，开始了祭祀。我掉队的事根本就没有人知道。人是如此之多，而我仅是一个不起眼的孩子。当祭祖结束后，我从"水口"水库返回村庄，我特意去水渠上观看，水渠积满枯枝败叶和漆黑的淤泥，而那些水仍依然保持着干净和清冽，它从渠中流过，而不会沾染地上的尘土和杂质。这一点，使它跟溪水或河水区别开来，而看上去更像是泉水。水库真是一个奇特的容器，它所蓄积的水也是山洪或溪水汇聚而成的，原来没有这样清澈，而经过水库神奇的转换和净化，却已脱胎换骨。

　　天桥上淙淙流动的水声引起了我的注意。水总是从高处往低处流的，村庄附近常见的只是一些细小的天桥，它们并不能容纳更多的水，这些天桥一端连接着干渠，一端将水导引到田地上去。有一次，我趴在天桥的出口观看过水在流淌。这些水在山坡泼洒下来，水花四溅，形成了一道微小的瀑布。

人们建造这些天桥的目的，乃是将水引到需要灌溉的田地。然而我常看到一些胆大而性急的人，为了追求捷径而冒险在上面行走。天桥通常连接在两座丘陵之间，要翻过这两座小山，走天桥的确是最直接的路径。只是，天桥的管壁异常单薄，桥面两端的厚度不会超过五厘米，两端之间的水槽宽约半米，走在上面的人双脚分开，刚好一脚踩着一端。天桥上又没有护栏，行人走在上面无所凭依，其难度不亚于耍杂技的人在走钢丝。而天桥离地面少则十数米，高则多达三五十米，如果一不小心从桥上掉下来，只怕凶多吉少。但村民剽悍，胆子又大，常在天桥上来往，天长日久，竟然行走如飞，不仅徒步迅捷，就是挑着一担东西亦能来去自如。大人如此，小孩亦不甘示弱。放牛的大孩子还恨不得赶着一群牛从天桥上通过呢。当然，牲畜任其鞭挞吆喝，都不会迈出半步。

我一直不敢迈上天桥，我胆子小，桥上流水的声音也使我分神。我宁愿绕走一段更远的弯路而不想冒险。

其实，从天桥上坠地伤亡的人并非没有。我就亲眼看见一个人从天桥掉下来，这是村子西边的老桂。他长得干干瘦瘦，力气倒是不小，干起活来干净利落。那天，他挑了满满一担刚从山上割下来的柴草迈上了天桥。柴草撑得满满的，畚箕由竹篾编织的四条提臂被挤成了圆弧，我只看到两堆圆滚滚的柴草在有节奏地移动，而根本看不见人——直到老桂从桥上掉下来才看清是他。老桂虽然挑着重担，但他的步伐依然平稳，一丝也不含糊，他曾无数次这样从天桥上通过，这并不是什么难题。问题就出在天桥上，也许是因为槽壁单薄的缘故，又加上年久失修，当老桂走到桥中央时，天桥突然"轰"的一声，断裂成两半，老桂猝不及防，连同数截断桥一起坠落下来。幸好天桥下面就是河流，河水丰沛，淤泥深厚，老桂只喝了几口水就被人们救了上来，倒是一段断桥砸伤了他的腿骨。等他痊愈之后，走路倒是无碍，只是说什么也不敢再在引水天桥上行走了。

开江和建桥

我年幼时目睹过人们建筑桥梁，但我无法完全复活当时的情景。那时我才两岁多，能记住的乃是生命的颜色（譬如河水的颜色、龟裂河床的颜色和壮汉赤裸着的黝黑色或古铜色之脊背）和声音（包括河水涌动的声音、鹬鸟在水面上掠过的啾鸣和劳动者吆喝的喊声），而那些细枝末节全已忘却。我遗忘的一切也许并不重要，而我当时记住的东西已融入生命。为了防洪而保存千顷良田及罗江两岸的数十条村庄，在政府的号召下，人们决定利用铁锹和锄头在罗江中游开挖一条人工河，每个成年男女都必须参与这项战天斗地的宏伟工程。那是二十世纪七十年代中期，只要上头一声令下，人民群众迅即闻风而动，有无数海塘、堤坝和梯田就是这样依靠人力造出来的。

每日天还未亮，父母就得跟随大队开赴工地，要步行两三个小时才到达，一直要干到傍晚才能收工回家。祖母在我

两岁时就去世了。我在家中无人看管，父母只好带我去开
工。父亲用铁锹挑着畚箕，上面装着大米、青菜和瓦锅（这
将是我们在中午的粮食和炊具）。母亲背着我，她也挑着一
担空的畚箕。畚箕跟铁锹是同样重要的工具，铁锹用来铲起
泥土，畚箕则用来搬运，把泥土挖掘起来就是新的河床，而
堆积起来的泥土形成了河堤。我趴在母亲的背上，打量着路
边的每一座山和每一条村庄。我说不出山与山或村与村之间
的区别。

　　到了工地，我精神为之一振。我被河床上那一望无垠的
沙滩所震撼，这是一片辽阔而雪白的沙滩。太阳升起来有一
竿子高了，沙子在阳光的照射下泛着耀眼的白光，而清亮的
河水一直退到沙滩的边缘。河床是如此宽阔，而河水又狭又
小。它几乎在地球的引力下保持停止，犹如一块微蓝、透明
的玻璃镶嵌在沙堆之间，而河岸在更远的地方。这就是所谓
的"开眼界"，也是我对大自然的一次体验吧。

　　这是一个叫"墩"的地方。河床宽阔而出口狭小，呈倒
葫芦状，极不利于泄洪，每年雨季来时均是洪水泛滥之地。
开江的最佳时机，自然是在雨水稀少而河水减弱的深秋和初
冬。不会在雨季到来或洪水泛滥的时候去开挖河道。天旱有
好一段时间了，阳光又非常猛烈，河床上变得龟裂一片。这
些地方曾是看不见的河底，如今露出了深深的裂缝，这些裂
缝犹如一些焦渴而几乎无力张开的嘴唇，它们吸干了那些
水。河滩上布满了蝼蚁般卑微的民众。人们就在河床的旁边
开挖一条河道，用锄头和铁锹挖掘，用畚箕搬运，他们甚至
连一辆斗车或双轮车也没有，纯粹是靠肩挑手提。工地上尘
土飞扬，每一个人都操着工具埋头苦干，间或传来小队长的

吆喝或呵斥。

母亲干活时用背带将我"绑"在背部上。她用铁锹将泥土铲入畚箕中，然后横过铁锹将其挑到远处，铁锹的木柄同时兼有扁担之用。母亲在劳作时我不停地晃动，但我没有感到不适，只是秋老虎的炎热让我憋出了一身热汗。在我们乡下，背着孩子干活的年轻母亲乃是司空见惯的情景，在开江的工地上也不鲜见。我忘不了这样的一个孩子，她伏在一个女人的背上。她头上的发辫说出了她的性别，脸上粉嘟嘟的，一双水汪汪的眼睛望着我，目不转睛。她的嘴角仿佛露出了笑意。我无法知道她在想什么。少年时，我时常想起这个女孩，但我对婴孩之间的交流一无所知。当年，我们仅是凭眼神交流的吗？二十多年过去，我从粤西的一个小山村来到了省城谋生，而她到底去了何方？如果她还在村庄，想来也是有一个或几个孩子的母亲了。乡下的姑娘总是成长得那么快，然后就是结婚生子，在繁重琐屑的劳作中日渐衰老。

有时，我在母亲的背上迷迷糊糊地睡着了。当我睁开眼睛时，我发现躺在一张柔软而有点臭味的塑料布上。一把伞遮盖着我，身旁是白色的沙土，太阳向着西边微微倾斜。母亲趁我睡着时将我放了下来，她的动作是那么轻柔，我根本就没有察觉。

该是吃午饭的时候了，工地上的喧嚣暂时停顿，工地上空弥漫着炊烟和饭菜的香味。有人用几块泥坯搭了一个简易的泥灶，或者干脆用锄头在地上挖了一个小灶，这跟古代行军中的"掘地为灶"如出一辙。所需的水舀自河里，而粮食都是自带的，多是大米、面条和番薯诸如此类，下饭的菜则是白菜、黄豆、萝卜干之类，极少荤腥。其实，我在整整一个七十年代，又能吃上几片肉呢？做饭的燃料是从河边捡拾的干芦苇和树林中砍伐的枯枝，也有人从家里带几片木柴过来。母亲拿过一个瓷碗，盛了半碗稀饭，开始喂我吃。她怕烫痛我，每次喂我时都要吹一吹，再放进嘴里尝一尝才让我吞咽。

直到暮色降临，人们才会收工，拖着疲乏的双腿踏上了返家的路。

有时，母亲在挖土时捉到一两条黄鳝。当一条黄鳝从龟裂的泥土中钻出，又被母亲灵巧的手捉住并放入瓦煲中，我感到百思不得其解。黄鳝是如此生猛，丝毫也没有饥渴的感觉，然而，它是凭借什么活下来的呢？这个问题一直困扰了我好几年。

有时，人们还会在歇息的间隙来到河边，在湿润的河滩上捕捉沙虫，或到水中捞拾河蚬。沙虫是浅海滩涂中的常见生灵，没想到此处亦有繁殖，可能是靠近出海口的缘故吧。沙虫呈长筒形，细小、雪白，身上有方格子状花纹，用来煮汤或煲粥滋味都异常鲜美。在我们村边的小河，河蚬也是有的，但不及此处的个大味美，蚬肉又肥又嫩，炒来吃或跟沙虫混搭煮汤，其滋味之鲜美让人垂涎欲滴。

开江的工作持续了数年，人们终于在罗江下游用血汗开辟出一条宽约十米长达八九公里的河道，它一直从罗江下游延伸到化州城郊，被鉴江所接纳并注入南海。这段人工河在山洪暴发的雨季，有效地分流了"墩"这一段河道的洪水。

人们的工作还没有结束，人们将要在这段河道上建起十几座桥梁。这是一些简单的小桥，纯属水泥和钢筋的建筑体，宽约三四米，中间可行驶拖拉机或简易货车，两侧乃是狭窄的人行道，这些小桥使各条村庄连接起来。父母被征用去"墩"建桥的时候，我也跟着去，当时有四五岁了吧。父亲再三叮嘱我说："你在河堤上玩耍，千万不要走开！"

我坐在河堤上，有时掐几段芦苇来玩，有时挖一块黏性强的河泥，或做泥炮或捏泥人泥狗。我很容易就沉醉于自身的游戏中。有时，我目不转睛地望着建桥的人们，我的视线随着人们手上工具的移动而起伏，这是一个浩大的场面，人们挥霍着力气和汗水，而一座桥将诞生于人们的双手中。父母一边在忙碌，一边偷空儿往我这边张望，他们担心我走远了，或到河里玩。父母脸上那种不放心的表情，让我不忍心离开他们的视线。河边堆放着难以计数的红砖和堆积如山的水泥包，那是拖拉机搬运过来的。一辆拖拉机刚卸下一车建材，又摇摇晃晃地顺着河堤开走了，车头上的铁皮烟囱在突突地冒着柱状的黑烟。

河上建起了几道桥墩，下一步就是浇制桥面。男人们爬到桥墩上，正在忙着装模板和扎钢筋，而女人们则在河滩上搅拌混凝土，沙子是现成的，河滩上到处都是，稍为收集一下，即可使用。女人们将沙子和水泥用水拌在一起，当然还少不了被砸成颗粒的石子，这些石子来自深山里的采石场。等充分混合之后再倒上水，那些沙石在水泥的作用下融为一体。人们将混凝土装入灰桶和畚箕中，运到桥面上倾倒并夯实，等凝固后就会变得非常坚硬。一座桥梁就是这样诞生的，钢筋是它的骨骼，混凝土是它的血肉，一座桥梁犹如一座塑像。人们先在河上支起一个钢铁的架子，然后在钢铁的四周附上混凝土，这尊塑像慢慢在人们的劳作中成形。

为了省时省力，人们用几只滑轮和一些绳子制造了一架简易的升降机。滑轮连接着一只大铁钩，钩上挂着装得满溢的灰桶，绳子的另一端被牢牢抓在两个壮汉的手中，壮汉身体往后倾，努力使重心后坠，而绳子被他们拼命地往下拉，另一端的重物在上升。当灰桶升到桥面时，就会停下来，人们取走了混凝土，并将另一只空桶挂上升降机的挂钩。那只灰桶装着重物时，是向上升的，倒空东西之后则会往下降。而上升和下降的道路是同一条路。成年后，我读到赫拉克利特的这句名言，头脑马上浮现出彼时两个壮汉拉动滑轮的情景。当他们要升起重物时，双手就狠劲往下拉；而要使空桶回到地面，则往前施送绳子。前者要出尽吃奶的力气，而后者则不费吹灰之力。升降机在一起一落之中让我入迷，后来，我干脆盯着它看，眼睛一刻也不离开。我当年目击过的建桥场景，只剩下一只硕大的滑轮和铁钩，而别的东西全已忘却。滑轮吊起重物而能升降自如，这让我既感到新奇又惊异。我知道绳子上面肯定存在着一种神秘的力，而我说不清其中的奥秘。一直到上初中，我才在物理课堂上懂得滑轮的机械原理。这一切对于一个只有几岁的孩子来说，显得那么迷人而诡奇。

　　当我在电脑上（当时我仍用电脑写作）重新述说这段往事，我还能想起一些什么呢？我说不清楚一座桥梁是怎样建起来的，能捡拾的乃是一片破碎的风景。岁月像潮水般退去，许多事物水落石出。而那只大铁钩仍停留在我的记忆深处，它已抽象成一只黑铁般沉重的问号，它集中了我在童年时代所遭遇的一切疑问。

一座桥梁的坍塌史

在乡村，每一座桥都跟水或河流有关。人们建桥乃是为了过渡（引水天桥则是一个例外），一座桥使此岸与彼岸清晰起来，它仿佛是一面镜子，映照出了一条河的两岸。

我不知道一座桥最终毁灭于脆弱的基石，还是来自于车轮、脚步和牛马的践踏？它除了承受旁人施加的压力，还要忍耐自身的孤独和倦怠。斑驳的苔藓，时光的表皮，填充桥身的罅隙。一座木桥吐出生锈的铁钉，犹如一尾鱼吐出身上的刺，每一颗钉子都很尖锐，如今被一场缓慢的风磨损。一颗钉子释放的黑暗，使整座桥梁看到了彼此的颓败。一座就要坍塌的桥梁，它的裂缝在不断扩大，水泥在不断掉落，露出了隐藏于内部的钢筋，这就是它的肝脏。一座桥仿佛是一尾离开了水的鱼，只剩下鱼骨，北风吹掉了它身上的鳞和肉。它犹如一位迟暮的美人，向世界交出了肉体，但保存着泉水清澈的骨头。是谁在说，一座桥梁的倒塌也变得难以察觉？它类似一棵大树缓慢、漫长的衰老？一座桥梁正在竣工，它的倒影插入河水中，仿佛一堆玻璃的碎片。一座桥梁的倒塌总是让我充满悲伤，它的离开犹如一位友人的离去。

那是一个夕阳西下的傍晚，我挑着一担木柴跨过溪水上的一条木桥。这是一道由六根碗口般粗细的杉木并排搭成的木桥，桥身有着密密麻麻的小孔，它几乎被虫蚁蛀空了。当我走到桥中央的时候，感到桥身在晃晃悠悠，脚下响起了喘气般的吱吱声。我和木柴加起来的重量使木桥不堪忍受，我的小腿在发颤，感到了内心的慌张。我稍为停顿，有点进退两难。最后，我还是硬着头皮走了过去。当我刚过了桥，就听到身后传来"咔嚓"一声轻响，我回头一看，吓出了一身冷汗。桥上有一根杉木已从中断为两截，如果一座桥也有生命，那么它的生命已快走到了尽头。我放下担子看着它，一座正在弥留之际的木桥让人不忍卒视。

我返身抱起了那两段断裂的木头，然而我不能使一座断裂的木桥恢复原貌。暮色越来越深了，我感到心中的悲伤在跟一座桥的悲伤重叠。是我直接加速了一座桥梁的老朽和死亡，多年之后，我的体内依然传来那一声木头断裂的咔嚓响。

通常，桥梁看上去都是如此坚固。我认为每一座桥梁都是完美的，每一座桥梁最终都会倒塌。这就是我在大地上目击的悲怆事实。我多次目睹过桥梁的诞生，但也耳闻了不少桥梁坍塌的消息。倘若说，一座木桥的坍塌跟蛀虫和白蚁大有关系，是这些害虫吞噬着它的血肉，耗损了它的生命。那么，一座钢筋水泥桥的倒塌又跟什么东西有关呢？除了人们的践踏和车辆的倾轧，肯定还有一股更强大的破坏力在它的内部缓慢滋长，这是一种无可抗拒的力量。时间之虫蛀空了它的躯体，这就是一座桥梁真正衰老的原因。

在桥墩下的裂缝，往往生长着一些绿色或褐色的苔藓，它们恰好巧妙地掩盖了这些罅隙，仿佛是一种美丽的装饰。桥梁身上的隐痛并不为外人所知，那些仍在扩大的裂缝将会摧毁它的生命。我知道苔藓之所以在罅隙上生长，乃是因为上面积聚的尘土和河流的滋润，但我心中还是升起一种莫名而复杂的滋味。我更宁愿将它视之为时间的面影，时间不会在它经过的事物上投下影子，苔藓的生长和脱落却在桥墩留下了它的痕迹。时间不仅在一座桥的表面上经过，也会在一座桥的内部经过，譬如桥中的钢筋和石头，没有一样东西可以逃脱它的爱抚和腐蚀。时间的力量乃是忍耐。我不是说一座桥梁没有足够的忍耐，但它最终崩溃于自身的隐忍和忧郁。一座桥梁建起来之后，它并没有停止，而是一步步迈向自己的老年和死寂。就算没有风雨的侵蚀，它也有衰老的一天。时间是一柄利刃，没有一样事物可以避过它的锋锐。一座桥也是寂寞的吗？尽管每天都会有人从它的身上经过，然而，每一个人都行色匆匆。那些匆忙的脚步声泄漏了他们的秘密。他们毕竟是过客，不会在桥上停留，他们的归宿在别处。一座桥孤零零地矗立在河面上，它不能挽留那些比脚步声更匆忙的流水，也不能抵御流水和时间的双重洗劫。

52　　在雾水弥漫的清晨，在暮色四合的黄昏，或者在行人穿梭的正午，我都感到一座桥有着说不出的寂寥。它眺望着流水而苦恼不堪。有一次，我坐在桥边陷入了沉思，看上去是我在跟一座桥相互凝视，其实是我体内一座更小的桥在跟它遥相呼应。有谁能读懂一位少年莫名的忧伤？就算有人发现了他体内的这座桥梁，但又有谁会迈出他的双脚呢？这座桥梁所通向的道路并不是别人的道路。

　　有一次山洪暴发，河水被每一个浪头所推动，每一个浪头都在互相碰撞、推送，大水仿佛一个暴怒的神灵在撕扯着自己的毛发。洪水冲击着村边的那一座水泥桥，桥梁有大半被洪水所淹没，我仿佛看见它在水中摇摆，犹如倾斜的醉舟。是洪水在摧毁它的每一个部位，还是它要在汹涌的洪水中呼啸着远去？也许，是洪水唤醒它体内几乎停顿的激情。它的桥墩上仿佛跳跃着奔腾的马群，它终要像野马脱缰而去。它身上的桥板已脱离它的身体，被大水带到了下游。直到洪水退去，人们才从水中捞回那些桥板，并重新装好，直到下一次洪水来临。

在一个冷风吹拂的冬日，母亲叫我去河畔的菜畦摘菜。我发现那座水泥桥已经倒塌，我为看到的这一幕所惊愕。一座桥就这样说倒就倒了，就像我手上的白菜梗一样脆弱。

一座桥梁的生命史就是一部坍塌史。一截断桥横亘于半空，摇摇欲坠，它还要苦苦地支撑什么呢？另一截倒塌于水中，那些水是那么清，那么浅，几乎不能覆盖那横卧在河水中的桥墩。它显得那么沉重，那么悲壮，仿佛集中了世界的重量。冬天的河水寒冷彻骨，那一截断桥犹如一把火炬，它仿佛要在水中燃烧。现在，这座桥已成为一堆废墟，一座桥的离去，预示着一条道路的中断。两截断桥之间的缺口是如此巨大，它仿佛是世界的空白，一时让我茫然无措。

桥
梁

井 台

汲水

在我的记忆中，水井跟焦渴有关。凤凰村坐落在一个鱼形的山坡上，水井刚好在村口，正处于鱼眼的位置。井口是四方的，约有七八米深。井壁的上半截由石块砌成，下半截是黄褐色的粉石，泉眼只喷涌细沙，而几乎没有淤泥，这就保证了水井的清洁。井水明晃晃的，像镜子一样反映着天空。四方的井口有一个好处，那就是人们可以站在它的四个角上同时打水。

井台异常宽阔，用混凝土筑成，再抹上一层石灰油，显得平整而光滑。井栏呈八角形，也全由石头砌就，那些雕花栏杆雕刻着飞鸟走兽，延续着乡村古老而朴素的石雕艺术。井台是孩子们的乐园，我们经常盘膝坐在井台玩各式各样的石子棋。一把石子结合不同的图形，可以幻化出无穷无尽的玩法，世界在不同的组合中更新和改变。井壁生长着苔藓、野芍药及铁芒箕等蕨类植物，只有到年底，人们才会将其拔

除，并将井水全部打上来，把井底的泥沙掏干净，将其彻底
清理一次。

我对各式各样的水井充满兴趣。我每到一个村庄，都会
跑到井台去，在井中看到了我的脸庞和身后辽阔的天空。我
时常跟井中的影子对视并交谈。乡村的天空没有什么遮掩之
物，永远是如此蔚蓝和辽阔，然而，一个小小的水井竟然能
将其容纳下来，这是事物在我的面前显现它的神秘。还有，
那源源不断的泉水是从哪里来的呢？这曾经是困扰了我很长
时间的难题。

我比较过不同村庄之间的水井，有的井口是圆的，井壁
由十来个环形的水泥圈堆砌而成，当然像凤凰村的水井那样
由石头砌成的方形水井也相当普遍。但公允地说，邻村的水
井远不及凤凰村的。有的水井淤泥过多，井水混浊而土味浓
郁；有的水井很深，有十来二十米，打一桶水耗时耗力，异
常费劲；而水质呢，均不及凤凰村的清澈甘甜。

在二十世纪八十年代，我们挑井水都用木桶。后来慢慢
过渡到了锑桶及铁桶，到九十年代中后期，我们乡间已难以
见到木桶了，已被铁桶或锑桶所替代，后来还出现了塑料
桶。木桶多以杉木板拼嵌而成，桶板之间纯以木头楔子拼
接，再围绕桶身箍两三道铁线，牢固异常，亦不会漏水，用
三五年没问题。据说箍桶的环节很关键，故在木匠之外衍
生出箍桶匠这一职业来。很少木桶会突然散架，但木桶终非
坚固耐用之物，且不说桶口在跟井壁的无数次碰撞中遭到磨
损，就是在跟水的长期浸淫中也会腐朽。人们挑完水后，往
往会把木桶倒扣过来，以使其保持干燥而增长寿命。由于桶
耳的木板常跟铁制的担水钩相摩擦，木不敌铁，却磨损乃至

朽烂了。

在打水时，水桶、"井篙""担水钩"的组合可谓铁三角（当然还有竹木的附件）。井篙是一根长竹竿，并在竹竿头上用螺丝钉装上一个可以活动的铁钩，人们利用它把一桶水从井中打上来。"担水钩"的主体是一根由木头或竹子做的扁担，在扁担两端上挂着两条生铁打成的钩子，铁钩也由两部分组成，犹如双节棍一样灵活，使挑水者不用低头就能顺手勾住水桶。一根担水钩充分体现了乡村木匠和铁匠的朴素智慧，它符合力学的原理，贯彻了省力和好用的原则。所谓省力也是有限度的，乡村中的每一样活计都是苦役，不可能有多轻松。挑水又是家务活之中最累人的，一个孩子能否帮家人挑水，这视为他长大的标志。当一个孩子挑着满满一担水走过村中的小巷，在大人嘉许的注视下，总会忍不住得意的神色。这说明他开始有用了。在乡村，一切都以有用为准绳，连人也不例外。一个无用之人为人所不齿。

我是十二岁开始挑水的，我一直在跃跃欲试。在井台上打水、挑水的景象多次出现在我的梦中。而我身材矮小，手臂像芦苇管一样羸弱，要挑满一担水力不从心。我第一次挑水时，就因力气不足而在铺着青石的村巷摔破了一担木桶。后来，我慢慢才能轻松自如地挑水，在巷子奔走如飞。劳动增强了我的体质，我体会到力气在膀臂缓慢生长的美妙感觉。

打水的过程是这样的——我弯着腰，用井篙勾住铁桶把它缓缓地放入井中，旋即用力往下一压，铁桶发出"噗"的声响，首先是桶口切入水面，然后是铁桶没入水中，猛地往下沉。水中有一股力量在抻着我，仿佛要把我往井底拖去。我憋住气，双手交替着使劲往上提，一桶水顺着井篙，在一寸寸上升，直至越过井沿，被我提到井台上。我松一口气，继续打另一桶水。村人打水的姿势几乎是一样，它仿佛是简化的祈祷仪式，庄重而简单，从祖先的手温中一直传递过来。我很小心，尽量不让井篙沾上水珠，我担心竹篙在手中变得滑腻。但我错了，竹篙的表面是一层篾青，异常光滑，沾点水反而不易脱手，这跟农人喜欢在锄头柄上吐唾液相似。

打水也有意外，最头痛的是水桶会脱手而掉入井底。有一次，我眼睁睁地看着铁桶沉入水底，我没有能力挽留它，我感到心跟着往下沉。一只铁桶对贫穷的人家来说，也是一笔不大不小的财产。我一面在自责，一面在想办法挽救。铁桶掉入井中，无路可走，它是完全可以打捞回来的。只要有足够的耐心和技巧，铁桶很快就会失而复得。

但有一次，我花费了许多时间，依然没有把铁桶捞上来。铁桶待在水中，一声不吭，犹如一个恶作剧而又心计深沉的孩子，它跟我玩起了捉迷藏。我从正午捞到傍晚，大汗淋淋，晚霞从山冈卷到了屋顶，村庄升起乳白的炊烟。农夫扛着农具赶着牛回来了。他们劳作了一天，是该吃饭和休憩了。我除了挑水，还承担着做饭和喂禽畜的任务，而我还耗在井台上进退两难。我咬紧牙关地想，不把这个该死的铁桶捞上来誓不罢休！我持着井篙在水中盲目地打捞，滋长了一种不可知的恐惧和无力把握的悲伤。我感到有几次触碰到它，但就是不能顺利地捞上来。它仿佛沉睡在一个久远而顽固的梦境中，远离这个世界，不会为任何事物所惊动。

终于，父母用锄头柄挑着畚箕踩着星光返回了。我停止了打捞的动作，发觉双臂像两个沙袋在下坠，又酸又痛。我望着父亲，忍不住哭了。父亲用手摸了摸我的脑袋，他接过我手中的井篙往井水探去。夜色中的井水，显得无限安静、孤独而黯然。井篙在水中缓慢而执拗地移动着，很快，铁桶听到了井篙的召唤，犹如铁钉听到磁铁的召唤。父亲坚定地攀起了竹篙，铁桶终于捞上来了。

事实上，用磁铁的确可以将沉入井底的铁桶摄到水面，要将其提离水面却不容易。我在黄花镇读初中时，曾将同学的铁桶不慎滑落井中。该井深达二十米，平时打水得用绳子，寻常竹篙够不着水面。我只好趁着夜深人静时（担心有人在场更紧张）去捞，我先将井篙斜架在井壁上，然后用绳子绑着的大磁铁将铁桶吸至水面，绳子的一端拴在井台的栏杆上，再小心地顺着井壁上的铁环爬到水井中途；这样，井篙就够得着水面及半浮半沉的铁桶了，并顺利地使井篙上的铁钩勾住了桶耳。我将井篙跟绳子拴连，等我爬上去，就可以小心地通过提起绳子将井篙并将其拴住的铁桶提起来。没想到，我在往上攀爬至井沿时突然双腿发软，一阵恐惧震颤着我的全身。我努力收慑心神，总算爬出了井口，趴在井边大口地喘气，慢慢恢复了平静。

我说不出这口井的历史，甚至村庄的人，也没有一个人能说得出来。这口井有好些年头了。这口井泉源悠长，水质清甜。后来，村庄人口逐渐增多，人们又打了好几口井，但无论水质还是流量，都跟这口井相差甚远。在我的记忆中，这口井从不枯缺，但这不等于它时刻保持着足够的深度。

尽管泉水源源不断，但该井还是被人们打了一个底朝天！那是在二十世纪八十年代初期，有几年气候异常干旱，农田龟裂，禾苗枯焦，四邻八乡的水井泉源枯缺甚至干涸，而这口井依然丰盈。于是，邻近村庄的人纷纷来凤凰村打水，井台上总是有人在排队等候。打水的速度太快，泉水的速度终归有限，井水终于被打光了，我看见了井底极其细小的泉眼。井底是黄色的，那是一些柔软的石头，在凤凰村称之为"粉石"，据说可以用来做颜料。井底是天然的石头，这有一个好处，可使水井不至于积累太多淤泥而变得肮脏。

井底被水桶搜刮得异常光滑，中间是椭圆形的，犹如一口大铁锅的底部。在井底的中央和侧边，分布着大小七个泉眼。有个泉眼流量惊人，它犹如喷泉，我在井台上都能听见"嘶嘶"的涌流声，伴随着泉水涌现的还有轻柔的细沙，细沙在水流的作用下均匀地铺满井底，它使泉水保持清洁。泉水的速度并不慢，然而等待的人太多了，人们总是嫌泉水的流量太小，流速太慢。井水是如此少，井台上密密麻麻的水桶张着大嘴，犹如深渊。人们终于变得焦躁起来，要等水井积蓄到打满一桶水，那真是漫长得令人难以忍受！

于是，大家公推一个人爬下井去，用一个勺子把刚流出来的水舀到桶里去。舀到桶里的水不可避免带上了泥沙，只能把它挑回去让它慢慢澄清并沉淀。我也曾爬到井底给大伙儿舀水。我顺着井壁的石头小心翼翼地爬下去，步步为营，一直爬到井底。当我置身于井底当中，获得了前所未有的观照经验，我想起了小学课文里的一个成语及其含义：坐井观天。但我并没觉得有什么局限，相反，我仿佛发现了一个新的天地。我看到的天空那么小，它永远是那么蓝，或灰或白的云朵在上面移动着，但最终会被风吹散，只有蓝色才是它本来的颜色。

我裸露着上身，只穿着一条裤衩，手拿一只瓜瓢，就这样蹲在井底中。井底相当狭小，我只能半蹲半坐着，尽力保持着身体的平衡，我的身边早已迫不及待地放着几只木桶。我竖起耳朵，侧身听着泉水"滋滋"地涌现的微响，它仿佛在呈现着什么。这是一种让人欢欣而神秘的声音，我不知道它是从哪里流过来的，我说不出泉源后面的事物及其联系，我只知道这些泉水乃是生活中之必需。于是，我毫不犹豫地伸出了手中的瓜瓢，把井底的水舀到水桶中。

在很长的一段时间，向水井索取清水成了村庄的主要内容。白天太多人打水了，能打到的水太过有限。我和母亲在夏日凌晨三四点去井台打过水，彼时万籁俱寂，人们早已沉入梦乡，井中之水也因无人汲取而相当丰盈。母亲让我提着煤油灯，她要亲自动手，她总是不相信我稚嫩的手臂能有多大气力。煤油灯的光芒是如此黯淡，它几乎不能照亮井口。有时月亮在天边洒下一片清辉，有时则漆黑一团，母亲用嘴咬着一支"虎头牌"手电筒，让它的光线直射进井中。我在子夜时分见过天边的启明星，又大又亮，尽管我看不清它旁边的任何事物，但它的光辉比我手中的煤油灯不知要亮多少倍！在黑暗之中，我看到了井中的一泓清水，我心里又激动又安静，那一汪清水在我的头脑中浸润开去，让我感到四肢一片清凉。

挖井

担旱水的季节总会过去，在雨季，天上的雨水也落入井中，井水满盈，打水当然不用费什么力气。在连日暴雨的时候，井水几乎要漫出井沿。如果真要这样，那井水就被弄脏了，井边的泥沙和垃圾会跟它沆瀣一气。人们警惕着这一点，总是在井水将满时把水打出来倒掉。那些多余的水从井栏的排水口中流出去，一直流到村边的沟渠中。然而，一转眼到了冬天，担旱水的日子又来到了。为了解决这个问题，不少人开始在自家的庭院里打井。

我就帮族人挖过井，阿土年龄跟我相仿，论辈分却叫我叔叔。在他父亲的授意下，他决定在庭院中打井。他首先把天井中的方砖撬起来，接着用锄头在地上划了一个半径约为五十厘米的圆圈，拿起一把短柄锄头开始向下挖掘。当阿土挖到一两米时，我只能看得到他的头顶，地底漆黑一团。我听到工具在切挖泥土发出的轻微声音，他身边放着一把小铁铲，以作搬运泥土之用。他父亲抓着一根绳子，绳子的尽头系着一只畚箕，等阿土装满泥土就会把它拉上来。泥井越来越深，阿土在向下挖掘时，在井壁挖了两排小坑以供上落。他在上落时，就用手撑着井壁，双脚在那些小坑一级级地往上移动或往下直抵井底。

我觉得很有趣，主动帮他挖井。"挖掘"，这是一个动人的字眼！我在井底不知疲倦地挖着，仿佛用锄头跟大地对话，只能听到锄头切入泥层单调的声音，但我体验到了新鲜而陌生的乐趣。那是一种创造，泥井在我的努力中逐渐走向深邃。我的努力寄托在深刻的期待中。我感到有越来越多的泥土被挖起来，我不关心它们会搬到哪儿去，我只管把它们铲入畚箕就行了，自然有人将其弄走。

阿土父亲为了省力，也为了井中人的安全，他做了一个辘轳，乃由铁柱、圆木及绳子组成。这样他可以毫不费力就将井中挖出的泥土搬上地面。我在井底工作着，听到头顶上的辘轳在"吱呀"声中转动，时有一些泥屑掉在头上，打歪我的草帽。草帽主要是为了遮挡头顶上掉落的泥坯。后来，辘轳的声音显得越来越远，我知道井的深度在不断拓展，我也离地面越来越远。井底不断地向下推移，昨日的井底成了今日之井壁，一直往下挖就是深深的泉源。在那些日子，我跟阿土轮流爬下井中挖掘。终于，我们挖到了潮湿的泥土，那是泉水将要冒出的预兆。我们挖得更起劲了，有什么比挖到隐藏在深处的泉源更让人兴奋的呢？我们一直挖到泉眼暴露于阳光中，才结束了挖掘。井水明晃晃的，它在大地深处反射着阳光。我们仿佛从泥土中挖掘出了一个晃动的圆镜并将它擦拭。

阿土的家在低矮之处，这口井挖十来米就行了。有的人住在山坡，要挖三五十米才有泉水冒出来。

辘轳真是神奇之物，它虽是一种简单的机械，却充分体现了科学的魅力和生活的诗意。它使苦役般的打水劳动变得优悠而毫不费劲。辘轳在转动，挂着空桶的井绳在缓缓地挨近井水，它吱呀吱呀的声音几乎是一种原始的音乐。在公共用的老井上装辘轳是不实际的，它每次只能打一桶水，对于性急的人来说，它打水的速度也不算快。而那个四方形的老井，却可以允许四个人同时站在它的四个边角上用井篙打水。装有辘轳的水井，大多是自家打的井。村庄里的人，总是在黄昏莅临的时刻，脚步匆匆地挑着水桶来打水，对于他们来说，一辈子都如此劳碌，从来就没有过空闲的时候。

农　场

区别

在凤凰村的孩子看来，毗邻的农场是一个神秘之所，农场的人也何其古怪。农场坐落在村庄西南侧的一个山坡上，大约有六七里路。农场之所以看起来神秘，就是它看上去像一个年轻的村落，而实际上又跟任何村庄都迥然不同。在村庄，房子随意地散落在村头巷尾，高矮不一，参差不齐，大都是泥砖屋，只有少数几幢红砖房，一律没有任何外墙装修，露出质朴而粗糙的墙面。每一幢房子看上去都那么破旧、古老，充满沧桑的意味。每一条小巷都那么灰暗、黯淡而沉闷，连吹过的风也浸染着贫瘠的气味，连照过屋顶的阳光也显得苍白无力，在灰白的瓦面反射着穷苦的滋味。路面永远是坎坷不平的，遍布着大大小小的石头，在晴天灰尘满天，在雨天泥泞不堪，那条通向土地庙的石板路布满苍翠的青苔。村庄的小巷永远那么肮脏，路上堆满村民乱倒的垃圾、被风吹来的柴草和一堆堆牛羊的粪便。在村庄，没有人会讲公共卫生，仿佛村庄与他们无关。我说的是二十世纪八十年代初的凤凰村，这个村庄跟别的南方村庄没有什么两样。

农场却显得生机勃勃，一幢幢崭新的房子整齐地排列着，井然有序，清一色都是两层的小洋房，青色的瓦面，白色的外墙，看上是如此气派。在二楼的走廊外缘，砌着水泥浇制的栏杆，这些栏杆塑着葵花、凉亭、椰子树之类的简单图案，这一切在我们看来是如此新奇而洋气。

那些用石灰混凝土铺过的路面平整、光滑，长年保持干净。农场有专门负责街巷卫生的清道夫，这让人看来不可思议！居然会有人整天在扫地，而不用干活！在我们看来，扫地当然不够资格称之为一种工作。

在凤凰村，盖着茅草、沥青纸或塑料布的简陋茅厕随处可见，虚掩着柴扉或木门，不分男女，当然也就没有任何标志。厕所分布在房子的旁边，几乎每户人家都有一个，在厕所后面有一个密封的粪池，这不仅是如厕的需要，也是为了囤积肥料。对于农民来说，粪池就是聚宝盆，拥有一个粪池跟拥有一个化肥厂没有区别。我读小学时，老师在教育我们向农民伯伯（其实我们又何尝不是祖国未来的农民伯伯！二三十年过去了，并没有多少人走出这个村庄）学习的时候，最喜欢说的一句话是：没有屎尿臭，哪有稻米香！屎尿几乎成了赞美农民的专有名词。为了拿到高分，每次写作文我总是捏着鼻子把这句话写到纸上。偌大的农场却只有一座厕所，用大红油漆刷写着"男厕"和"女厕"的美术体字。

令人啧啧称奇的是，农场的山坡上竟有一个巨大的水泥建筑物。它是白色的，这种白色保持了好多年，后来才被风雨腐蚀并被灰色的苔藓所覆盖。它的下面是一道二三十米高的圆形柱状物，边缘安装着一排铁环，形成了一道梯子，顶端乃是一个倒悬的圆锥体。好久以后我才知道这是一个水塔。农场也打了一口水井，但人们都用上了自来水，那些井水被抽上水塔，然后再顺着无数条细小的水管流到每一户人家中去。

这个鹤立鸡群般的水塔无疑成了农场的标志性建筑。我无数次坐在农场对面的山坡上遥望，浮想联翩，我不知道这个庞然大物是如何在山坡上树立起来的，我几乎把它当作人类的一个奇迹。我还没有机会接触到人类更多更神奇的建筑，这是人类第一次在我面前显示力量。

我想象那些清水从低处流上水塔，再从水塔流到每一户人家里的陶罐、洗菜盆和女人的漱洗盆，一些平凡的水流因经过人工的设计而变得不同寻常。那些埋在地里而又在墙角或天井出现的水管，那些泛起黄色光泽的铜制水龙头，都是我第一次见到的事物。它们克制着体内的水流，克制着那些水的速度和声音，但只要一拧开水龙头，那些声音和速度就得到释放。水龙头在打开或旋紧，对于一个孩子来说都是一种启示。这种简单的机械装置向我清晰地显示了事物之间的内在联系和相互限制。水龙头乃是对时间的最好说明，那轻快的水流象征着哗哗流逝的光阴，而在拧紧水龙头后那缱绻的水滴犹如时钟的滴答。这一切犹如巨大而虚幻的梦境，让人眩晕。我以为水龙头的发明者找到了切换现实与梦幻之间的开关。

房子四周那些硕果累累的果树是农场的奇观，只有农场才会有这么多挂着果实的果树。农场的孩子在这些香甜的果子面前显示出迥异于村庄孩子的文明和教养，当然，农场还有一种类似于法律的意志笼罩在整个农场的空气中，没有人愿意违背也没有人轻易去触犯这种意志。据说，农场的管理是非常严格的，没有人愿意拿鸡蛋般的头颅去碰撞那些黑铁般的戒律。

在凤凰村，黄皮、杧果、荔枝、龙眼、番石榴之类的果树并不缺少，但没有多少果实可以保存到成熟的季节，在其略显饱满的时候已被扫荡一空。大人们在果树放上荆棘甚至挂上一个写着"上有农药，请勿（常写成'匆'字）采摘"之类的警告牌也无济于事，乡村的孩子具有破坏一切的能量。

农场也有自己的学校，那是一所有小学一年级到五年级的学校。农场人口有限，学生不多，每个年级只有十来个甚至几个学生。在很长的一段时间，学校的老师只有两个，他们承担了学校的所有课程。村庄也有一个学校，但学生多达数十个，基本上每年级都有一个老师，自然热闹得多了。农场有一个幼儿园，三四岁到上一年级之前的孩子都上幼儿园，这在我看来不可思议。农场的人去干活时，就会把孩子们送到幼儿园，由幼儿园的阿姨照料。

凤凰村没有幼儿园，孩子断奶之后，父母就会扔在一边，任由其生长，反正儿女太多，要宠也宠不过来。穷人是不会溺爱子女的，生活的重担压在肩头，他们很少有好心情关心孩子的成长。孩子们在七岁或更大一些，到该上学堂的年龄了，就会送到乡村学校的学前班去学几个生字，譬如从"一到十"的十个自然数，以及"上中下、人口手"诸如此类的汉字，以免在正式入学时一无所知。由于学前班都是在中午举办的，连续一周，所以也叫中午班。也不敢指望孩子能读中专上大学，因为村庄甚少先例。读书之目的不外是让孩子好歹也认得几个字，却不敢有过多奢望。在我们乡下，孩子长大了，学会过硬的农耕技术才是正道。

农场看起来有点像农村，其实不然，它乃是一个缩微的城镇或是城市一角，它的布局和配置都是模仿城镇来建设的。但我那时没有到过称得上城镇的地方，感到一切都那么新奇！农场的人也日出而作，日落而息，有时也要起早摸黑，披星戴月，看起来跟农民没什么不同，其实不然，他们虽然生活在农村，却不是农民，而是国营农垦企业的员工，吃国家饷，端铁饭碗，旱涝保收，他们干活叫"上班"，农民干活叫"耕田"，表面上看来都是体力活，却有天渊之别！农场人看不起农民，脸上总是浮现出高人一等的神态，走路也带着几分趾高气扬，也就不足为奇了。

农场算是文雅的说法，其实凤凰村的人们皆称之为"胶厂"，皆因农场主要是侍弄橡胶树收割橡胶乳汁的。当然，农场的规模不大，并无生产或制造任何橡胶制品之可能，称之为"胶厂"似有不妥之处。但村民文化有限，只知以俚语唤之，顺耳无比，自然懒得去咬文嚼字。农场成立于二十世纪六十年代中期，至八十年代，农场人在此安营扎寨，繁衍生息，农场达到了全盛时期，遂大兴土木，修路安电。橡胶树在一天天长大，枝繁叶茂，俨然有参天之姿。第一代农场人竟是日渐老迈了，孩子已长大成人。我不知这些移民来自何方，但听其口音，虽多是本邑白话，亦大有出入，各不相同，有人甚至讲黎话或客家话，可见都是为了一个共同的革命目的从五湖四海走到了一起。

橡胶林

村庄的人对这支移民队伍并无好感，直呼其为"胶厂佬"，这带有蔑称的味道，更有甚者干脆称之为胶厂狗，这就不仅是蔑视而是侮辱了。农民尽管对其生活的富足和职业的优越不无艳羡乃至眼红，但对其异常不敬，甚至不把他们放在眼里。原因估计有二，一是他们在此占山造林，无形中削弱了农民谋生的资源，农民对蝇头小利斤斤计较，他们不可能不看到个中利害；二是农场人离乡背井到此，虽然日子过得红火，但毕竟免不了颠沛流离之苦，甚至有点流放的意味，说好听点是垦荒，其实跟丧家犬也庶几近之。我们乡下最重家园观念，宁肯饿死也不愿背井离乡，多少人老死村中，也不愿迁居异地。故而，农场人在农民眼中挺可怜的，似乎也没有什么值得羡慕。

在村庄的四周，大多数的丘陵都种了橡胶树，橡胶林成了山上最美丽的风景。一座座丘陵，被农场人开辟出一条条林带，从山脚一直到山顶，逐级而上，林带呈环形分布在每一座丘陵上。远远望去，山上郁郁葱葱，一片碧绿；近看一棵棵橡胶树亭亭玉立，生机勃勃。远观丘陵犹如一把巨大而墨绿的伞，近看则是一把把翠绿的伞了。

橡胶树是一种美丽的树木。它的叶子有一根长长的叶柄，分为三瓣，有点像语文书上画的红叶，只是不会变红，在秋天只会发黄，然后从枝头掉落下来。我当时没见过真正的红叶。直到一九九七年七月，我去北京探亲，才在二伯父的带领下看到北京阳坊一个山丘的栌树叶子。二伯父说，栌树的叶子一到秋天就会变红，灿若云霞，颇为壮观，通常说的红叶有两种，一是枫树之叶，一是栌树之叶。可惜当时离深秋尚远，我没有看到栌叶变红，只是拿橡胶树的叶子跟栌叶暗作比较，发觉栌叶更为精致和小巧，叶纹也更为细腻和清晰，由此红叶才会被人们制成标本作饰物吧。

橡胶树的叶子，人们干脆简称为"胶叶"，这仅是在凤凰村通用的方言，在别处未必有人听懂。人们使用语言犹如使用硬币，吝惜之至，恨不得用一两个音节把要说的东西表达出来。这样的简洁符合农民的思维习惯和经济原则。

在我的印象当中，村人大多沉默寡言，愁肠百结，心事重重，脸上总是密布着层层叠叠的乌云。也许是生活的重轭使农民显得如此木讷、呆钝而狡黠。生活是如此艰辛，在这个拥有五千年文明的国家，农民从来就没有得到真正的解放，甚至难以填饱肚子。他们利用全部的气力和智慧跟土地搏斗，以谋取那些可供生存并繁衍后代的食粮。他们脸上的褶皱深锁着祖先悲愁的面影，眼眸闪烁着祖先饥饿的身影，总之，他们的脸上几乎承载了五千年农民的悲苦和忧愁！他们的脸上带着同样的神色，随便一张农民的脸，都是一切农民的肖像！你只要看到一个农民，就可知道所有农民的模样；你只要看清了一个农民的表情，就了解一切穷苦人的表情！一个在土地前深深弯下腰去——甚至把头颅也埋入泥土清洗的农民，他的脸色是焦黄乃至灰黑的，他的脸庞几乎是世上一切苦难和艰辛的象征！

他们年幼的孩子也提前继承了这种苦难的神色和表情。这是一种亚洲的忧郁。悲苦宛若乡间一种叫"落地生根"的茎状野生植物，你只要给它一点泥土，它就会无限而迅速地繁衍。对生活的深切痛恨、诅咒以及被生活击退而不甘心失败的种种复杂表情，互相交织、纠缠在一起，在成年农民的脸上尚未消失，已经像传染病一样过早地笼罩着孩子的脸。

农民悲苦的脸仿佛一块无法滚动的巨石，永久压迫着我的记忆和心灵，如蛆附髓，不可摆脱——这就是我只要一拿起笔就会写他们的悲苦之原因。我明白我写他们乃是写自己，我通过他们的漫长记忆来唤醒自己。是的，农民的命运艰辛而漫长，它消耗着一代代人的身躯并吞食，在人世间延续了多少个世纪啊，我望不到它的起点也看不到它的尽头！

有一次，我拿起母亲那个残旧的小镜子，发现我年仅九岁的脸上涌现出一种深切的愁苦，这是农民特有的表情和色泽，它不可能剥离，只能在泥土中清洗并加深。老一代农民在新一代农民的身躯上传递着生活的风尘和炊烟，忍耐是他们唯一的希望。新一代农民从先辈身上嫁接并传播着这种近似无望的希望、近似无用的生存哲学。他们只能指望土地结出果实得以充饥，指望甜井流出清泉得以解渴。外地来的农场人尽管给他们带来一些新鲜的东西（譬如提供了被蔑视被仇恨的对象及理由），但并没有带来一些关于生活的有益启示（譬如并没有触动他们在经济上的观念，这种观念简单质朴而顽固不化，农民一生死守着土地并自食其果）。他们是土地坚贞的情人，在土地上慷慨而徒劳地消耗着血肉，无法离开或改变。正是这些大地上长出的苦果延续着他们的一切。

这些生机勃勃的橡树林乃是别人的财富，跟农民无关。但毕竟这些绿色的树木还是让人眼前一亮。绿色乃是一切希望的象征。尽管这种希望与己无关，但毕竟让人看到了榜样的力量。至少，对于孩子来说，橡胶树是一种非常美丽的事物。这种美丽从表皮深入骨髓，是全方位多侧面的。胶叶很宽大，摸上去还有些许肥腻之感，而树上的胶叶又绿又密，一棵橡胶树带来的阴凉是如此深邃而辽阔。在阳光猛烈的夏日正午，橡胶树在瓦蓝的天空和土黄的山地之间开辟了一片清凉的地带，犹如在一大块翡翠之中镂空出一个无形而精美的图案。这片清凉的地带犹如阴凉的洞穴，它使正在田头挥汗如雨地劳作的农民暂时有了一个休憩之所，以供喘息。这样说来，这些橡胶树还是有点用处的。在我们乡下，衡量一切东西的价值，就是看它是否对人们有用。

橡胶树的树枝柔软而富有弹性，表皮异常光滑，犹如女孩子汁液饱满的手臂，这些细嫩的树枝在风中抓紧每一片树叶，犹如少女在青春时代抓紧四处飘散的梦幻。橡胶树的枝干虽比不上柠檬桉那样光滑和细腻，但异常干净。它是如此清洁，使向来不讲究卫生清洁的乡下孩子也有敬畏之感。

通常，橡胶树不会长得太高，它太多枝桠了。每一根枝桠都蘖生着新的枝条，每一根枝条都指向新的歧路，每一根枝桠都想统治这一棵树，都想带领它往自己认定的方向走去，结果，横生的枝节消解了橡胶树的力量和方向。在橡胶树离地面三四米高的地方，是每一根枝桠斗争最激烈的位置，互不相让，于是，在这里形成一个类似于椅子的树杈。事实上，每一棵橡胶树都是一张天然的椅子。放牛的孩子们只要用手抓住枝桠轻轻一跃，就可以轻而易举地爬上树杈并端坐其中，或坐或卧，怡然自得。

在凤凰村，爬树之乐及于树上睡眠的乐趣，非局外人所能知晓。而漫山遍野的橡胶树，就这样为孩子们安排好了席位，每一棵橡胶树都在等待着它命中注定的客人。人与自然在一个奇妙的时刻达到了深刻的和解并结合在一起。呼吸着清风飘来的草味和花香，耳畔听着风吹木叶的声响及鸟儿的啁啾，孩子们在橡胶树浓密的绿荫之中，头枕树杈，低垂双腿，身心得到了彻底的放松，就这样在微风中沉沉入睡。这的确是大自然的一场盛筵。

火焰

事实上，橡胶树正在影响着农民的生活，将会有更多的人受惠于橡胶林，而一些更有深度的东西将介入村民的精神生活。基于农民的实用原则，他们跟大自然的交换是最直接或目光短浅的，他们的一切劳作乃以有用与否来衡量。树林在保持水土乃至维持生态上的好处，农民不太清楚，也不会关心。而树林带来的清新空气亦无新意，在凤凰村一带，这似乎是天经地义的，并不值得大惊小怪。橡胶树所带来的经济利益跟他们更是毫无关系，但它还是为农民带来些许好处。农民乃是世上最善于发现并获得好处的。

譬如胶叶及橡胶树的枯枝，乃是天然的良好燃料。橡胶树的叶片和橡胶树的枯枝皆被称之为"胶柴"，这些枯枝败叶本是大自然的新陈代谢，是树木在一年四季中的更迭轮回，跟人类本身并无联系，这个词却表明了它的用途及其于生活的重要性。"胶柴"这个命名也表明了农民的实用原则在大自然取舍中的一次胜利。从二十世纪八十年代至今，柴草和木柴一直是农村最常见的燃料。柴草包括山上的一切草本植物，最常见的是须芒草、茅草和铁芒箕，也包括稻草、荆棘和蒺藜之类。木柴则伐自山上的一切树木。自从村庄的四周出现胶林，胶柴就成了一种优质燃料。乡村那些漆黑而低矮的灶膛犹如深渊，每天都鲸吞着难以计数的柴草。那些晒干的植物化成热量并传递到铁锅中去，加热并煮熟锅里的食物。

在秋风萧瑟的南方山野，胶叶开始发黄并凋落。那些叶子一片片地掉落下来，一块跟着一块，在风中竞相追逐。叶片从一棵树的枝头往下掉，从一棵树的根部涌起并往下掉，它们来自一棵树的灵魂。这些落叶是如此之多，仿佛要一口气掉光所有的叶子。胶叶最终会全部掉光，一片不留。叶片在胶带铺了厚厚一层，用脚踩上去，会听到细小的声音，感到地毯般的柔软。一座空山落满了黄色的叶片，这是我所看到的秋天及其意境。

人们从集市里买回来的笊篱可以派上用场了。这些笊篱（大多由竹篾编成，当然铁线做的也很常见）把地上的柴草梳理并收拢起来，放在竹筐夯实并挑回家中。这些竹筐是专门用来装胶叶的，筐身由竹篾编织的网眼很大，更有着一个宽阔的筐口，而抱成团的胶叶在筐中挤得结实。在很长的一段时间，用装着竹柄的笊篱挑两个竹筐到山上收集胶叶成了我的工作。这不仅是我的工作，也成了孩子们的主要工作。而壮汉没有多余的时间和精力从事这类较为次要的劳动，他们需要付出全部心血去换取活命的粮食，打柴、割草之类的雕虫小技从来都是妇孺的任务。

胶林中的叶片是如此之多，要收集起来并非难事，要把一担胶叶挑回家去也费不了多少力气。这种活计还是相当轻松的。橡胶林的每一条林带几乎都有一个妇女或孩子，叶子被笊去又会掉落，直到树上的叶子掉光为止。在长达两三个月的时间里，胶带上总是有打扫不完的胶叶，有的叶片被风吹到更远的地方。每一个人都知道他们在收集着火焰，每一片薄薄的叶子都隐藏着淡蓝的火焰，一听到呼唤就飘动出来。

在暮色四合的黄昏，当我挑着一担胶叶踏上回家的山间小径，我感到这些木叶的重量。我从清晨出发，已经连续挑回了几担胶叶。但父母不会满足，农民式的贪婪和无限追求数量的想法在父母身上同样突出。父亲说，今天烧不完，可以留到明天烧嘛，反正每天都要烧的。母亲的理由则是，你不去笊，就被别人全笊走了。母亲看着胶叶被别人一担担挑回家来，不禁感到眼红和心痛，宛若自家柴房的柴草被人取走一样。其实，每一个乡村女人都有类似的想法。

于是，我几乎每天都在跟邻居的孩子较劲，比赛谁笊的胶叶多。父亲用泥砖和陶瓦在厨房旁边盖了一所小房子，专门用来盛放胶叶，柴房塞得满满的，这些胶叶可以烧到明年春天。胶叶是极好的燃料，火焰是淡蓝色的，每一片都会彻底燃烧，几乎没有灰烬，也没有浓烟。我观察过灶膛中的胶叶，当一块胶叶被火苗吞噬并发出更大的火光之后，会剩下一块叶子状的白色灰烬，上面的叶脉和纹理清晰可见，而它又在一瞬间化成粉末而消弭于无形。

果实向来是树木的杰作。尽管橡果似是无用之物，但也是橡胶树上最动人的事物。通常，树木在结果之前都会开鲜艳的花朵，而橡胶树是一个例外。它的花朵丑陋而黯淡，花期也异常短暂，类似的树木还有波罗蜜树（波罗蜜树更是直接从树干或枝条上结出果实，它蔑视并省略了开花的过程，其花瓣并不显眼）。这为重视实用的农民所激赏。

在春天，漫山遍野的苦楝树开满了粉白（偶见淡紫）的小花，一片接着一片，漫无边际，连绵不断，苦楝树上密集的花朵把绿色的春天变成了白色的春天，如果春天是一个少女，那么苦楝花所占据的春天乃是一个带着白头巾的少女，是那样的美丽和伤感。白色在乡村不仅象征着纯洁，同时象征着不祥。然而，一切花朵在乡村都是次要的，人们更看重的是果实。那么多花朵显得无用而浪费！事实上，苦楝树上的累累硕果对农民来说毫无意义，这就使得那些花朵的价值降低到零，它们会在秋天成熟并朽烂于树下的泥土中。

跟苦楝树相比，橡胶树的果子却被农民发明了用途。橡果是一种坚果，刚生长出来时只有指尖般大，到夏天不断生长并成形，每个橡果都有三瓣构成，有三岁婴孩的拳头那么大，表面包裹着一层很薄的青皮，皮下是一层木质的硬壳（村民称之为"胶壳"），胶壳异常结实、坚硬。胶壳包裹着正在孕育的种子，种子就是凤凰村俗称为"胶子"的东西了。胶子起初仅是一层白色的浆状物，日渐变得结实并坚硬。深秋到了，果实随着黄叶一起成熟并掉落。橡果的表皮发黄、变白并从橡果上脱落，橡果也会从那三瓣硬壳的连接处裂开，并掉落于地，胶子遂从中滚出。

在深秋，我来回在胶林中收集胶叶，耳边不断地听到橡果裂开的"噼啪"声及橡果和胶子坠地的轻响。山变得越来越空，而橡果跌落的声音加深了秋山的空旷和辽远。在秋天，除了一阵阵更大更肃杀的风吹过大地和山冈，吹过一个人空荡的心，你会感到一切都在衰败和离去。在一个成熟而萧条的秋天，很难感受事物有什么生机，而事实上并非如此。至少不断地从树上往大地跃去的橡果宣告了这一点，它们接二连三地坠落，乃是听从大地的召唤。橡果的内部肯定有一种力在迸发并摇撼着枝头。橡果的硬壳是如此牢不可破，而胶子却突破它的羁绊接近了泥土。正是果实内部的力量在膨胀并呼应着土地的永恒之力。

冬天就要到了，橡胶树上的叶子已消失殆尽，那落在地上的黄叶也将被风带走并腐败。地上的橡果却不会朽烂，就算一直待到春天而萌发也不会腐烂。这是一切坚果的特征，除了内部生长出来的闪电，别的力量不能把种子劈开。橡果的种子从硬壳中脱离出来，它的表面也是一层较薄的硬壳，里面才是果肉，果肉孕育着生命的基本要素。胶子是一种美丽的种子，它呈椭圆形，非常有质感，表面光洁而带着精美的花纹，看上去有点像鹌鹑的蛋，但比鸟蛋更坚硬更有质感。这些散落在地上的胶壳和胶子，犹如大自然的遗漏和遗忘。幸好在每一条林带，都有人挎着篮子和篓子在捡拾。捡拾那跌落的，寻觅那隐藏的，孩子们一声不吭，只是不断弯下腰去捡拾地上的果壳和种子。树上的叶子和果实都掉光了，山上满是光秃秃的橡树，它们削弱了风声。秋风那么大，但依然吹不破寂静。冬天就要到了，秋风没什么好吹的了。秋风从大地上吹过，它消失在自己带来的空无中。

橡果除了作为燃料，没有更多用途。那些无用之物只能付之一炬，多少这样的东西在火中发出光辉并化为灰烬。胶壳是木质的，犹如最好的木片，发出炫目的火焰，而又极少灰烬和黑烟，这就是它要比一切木柴都优异的地方。胶子的火焰更为旺盛而炽烈，此乃是果仁含有大量油脂的缘故。在乡村，烧火煮饭是一件苦差，那种带着瓦囱的灶膛全部出自乡村的砖瓦匠之手，设计得不怎么科学，厨房中弥漫着烟雾，永远是灰蒙蒙的，墙壁更是漆黑一片。那些滚滚浓烟会呛得你涕泪交流，而火灰又使你蓬头垢面。尽管这一切大多由勤快的农妇完成，但烧火因为不用消耗体力而被归为"轻工"之列。在凤凰村，每一个孩子都有分担家务的责任，既然年幼体弱做不了重活，那么就做"轻工"吧。

通常，我是一边烧火一边看书的。少年时我看完了一切能找得到的书本或带有文字的纸张，我坐在灶膛前看完了《呼杨合兵》《薛刚反唐》之类的演义，其中一本残破的《水浒传》让我如获至宝，当然还包括一些缺失封面的中学历史或地理教材。凤凰村的藏书极为有限，根本不可能解决我看书的痴迷和饥渴。而这些书大多是我在烧火或上茅厕时看的，一个孩子坐在椅子专门看书是不务正业的事，或者是逃避劳动的恶劣行径，这多少有点养尊处优。在乡村，人们最看不惯的是贪图安逸好吃懒做之人，而看书识字是次要的事，倘若是看小说之类的闲书，则让人嗤之以鼻。在夜晚看书更是一件迹近罪恶的行为，会耗费那些珍贵的煤油！老人们常挂在嘴上的一句话是："看书能当饭吃么？读书不成三大害！"这不能怪他们，在他们的经验当中，的确没有几个人因为读书改变了自己的命运，考大学在当时仿佛是天方夜谭。农民只相信他们目睹的东西，看不见那未来或遥远的事物。

看书一直被视为享乐之事，我也的确从书籍中得到了无与伦比的乐趣。然而，一切事务都要让位于劳动，劳动乃是乡村的法典。劳动在乡村显得神圣而高尚，只有劳动才使一个人赢得交口赞誉。我太喜欢看书了。那时，书刚为我打开了一个神奇的窗口，让我如痴如醉，欲罢不能。

我在挑水或担柴的时候，手上也要拿上一本书，我一边行走一边看书，书上那些让我迷醉的文字让我忘记肩头的重负，也忘记了路途的遥远和坎坷。我并不看路，而是盯着这本斜放在扁担上的书本，乡村小路生动曲折危机四伏，路上潜伏的石头在守株待兔。有一次，我赤脚踢上了一块尖利如犬牙的石头，脚趾头血流如注，它几乎被剖成了两半。这一次，我挨了父亲的一顿臭骂。他担心我重蹈覆辙，我在路上看书也被视为一种错误。在凤凰村，犯错就要受到惩罚，而打骂是最常见的责罚。我改变不了这个习惯，我无法抗拒那些神奇的方块字以及字迹背后斑斓多彩的世界。

我没有更多时间可以坐下来看书，直到我可以上学，我也不认为课堂就是可以自由阅读的场所。也许，课堂乃是最浪费时间的地方，那两本薄薄的语文和数学课本竟要学上一个学期！这让我不可思议，而读课外书则几乎是坏孩子的代名词。那几本简单的课本不值得花费那么多时间。从小学到高中，我所读的学校都没有图书馆，我没见到几本想读的书！乡村学校压抑、暴虐的教育对天真的孩子来说也是一场灾难。直到我二十岁考上大学才能自由阅读，然而，我慨叹为时已晚，大有力不从心之感。我失去了读书学习的巅峰状态。我一直认为，一个人在十八岁之前是求知欲最炽烈、精力最充沛、记忆最旺盛的黄金时代。我不幸出生在一个无书可读、读书又让人耻笑的小山村，这可能就是我先天不足的原因。但过多的禁锢反而激发了我的独立思考。

幸好，我烧火做饭时看书，就不会受到更多指责，这也不影响我的工作。我所看的书就放在膝盖，手不断地往里面塞着柴草，而眼睛却一刻也不离开书本。那些稻草、铁芒箕之类大量制造着浓烟和灰烬，又严重地干扰了我。这些劣质的柴草总是燃烧得如此迅速而又不充分，我必须不断地往灶膛添加柴草。

橡果却跟柴草迥然不同，我只要往灶中抛入一把胶壳或胶子，就可以享受一小会了，真是何等惬意！橡果非常耐烧，又没有浓烟和灰烬。用橡果烧饭，几乎减轻了我的负累，使我的工作变得不费吹灰之力。橡果还会发出明亮的火焰，这在夜晚愈加鲜明，这对我来说很重要。书页在漆黑的厨房里翻动，火光照亮书上那些钻石般的文字。我省下了那些要花钱买的煤油，却依然可以延续白天的阅读。我感受到了烧火对我的眷顾和关怀。而这一切均拜橡果之所赐，如果是普通的柴草，就不会有这样的幸运。橡果在灶膛发出的火光迷人而有用，它几乎照亮了一个跟村庄完全不同的世界。烧火本来不是一件好差使，但我喜欢看书，遂于枯燥无味的日常劳动中发现了乐趣。这是一种力量，它在我年幼的心中萌芽，而茁壮成长、开枝散叶乃是必然。

游戏

胶子是橡胶树的种子，异常美丽，乃是大自然的杰作。每一颗胶子都是一种天然玩具。乡村的玩具都是天然之物或纯手工的艺术品。其中大致可分两类：一类是昆虫或别的小动物，譬如可以带动一个三轮小车团团乱转的甲虫、一条盘在孩子腰间吐着舌信的长蛇，或者一只会叽叽喳喳地摹仿人类说话的鹩哥。这一切都是活生生的，此乃城市孩子手上的变形金刚或布料狗熊之类不可比拟的，而玩弄这些东西也需要勇气。另一类就是从植物加工而获得的东西，譬如一把有七个小孔的笛子，它可以吹奏孩子心中想吹奏的；又如一个因鞭打而不断旋转的陀螺，它会在疯狂的旋转中急遽走向静止，这是一个足以显示神秘的原始机械；而胶子经孩子的巧手也可以做出一件绝无仅有的精美玩具。

只要你给孩子一把铁片打磨成的小刀，他就可以造出一个乐园。一把小刀，就是一切玩具的源泉。孩子们首先仿照自己的模样用一段木头雕刻一只木偶，然后仿照小刀的样子削成一把木刀。这是一个虚拟的王国，木偶象征这个王国的统治者，而木刀象征那维护统治的权杖。这不过是一个孩子游戏的开端，却是对成人世界的模拟和戏仿。孩子犹如创世纪的天真上帝，按照自己的面目来创造世界，在模仿中一下子命中世界的核心。

现在，一个成熟的胶子摆在桌面上，还有一段棉线，小刀握在孩子的手中，那必要的竹片正从一根竹子上剥离——一个惊人的发明在孩子的头脑中缓慢地成形，并将通过孩子坚定的手有力地传递到胶子中去。孩子要用这些材料制造一个螺旋桨，那是对飞机身上那个螺旋桨的模拟。孩子小心地用刀尖挑开胶子的蒂部，这曾是胶子和橡果相连的地方，也是种子萌发的位置，而现在被打开了一个缺口，原本封闭的地方跟广阔的世界有了关联。孩子在胶子的尾端也切开一个小口，沉睡于自身的种子第一次跟外界有了连接和沟通。孩子用小刀削好一根尖利的竹签，小心翼翼地探入去掏挖胶子中的肉仁，将肉仁全挖出来，但又不可损害胶子的硬壳。换言之，胶子从表面上看跟原来并没有什么两样，但实际上只剩下一个空壳，现在它是空心的，风贯通并吹彻了它的内部。

　　孩子在削好的竹片装上一根细柄，并系上一团棉线，这根连着棉线的细柄放入胶子的内部，并越出胶子的两端，那块单薄的竹片却置于胶子的顶端——一个举世无双的玩具诞生了，你只要轻轻拉动那根棉线，胶子上端的竹片就会飞快地转动。

　　这个犹如螺旋桨的玩具，几乎每一个乡村的孩子都会做。它是如此有趣，如此迷人，吸引着每一个人，它可以满足孩子制作并操纵一个简单机械的设想。它在轻巧的拉动中飞快地旋转，一股力量通过棉线和木柄传递到竹片上去。那股力是难以觉察的，它被胶子的外壳所隐藏，但那螺旋桨般的竹片因这种力而作用。这就是孩子所要的效果：胶子并没有脱离孩子的手心，但螺旋桨营造出了一种飞翔的氛围。

　　天空上那些善于飞翔的事物给孩子们带来了无数美妙而幽深的想象，譬如蜻蜓、飞鸟和运输机，这些东西曾不止一次从我的头脑中快速地飞过并到达无垠的太空之中。那是一个更为遥远和神秘的地方，但我们也可以利用想象和智慧到达这样的地方，这个用胶子、棉线和竹片做成的螺旋桨，就是这样的一个神奇之物。它是孩子用自己的创造感知世界的一种方式。

打柴

冬天终于到了。我本来没有述说季节严酷或岁月更迭的打算，我不是一个对光阴或季节敏感的人，或者说，我只对心理时间感兴趣。光阴在流逝，而我懵然无知。山冈上的橡胶树显然有它自己感知时间的独特方式，它比许多人更能感觉时间的存在。它的枝条连一片叶子也没有了。甚至连树枝也有一半在枯萎，叶子掉光了，枯枝也就跟着掉落。一棵掉光了叶子的树木显得突兀而尖锐，每一根树枝都指向了天空（现在由于缺少了树叶的遮掩，每一棵树都得直面天空了）。漫山遍野光秃秃的橡胶树举着身上的每根树枝，加深了每一座山的寂寥，扩大着苍穹的空旷。这些失去遮掩的树木，露出了身上的每一个节疤和斑点，它们再无隐私可言。这么多裸体的树让人不忍目睹！它们并不丑陋，相反有着惊人的美丽！这是说它们在秋风中惊惶地躲闪的神态让人怜惜，它们在经历一生中最美丽也最羞怯的时刻！

橡胶树当然是有生命的，我无法说出这种生命的奥秘，但也看见了它在严冬保持着生命的尊严和美丽。在冬天，冷风吹拂，空气异常干燥，橡胶树无法供给每一根树枝以水分和养料。曾经，每一根树枝都是一条欢快的管道，汲取、输送着土地的汁液。橡胶树必须抛弃一些多余的枝条来度过冬天，它在索取和舍弃上从来不会有丝毫犹豫，此乃生命得以延续的秘密。

在这个时候，孩子们持着一把装有长柄的镰刀（这种镰刀专为割取高处的东西而设计，在凤凰村称之为"割钩"，钩乃是一切镰刀的形状）上山了，他们要收割橡胶树的枯枝。橡胶树所舍弃的，他们将会一一拾取。这些枯枝乃是最好的燃料，一种生命的死亡，预示着另一种生命的开端。在木柴消失的地方，火焰开始诞生。在火焰开始消失的地方，那灰烬于火的尽头现身。这些灰烬将经过某种程序回到一棵树的根部上去，滋养一棵树新生的枝条和绿叶。生命在传播中进入了伟大的循环。当然，孩子们是不会想到这些的，他们要割取这些柴薪，乃是它们会在寒冷的冬天带来明亮而温暖的火光。或者说，此乃是一项劳动的使命，至于这一场劳动背后的结果是什么，这不重要。

我就是这群孩子中的一个，别人做的事情我都有义务去做一次。我的手上持着割钩，腰间盘着绳子，割钩将会使那些枯萎的树枝从树木上分离，而绳子的作用乃是把它们绑好并背回家去。有时，我听见枯枝从树上自动掉落的声音，那轻微的"噗"的一声，预示着生命在萎缩并结束，或者说一根树枝终于挣脱了引力，得到解脱。自动掉落的树枝都相当细小，那些粗大的树枝不会轻易被微风击落。

有时，一段枯枝会碰巧落在一个孩子的头上，并引发一场哄堂大笑。那些枯枝轻飘飘的，没有什么重量，也不会砸伤人。这些树枝失去了血肉，只剩下一些躯壳，幸好躯壳也积蓄着火焰，这就是它唯一剩余的价值，犹如老蚌藏掖的珍珠。

我举起割钩，那把弯月形的镰刀是由生铁打就的，但刀刃上有一层钢，被磨得锋利，只要勾住那些枯枝轻轻一拉，树枝就会离开树木坠落下来。我感到了一种摧枯拉朽的乐趣。然而，对于没有一片叶子的树木来说，一段枯枝跟活着的树枝是不易分辨的，有时粗心的孩子会把一段有生命的树枝误割下来，橡胶树马上流出乳白色的树脂。我注视着这些树脂，它犹如一棵树的鲜血，我仿佛听到树木呼痛的喊声。幸好橡胶树的胶汁在冬天是最少的，树枝上的汁液也不多，那些液体很快就在伤口凝结了。

山上的枯枝就这样被孩子们割取，塞满每一户人家的厨房。在乡村不成文的法典中，捡拾遗落在地上的东西是合法的，所以人们笕胶叶及捡拾橡壳无人非议。然而，这些橡胶树乃归农场所有，动用割钩把树上的枯枝割取，其本质却是一种掠夺的行为。农场人竟无异议。枯枝除了作为柴薪别无他用，农场人虽然也烧柴，但其主要燃料乃是沼气及蜂窝煤，用不着多少柴薪。事实上，农场人之所以没有阻止，乃是不可能从根本上遏止。

收胶

尽管农场人也会种一些木薯、南瓜、花生之类的作物，但其主要工作是侍弄这些橡胶树并割取橡胶，橡胶的多寡决定着收入。当然这一切并非绝对公平，在计划经济的大背景之下，他们不可能打破大锅饭而真正做到多劳多得。在农场壁垒森严、等级分明的各阶层之中，大多数农场人永远处于经济分配及社会地位的最底层，只有少数领导阶层才是既得利益的拥有者。正如我们村庄，村中的集体利益皆掌控于村长及各生产队长之手，这是一个讲集体利益的年代，村民如蝼蚁一样拼命干活却不能谋求温饱，只是养肥了一堆硕鼠。农场人整天在胶林中忙碌，披星戴月，起早摸黑，所从事的也是农业劳动，其实质跟农民并无不同，不同的是分配方式及管理制度。农场具有国营企业的特征，农场人的性质乃是工人，其主要工作是割取橡胶，所以人们亦称之为"胶工"。

胶工使用的主要是锄头、畚箕、割胶刀、水桶、粪桶以及电石（乙炔）灯诸如此类的辅助工具。他们在栽橡胶苗的时候，会挖一个约摸一立方米的树坑。都是在山上劳作，砂石特别多，这就需要一把坚硬的锄头，他们使用的锄头是特别定制的，由纯钢打就，方方正正，看上去大致呈矩形，刃口特别宽，异常坚固耐用，可以掘砂石而不至于卷刃，跟农民使用的锄头大不相同（农民的锄头多是在田地上使用，更讲究轻便，它是由生铁打制的，呈鱼身状）。这种锄头铸着一只公鸡的图案，人们称之为"鸡公帮"（在凤凰村，帮头乃锄头之意）。要使橡胶树苗壮成长，除了铲除杂草，还得给树木施肥（施肥的方式是在橡胶树的旁边掘一个坑，把化肥、草木灰或杂草烂叶之类的东西深埋下去，然后用泥土掩盖起来），这都需要动用锄头。而畚箕主要用来搬运粪肥及杂草，割胶刀，顾名思义就是用来割取橡胶的，水桶用来浇水及盛装胶汁，电石灯则用于夜晚照明之用。

胶工会在凌晨三四点就出发，全副武装，上山割胶，他们务必要在太阳出来之前全部完成收胶的工作。太阳出来后，气温迅速升高，会减少橡胶的产量及使乳胶凝结在树身而造成极大浪费。

我从没见过胶工在割取橡胶，我不可能这么早来到胶林，东方露出鱼肚白时我也会在田头割草（这些青草乃是牲畜的食粮）或挑水浇菜，但我没有什么理由跑到山上去。我倒是常在清晨看见胶工挑着满满一担乳白色的橡胶归来，他们沉重的脚步踩碎田埂上的露珠。那些橡胶汁一片黏稠，那种白非常纯净并稠密，发出草木的气味。我认为橡胶汁的味道不好闻，同样出于植物，但就比玉米秆的味道差得远了。后来等我看到牛奶，才发觉两样东西何其相似！当然牛奶要比它稀薄得多，气味亦佳。

我对橡胶汁不感兴趣，也不知道一担胶水对胶工来说意味着什么。那时，我对胶工的装束发生了浓厚的兴趣，他们穿着牛仔布做成的工作服，头上戴着一个黄色的塑胶头盔，上面别着一盏电石灯，脚踏一双长筒水鞋，堪称奇装异服，看上去真像另外一个星球的来客。胶工的工作服深深吸引了我，它的颜色并不鲜艳，大多呈灰黑色或深蓝色，迷人的是那奇特的设计及大粒的铜纽扣。事实上，这种工作服的设计并无过人之处，但它很特别，跟日常服装大不相同。多年之后，我发现世上所有的工作服都大同小异，可以说是世上最刻板的一种服装，无论布料、质地还是款式都千篇一律，无非是布料较结实以耐磨，颜色较深以防脏，衣袖较窄、下摆较短以方便工作。

我一直想不通那个头盔有什么用，如果纯粹是为了防晒，还不如戴草帽呢。如果是为了防止树上掉落的橡果砸中头部，那倒是一个富有幽默感的设计了。你瞧，一个胶工正在林中弯腰劳作，树上掉下来的橡果却在头盔上发出打击乐似的声音。无论如何，头盔能起到防护作用是必然的了。由于割胶要求胶工早早出门，除了辛苦之外，还有一定的危险性。毕竟要黑灯瞎火的摸上山去，这考验一个人的胆量。

据说，黎明前的胶林是令人恐怖的（这也是我曾一想目睹胶工割胶而不敢在凌晨上山的原因），且不必说那子虚乌有的山鬼（鬼一直是乡村最让人恐怖的异类，尽管谁也没有看见过鬼，但人人谈鬼色变，也许一个乌有的东西反而保持着无限的神秘性。对于一种不存在的东西来说，它的秘密永远不可能被穷尽，它乃是虚无），传说中还有劫财的歹徒出现（幸好凤凰村旁边的农场数十年来从没有这些骇人听闻的事，但化州北部某些农场就有类似之事），最令人恐怖的莫过于那种好色的"南蛇"了（其实是一种小型蟒蛇，无毒，性温顺，肉甚鲜美，在SARS爆发之前的南方餐馆常能见到）。

据说此蛇乃色中饿鬼，雄的专找女的，雌的专找男的，先用硕大身躯牢牢缠住它看中的对象，然后强行与其交媾，倘若妇人吓得眼泪直掉，它还会温柔地伸出舌头舔妇人腮上的泪水。有一个妇人被南蛇强奸后，数月后腹痛如绞，竟产下了一窝小蛇。小时候，我在打谷场上听大人说起这些胶林中的恐怖，不禁毛骨悚然！大人笑着说，农场里的人，每一个人都从三四岁时起就开始练走"之"字步，目的乃是为了避开南蛇的求欢。蛇身体虽软，实乃脊椎动物，若直线行走快速无比，拐弯抹角却非其所长。其实，不必说这些恐怖的事物，光是那浓重的夜色、飘忽的磷火以及半夜怪叫的猫头鹰也足以让人惊魂。于是，割胶也就大多是男人的任务。但人世艰辛，谋生不易，在收胶繁忙之际，女人也要上山了。利益足以使一个人壮胆，活下去的决心压倒一切恐惧，生存问题擦去了每一个人的性别。

通常，在清晨六七点钟时，晨曦初露，朝阳破镜而出，胶工挑着胶水踏上了返家的途中，这一段路不算短，有时走十几里路也是常事，幸好农场人都像农民一样练成了挑远担的本事。在这样的时间，我已经伏在田埂上割草了。在凤凰村，凡是有手有脚的人都会出来劳动，勤快是每个人的美德。

我经常看到一个十八九岁的女子挑着一担胶水路过田野。她有惊人的美丽，也有惊人的力气，她挑着重担依然健步如飞，犹如春天的一匹母鹿，宽大的工作服遮掩不住纤巧的腰身。我那时太小，只记住她那迷人的脸，没有注意其他更吸引人的地方。她的脸犹如初熟的桃子，红扑扑的，在晨光中沁出细密的汗珠。这是一张因劳动而显得异常美丽的脸，犹如精致的徽章，长久地留在我的记忆中。我不知道她的名字，我没有听过她说话。每当她路过我身边，我总是垂下手中的镰刀注视着她，呆若木鸡。这一切没有情色的成分，乃是一个少年对美的崇拜和敬畏。我望着她，心中在惊叹，我赞叹的不是一个美丽的女人，而是美丽的化身，或者说是劳动中孕育出来的美神。每次她都可能留意到我，以及我热烈的眼神和忸怩的神情。有时，她冲我抿嘴一笑，但不说话。她吁出一口气，我仿佛听到她心底的叹息。她的笑靥美如春花，犹如重锤一下子击中我的胸口，我的身子在摇晃，仿佛树木在飓风中站不稳脚跟，而她已擦肩而过。

被收割后的橡胶树露出了树身环形或弯月状的伤口，胶工用胶刀切掉橡胶树上的一块皮，并在树上钉入一块鸭舌状的铁片，树木蓄积的胶水会汩汩流出，并通过铁片的导引注入地上的胶桶中。下一次，胶工会从树木另外的地方下手，橡胶树有强大的再生能力，那个伤口会慢慢痊愈，直到再一次被割取，无休无止。每一棵树都伤痕累累，每一棵树都有相同的命运。我不熟谙胶工割胶的技巧（其实这是一种剥皮的技巧），我只看到收获后的橡胶树蜷缩在自己的伤口中，体无完肤。一棵橡胶树在一年之中要经受好几次血洗。

很快，树上的伤口停止了流血，风干的胶汁在伤口上结疤，在树身留下了一丝胶线（孩子们会从树身上缠绕、收集这些胶线，绕成一个胶球，胶球在玩腻之后，可以把它切碎并加入适量的煤油，这是一种粘性极强的胶水，在夏天，可以缠绕于竹竿的梢部去捕捉树木上的绿蝉），并在铁片的顶端形成了一个鸡心坠状的小球，那是树木凝结的泪水。这就是橡胶树的命运，无可逃避。当一棵橡胶树长大成材，就要学会面对来自胶工的屠刀。

幼儿园

农场的布局并不像村庄，更符合我对城镇的想象，其实它更像一个梦境中出没的城堡。对于一个乡村的孩子来说，城市永远是想象的神秘之所，它离一个孩子的生活是如此遥远和隔阂。农场的四周种满香蕉、杧果和木瓜树，让人看到了一个乐园的必要点缀——树上挂满了累累硕果。透过这些枝叶掩映的果树，我看到了农场白色的墙壁和那个高大而神奇的水塔。

终于，我有幸在白天涉足农场的每一条小巷，亲眼看到农场的每一角落。那一次，我年仅八岁，我跟母亲穿过草叶凌乱的小径，来到一个农场女人的家中，那个妇女是母亲新交的朋友，那时母亲未满三十，对结交朋友依然有一种孩子气式的天真和热情。农场女人的脸很白（这是异常罕见的，因为大多数农场的人都晒得黑炭条一样，跟普通农民没什么两样，看来她是不用上山干活的吧），她切了一只木瓜请我吃，然后跟妈妈就某样东西喋喋不休地聊得起劲。我不知道她们在聊什么，心不在焉，终于大步走了出去，穿梭于农场的每一个角落。农场的整齐和秩序正是它跟乡村迥然不同的地方。我行走在它的石灰地面上，沉醉于它的每一处风景中。

那是午后两三点的时候，我听到琅琅的读书声从一座平房的窗口传出来。这是农场的小学，孩子们的读书声吸引了我，我跑到课室旁边，透过窗子望进去。这间教室跟村庄的学校差不多，只是更为宽敞和明亮，地面干净整洁，课桌和椅子也保持着崭新的模样。教室的前面有一块黑板，黑板上方用红色油漆写着一行美术体的大字："好好学习，天天向上"。教室后面是"学习园地"，贴着学生用方格纸抄写的优秀作文，这几乎是当时一切粤西乡村学校的模样。

粉笔的笔迹在黑板泄露了世界的秘密，显得十分清晰。让我惊异的是孩子们的装束，男孩子一律是白衫蓝裤，女孩子则穿着白色的短袖上衣和蓝色的裙子。这就是他们的校服，校服上找不到一块补丁。这在我们村庄是不敢想象的事，我们穿的多是兄姐留下的旧衣服，没有几个孩子可以穿到新衣裳，甚至由父母的旧衣改缝而成。我穿着的上衣就是母亲的裤子改成的，她的长裤在裤腿中间烂了两个大洞，遂变成一件短裤，在乡村没有农妇会穿着短裤露面，尽管母亲仍算得上时髦，也不会有惊世骇俗之举。倘若要补这两个洞，那可要耗费两块不小的布料，母亲干脆用它为我改缝了一件长衫。它是灰黑色的，质地也不好，但我穿在身上感觉不错，起码它还是比较完整的，没有一个补丁，俨然是一件新衣。是的，农场小学跟凤凰村的小学有诸多不同，尤其是那些统一美观的校服，这是我们做梦也不可能想到的。农场小学已让我深感新奇和惊讶，幼儿园的歌声更让人震动！孩子们不仅在歌唱，还在舞蹈呢。那些美妙的声音和优美的动作昭示着生命的欢快和喜悦。

黑房子

　　在村庄，不会有托儿所或幼儿园之类的地方，带孩子的多是祖母或更大一些的孩子，父母整天在地里忙碌，没有时间照看孩子。如果没有老人照顾小孩的年轻夫妇，就只好把孩子锁在家里，任其哭喊，此乃迫不得已而为之。把孩子锁在家里可以保证他的安全，1．孩子不会跑去池塘或江河玩水；2．不会被坏人拐走或迷失。父亲六岁时，祖父就去世了，享年四十九岁，他是新中国成立前夕被饿死的，在那个年月，饿死人不是一件新鲜事。我两岁时，祖母去世了，一个人在跟艰苦岁月的抗争中到了油尽灯枯的境地。而我又是长子，不会有哥哥或姐姐照看我，我反而得带妹妹和弟弟。

　　每次母亲将我锁在家里，我都号啕大哭。我眼睁睁地看着母亲把两扇木门缓缓合上，然后消失在我的视线中。那时我只有两三岁，只记得脸上的泪水模糊一片，全然不知道母亲的表情和内心的酸楚。然而，母亲是不会心软的，她必须准时出工并像牛马那样挣取那赖以活命的工分。生产队长对怠工偷懒者的惩戒是不留情面的。生活的残酷使每个人都变得心如铁石。这是一个人能活下去的法则。

两扇木门在合拢，我听到铁锁挂在门闩并锁紧的声音，黑暗立马攫住了我。那种低矮的泥砖房舍主要靠大门采光，屋顶上的天窗被败叶和灰尘所覆盖，木格子窗被烟火熏得一片漆黑，连那些射来的光线也仿佛给染黑了。我伸出手去，触摸到的乃是一片虚空，我第一次感到了无能为力。后来，我在生活中多次经历了类似的失望，譬如成年之后消失的梦想，譬如生命中消失的那些女人。我伸出手去却抓不住一样东西，反而感到了它的挫伤，犹如一棵树伸出手去却抓不住另一棵树上的叶子，连自己枝条的叶子也在飘降！

我的哭声越来越轻，继而转为黑暗中的啜泣，最后终于停止了，我的喉咙和心脏同时感到了轻松。我的情绪慢慢恢复平静，开始隐约地觉得哭喊给我带来的压迫乃至毫无意义，我在想，下一次有没有必要在母亲离开时疯狂大哭。我明知哭喊不能阻止母亲的脚步，但每一次都忍不住号啕大哭，哭得撕心裂肺，不可抑止。我不指望母亲因此而留下来。我这样做，乃是一种竭尽所能的抗争。如果我不哭闹，那岂不是对母亲所为的默许？我无力改变母亲的决定，但我不可因失望而妥协，至少要让母亲知道我的伤心和失望。我性格中永不妥协的因子在幼年已初露端倪。

母亲去劳动的时间是漫长的，而父亲在母亲出发之前就在田间劳作了。那时，我每一天都是在伤心和失望中开始的，但我将这样的日子过成了等待和迎接。这对我来说意义重大，这是生命很早就给我的启示。我知道母亲无论去到再远的地方，无论再精疲力竭，都会回到我的身旁，并打开那扇象征着禁锢、黑暗及痛苦的木门。

我在黑暗中慢慢学会聆听内心的天籁，那是世界之夜在我心中的第一次模拟和投射，房间一片漆黑，我的年龄决定我不可能懂得点灯的魔法。况且父母为了安全计，早已将一切可以生火的东西置于高处，他们担心我释放出灯盏中的火神而无力控制。然而，我的眼睛渐渐适应了房间的黑暗，惊讶地发现并没有完全的、绝对的黑暗。像我这样的乡村孩子，不可能拥有一件要花钱买来的玩具，我除了长时间躺在草席沉思无事可做。我将所能接触到的每一件东西都变成了玩具。我清晰地看见房间的每一件摆设，包括木柜幽暗的内部、柜顶杂乱无章地堆放的什物，泥墙上的蛛网和裂隙……还有一把陈旧的木梯，它高高地架在通向阁楼的门口上。我清点着每一件事物，玩赏并推测着每一件东西的用途。木梯乃是道路的抽象和缩微。每一架木梯都指示着不同的途径，我在对木梯的一次次仰望中保持缄默。我望着它越来越细小的顶端，仿佛要通向一个遥远而虚无的国度。我太小了，我还没有能力爬上木梯，我不知道阁楼里的陈设，我遂得以完整地保全一个神奇和瑰丽的世界。

一个孩子长时间被置身于黑暗的房间，最终他只有走向自身，并返身于对自我的观照。我是凭借幻想抵抗那些恐惧和寂寞的，幻想之光照亮那些悬空般的日子。我睁开眼只能看到黑房间的灰暗事物，那种深刻的孤独和忧郁过早就从我的目光中散发出来，这种忧郁跟乡村古老的忧郁一脉相承。它几乎是出于遗传，严密地笼罩着我的童年和少年，它对我内心的挫伤巨大而尖锐。幸好，当我挺过孤独处境的挤压，就仿佛来到了一个新天地，我体会到一种无人可以扰乱的平静和安宁。

　　我静静地注视门槛上的缝隙，知道只要耐心等下去，就会有一丝光线透射进来，那是一种真正的阳光，带着太阳本身的热烈和明亮。只要你眯着眼睛，调整好适当的角度，你还能发现光线除白色外，还有数种不同的颜色。世界就这样向我显示它的秘密。我有信心是因为经验，人对世界的认识是从总结并传递经验开始的。而这些经验来自实践，所以显得更加可靠。我幼年的经历告诉我，任何实践都不可能脱离幻想的成分。世界的开端乃是一个巨大的失望，而我静坐在悲伤之所开始了等待和迎接。等待那一缕午后越过门槛的光线，迎接生命中隐秘或清晰的声音——终于，木门在"吱呀"声中被母亲推开了，她俯身抱起我。我所迎接的乃是一个美丽世界的拥抱。人世间只要还存在拥抱，失望终究会烟消云散。等待和迎接是充满希望和喜悦的，它在相反的方向上贯通了那种乡村的忧郁，并使之在悲伤的泥土长出生命的花朵。我性格中悲悯和宽恕的一面，应该追溯到当时在黑房子中的经历吧。

　　当母亲出工时关上门并挂上铁锁，我体会到的不是被囚禁而是被遗弃的感觉，母亲把我弃在此时此地，而去到一个我所不知晓的地方。在一片静寂之中，我感知自己的存在，我观望着人与世界的位置，揣测着人与时间的关系，我的内心迈入静止之境，却感到光阴在体外四处流淌。我仿佛看到神的面目，聆听到事物的呼吸。只有一个孩子才有可能达到那种澄明、清澈的通灵之境。从很小的时候开始，等待和迎接就成了我生命中的一个主题，这乃是使生命得以保持喜悦的一个秘密。

被父母关在黑房子里，这样的境况并非我所独有。事实上，我的经历乃是无数个乡村孩子的经历。我不知道他们如何在黑暗中创造生命的欢欣和喜悦，但我相信幻想在其中起到了重要的作用。幻想乃是驱散黑暗和恐惧的唯一武器。我不知道每一个孩子是否都从忧郁中脱身而出还是被它所吞噬。然而，许多性格孤僻的孩子，就这样养成了脆弱和怯懦的性格，这是父母没有想到的。

一把铁锁，一间漆黑的房间，那灰暗的天窗，仿佛是专门为了提示房间中的漆黑和空旷而设，这几乎是另一种意义上的囚牢。孩子心中的空旷乃是一种深渊般的孤独，在漆黑的视野中得到数十倍的放大。这是一种苦难的仪式，它乃是通过囚禁来实现的。就此而言，乡村孩子一出生就注定了四面楚歌的命运。所谓囚禁，就是使一个人跟所有美好的事物或空间相隔离，这种隔离是充满强制和暴力性质的。一开始，孩子乃是被房间所囚禁，成年后乃是被土地所囚禁，他一生都无法离开脚下的土地。农民及其子女，一生中不知自由为何物者大有人在。我不知道那些被关在家中的孩子，像我那样在黑房子依靠冥想而抵达自由之高峰体验者到底有几人。在孤独中沉思并得以解脱，这对谁来说都不是轻松之事，此乃是一种刀锋上转换的自由，它必将割伤一个孩子的童年。

歌声

对于一个孩子来说，他更需要跳跃和歌唱，此乃是生命狂欢的直接形式。完美的跳跃乃是舞蹈，悦耳的歌唱乃是音乐。舞蹈和音乐乃是庆祝生命的原始仪式。然而，在看到农场幼儿园的孩子载歌载舞之前，我根本就想不到世上还有这么完美的仪式。孩子们在音乐节拍中跳动，犹如春天的小鹿，他们微微上扬的脸庞犹如清新、灿烂的葵花。他们沉醉于自己水晶般清澈的歌声之中。农场的孩子是有福的，他们的生命像折扇一样在音乐中"啪"地打开，从而有可能逃脱被囚禁的命运。

在凤凰村，孩子们不可能这么早就接触到学校和老师。贫穷的父母一方面尽量拖延兑现供子女读书的责任，一方面又顽强地捍卫家庭的劳动力。一个孩子有时不过是一件工具，此乃是中国南方乡村的悲怆事实（每一个人都变成了自己谋生的工具，这也是活着的真相）。倘若使用得当，一个孩子的"用途"不容小觑。放牛、砍柴、做饭诸如此类，都可以让孩子来完成。这一切皆是拜贫穷之所赐。终于，孩子到了上学的年龄，让孩子念几年书还是不可缺少的，父母已无可退避。孩子通常在七八岁进入学堂，其实孩子就是上学了，也不能逃避家务的苦役，他们只是在上课时才有喘息之机。

在凤凰村的学校，只有为数极少的几位语文老师和数学老师，发到我们手上的课本也只有语文和数学，为了节省几块钱，老师并没有给我们订历史、地理以及自然之类的教材，更不要说音乐和美术之类的艺术类课程。在一个尚未解决温饱问题的村庄，艺术是一种奢侈的东西。除了教我们唱国歌外，没有老师会教我们跳舞和唱更多的歌曲。国歌原名《义勇军进行曲》，歌曲中那些雄壮和悲怆的歌词和熊熊烈火般的旋律在一帮衣衫褴褛的孩子嘴上唱出来别有意味。老师没有教我们唱歌跳舞，是因为他们也不懂得。这些亦农亦教的人，身体充满人世艰辛中的疲累、沉重和痛楚，那是生活的苦胆在迸裂！他们对生命中的一切喜悦深感麻木、惊惧，已无力承载欢乐和轻松，甚至因为听到美妙的旋律而唤醒内心的疼痛。乡村排斥舞蹈和音乐，乃是要从根本上拔除生命的喜悦。

　　一个孩子不可能拒绝生命的欢欣，除非一个人未老先衰。我恰巧就是这样的人，还没有长大，就已开始衰老。或者说，我没有一个真正意义上的童年的黄金时代。我很小就开始承担家庭的生活重担。在我稚嫩的身体中，端坐着一个面容忧伤的老人，他面无表情，除了拼命劳作外，已失去了一切想法。土地承受着他的绝望和屈辱。对于一个饱受沧桑的小农夫来说，土地乃是最后一个皈依的家园，甚至是灵魂意义上的家园。在少年时期，生活对我和家庭的打击达到了空前的残忍和无情，我已忘却早年的舞蹈和音乐（实乃一种原始而粗糙的跳跃和呼喊），忘却一切生命的狂喜，甚至对一切欢快的声音怀有恐惧和敌视。于是，我在十五岁时发生了一次愚蠢的暴行。

　　那是一九八九年一个春日的傍晚，清凉的晚风从树梢吹到庭院，明月从山冈上升起，并照临我们的屋顶，这一切显得格外温馨和安静。然而，这是表面的，农夫一年到头难得有安宁的一天。我跟随父母挑着重担刚回到家中，身上散发出来的臭汗和心底泛起的疲软交织在一起，要命的是腹中的饥饿感像石头那样凸现。这时，我听到了三妹清脆如鸟鸣的歌声，歌声响亮而欢快，几乎笼罩了整个庭院。她歌唱是因为开心——我们终于结束劳作返回了家园。她是一个勤劳的乡村小姑娘，她已做好饭，喂饱猪，剩下的事情就是等亲人回来吃晚饭了。我的心在紧缩，仿佛被钉子扎了一下。我感到心烦气闷，仿佛被三妹的歌声抽了一记耳光。我循声望去，只见三妹坐在门前的歪脖子树上，双腿在树下晃悠，正在旁若无人地大声歌唱："月光光，照地堂。拗竹笋，摘槟榔——"

"吵死人了——"我又气又急，大声制止三妹。然而，她沉浸在自己美妙的歌声之中，对我的喝止不予理会。我感到尊严受到了冒犯，所有的暴君都会因一件小事而有我当时的感觉，哪怕是因为小姑娘的歌声。我铁青着脸，从树上将她一把拉了下来，顺手给了她一记耳光。她的歌声窒息了。她没有放声大哭，但一直到深夜，我都听到有人在小声啜泣。她想不通歌唱会受到惩罚。

当晚，我受到母亲喋喋不休的数落，父亲耐心地对我说，歌声是人世中最珍贵的东西。我承认当时无法理解这句话，因为我从没听过父母的歌声，而凤凰村曾是一个小有名气的山歌之乡。父母刚步入中年，但很早就关闭了歌唱的喉咙。三妹当时年仅七岁，她还不懂得命运的荒谬和残酷，但很快就会知道这一切，生活打了她不止一记耳光。她在十二岁离开小学，到外省一个陌生人的家里做保姆；她在十八岁离开中学，到广西打工，目的乃是为了挣取读书所需的学费。她到了二十岁，又成为粤西乡间一所中学的高三学生。幸好，她尽管饱受磨难，却不会放弃歌唱了。歌唱乃成了她的天性。每当我想起昔年那一桩让人发指的暴行，总是无地自容。歌唱作为一种生命的庆祝，跟乡村的事实是如此格格不入。可见歌唱在这片土地上的延续之艰难，歌声几乎在这片土地绝迹了。我几乎没有听过一个成年人的歌声。她以歌唱庆祝我们归来却挨到一记耳光，这就是村庄的疼痛。我七八岁时，却在农场的幼儿园聆听到孩子们的歌唱，并感受到他们的欣喜。

农场跟村庄最大的区别在于，娱乐在村庄销声匿迹，而在农场却一直未曾失去。这主要是经济的原因。农民为了一日三餐而狼奔豕突，人不像人；农场人虽也不见得轻松，倒也衣食无忧。在很长的一段时间，农场成了四邻八乡的娱乐中心，农场在一个月里会放映一两场电影。农场放映电影，也成了村庄的庆典，人们会早早收工，吃完晚饭扛着板凳来农场观看。农场的露天影场乃是一个宽广的晒坪。那面宽大的银幕用四段绳子扯住，紧系在两棵高大笔直的柠檬桉上，银幕的正反两面人山人海——银幕的正面挤满了人，那么后来者就只好在银幕的反面观看。农场的露天电影唤醒了农民在艰辛人世中窒息已久的欢娱，奇迹般给人们带来了超越现实的轻松。

后来，电视机在农场出现了，电视逐渐取代了电影，那是一台十四英寸的黑白电视机，农场专门有一个人负责看管和放映。每当暮色降临，他就指挥两个高大的小伙子把电视柜搬到晒坪，那个木制电视柜高逾两米（它设计得这么高是为了能让更多的人观看，后来，村庄出现了无数个这样类似的电视柜，它的功能除了承托电视之外，更为了防盗。多年后，我在广州郊外按揭了一套小房子，终于拥有了一张矮平的电视柜，我想起昔日农场那个庞大的电视柜，不禁哑然失笑），堪称庞然大物，放映员用钥匙打开了柜门，露出电视机银白色的荧屏。电视荧屏乃是电影银幕的十数倍缩小，然而观众却一个不减，来自四邻八乡的数百个村民呈扇形在围观。

幸好，在后来的一两年里，每一个村庄都有了电视，遂使那个庞大的观众群得以分流。那是头脑活络的农民先富了起来，渐渐没人再去农场看电影或电视了。村庄的电视机越来越多了，黑白电视也换成了彩色的。

在二十世纪八十年代后期，农场渐呈颓势，江河日下，而农村因为生产承包责任制的推行而呈现生机，进入九十年代，农村经济蒸蒸日上，农场已经大势已去，无力回天。自从实行改革开放以来，各地一片红火，农场却在这一片大好形势中背道而驰。这也是不少国营企业的命运。那种计划经济的生产方式终因其弊端而遭历史抛弃，农场昔日的辉煌犹如黄鹤一去不返，它完成了历史的使命，山上的橡胶树绝大部分都砍掉了，或改种茶树，或改植果林，或任其荒芜。农场的铁饭碗终于被打破了，"下岗"这个词出现在农场的公告栏上。农场人也大多自谋生路，或外出打工，或经营小本生意，或租种农民丢弃的田地。

时至今日，农场名存实亡。人们大多离开那生活了数十年的地方，那座曾不可一世地矗立在山坡上的水塔已经坍塌。农场四周的果树因无人照顾而枯老，繁茂的野草从农场的残垣断壁伸出长长的草叶，昔日干净整洁的小巷无人打扫，布满了裂缝、沙砾和塑料袋诸如此类。二〇〇三年春天的一个清晨，我回到了阔别十几年的凤凰村，我在村边的小桥上呼吸河畔的花香水气。一个老胶工挑着满满一担橡胶汁蹒跚而过，桶里的胶汁依然黏稠而洁白，仿佛是一曲唱给那逝去年代的挽歌。我顺着土路望去，只见层层叠叠的丘陵上只有孤零零的几棵橡胶树，偶尔有一两个老胶工在除草和施肥，春风在吹拂，白云在低垂，他们跟那些日渐衰老的橡胶树在天空下构成了一幅悲怆的风景。

种稻记

播种

庄稼在季节的终端枯朽，也在季节的终端萌发，每一次

萌发都始于原先的枯朽中，那萌发的力量最终压过了枯朽，此乃是万物生生不息的秘密。当惊蛰的雷声滚过天空，沉睡了一个冬天的土地开始复苏，荒凉的山冈长出嫩黄的草芽，绿色很快就会实现对原野的统治。在南方乡村，水稻乃庄稼之王。种植水稻是农事的主题。

惊蛰前后，是农夫开始播种的时节，每当春雷响起，父亲就将谷子倒在扁箕上挑选，他眯着眼睛，用粗糙的大手（我七八岁时，就注意到了父亲的手布满厚茧，显得像砾石一样坚硬和厚实，那时父亲才三十多岁，我还不知道那是生活在他的手上留下了烙印）仔细地挑选着谷堆里的谷粒，他要挑选那些最饱满的。谷种是去年秋天留下来的，在初收时那种黄澄澄的颜色已消退殆尽，现在显得灰暗和质朴。岁月使一切事物蒙尘，哪怕是生命的种子也不例外。

父亲挑好足够的谷粒，将其放入盆中并用水浸泡。第二天，把这些湿漉漉的谷粒置放于箩筐中，上面盖着香蕉叶（以免因阳光而长出青叶）。我用手贴近箩筐，我感到箩筐中一片炽热，并将其热量传递到我的手中。那是一种生命的能量在迸发。在我的印象中，水可以使一切滚烫的东西冷却下来，但为什么是水使这些谷粒发热并变得滚烫呢？父亲把这些发热的谷子放在河水中浸泡了一会，然后再将谷子连箩筐一起提起来。父亲解释说，如果它们没得到冷却，就会因自身的热量而烧毁。当谷子吸足水分，很快就吐出雪白的嫩芽，这是生命的闪电突破了坚硬的谷壳——这样，父亲用数天时间完成了种植水稻的第一道工序"浸种"，可以下秧了。

秧田一般设置在稻田里，或在稻田相邻的山坡上开辟一小块山地充当。父亲在秧田上搅拌好一层又稠又腻的泥浆，此乃是秧苗赖以生长的土壤。父亲用畚箕盛满那些发芽的谷种，用手撒播在秧田上。春天是雨水充沛的季节，须防暴雨打散并冲走秧田中的泥浆，如果泥浆减少就要补充，否则谷种会被太阳晒死。

农人下秧时喜欢用草木灰拌着鸡粪和牛粪施于秧田中，然而，禽畜的粪便会带来一种土名叫"耕狗"的昆虫。我想应是蝼蛄。"耕狗"的外形有点像蟋蟀，但其脚爪不如蟋蟀强壮有力，只能爬行却不会弹跳，它的翅膀柔软而单薄，当然也就不会像蟋蟀那样因扑打翅膀而发出清脆的响声。"耕狗"对秧苗会造成极大危害，它们数量庞大，牙尖嘴利，啃咬谷种上的嫩芽，其生命力也非常旺盛，喷农药对它无济于事。好在这种昆虫怕水，唯一的办法是放水来浸，当"耕狗"因畏水而纷纷爬到地边，父亲就用锄头翻掘秧地上的田埂而将其全部捕捉或杀死。我看见父亲翻开的田埂上，密密麻麻的"耕狗"乱成一团，父亲毫不留情地用锄头把它们砸成了肉泥。要保存谷种并使其顺利成长，就只能这样做。

数天之后，谷种在根芽的部位长出了三四块叶片，这些叶片由嫩黄变绿，颜色的变换演示着生命的进程。在谷种长出数块叶片之后，就可以给秧苗施肥了。父亲会在上面洒一些草木灰或尿素，这些肥料有助于秧苗的生长和发育。在粤西乡间，水稻一年两熟，分为早造和晚造，而每造的稻子又可分为早熟种和晚熟种。以早造的早熟种为例，秧苗的生长约需三十五天左右，而晚熟种则可减少五至七天。它在长出叶子数天之后蘖生出块茎，因分蘖的秧头犹如"塘鲴鱼"的嘴角，所以农人又称之为"爆塘鲴角"。秧苗是一种娇嫩之物，为了免遭炎阳的暴晒，必须让秧地保持足够的湿润，但又不能让秧地浸满水，否则就会被淹死。如果是在旱天，一块小小的秧田也会掏空农夫的汗水和力气。

那一年，骄阳似火，秧苗被太阳烤得奄奄一息，眼看就要枯焦而亡。父亲整天要从河边挑水去淋秧苗，我十二岁了，在乡村，一个十二岁的少年意味着已提前长大，必须像一个成年人那样承担家里的所有劳动。于是，我挑起木桶加入了抢救秧苗的行列。我没有力气可以挑起满满的一担水，每次只能挑两小半桶。众所周知，半桶水总会溅出桶外，当我咬紧牙关挑着重担来到秧田，桶里的水已所剩无几（凤凰村有一句老话："半桶水溅来溅去。"大意是说一个半懂不懂似懂非懂的人最喜欢卖弄，而有真才实学的人却会保持谦阜）。我把那些水泼洒在龟裂的秧田上，"呼"地腾起一阵白烟，秧苗似乎连叶片也未被沾湿，而水就这样可怜地消失得无影无踪了。那些水已被饥渴的大地吸收，我只有首先解除土地的饥渴，才有可能解除秧苗的饥渴。

于是，我只好一次次往返于秧田和小河之间，开始了艰苦卓绝的抗旱之战。秧田和小河之间的距离并不算太远，但我来回一趟至少也要二十分钟。刚一开始的时候我还精神抖擞，健步如飞，但后来就脚步蹒跚、身子打转了。我的肩头红肿起来，它跟扁担的接触给我带来了深入骨髓的疼痛。我忙了半天，秧田依然还没有多少湿润的样子。我泼下来的水那么少，而这些秧苗张开的小嘴犹如深渊。我敢发誓说，光是我的汗水也足够把这块不大的秧田打湿了吧。然而，这些秧苗依然没有半分生机。我的任务就是解除这一小块秧田的饥渴，休想指望父母来支援我，有更大的一块秧田在等待他们。

我望着这块仿佛永不餍足的秧田，一屁股坐在田埂上大口地喘气，一种绝望和焦虑的感觉从我冒烟的喉咙中升起。它仿佛一头洪荒时代的猛兽，吞噬着我的力气和血肉，而我不知道该怎样才能喂饱它。我感到四肢一阵疲软，体内的力气随着汗水流泻出来。我决定休息一阵。要跟土地搏斗，除了勤劳还必须有足够的耐心和隐忍。

我躺在一棵大树底下美美睡了一觉，尽管阳光凶猛，但树丛赐予我浓荫，树影给我带来了清凉。我脸上盖着草帽，头枕着扁担，很快就沉入梦乡。一个人在面对铁桶般坚固的现实世界前，只有遁身于梦境中才能得到轻松和解脱。我在梦中笑出声来，天上骤降大雨，这真是一场及时雨啊，它打湿了我的身体。我欣喜若狂，拔腿在雨水猛烈的山坡上疯狂地奔跑。这是梦中发生的一切，但我那时不知晓乃在梦境之中。那打湿我身上的东西乃是汗水，我不知道睡了多久，太阳不会停止在一个地方，太阳的移动使树阴也跟着发生了位移。阳光打在我的脸上，打湿了我的身体，我感到脸上像被火焰吹过一样，我终于醒了过来。我揉了揉惺忪的睡眼，抬头看太阳高悬的天空，感到了一种深刻的沮丧和荒诞。梦境只不过是一种虚假、浮华的设计，它的美好和瑰丽仿佛是为了反衬现实的残酷。我望着这些病恹恹的秧苗，感到指望它们生长累累硕果乃是人世间最荒谬的事。但这是我的工作，不能半途而废。哪怕它们不能在秋天给我们带来丰收，也不能将它们遗弃，这出于对土地的信仰。尽管一个小农夫尚未能更深地理解这种信仰，倒也充满敬畏。

我伸了伸懒腰，挑起水桶，远处的河水在阳光下闪亮，我除了埋头苦干别无选择。我几乎是在进行一场殊死搏斗，我咬紧牙关一直干到太阳西斜，那块秧田终于被我浇了个够，那些秧苗在痛饮中醉倒！暮色逐渐降临，我的四肢有着说不出的疲倦和酸痛，但我心情轻松，只是饥饿使我的身体变得一片空旷。我打了一场硬仗，这场战斗以我取得胜利而告终。

当我到家时，夜色已完全笼罩了村庄，父母也拖着无力的双腿回来了。母亲开始在灶头上忙碌，她还得准备一家人的晚饭。很快，我们就在一盏昏黄的五瓦电泡下狼吞虎咽地吃晚饭。母亲对我说，早点去睡吧，明早还得起来淋秧呢。父亲已躺在一张条凳上发出了响亮的呼噜，他太疲劳了。母亲侍候我们吃完晚饭，还得去张罗禽畜的晚餐。是的，明天还有一场更为艰苦的战役要打。只要生活在继续，战斗就不会终止！

插秧

　　秧苗逐渐生长得茂盛，很快就到了插秧之时。农民在插秧之前要做的工作有很多，把水田犁翻过来并将其耙得稀烂，乃是最重要的工作。通常，犁地或耙田都是靠耕牛来完成的。据说，用牛犁地之法在中国乡村已沿用了近三千年（这可追溯到西周晚期）。在凤凰村，一个少年长到十四五岁，他就得学会驾驭耕牛犁田的技术，此乃是他日后赖以生存的根本。然而，我一直没有机会学驶牛，我们家是如此贫穷，以至于没有能力拥有一头牛。

　　一九七四年秋天，我出生在粤西一个贫穷、闭塞的乡村。我在村庄长大成人，十八岁之后，我下决心远走他乡。如今，我回想起这个充斥着傲慢、野蛮和愚蠢的村庄，心情非常复杂。我不应责备我的故乡，但这个村庄让我失望透顶，它带给我的只是痛苦和屈辱。我的童年是一场噩梦。我怜悯我的故乡。当我咬紧牙关说要走出故乡时，还对世界一无所知。我甚至连省城在何方也不清楚，只知道世上随便一个地方都比这个村庄好。没有哪儿比它更让人失望的了。我是在别人歧视的眼光和欺凌的拳头下长大的。贫困和善良成了我们任人鱼肉的理由。村庄没有一户富裕人家，只不过我家特别穷而已——谁家里都有一头牛，而我家没有。父亲一向善良懦弱胆小怕事，谁都可以欺侮我们。就因为我家缺少了这头该死的牛，他们就满足得像收租院里吸着大烟的地主。这些丑陋而可怜的农夫，原谅他们吧——然而，我家没有牛，这是一个不容回避的事实。

牛是什么东西？我翻开商务版《现代汉语词典》："牛，哺乳动物，身体大，趾端有蹄，头上长有一对角……"如果你是农民，或者在乡下生活过一年半载，你就会清楚一头牛在庄稼人心中的分量——就像是钢琴家的手指，舞蹈家的长腿，拳击手的拳头——换言之，牛就是一位农民的命根子，是一位农民的全部尊严！一个农民没有牛的后果就是做牛做马，去干牛马所做的一切活计：拉车、犁地、耙田诸如此类。总之，在凤凰村，一个人没有牛，就好像六十岁还没娶老婆一样，都是要让别人瞧不起的。我父亲耕田，只凭一身力气，一把锄头，一把猪八戒式的九齿钉耙。农忙时节，我和二妹跟着父母在水田里劳作，用铁锄，用钉耙，用脚板把土坷粒踩碎。大路两旁，行人来来往往，讥笑声四起，仿佛在看一场不用买票的演出。我还好，二妹却出落成了一位水灵灵的少女，老害羞，最怕人笑话，常把草帽压得低低的，盖住了眉眼，嘴唇紧抿，脸憋得通红，眼看着要哭。父亲就长长地叹气，持锄肃立，凝神望着天边的一朵浮云，他的思绪也像云絮一样飘散吧。

在十二岁时，我咬牙切齿地对自己说，有朝一日我一定要买回十头大耕牛，只有十头大耕牛才能让我挺起脊背做人！天啊，那时候我还没有懂得世界的天高海阔，还没有想到离开这个势利的村庄。

一天清晨，父亲带领着我们，每人扛着一把锄头来到了田野。天边露出鱼肚白，一轮红日将从山冈上升起，早晨的浓雾还没有吹散，在轻雾笼罩的旷野之中，不时传来别人吆喝耕牛的声音。我学着大人的样子，往掌心上吐一口唾液并用力搓了搓，开始了牛马一样的劳作。我们必须用手上的锄头把这一块田地翻转过来。我们沉默着，只知道机械地挥动手上的农具。只要我每挥一下锄头，大地都会翻起一块土坯，向我暴露它的秘密。尽管每一块土坯都是不同的，但我看不出有什么区别。这是我第一次跟土地进行深入的对话，土地在我的劳作中向我露出了它的每一个侧面，并向我吐露它内在的颜色和气味。这其中也许大有深意，但我太年轻，还不能听懂土地的声音。我不知道这些泥土为何生长供我们充饥的食粮，我只是跟在父亲身后一路掘进。我在父亲开辟的道路上前行。我们挖掘的姿势犹如在挖掘一个宝藏。

现在，我们终于把一块田翻转了过来，但它未免让人失望，这块田地犹如穷人的口袋被翻得底朝天，一片狼藉。然而，把泥土翻开还是泥土，这么多的泥土覆盖着梦想的种子和空想的世界。母亲从身上掏出一条灰白的毛巾擦拭脸上的汗珠。我将锄头柄支在田埂上，一屁股坐了下来，拧开军用水壶的塞子，将微温的开水倒入喉咙。那些水解除我的焦渴，似乎也使我恢复了几分气力。人在世界中，无时无刻都需要一个座椅，以便放置那身心俱倦的身体。对于我来说，一截光滑的锄头柄，就是一张可以让人得以休憩的椅子。

父亲没有闲着，他在田埂上用锄头打开了一个缺口，沟渠的水马上顺着缺口哗哗地流进来。水异常清澈，它来自遥远的"水口"水库。渠水的流量不小，水很快就注满了稻田。稻田看上去如此平整，渠水仿佛抹掉了田上的坎坷和凹凸，但事实上并非如此。土坯会在水中慢慢发软并沤烂，但需要更长的时间。我们显然缺乏这样的耐心。水够了，父亲填上田埂的缺口，往田里撒洒氨水粉。这些化肥不仅加强了稻田的肥力，且有助于泥土瓦解。我们用手上的铁锄将土坯切开并粉碎，或者用脚把土块踩烂，直至这块水田变得一片稀烂。现在水和土浑然一体，水田平坦如镜，一片明亮。我们的力气通过锄头传递到稻田中去，甚至用双脚去踩，并且按照头脑中关于一块合格稻田的理念改造着它。我们不停在劳作，这块结实的田地在变软并流动，那是我们的经验和汗水改变它的性质与形状。现在，那么多细腻柔软的泥浆在心底涌起，贯注着自身并溢出。这些香糊状的泥浆无意中形成了一面黏稠而模糊的镜子，绿色的田埂就是它的镜框。它反映天空但不需要天空的蓝色或云朵的洁白，它勾勒远山的轮廓但并不描绘它的面目，它把投射在上面的一切事物都变成泥土的颜色，包括在田上劳作的农人。

这是我们用锄头整合出来的，别人驱赶耕牛使用犁耙会做得更完美，但我们很满意了，每一块结实的土坯都在我们的意志下粉碎并跟水融为一体。那些赶着耕牛走过的人会鄙视地用眼角扫一下，或干脆说出心中的疑问："用脚踩出来的稻田会有收成吗？"父亲没有回答。他知道现在不是回答的时候，在秋天，黄澄澄的谷子会说明一切。

现在，是插秧的时候了。整好的稻田犹如一张铺开的桌布，那些秧苗将会像一桌盛筵被置于上面。我们使用的是古老的人工插秧技术，插秧机及抛秧技术在二十世纪中后期才在粤西的原野上零星出现，一直到今天仍无法推广。进入二十一世纪初期了，在南方广阔的农村天地，人工插秧依然在培植水稻中占据主流。

父亲摩拳擦掌，已经做好了"锹秧"（用铁锹使秧苗脱离秧田的一种农活）的准备。"锹秧"需要的农具主要是秧锹（一种为了把秧苗铲离秧田而特别设计的铁锹，薄如刀刃，异常锐利，装着一根又长又光滑的木柄）、畚箕（按材料及用途分，畚箕有多种，在粤西，多特指以竹子编织而成的"粪箕"，在箕筐上安装着四根麻花般拧绞而成的竹篾，这就是畚箕的提臂，它保证了畚箕承载东西的容量）和扁担（秧锹的木柄也可以充当扁担使用）。

父亲在"锹秧"之前，先往秧田浇淋粪水，并撒洒一些由草木灰和草皮泥（这是一种土肥，粤西农人在山坡上用锄头将青草连同泥土一并铲下，晒干后用火将其烧得通透，烧好的草皮泥呈鲜红或暗红色，实乃一种泥土的灰烬）混合而成的土肥。这些土肥保证了秧苗在稻田早期生长的肥量。接着，父亲在秧田上喷洒一些毒性轻微的农药。农药不仅可以防虫，还能杀死潜藏在秧泥中的"屎虫"（实乃钩虫的幼虫），此是为了保证卫生与清洁的需要。

一切准备就绪，父亲双手拿起了"秧锹"。他弓着腿，弯着腰，持锹的双手先往后一拉，然后轻轻往前一送，一块青青的秧苗已被铲离秧田并送入畚箕中。锹秧有一个讲究，必须连着泥土，但泥土的厚度要适中，过厚会加重劳动负担而毫无必要，过薄了又会损伤秧苗的根须，从而影响到稻苗的生长。父亲似乎不费什么力气，犹如庖丁解牛，游刃有余。作为一个身经百战的老农夫，他知道如何最大限度地节省气力并将其用在更需要的地方上去。我和母亲的任务，是用扁担将这些秧苗挑到稻田里。我把一担秧苗放上了肩头，马上感觉到肩头上的重量。生活总是将各式各样的担子置放于我的肩头，但我必须承担并将其挑到命中注定的地方。

我们用左手捧着一块秧苗，用右手将其拧下一小撮并插入稻田中。我们弯着腰，一面飞快地插着，一面往后退，秧苗魔术般离开了我们的手，整齐地在眼前呈现，是如此的鲜绿和真实，但我们无暇细看。那些插下的秧苗有着严格的规定，一般来说，一撮的秧苗数量是七八株，行距二十厘米、株距十厘米，太密了会使稻苗过早"封行"（生长高峰期的稻叶完全塞满了水稻之间的行距）而影响稻子的发育，太疏了则会减少稻穗的数量。我总是掌握不好分寸，不是太密就是太疏，父亲大声呵斥去纠正我，并抢过我手中的秧苗重新插下。那些经过重新排列的秧苗横直成行，呈现出崭新的组合和清晰的秩序。

112

在我的乡村生涯中，插秧算不上最累人的活计。它较之于开荒或伐木，花的力气不需要太多，但它也称得上是苦役。它除了消耗人的体力外，还附加了一种精神上的压迫。我必须千百次重复那个单调而刻板的动作：我的左手托着秧坯，右手掐断秧苗并插入稻田中。我觉得无限地重复的工作乃是上帝给人类设计的一种高级刑罚，它使人类的努力变得虚妄。

我想起父亲讲过的一个关于圆月、桂树和伐木者的故事，它从父辈的嘴巴传到每一代孩子的耳中。那轮明月中发生的一切显得无限美丽而真实，这个故事像永恒的月光照耀着山冈。伐木者吴刚的任务乃是砍伐月宫中的桂树，他在夜间砍出的缺口在明天清晨又会愈合，周而复始，永无尽头。我无数次在庭院的天井中凝望着天穹上的圆月。在月亮清冷的光辉中，我仿佛看见吴刚手上雪亮的斧头反射着他悲伤的额头，吴刚的努力乃是无用之举，但他无法停下手中的斧头。那时候我还没有读到古希腊神话中关于西绪福斯的故事尤其是阿尔贝·加缪的《西绪福斯神话》（郭宏安译本），我不能深刻地领悟发生在美丽月亮之上的完美悲剧，但我还是看到了吴刚深刻的沮丧和他内心隐没在环形山脉中辽阔的荒凉。我从幼年起一直耕作到二十岁，一年两度在稻田中插秧，无数次重复过那个拧秧和插下的动作，我的命运得不到任何改观也看不出有将要改观的迹象，我感到自己乃是在重复吴刚伐木式的无用劳作。

我在七八岁的时候问过父亲，吴刚为什么要在月亮中砍树呢？他为什么永远砍不下那棵桂树？他既然砍不掉为什么还要坚持？……父亲无法回答出任何一个问题。这些问题不是一个农夫所能解答的。更重要的是，任何一个农夫都不会关心类似的问题，他只关心地上的庄稼和收成。吴刚在夜间的工作在明天化为乌有，那棵桂树不曾留下任何斧头砍斫的痕迹。西绪福斯推上山顶的巨石会无数次滚回原处，它依然是那块石头，事情不会有任何变化。这是我在成年之后听说过的最巨大或最完美的悲剧，但吴刚的"砍伐"和西绪福斯的"推动"也正在一次次"无用"的重复中获得了不朽的价值，我仿佛看到了一缕不屈不挠的生命之光（穿越了无穷世纪）从天穹中照射下来，辐射这片暗黑而苦难的大地。

在我年逾十载的插秧经历中，一次次在这片土地上耕种。幸好，我所努力的一切并没有被一笔勾销，它们在土地留下了痕迹并孕育着秋天的丰收。尽管土地不能给我带来命运的转机，但毕竟让我看到了生命的希望。只要你努力耕

种
稻
记

耘，就会在秋天收获稻谷、红薯和大豆诸如此类。这就是我迥异于吴刚或西绪福斯的地方。也是我在很长一段时间里无法理解人类悲剧之原因（同样，我也没有看到挫折中闪烁着的斗争火焰——那是一种从深渊中升起的精神之光），但是我从相反的方向上学会了谦卑和祈祷。这是发生在个人精神史上的一件大事。谦卑是我性格中的侧面，祈祷是我面对世界的方式。我的性格异常复杂，充斥着水与火的缠绵，钢铁与花朵的对话。我的性格乃是在乡村的每一条歧路上出走并汇聚的产物，也包括在稻田中看不见的道路。是土地教我学会了谦卑，使我得以看清周遭的事物和黑暗中的微光，并聆听一个人在晚风中下沉的歌声。

一个在乡村长大的人，其实一出生就注定了四面楚歌的命运。这使他的生命必将是咬牙切齿地操起武器跟世界搏斗开始的，他的性格中总是纠缠着反驳和赞同、斗争和妥协、矛盾和统一。我在村庄的生活是从被侮辱和被损害中开始的，这最终为我从村庄的出走设计好了另一条道路，那种精神性的损害和压迫激起了我的斗志、骄傲和狂妄。在长期的抗争和搏斗中，我承认我曾经无视事物的生命、神性和高贵，因为缺乏对事物起码的尊重而失去了最有力的语言，最终遭到了事物的嘲弄和唾弃。就此而言，一个盲目自大、嚣张好斗的人，不可能从根本上进入事物的内在及现实，哪怕他是一个自卫者。事物其内部的隐秘性、复杂性及事物之间千丝万缕、错综复杂的内在联系，要求一个人首先要学会谦逊，学会敬畏，学会对任何工具的怀疑，而返身于内在的追寻。在这样的背景下，我竟然从劳动中学会了谦卑和祈祷，这不能说不是奇迹。

我是在乡村生活中的卑微事物中学会这一切的，譬如一个人或一群人在晨光或暮色中的原野上劳作就显得大有深意。人们在土地面前弯下腰去，一声不响，并一步步地向后退，一直退到田埂边才直起身来。当绿色的秧苗占据这片稻田，这样的祈祷才宣告结束。插秧的姿势及其动作乃是一种简朴的祈祷仪式，一种对土地的膜拜与祭祀。农夫那插入田中的青青秧苗犹如香烛和供品，尽管这些秧苗飘动着鲜明的生命色彩，但农夫所献祭的乃是自己的血肉和青春，他们在虔诚和希望中向土地交出了自己，同时完成了这个质朴而精密的祈祷仪式。农夫插秧的动作带着共同的特征，笨拙、执拗而平静，他们在弯腰低头中向身后缓慢地移动，那是一种向谷神祈祷的仪式。

　　每次我看到这样的情景，总是耸然动容。我性格中的谦卑就是在这样的情形下萌芽的，它使我在事物之前俯下身去，并寻求跟世界的对话。这种对话蕴含着探讨、争执与和解。一个人之所以存在，到头来总是要跟世界和解并缔结盟约的。尽管这种和解暗含着妥协的成分，却由宽容和热爱所支撑，谦卑乃是祈祷的开端。一个人跟世界的和解最终是通过祈祷来实现的。

　　在烈日和暴雨下插秧，可以让我体验到两种完全不同的经验，或者说，这让我在两个不同的侧面打量周遭的世界。在阳光猛烈的时候，我们总是戴着斗笠或草帽在插秧，斗笠由竹篾和竹叶编织而成，纯粹出自手工，它戴在头上很清凉，却颇为沉重，仿佛人类低矮而沉重的屋顶。我宁愿戴那种由麦秸和丝线缝纫而成的草帽，它依然带着农事诗的清新气息，但是那一道道隐没在草帽缝隙中的丝线，却染上了土地跟工业联姻的味道。

我们站在水田中劳作，感受到头顶上那轮烈日的威严，田上覆盖着一层薄薄的水，在太阳的炙烤下几乎沸腾！汗水不断地从身体涌出，就像一种滑溜溜的虫子在脸庞和身上爬行，让人浑身发痒。但我们无暇顾及，我们根本擦不完那么多汗水。我们置身于水中，只感到一片烘热，那是水滴内部的火焰从身体涌出并蒸腾于烈日的光焰下。我们弯着腰，扎着马步，双手在不断地动作，只有当我们插完了面前的数行秧苗，才让双腿拖着机械地移动，而那个马步的姿势依然不变。尽管双手得不断地插秧，但双腿却是最疲劳的，它们承载着全身的重量。太阳像一个大铁锤敲打着我的膝盖，它几乎要把我击垮！当青色的秧苗宛若泉水，从我们手上汩汩涌出并流淌，才给我们带来了一些清凉和慰藉。这些秧苗在秋天长出的金黄籽实，将会在另一个季节解除我们身体中缓慢生长的饥渴。

在南方的春天，雨水异常充沛，三天两头，淫雨霏霏，在雨中插秧又是另一番体验。雨点或大雨敲击在（隔着雨具的）身上的声音，让人仿佛跟大自然融为一体。父亲并不想带我们冒雨下田，但我们必须抓紧时间干活，千万不能误了节令。除非正下着倾盆大雨，否则我们不会停工。

我们拿出了乡村特有的雨具：斗笠和"葵篷"。顾名思义，"葵篷"就是由蒲葵叶做成的一种雨具，先用竹篾编织好一个夹层的架子，然后往架子中的空隙填充足够的蒲葵叶。说是蒲葵叶，但我们看到的大多由竹叶充当，这种竹叶异常宽大，长一尺有余，宽约二寸，时常被用来制作竹笠、葵篷之类的雨具，它也是做粽子或裹蒸的常见材料，在竹叶中包裹着的是一种传统的民间美食。"葵篷"具有龟壳的形状，一眼看上去乃是一个放大了数十倍的龟壳，农夫披在背上，刚好可以把背部遮住，头上再戴上一个斗笠，真可谓固若金汤，再大的雨也休想淋湿分毫！但我不喜欢披挂"葵篷"，除了它异常笨重导致行动不灵之外，我讨厌它的外观。事实上，田野上戴着"葵篷"的农夫跟电视剧《西游记》（杨洁版）中的龟丞相如出一辙！那些戴着"葵篷"的人，犹如一只直立行走的乌龟在田野上匍匐行进，"葵篷"那龟背似的形状及纹络的确暗合着农夫在日常生活中的卑微、隐忍和爬行状态。我没见过比"葵篷"更加丑陋的雨具，它的结实和耐用也同样世所罕见。

在细雨纷飞的时候，我干脆连草帽也不戴，那些雨丝飘拂在我的脸上、脖子上，我没有感到不适，反而觉得这是一种无限的温柔和滋润，这是天上给我带来的触摸和问候。有时我会抬头看天，并不能看到天上那些带来雨水的人，只看到白茫茫的一片，连远山的树林和坡地也变得一团模糊，犹如罩上一块磨砂玻璃。我爱每一场春雨。我宁愿张开怀抱欢迎每一场雨水，但我没有闲情逸致，我必须不停地把这些青青的秧苗趁着春雨插下稻田。我可以伸出舌头去亲吻每一场雨，亲吻每一颗水滴——我在跟每一场雨交换亲吻。每一颗雨滴都像一个小嘴吻着我的脸、脖子甚至胸膛。这些雨水多么干净！它肯定来自更加爱好清洁的天空，它带着一丝清甜的味道。

多年以后，当我离乡背井来到遥远的省城谋生，城市的雨水却让我避之而惟恐不及！有时，雨渐渐大了，我在父亲的督促下不情愿地戴起草帽和雨衣，那种塑料雨衣不能使我跟雨水完全隔开，但我不介意雨水打在我的身上。雨水打在身上犹如音乐的小手在抚摸，雨水在交织着一张我无法看懂的图案。雨水打在田上，溅起一地水花，我的眼前一片模糊。这一场雨仿佛跟过去的任何一场毫无二致，但它下得正欢，无休无止，仿佛一直要下到时间的尽头！我弯着腰，不断地插着青青的秧苗，我感到这些秧苗犹如花朵，而稻田在向上耸起，形成了一只花瓶。这么多在田野上插秧的农夫，乃是在小心翼翼地插花！

有时，我会在身上绑一把雨伞，雨伞是纯黑色的那种，有着弯钩的木柄。当我移动时，身上的雨伞也跟着移动，它并不能有效地防雨，防雨的想法被一种游戏的心情所替代。我感到雨伞犹如皇帝头顶上的华盖，我既是伞中人也是打伞者。或者说，我既是自己的国王，也是自己的臣仆。一把黑色的雨伞在白茫茫的天与地之间缓慢移动，那是一种什么样的情景呢？而我匿身于雨伞中，不可能看清当时的情景。一把保护我的雨伞限制了我的视野。

不是每一场雨都下得像一首诗，有时它大如瓢泼，劈头盖脸地砸下来；有时它伴随着漆黑的乌云，使整个天空抹黑；有时它释放着巨蟒般的闪电，犹如一次猛烈的思想。我曾在田野跟一场暴雨相遇。这场雨来得毫无征兆，它甚至省略了乌云聚集的过程。

那是一个初秋的午后，我和二妹跟着爸妈在水田里插秧。南方的稻子一年两熟，在七八月，要把春稻收起把秋秧插下，这就是热火朝天的"双抢"。粤西乡下的农田狭小，不规则，也不肥沃，散落在大大小小的丘陵之间。我在水田上望去，天空也是不规则的，镶嵌在种满橡胶树和桉树的山地上，仿佛抽象派之类的装饰画，飞扬跋扈，桀骜不驯。天空很蓝，很干净，仿佛跟透明的玻璃出自同一种材料。天空总是飘着几朵白云，我想起了小学课文简单的比喻：白云像一朵棉花。阳光太强烈了！我的脊背晒得发痛，脸上的汗水混着泥浆流淌下来。我突然听到一阵沙沙的响声，自远而近，那是雨水淋下的声音。我们被这一场骤然而至的大雨打蒙了。雨水在天空中斜斜地垂挂下来，整个天地都是雨水的世界了，白茫茫的一片，仿佛大雨是天上的哪一道河流崩塌了堤坝，直接汹涌下来。"轰隆隆——"一声焦雷在头顶上炸响，我几乎同时听见二妹惊悸的尖叫声，一道闪电已抢先照亮了大地，我从未见过这么让人惊魂丧胆的闪电，它像一条张牙舞爪的巨龙，吐着长长的火舌，仿佛天空也被它劈成了两半。父亲赶忙扔掉秧锹，在雷雨下手执铁器是犯禁忌的。我从小就对雷声和闪电有一种说不出的恐惧，我在威力无穷的雷电下感到了一种类似植物惊恐于风吹雨打的脆弱和慌张，仿佛这场雨水全倾泻在我的心上。我被宇宙彻底征服了！

我们冒雨回到家里，雷声还隐隐在天边回荡，暴雨一直持续到黄昏。雨过天晴，霞光普照，被雨水冲洗过的丘陵异常清新，天空真干净。我简直说不出这场雨是从哪儿来的，遥远得仿佛是来自年代久远的一场记忆。只有天边升起的彩虹、空气中弥漫着的泥土和木叶的清香，才会告诉你，刚才确实下过一场大雨。

在农历三月初，我们终于完成了插秧的工作。那些插在稻田里的秧苗将会独立生长，我们总算可以喘一口气了。我们喘口气是为了迎接下一轮更艰苦的劳作。乡村的工作永无尽头。插秧乃是播种的延伸，只不过是农事这根锁链中的一个铁环，它将拖着脚步踉跄的农夫步向丰收的秋天。然而，距离收获还很遥远，农夫有很多工作要做。有时，收获之后就要播种，农夫扛着农具行走在季节的圆周上无数次往返，已经无法区分农事的起点和终点，正如分不清生命的开端和终止。

清明节过后，雨水越来越多，越下越凶猛。在山洪暴发的时节，那夹在丘陵之间的稻田顿成泽国，完全被深黄色的洪水所淹没。待洪水过后，稻田七零八落，一片狼藉。那些插下不久的稻苗，一部分被冲得东倒西歪，一部分还没站稳脚跟就被洪水卷走了，它们顺着河水奔流而不知所终。我们只好捡拾秧田中剩余的零星秧苗补插下去，补插秧苗的心情是灰暗而沉闷的，它缺少了一种劳动的创造和激情。我在少年时自学过绘画。有一次，我花了无数心血画好的一幅《猛虎图》被雨水淋湿了，我不舍得扔掉，决定修补那张虎图。补插的心情犹如在一幅模糊的图画上补笔的感觉，后来的结果乃是我把这幅《猛虎图》画成了水墨山水。

在每一次洪水过后的几天，我总会碰到一些陌生人用秧锹挑着畚箕在山地四处转悠。那是一些来自罗江下游的人，对于他们来说，每一场洪水都是致命的打击，他们的稻田被洪水席卷而过，禾苗一棵不剩！他们来到大河的上游，希望能捡拾到一些有用的秧苗。有时候，他们可以满载而归，但运气并非总是那么好，秧田上的秧苗往往在插秧之后，就被多嘴的老牛一扫而光。在那时我还不懂得，一株水稻在走向金黄的路上会遇到无数艰难险阻，而这场山洪仅是水稻生长史上的第一次洗礼。田鼠在稻田上聚集，害虫躲在禾叶下觊舰，更凶险的敌人还在后头，更严峻的考验还没有到来。

管理

刚插下稻田的禾苗是鹅黄色的，但很快就变得一片青绿，这就是禾苗"泛青"。在田间管理上，有许多技术性的工作要做。第一步就是"晒水"，接着就是"笐禾"、除草，期间还穿插着灌溉、施肥和除虫诸如此类。

晒水是在插秧之后八九天开始的。所谓"晒水"，就是把稻田里的水全部放走，使稻田充分暴露在阳光之中，要让稻田失去水分，使之变得干燥、结实，甚至一片龟裂。视稻田的湿润程度不同，一般要日晒三至九天不等。在水分充足的泥沼性稻田中，日晒的时间会更长一些，但要让其龟裂是不实际的，我们没有这么多时间，只要行走在稻田中不会留下深脚印就可以了。"晒水"的时间够了，就要从水渠中引水来灌溉。

在插秧之后的十二至十五天，就可以进行第一次"笐禾"了。"禾笐"是粤西乡间特有的农具，我在别的地方没有见过。在插秧工作完成之后，父亲去集市买回几对"禾笐"头。那是两块矩形的木块，像巴掌那样大小，每个木块上镶嵌着五根扁平的铁钉，木块中间有一个圆孔，那是装"禾笐"柄的位置。父亲从竹林砍回几棵竹子，用柴刀把竹子的细枝末节去掉，使之变得光滑；接着，父亲用刀把竹竿的首端分两半劈开，被劈开的竹竿大约占整根竿子长度的四分之一，父亲用一段小木棍塞在该处，以固定竹子的两半，不让它合拢。现在，竹竿的首端就被小木棍强硬地分开为两个片状的部分，整根竹竿看上去呈"人"字形。父亲遂在"人"字的两端装上"禾笩"头，并用木片嵌紧，以使其坚固。这样，一把"禾笩"就算安装完成了，它其实是一对微型的钉耙。

每天清晨或傍晚，我跟着父亲一人一把"禾笩"走在稻田中，并将"禾笩"放在禾行中来回刮动，"禾笩"会把禾行间的泥土刮得疏松，并将田间的杂草弄死。我们刻意避开阳光灿烂的正午，是要避免根须弄断的禾苗在阳光下遭到损伤。父亲说，"笩禾"主要是为了松土及将禾苗的根须弄断，促使其发芽和分蘖。我们最终要的乃是稻穗，而稻穗是从稻胎中生长出来的，所以要增加水稻的植株。"笩禾"不算是一件辛苦的事，甚至可以称之为轻松。

当"笩禾"的工作完成后，父亲开始施肥了。他撕开了化肥的袋子，把化肥倒在畚箕中，用手大把大把地撒向田中。我坐在田埂上，注视着那些白花花的粉末状肥料在晨光的雾霭或傍晚的余晖下纷纷扬扬，一股化肥的味道扑鼻而来。父亲施的是磷肥，磷肥可以促进庄稼生长茎干和枝梗。施什么肥是有讲究的，常用的化肥也无非是氮磷钾之类的复合肥，磷肥可以长茎，氮肥可以生叶，钾肥可以结实，要达到什么目的就施什么样的肥，不可张冠李戴。在秧苗插下稻田之后的第一次施肥，其目的乃是让水稻生长禾茎和骨节，所以非磷肥莫属。

施化肥也不是越多越好。在第一次"笩禾"时肥料不能过多，要防止水稻过快生长。倘若营养过剩，水稻会疯长起来，那些稻秆和叶子很快就填满水稻之间的行距，这就是所谓的"封行"。有经验的农夫都会用肥料控制水稻的生长，不会让水稻在插秧后二十天内封行。在凤凰村，早造水稻的生长期（从播种到成熟）大约在一百一十天左右，晚造的减少约二十天。倘若水稻在生长二十天之前封行就是大忌，这就注定了它失败的命运！因为禾苗还没有拔节抽穗，禾茎还没有长高，它显得如此低矮，如果在这个时候封行，就会因为行距之间缺少空气而导致烂叶，直至水稻因发热而腐烂。烂叶不是一种虫病，根本无法救治，唯一的办法是保证水稻之间的空气流通，预防乃是最好的治疗。

第二次"笰禾"，距离第一次七八天，这个时候，水稻已经进入了生长的中期，父亲施了一些氮肥，最常见的是尿素，此乃是一些颗粒状的肥料。它的气味较之于磷肥更为刺鼻，会使凑近它的人熏出眼泪！在第二次笰禾之后的几天，禾苗应该封行了，如果还不封行，就要多施一些磷肥和氮肥，在水稻孕穗之前一定要封行才能增收。水稻在抽穗之后会拔节生长，稻穗会高高挺起，高出禾叶一头，这就保证了禾行之间的空气流通，不必担心禾苗因发热而腐烂。

水稻的田间管理工作，我觉得并不辛苦，譬如"笰禾"、施肥之类的环节，胜似闲庭信步。我很乐意跟父亲去田间劳作，一来我可以学习到农耕技术，此乃是一个小农夫日后安身立命之所；二来田野上生机勃勃的庄稼吸引了我，走在田垄间犹如行走在一首诗的空白之处。满眼碧绿映入眼帘，我贪婪地呼吸着水稻发出的清香。我在大自然中得到的教育，胜过一切教育机构所提供的，它让我深刻地认识了"热爱""宽容"和"平静"之类的含义。十八岁时，我开始尝试写诗，整天想着庄稼和土地的爱恨、果树和秋天的情仇，并将其从大自然搬到一张方格稿纸上去。有很长的一段时间，我成了真善美的开路先锋和大自胜的传声筒而毫不察觉。

时日在推移，水稻的长势越来越好，田野上一片葱茏。有一天，我惊讶地发现水稻的禾茎在隆起并逐渐变得丰满，它们就要抽穗了！在六月，就要扬花的水稻像一位孕妇腆着高高的肚子，它正在孕育着新生命，这是大自然的奇迹，再也没有比一棵就要生产的植物更美的了。而稻田中有越来越多的孕妇骄傲地挺着自己的大肚子。水稻在生长六十天（从播种之日开始计算）左右开始抽穗。抽穗期间必须及时施一些钾肥，以保证它有足够的营养，钾肥有利于花朵结实。

在水稻抽穗之后短短的几天内，有一项工作必须是要及时去做的，那就是拔除混杂在禾苗之中的稗草。我置身于稻田中间，感到了为难。我说不清一棵稗草和水稻有什么不同。它们是如此的相似，有相同的叶子，有相同的呼吸，甚至有相同的一支歌。鱼目混珠的稗草，几可乱真，在水稻抽穗之前，连经验最丰富的农夫也难以分清稗草和禾苗的不同。幸好稗草抽穗的时间比水稻略为要晚几天，且它的植株及叶子显得稍为瘦削。这样，等水稻大面积抽穗之后，只要细心分辨，是不难将稗草甄别的。

父亲瞅准了一棵稗草，并将其连根拔起，他的双手沾满了泥巴，"稗草是有害的，必须将其拔除！"父亲说。是的，稗草的果实虽然看上去有点像小米，却是无用之物。如果让一棵稗草长出果实并混入稻谷之中，那真是后患无穷。我感到奇怪的是，播下的是水稻，地上却长出了稗草！生活之中，总有一些节外生枝的事情改变了我们的初衷。"一定是下秧的时候，稗子混入了谷种之中！"父亲解释说。我们在拔除稗草的那几天里显得异常匆忙，甚至手忙脚乱，我们必须在水稻扬花之前消灭所有的稗草，因为水稻开花之后，就不允许我们走入稻田中间去，否则就会因碰落稻花而造成减产。在每一个农夫看来，稗草犹如眼中钉肉中刺，必欲除之而后快。

那几天，我们早出晚归，整天在稻田里忙碌。我们在搜索并拔除那些罪该万死的稗草，犹如揪出并铲除那些潜伏在革命队伍的叛徒和内奸。在凤凰村，稗草叫"败"，这个词表明它的无用及可恶。然而，总会有一些漏网之鱼侥幸逃脱。它们是如此之多，又是如此隐蔽，在稻花大面积盛开之前，我们失去了继续跟稗草斗争的耐性。无论我们付出什么样的努力，都不可能把所有的稗草清除干净，此乃是一个令人沮丧的事实。

当我在秋天收割稻谷的时候，看着稗草结出的那一大捧成熟稗子，心底不由升起一种说不出的恐惧。收获稗子对我们来说，完全是一个意外，我们已想尽办法来避免这个结果的发生，但到头来终究是无济于事。在这块寻常的土地上，有太多的东西超出了我们可以操控的能力。那些成熟饱满的稗子细小而琐碎，灰褐色的表面反射着太阳的光辉，炫耀着强大的意志。稗子作为果实来说，无疑也是极其完美的，光滑结实，质地细腻，无数粒籽实紧抱成一团。然而，它们在秋风中裸露着的沉甸甸的穗实，对我们来说仿佛是一种冰冷而尖锐的嘲讽。我扔掉了那一捧稗子，我不能让它们把后代带到下一轮水稻的生长中去。

总有一些稗子混入成堆的稻谷中，犹如一些错别字潜伏在一篇蹩脚的文章里。它们会在明年春天萌发并显示自己的存在，或许，它们乃是在提醒我们，生活中总有一些东西是不按正常轨道来运行的。那些出轨的东西总是让人目瞪口呆，却也让我们看到事物的另一个侧面。

稻田异常安静，水稻长出了稻穗，扬花、灌浆、成熟各个环节将会接踵而来，这一切都有条不紊。水稻全部完成抽穗需要十多天时间，数天后开始灌浆，灌浆后约二十天会日渐变得结实和饱满，从抽穗到谷子成熟大概需要三四十天。水稻不事声张，却从未停止过生长。只有在风掠过田野的时候，水稻才发出一些轻微的声音，那是叶片抗拒着风吹的动静。然而，在稻田这巨大的静谧之中，活跃着无数细小的生命，潜伏着无数矛盾和斗争。各式各样的害虫或在稻叶上抢夺地盘，或在水稻的茎管中建筑宫殿，田鼠咬啮水稻，青蛙捕食害虫，水蛇追捕田鼠和青蛙……它们构成了一条充满着血腥和死亡的生物链。

我曾在拔稗草时捉到一只小青蛙。在粤西的田野，这种被国家野生动物保护机构称之为"虎纹蛙"的小动物随处可见。我从读小学时起，老师就教导我们说，青蛙是益虫（我对青蛙被称之为"虫"一直百思不得其解，我印象中的虫子与之大相径庭），要对其善加保护，不能滥加捕食。然而，人们对青蛙不会手下留情。"荷叶蒸青蛙"向来是粤西一带小餐馆的招牌菜，有的村庄甚至出现了以捕捉青蛙为生的"专业户"。我捉到的这只小青蛙看上去异常可爱，有着鼓突起来的大眼睛，绿色的脊背，雪白的肚皮，它的四只小爪犹如工艺精湛的钥匙扣。它已经发育完全（我是指它没有了蝌蚪的任何特征，譬如尾巴也已经退化），在形状上跟一只成年青蛙毫无二致，但毕竟太过细小，它只有我的脚趾头那么大。这样的小青蛙还没有食用价值，我捉它，是因为它显得新奇。乡村的孩子会把捉到手上的任何小动物改造成一件玩具。

小青蛙异常滑溜，我为了防止它逃走，在路边拔了一棵"鸡麻"（一种野生植物，其皮柔韧，可充当小绳子使用），剥下它的皮。"鸡麻"的皮虽然比不上黄麻坚韧，但用来束缚一只小青蛙绰绰有余，而被剥掉了皮的麻秆一片雪白，它将会有另外的用途。我用"鸡麻"缚住小青蛙的大腿与身体的交界之处，小青蛙受到紧束的肚子向上鼓起，鸡麻的另一端被握在我的手上。青蛙是善于跳跃的，尽管它受到了束缚，仍然显示出了弹跳的天赋。

我把这只小青蛙带回村庄，我要让它跟小伙伴手上的小青蛙进行一场赛跑。我们用瓦片在结实的泥地上画了一条起跑线，并画好了终点。几个孩子用手牵着小青蛙待命出发，被"鸡麻"缚紧的小青蛙在我们的驱赶下奋勇争先。我们用来驱赶它们的就是那根麻秆，现在它成了一根象征着权杖和暴力的鞭子，这根鞭子加强了对青蛙的统治，同时带来了血腥。现在我们将这些俘虏视之为田径运动员或假释的逃亡者（究竟是哪一种并不重要，反正它已经成了孩子们手上的玩偶）。我们举起鞭子，我们马上感受到了鞭子的力量或权杖的作用，是鞭子确立着奴役者和被奴役者之间的位置和秩序。小青蛙拼命地跳跃，它们在往（我们的）目的地奔去，事实上并不能真正逃离，因为那段束缚着它们的"鸡麻"仍牢牢地掌控在我们的手中。这些可怜的小青蛙曾经有过面对天敌时你死我活的斗争，却从没经历过这种奴役。它们不知道为何在一刹那间失去了自由的权利，并要在鞭子的驱动中做着无望的逃离。

孩子们兴奋起来，我们既是发令员，也是观众和裁判。我们去模仿审判者的角色。审判的权力从来都归于上帝。而人世间任何的审判都是对自由和道德的亵渎，因为我们没有资格行使上帝的权利。孩子们的游戏天性常被人们称之为自由和童真的表现，却往往忽视了暴虐和残忍的成分。此乃是一个邪恶和流血的童话。

一块稻田乃是一个战场，这个战场甚至把人类卷入其中。农夫所要进行的是跟田鼠和害虫之间的一场殊死战争。在水稻抽穗之后，不再需要下什么化肥了，除虫的任务却显得首当其冲。害虫是威胁水稻生长的最大杀手，自从把秧苗插下稻田的那一天起，除虫的任务就从未间断过。

128　　秧苗刚插下稻田的时候，虫害还不算太多，也没成气候，喷射"敌百虫"就可以了。在水稻生长了一段时间，第一个虫害的高峰期是卷叶虫肆虐，卷叶虫在稻叶上繁殖，禾叶被其卷起来犹如被筒，等闲农药无奈它何，用剧毒的"钾胺磷"（此药我国内地已于二〇〇八年起公告禁止生产及使用——作者注）才能将潜伏在禾叶中的害虫杀死。在水稻抽穗的前几天，会出现第二个虫害的高峰期。作祟的害虫除了卷叶虫，还有枯心虫和稻灰虱，这些害虫都是狡诈凶狠的难缠之物。尤其是枯心虫，会钻进禾心内部挖洞，并蛀空整株水稻的茎管，除了喷射钾胺磷之类的剧毒农药，别无选择。在水稻抽穗之后，虫害有稻灰虱和叶蝉，抽穗到收割也就一个多月，此后就不适宜喷射剧毒农药了，以免稻谷会有毒性残留。在扬花、出谷阶段，可以喷射"灭谷枝""叶蝉散"

之类的低毒农药。

当水稻抽穗完毕，水稻开始扬花并灌浆之后，出现了第三次虫害的高潮，那就是铺天盖地般袭来的稻绿蝽。稻绿蝽在我们乡下有一个土名叫"蜡屁"，长着翅膀，跟荔枝树、龙眼树上那种叫"九屁"的荔蝽在外观上颇为相似，不过在体形上要小得多。稻绿蝽的危害性之大，让人发指，它们成群结队，飞来飞去，大口大口吞噬稻花，最可恶的是其尿水淋到稻花或嫩谷上，就会导致谷子不再结实而变成秕谷。这种害虫的繁殖量大得惊人，一批难以计数。如果不及时加以控制，后果不堪设想。灭谷枝毒性不强，却恰巧是这种害虫的克星。等到谷子饱满并日渐变黄，虫害也就不足为患了，收割的时候日近，也不宜再喷射任何农药了。

除了上述常见的害虫，还有其他一些虫害。如果是因为害虫引起的烂叶，可用井冈霉素来治。稻田上也能零星见到一些蝗虫，在田中跳来跳去，但数量不多，不至于酿成虫灾。在稻谷步入成熟的时候，稻穗上会出现大批"禾虫"（从外观来看，有点像某种小蝗虫），但禾虫的危害性不大，大可不加理会。禾虫肉嫩味美，凤凰村的孩子爱捉了煨来吃，比煨荔蝽、竹虫、绿蝉之类好吃多了。田鼠倒是教人头疼，但除了投放鼠药也没有更好的办法。早晨水稻抽穗、吐蕊，中午阳光灿烂，气温升高，田间一片炽热，都不是喷药除虫的最佳时机，否则会影响乃至灼伤稻花。父亲总是选择在傍晚时分除虫。晚风习习，田野一片清凉，稻花也在收敛、合拢，此时喷药可有效地杀死害虫又不至于影响稻花。

我多次跟随父亲在稻田上喷药除虫。父亲先用粪桶装了半桶清水，用瓶盖量了几盖农药倒入水中，然后用喷枪往桶中喷水，反复多次，农药在水中稀释并溶解，最终混为一体。父亲在调配农药时亲自动手，不让我沾那些有毒的东西，他小心翼翼的样子也表明了对有毒之物的敬畏。另一个原因是，农药是如此昂贵，他怕我造成了浪费！一小瓶农药的价格相当于一包三五十斤装的氮肥，父亲每次买回一瓶农药都感到肉痛。然而，农药是必不可少的，它乃是驱走害虫保卫丰收的必要之物。那种喷枪是利用活塞原理制作的，枪筒是一道直径两三厘米的塑料管，顶端上开着一道小缝。枪筒中设着一个带木柄的活塞，活塞往后拉，药水就会从缝隙中吸入筒中；当活塞往前一推，药水就会呈扇形向稻田喷洒而出。它的射程只有三四米远，但这已经足够，在射不到的稻田中央，就要走入去喷射。

我和父亲一人拿着一把喷枪，向着稻田的每一个角落喷射药液。白花花的药液在喷枪的推动下喷洒而出，无数小飞虫在惊惶地飞起或跌落。害虫本来就像一伙明火执仗的强盗洗劫稻禾，肆无忌惮，水稻手无寸铁，只能任其宰割。害虫正在得意洋洋之际，谁知一场灾难从天而降。它们不知道这场灾难乃是出于人的设计，设计灾难从来都是人类的专长。庄稼占据土地，害虫咬噬庄稼，农夫毒杀害虫，此乃是一条锁链上的几个不同圆环，也把这片土地上的斗争推向高潮。

在这片土地变成耕地之前，生长着各式各样的草木，栖息着难以尽数的昆虫。这片土地上发生的抢夺和斗争尽管充满血腥和杀戮，但一切都显得自然而然。大自然历来都遵循着"弱肉强食、优胜劣汰"的原则，没有人去管生物之间的死活。自从人类介入之后，这一切就变得复杂和微妙了，或者说将这种斗争简单化了。土地的斗争集中到害虫和农夫之间的斗争上。事实上乃是害虫在毁坏并抢夺着农夫的粮食，没有人怜悯这些虫子，更不会手下留情，它们罪该万死，甚至成了邪恶的代名词。在农夫的眼中，除去那无用的（杂草和害虫），留下并增加那有用的（庄稼和绿肥），一切都变得泾渭分明。如果昆虫世界也有文明，那么它们肯定也会有一些优美动听的称呼，无论如何也不会以"害虫"命名自己，此乃是人类对其诅咒般的称呼。

　　农夫不惜使用喷枪和毒药之类的武器，乃是为害虫对庄稼的践踏所激怒。喷枪是一种简单而神奇的装置，在它的作用之下，土地上的事物发生了奇妙的转换，它维护了水稻的生长秩序（其实乃是维护农夫的生产秩序），却把虫子推向了死神的领地。人类在维护自身的秩序时从来不惜使用阴谋和暴力，喷枪的实质是一种武器，在它的背后耸立着冰冷而高大的权杖。它乃是审判的象征。这是一种严厉而残酷的审判，因为审判者不容被审判者提出上诉和辩护，甚至，不需要提出任何诉讼的程序，农夫就对害虫做出处以极刑的裁决。农夫做出裁决的理由是，它们损害或正在损害着庄稼。害虫在我们的袭击下纷纷死去或逃亡，如果一次行动不够，父亲还会再来一次，直到把害虫赶尽杀绝！一切害虫在人类的智慧下似乎显示出了其弱智和渺小，简直不足挂齿，它们要跟人类相持还不够资格。

　　不惟独害虫，一切生物莫不如是，除了老鼠、蟑螂和蚂蚁等有限几种人类无能为力的生灵之外，人类已经（或自以为）成为这个蓝色星球的主宰！田野的最大污染乃是农药污染，来自稻田中的药液和废弃的农药瓶使土地和水源日渐恶化。农夫把沾上农药的喷枪和水桶带回家之前，会在田埂的水渠或河水中彻底清洗干净，不少农夫还把农药瓶随手丢弃，污染在日积月累中加深，农夫最终会自食其果。他们在抱怨河流不如过去清澈和甘甜，流量在减少，淤泥也在日渐增多，却不知道乃是自己在毁坏大地上的泉源。

收成之日

收割

日子一天天过去，水稻终于到了成熟之日。那些坚硬的稻谷在日光中悄悄地变黄，那些谷子的表皮犹如时光的硬壳。那谷壳紧紧包裹着的雪白米仁才是时间本身。我在沉甸甸的稻谷中看到了时间之神轻盈的面容。日光是时间的代用品，它没有影子，却使一切经过它的东西打上了影子。这几乎显示了时间的性质，它没有形体却不是虚妄之物，它没有身影却使经过它的一切事物打上它的痕迹。时间是人世间最后的神秘，我不知道它从何而来，要往哪里去。它既无起点，也没有终点；它既是支离破碎的片断，也是不可分割的整体。它是在流动中离开的，却不会最终消失；它是在永恒中生长的，却永远不会停留。它在不停流逝而永无尽头，它每一刻都在否定过去却找不到开端。它的永恒停驻于流逝之中。一个人在岁月中成长并衰老，一棵树在季节的更迭中掉光叶子并扩大着年轮，一株水稻用它的全部谷粒来解答时间的提问。那些闪光的谷粒，是它们使消失的时光具有了不朽。

稻田在一阵风中轻轻荡漾，它在田野中散发着成熟的气息和香甜的味道。一块长满谷子的稻田在炫耀它的成熟和美而不会遭人诘难，它拥有这个权利，犹如一个成熟的女人散发体香。云朵在散尽，天空在往后退去，那些稻穗低垂着双手，犹如一只装满金子的布袋在下沉。只有锯齿般的稻叶切割着风声，也许那是时间在稻叶尖上掠过，但它不会停留。

一天傍晚，父亲眉飞色舞地从稻田上归来，压抑不住内心的兴奋，他对我们说："稻子熟了，明天我们就去割禾！"吃完晚饭，父亲马上找出了镰刀（那是一种专门用来割禾的镰刀，铁打的刀刃，装着木柄，刀刃上分布着细齿，在凤凰村叫"禾钩"）。镰刀是去年买的，那些细齿已遭到磨损，父亲找出一把钢锉打磨那些细齿，使它们变得像刚铸成时那样锋利。父亲做完了这些工作，意犹未尽，遂又砍了一棵竹子，就着皎洁的月光在院子安装畚箕的提臂。畚箕和扁担是我们最常用的搬运工具，我们将利用它们把稻子从田里挑到打谷场上去。那天，月亮又大又圆，我躺在一张条凳上迷迷糊糊地睡着了，耳畔依然听到柴刀破开竹篾的声音，也不知道父亲忙到什么时候。

第二天一早，我和二妹跟父母挑着农具来到了稻田。我顿时被田野那巨大的美所震撼，我的心灵听到一阵风呼啸而过的声音，那是一种被高贵和华美席卷的感觉！稻田以其华丽的颜色占据了我的视野，田野上一片金黄，那是一种极尽奢华的颜色，是一种生命达到极致后发出的光辉。我不知道那是一张用金丝和绿线编织的地毯覆盖着田野，还是一大块光华夺目的黄金从大地上生长出来。这种辉煌耀眼的颜色，我从前只在天上的云霞才见过，但如今它们匍匐于地。朴素的泥土竟然生长出人世间瑰丽灿烂的颜色，这也许是大地给予我的深刻启示，可惜我无法领会这种启示。我面对神奇的大自然时总是懵懂无知。我只知道这是一种跟黄金相仿佛的色泽和光辉，或者干脆说，它就是一大块闪光的黄金，风在田野上吹过，这块黄金仿佛受到推动而晃荡。而在这一整块之中，有一小块金子是属于我们的，这一小块金子跟那个金色的整体并没有什么不同。这是一个令人振奋的事实。

我们在插秧的时候，还有人讥笑我们用锄头种出来的稻子是否会有收成，而现在它们给出了最有力的回答。它乃是我们用汗水和心血浇灌出来的，收割的权利乃是归于我们。收割，这是一个让人激动的字眼，它意味着昔日的辛劳终于有了回报。我们种下的庄稼，如今长出了累累硕果，在等着我们将其搬回家中。

我们把扁担插在田头上，开始动手收割。我用左手执着水稻，用右手的镰刀"刷"地割下手中的稻穗，我们只割取那些稻穗，尽量割短一些稻草，这样才能减轻劳动的强度。村庄有一个非常形象的说法："割谷颈"。我们把割好的稻穗放在田中，待要走时才放到畚箕中去。清晨，稻子上的露水还没有消失，露水打湿我的裤腿和衣襟，谷子的清香扑入我的鼻中。在稻田中呼吸这种香气是有福的，那是一种劳动的温存和喜乐，它可以使一个人彻底平静下来。可惜当时我没有体会到这种平静，我还太年轻，我有的是力气和扑击的欲望，我感到一股劲头在四肢中喷薄而出，那是一种猛虎扑食猎物的劲头，我只感到一种把这些果实攫为己有的狂喜，但不能体会劳作的真正快乐。

太阳在缓慢地升高，阳光打上我的脸，并暴露了我心灵中的阴影。我抬头望了一眼仿佛永远也割不完的稻田，那些锯齿状的稻叶割伤我的手臂，开始感到了劳动的厌倦和劳累。我感到力气在流泻，它们化成汗水注入大地，却无声无息。我们的稻田并不大，但我的疲倦夸大了它的面积。与其说我放大的是稻田，毋宁说是我放大了劳动的强度，并为之深深恐惧。一个少年还没有学会对事物做出准确的判断，更不会有足够的耐心去面对困境。但父亲就不会这样，他的脸上显得一片平静，这一块稻田的尺寸早已放置在他的脑海中，他知道只要割下去就会最终完成任务。这样的经验已被一个农夫广泛应用于生活中的各个领域：工夫一到，一切自然会瓜熟蒂落。工夫有时就是时间，你只要坚持下去，一切都会改观。

父亲只是瞪了我一眼，并不说话。他弯着腰，手中的镰刀拢住一束束稻穗并飞快地割取。父亲割稻的动作是如此干净利落，几乎让人着迷，我注视着他，有好几次短暂地停下了手中的农具。镰刀跟稻穗的接触，此乃是钢铁跟庄稼的对话，对话的结果是庄稼在镰刀的挥动下一刀两断。一束束稻穗在"咔嚓"声中脱离它的根茎，来到了农人的手中。这是庄稼最好的结局。汗水洗亮谷子的光泽，也洗亮了父亲手上的镰刀。稻秆是空心的，丰富的纤维却使其充满韧性，它们磨损镰刀的细齿，磨平它的刃口，最终使其报废。一把镰刀的使用寿命不会超过两年。镰刀在割取稻穗，但它又最终消失在那些庄稼的茬口上，不知所终。

在我们身边，有无数小飞虫飞离稻田，它们又飞到另一块尚未收割的稻田上去，而所有的稻子都会被农夫收割归仓。稻田上的害虫不可能被消灭殆尽，但收割之日便是其溃退之时，它们曾死守着一个大粮仓而不知餍足。然而，这毕竟是别人的粮仓。一只禾虫在我的衣袖上跳跃，我捉住了它。它看上去俏皮而可爱，并不像别的害虫那样面目可憎。它有着透明的翅膀和碧绿色的身段，与其说它看上去跟一只蜻蜓大同小异，不如说它更像一支古代美女云鬓上的碧玉簪。它在我的手指上颤动，显得惊惶而可怜，我松开手指放开了它。

艰难的搬运

忙了一个晌午，我们终于把稻田的稻子全部割倒在地，横七竖八。收割是一次战役，稻田无异于战场，这次战役的结果乃以我们的胜利而告终，每一株稻穗都成了我们的俘虏，剩下的问题是把它们弄回去。粤西的稻田多夹在丘陵之间，无数狭窄而坎坷的小径将它们连接在一起并通向村庄，因为没有足够宽阔的道路，牛车、自行车之类的交通工具排不上任何用场。在我的想象中，那种只有一只轮子的"鸡公车"应该可以在阡陌间行驶，然而，这种运输工具在过去盛极一时，在二十世纪八十年代的粤西乡间日渐销声匿迹。推鸡公车需要更大的力气和平衡的技巧，车夫更像一位深谙民乐的艺术家，它发出的"吱呀"声非常悦耳，犹如一把口琴含在大地的嘴唇中。

我们唯一的办法就是用扁担把它们挑回去。我们用稻草把一把稻穗扎在一起，并将它们放入畚箕中，层层堆叠起来，畚箕的提臂环抱着稻穗，现在畚箕上的稻穗跟我的肩头一样高。我在禾担之间蹲下身子，深深地吸一口气，憋足劲头，身子一挺，终于把一担稻子挑了起来。一担稻穗的分量并不轻，我马上感觉到肩头上的压力。我开始踏上了那条通向村庄的田间小径，它曲里拐弯，犹如一条灰白的蛇逶迤而去。

挑担是乡间最辛苦的劳作之一，它几乎成了苦难的化身。它具有一切苦工最明显的特征：压迫和沉重。那些金黄的稻子是一种美好之物，但它们在我肩头上造成的压力，让我想起了生活中普遍的苦难。我的肩头还太稚嫩，这样的重担对我来说难以承受。为了尽快到达目的地，我尽可能加快了脚步。我仿佛在奔跑，脚步踉跄，双眼盯着路面，对其他事物无暇顾及，蔚蓝色的天空和青翠的树林仿佛在旋转。终于，我感到肩头一阵灼痛，扁担磨损了我的皮肤。双腿像灌满了铅，再也迈不出半步。我只好停下来，我需要休息。然而，我不能停留太久，地里还有许多稻子等我们挑回去，生活总是很少给我喘息的机会。

从稻田到村庄，这是一段不短的路程。我挑着一担沉重的稻穗在路上跋涉，我总是要歇息好几次才能把担子顺利地挑到打谷场。

我挑担的方式遭到了父亲的诟病，他指责我的地方有两点：1. 未站稳就想飞；2. 挑担不会转膊。第一点是说我走得太快了，应当站稳脚跟，脚踏实地，一步一个脚印地走，这样有利于持续地劳作，而生活的重担从来就不可能一蹴而就。一挑起担子就飞快奔跑，这在他看来是一种愚蠢、缺乏生活（劳动）智慧的表现。我承认他说得很有道理，但气急败坏地反驳说，太重了，我不想它在我的肩膀停留太久，我必须以最短的时间把它挑到打谷场。至于第二点，"挑担不会转膊"乃是呆头鹅的代名词。这是一个谚语，大意是说做事傻乎乎的，一条路走到黑，不懂转弯抹角。父亲一面批评我，一面示范给我看，一担满满的稻穗从左膊转到右膊，又从右膊转到左膊，显得轻松自如。挑担转膊的好处就是使肩膀轮流分担重担的压力，从而使总有一边胳膊处于休息状态。这次我闭上了嘴，我没有足够的力量使一担稻穗在两个肩膀上自由转换，我能挑着它行走一段路程，全仗胸中憋的一口气，当这口气一消失，就只好停顿下来。

父亲无论挑着什么样的重担，总是不急不躁地在路上行走。他对路途的遥远和担子的重量有足够的估计，他懂得如何平均合理地分配体力。当他感到一个肩膀不堪承受的时候，就把担子转移到另一个肩膀上去，他一直挑到目的地才缓缓吁出一口长气，平静地把担子放下来。

把田里的稻穗挑回村庄，那是发生在我十五六岁的事。那时我深刻地懂得了"搬运"这个词，并将它写入我的诗中。生活就是一次次搬运。把那有用的（庄稼的果实、明镜般的泉水、大自然的花香和歌吟）搬回家中，并把那无用的（生活的渣滓、心灵的石头和书卷上的尘埃）搬离体外，当这一切都得靠体力去完成的时候，我感到生活又沉重又美丽，一把利刃埋藏在心底依然无法逃避岁月的磨损和腐蚀。我们一次次行走在稻田和村庄之间的小径，我感受了小路的柔软和温情，对它了如指掌。你有没有体验过跟一条小路互相拥抱的感觉？它像放纵的女子发出了颤抖和呻吟。而我感到头脑一阵眩晕，那是一种在极端疲倦和突破了极限之后的销魂。我乃是行走在一条绳索上，绳索在绷紧，而我还不能停下踉跄的脚步。

田里的稻穗终于全被搬运到了打谷场，我们将其堆叠在一起，形成了一个谷垛。这就是我们劳碌了半年的（一部分）收获，稻穗并不像我们想象的那么多。它们盘踞在打谷场上，宛若一个古老的城堡。但它很快就会遭到拆散，现在还堆在一起，乃是为了让其发热而有利于脱粒。

拾穗

稻田空空如也，一片狼藉。田上有着凌乱的脚印，散落的稻叶到处都是，那些伤口裸露的稻茬仿佛在悼念逝去的时光。母亲和二妹挎着竹篮在稻田上拾穗，一些金黄的稻穗在泥泞的水田中闪光，它们仿佛在呼唤拾穗者。这些遗落在田间的稻穗，跟别的稻穗并无不同，但它们有着另一种命运。收割是一场暴风骤雨般袭来的革命，它像洪水那样席卷着这块稻田上的一切，具有革命的基本特征：充满盲目的激情和摧毁一切的暴力。与其说我们在摘取果实，毋宁说是在扫荡这一块田园。革命过后造成的废墟，乃至被破坏的一切，应当有人去打扫并清理。只有拾穗者才使这场收割具有收拾的意义。

母亲和二妹弯着腰，低着头，走来走去，以极大的耐心在稻田上察看，把那些几乎被遗忘的稻穗捡拾起来。太阳在西斜，夕光打在她们身上，灿烂而柔和的晚霞使这片稻田沐浴在大自然的光辉之中。这是一种人性的光辉，她们以母性的温柔使这一块收割之后的稻田显示了人世间的温情。

然而，拾穗的人越来越少了。有人撇着嘴，不屑地说："我可不在乎那一两粒谷子哩。"仿佛无视被遗落的稻穗，才是慷慨大方的行为。在乡村，拾穗不再是一种美德，而成了一个笑柄，它几乎成了吝啬的代名词。

母亲和二妹在拾穗，不仅是受饥饿的驱使，也是对事物的一种致敬。然而，总会有更多庄稼的果实被遗忘在地上无人理睬，而最终在寂寞的岁月腐烂成泥。

跟拾穗相似的是翻番薯和捡花生，当然这同样是饥苦的农民才做的事。因为这二者较之于拾穗，更为自以为高贵的人们所不齿，更接近了乞讨和拾荒的味道。在番薯地和花生地之中，无论你多么小心地收取，总会有一些果实被深深地埋在地中，它们埋得那么隐蔽，几乎接近了真正的遗忘。

母亲挑着畚箕出没在薯地或花生地上，她用锄头翻掘着庄稼地，寻找着别人遗落在地下的东西。那些番薯和花生藏得如此隐蔽，为了寻找到所需要的，母亲几乎把一块地抄了个底朝天。在雨水充沛的日子里，凌乱的番薯地上很快就会长出一些娇嫩的番薯苗，这些鹅黄色的番薯叶暴露了地底的秘密，只要用锄头一挖，下面肯定有着一只或数只番薯。埋在地下的花生也会长出青色的苗子，然而，生长出叶子的花生不再具有价值——那些花生仁变成了植物的根。一块收割之后的庄稼地，不管是稻田还是薯地或其他，那喧嚣的已归于沉寂。泥土在沉寂中等待着下一轮播种和萌发。

月光下的打谷场

通常，我们白天收割而在晚上脱粒。我们在稻田劳碌了一整天，吃过晚饭，稍为歇息，就拿着脱粒工具来到打谷场，有时干脆完成脱粒的任务才回家吃饭。我们家的打谷场建在凤凰村边门星岭的斜坡上（建在村庄外头的原因，乃是使其因缺少屋宇和树木的遮挡而在最大限度上得到日光的照耀，它是用石灰混凝土建造而成的，异常光滑而平坦）。在我们村庄，大大小小的打谷场或晒坪有很多，除了用来打谷、晒谷之外，还用来晾晒木薯片、番薯丝和黄豆诸如此类的东西。黑夜降临到村庄，星月浮现，晚风吹拂过山冈，夏天的风总是带着一股燠热的气息，空旷的打谷场还是相当凉爽的。我们把稻穗从谷垛中拎下来，均匀撒在打谷场上，谷垛中散发出一阵热浪，有一些熟透的谷粒在搬动中脱落。

打谷主要靠人力，最常见的工具就是"禾把子"。它由一根带着竹头的竹竿和一段长约一米的木棒组成，削刨光滑的竹头和木棒的上端凿了一个洞，中间由一根木头做的轴承将其连接，它的制作原理跟古代冷兵器中的双节棍如出一辙，使用者一挥动，一起一伏之间，那段木棒就会拍打在稻穗上，有效地使其脱粒。如果家里有牛的人，可以利用畜力拉动碌碡来碾脱稻秆上的谷粒。

我们一家人，每人拿着一把"禾把子"在打禾，没有人说话。"禾把子"一下又一下地拍打禾穗，发出噼啪的响声，谷粒在"禾把子"的棰击下飞蝗般射出，又悄无声息地坠落在稻草之中。夜色笼罩着整个打谷场，我看不见父亲的神色，只看到他脸庞的轮廓，那是黑夜之间更为浓重的部分。农人在黑暗中劳作的身影使夜晚具有了重量。

有一些说不出名字的昆虫在草丛中鸣叫，那么细小而清晰，犹如水滴般的星光在夜幕中浮现。我看不见它们，它们隐藏在黑夜的褶皱之处，有着细小而灵巧的躯体，甚至还长着翅膀。它们以歌声宣示自己的存在，其乐器更为细小，这些乐器实则身体的一部分。一些昆虫在生长中具有了乐器的形状，而乐器则模仿小动物的模样。有一种叫"泥鸡"的乡间乐器，由陶土烧制而成，样子像一只小青蛙，用嘴一吹，就会发出呜呜的响声。

大自然之中，有无数小生灵的活着仿佛就是为了歌唱，譬如蝉、蟋蟀和青蛙，它们的声音加深了晚风中的寂静。然而，它们为什么要选择在晚间歌唱呢？隐去了身体，却凸显了声音。这肯定有它们的考虑，但我不能洞悉其中的秘密。它们的舞台是一片在虚空中流动的黑夜，这跟人类渴望光辉的舞台形成了鲜明的对照。也许，歌唱乃是生命中的一种本能，它们并不需要观众以及观众的掌声？我们在舒缓而使劲地挥动着"禾把子"，这种简单而有效的农具在起落之间形成了一种奇特的韵律和节拍，它无疑更加响亮而有力，但刚好成了衬托虫鸣的背景。这是什么缘故呢？那些昆虫的鸣叫应和着晚风的韵律，犹如黑夜的呼吸。

有时，明月照耀着打谷场，粉白的月光仿佛在稻草上撒下一层白霜。那些脱落的谷粒像一团火种被包裹在谷壳之中。我吁了一口长气，屏住呼吸，天啊，我看见了不为人知的美。村庄的屋顶在月光中下沉，屋边的树木发出了微光。圆月足以照亮黑夜的宽广和深邃，夜在明月中展露着惊人的美！那么丰富而又有层次。我坐在稻草堆上，稻草的气息夹杂着清爽的晚风钻入肺腑。我伸出手去，触摸着丝绸般柔软而富有质感的月夜。

在月夜中打谷的人，他的每个动作，每个姿势，都是那么宁静与和谐，这是人类在劳动中散发出来的庄严和美丽，艰辛人世和命运的沉重仿佛在抑扬顿挫的打谷声中消弭于无形。这是一种暗中叩合了命运节奏的敲打，它准确而有力，那么缓慢、悠长。它仿佛是一种锤炼，实乃一种区分，它使果实跟缠绕在一起的枝叶区分开来，正如月亮的圆盆使它跟周围的夜色得以区分。稻穗的坚硬部分在"禾把子"的敲打之下从稻草中分离，农民的劳作永远符合"有用"的原则，保存那有用的，扬弃那无用的。"禾把子"作为一种有力的工具，它在农事中是一种重要的发明，它的用途不仅限于使稻谷脱粒，还让人领悟了劳动的节奏和本质。

144

我们打了一阵，父亲抄起一把稻穗，就着煤油灯仔细地察看。我也凑过头来，看到原本密布着谷粒的稻穗枝叶稀烂，谷粒大多脱离，只有一些秕谷依然附在禾秆上。是"翻秆"的时候了，我们停止了拍打。父亲取过一把"禾叉"（这是一种专供翻秆之用的农具，实乃简单的两股叉，两根呈菱形的叉柱微微向上翘起）把稻穗翻过来。父亲在翻动禾秆时趁势抖动了几下，使那些混杂在禾叶间的谷粒得以脱落。"翻秆"是要将充分脱粒的禾秆翻下去，而使那些尚未得到充分打击的稻穗暴露于"禾把子"之下。"禾叉"由于翻秆时常跟打谷场磨擦，变得雪亮、锋锐。所以它也是打架的利器，在乡村发生过的几起械斗中都受人青睐。禾叉原本是一种必要的农具，但人们从中发现了其他的用途，并使其染上了血腥和暴力的味道。许多东西就是这样的，人们在使用它的时候，偏离了制造它的初衷。

在父亲翻秆的动作中，我看见禾秆下掩盖着一层稻谷，而仍有一些稻谷依附在禾秆之中需要敲打，我们重新拿起了"禾把子"。我们打禾的动作千篇一律，连那种声音也单调而枯燥。禾把子在举起，木棒在重重地落下，谷粒在重击中脱落。然而，禾堆承受的打击肯定是不一样，每一下都带着不同的角度和力量。

我们一直忙到午夜，遥远的天穹闪耀着不可计数的星辰，又大又亮，我说不出它们的名字。这并不要紧，人类对所有星座的命名未必符合它们的本意。在多少个仲夏的乡村之夜，那些亮星穿透遥远的时空，把光芒传递到此时此地，见证一个小农夫在打谷场流下的汗水以及他跟浩瀚宇宙进行的隐秘对话。群星在默默地照耀并跟我们相互注视，它们的光辉对应着谷粒中贮藏的火焰。在这个美丽的星球上，有多少人在黑夜中劳作并沐浴着它们的光辉？在收稻时节的凤凰村，每一个打谷场都有农民在忙碌。他们得抓紧时间把稻谷从禾秆上分离出来，而明天会有更紧迫的工作在等着。

我们终于完成了敲打的工作，现在脱粒只剩下"出秆"这最后一道工序了。父亲持着"禾叉"，翻卷、抖动着禾秆，最后把那些被打得稀烂的稻草清理出去。打谷场铺着一层厚厚的稻谷，谷子上面有不少稻叶和谷芒，母亲使用笊篱和扫把将这些杂物清理干净。谷子堆叠在阴影之中，它们是如此潮湿和坚硬，明天升起的太阳将晒光它们的水分。为了安全计，必须在今夜将谷子挑回家去。我们利用"耙趟"（粤西乡间一种用来收拢谷物的农具，它有一块矩形的木板和一根木柄构成）和扫帚使谷子集中起来，谷堆在黑夜中露出了尖顶，犹如一个缩微的金字塔。我们用畚箕把谷子倒进了谷箩中。

晒谷

第二天上午，我们把昨夜脱粒的稻谷挑到晒坪上去晾晒。我用"耙趟"把谷子均匀地在晒坪上摊开，谷子摊得越薄也就越容易晒干。阳光直接打在晒坪上，谷壳表皮的水分很快就被蒸发掉了。但要使谷子晒得充分，至少需要两三天。二妹被父亲安排留下来，在晒坪上看晒谷，这也是一种乡村的活计。而我们马不停蹄地拿着镰刀奔赴稻田，田里还有着许多熟透的稻子在等着我们收割，刻不容缓。

通常，我们在白天收割，晚上打谷，那些晒干的谷子被放入谷仓中。人们为了使谷子快点晒干，每隔半个钟头就要赤足在谷面上走过，双脚像犁尖一样把谷子犁翻过来。如果这一次是横的，下一次就是竖的，交替着进行，总之务必要使谷子得到充分的翻晒。我多次干过这个活计，谷子尖锐的硬壳刺痛了我的脚板，脚底下的谷子却给我带来了难以言说的温柔。看谷的人，他除了要干这样的活儿，还要驱赶吃谷的鸡鸭，有时，会有三五只麻雀从村庄的屋顶俯冲下来吃谷。

但这些并不是主要任务，看谷者最重要的事情是密切留意天气变化，一看天色不对就要把谷子收起来，以免被雨水淋湿。南方的夏天，雨水丰沛，天气反复无常，一日三变。眼看太阳明晃晃地在天上悬挂，但转眼间就泼下一阵雨水，一点征兆也没有；有时乌云密布，山雨欲来，轻风一吹却又烟消云散。而当天上一堆积乌云，人们就要拿起收谷的工具冲向晒坪了。一场大雨就悬在头顶，欲落未落，人们以闪电般的速度把谷子收拢起来，然后在上面盖几块塑料雨衣并铺上稻草。在雨水降临之前，是来不及把谷子装进谷箩并挑回家去的。也没有这种必要，夏天的雨水大多是过云水或雷阵雨，它不会持续太久，很快便会雨过天晴，转眼之间又是骄阳如火。只要把晒坪上的积水清理干净，又可以把谷子摊开晾晒了。

由此可见，看谷的人也不会轻松，总是被折腾得够呛。有时，一天之中时晴时雨，晒谷收谷要反复好几次，把人折磨得筋疲力尽。在村庄西北角有一座大嶂（粤方言，即高山之意）叫中火嶂，人们总结出了经验，在夏天，凡是大嶂顶上堆起乌云，肯定会有雨水乃至大雨，八九不离十。如果是在别的地方泛起黑云，那可就难说了。有时，从山冈上刮过来的风会将黑云吹走。常有农妇一看到天上升起黑云，就站在高处煞有介事地撅起嘴唇呜呜叫，此谓之叫风，据说这样便可把风唤来而吹走黑云。有时真的碰巧吹来一阵轻风，天上的那团黑云由浓变淡，慢慢变得像游丝一般四散开去，最后消失得无影无踪。但在大多数时候，农妇正站在山坡上"叫风"呢，一场暴雨却从天而降，赶紧操起"耙趄"忙不迭地去收拢谷子。

万物生长靠太阳。果实在日光中慢慢地变红，成熟的谷子在收割之后，也要靠阳光将其晒干。谷子在暴晒之下，慢慢褪去了那种金子般夺目的颜色，变得灰白和陈旧。那是一种绚烂之极而转向平淡的颜色，洗尽铅华的谷子变得深沉和质朴。一粒谷子在谷堆之中，跟别的谷子没有什么分别。它作为个体却是异常完美的，你只要将其单独挑出来，你就会惊叹于它的结实和饱满。那是大自然的杰作。

我捏起一粒谷子放进嘴中轻轻一嗑，听到"咔"一声轻响，这就是所谓的"响牙"。这意味着谷子晒得已经足够，可以归仓了。而日晒不够的谷子是万万不可归仓的，谷仁中的水分会使谷仓中的谷子发热膨胀，最终会因潮湿而腐烂。在一个近乎原始的农耕社会里，农夫晒谷只能靠老天爷。我在凤凰村生活了二十年，一直不知道谷物烘干机或联合收割机之类的机械为何物。

然而，阳光的背后总有雨水。那些不合时宜的雨水就像一记响亮的耳光，狠狠地掴在农夫的脸上。雨水大多是温情脉脉的，它有着柔软的手臂和透明的肝脏，它几乎是抒情和诗意的注解。但雨水也有着尖锐和凶狠一面，也会在蝼蚁一样卑微的农夫面前露出獠牙。对于晒谷的农夫来说，一场毫无征兆的骤雨总是把措手不及的人们打懵！一场春雨是温情的，甘美的，它滋润着大地饥渴的嘴唇。然而，雨水在夏日的南方无疑泛滥成灾。雨水是从天上来的，我宁愿相信每一场雨都是上帝的安排。这可能是上帝的恶作剧，它喜欢把人们折腾得团团转而显示其威严。或者，这是对人们发出的一记警告和预示。只要稍为想一想农夫对待大自然的冷漠和无情，再恶劣的气候也不意外。然而，那过度垦殖的人不会放下铁锄，那滥伐森林的人不会放下斧锯，无人看到上帝发出的警示。

大自然终于发狠了！一九九四年七月二十二日开始降落的特大暴雨，持续多日，它像一柄淬毒的利剑毒蛇般刺入了每一个农夫的心脏！这些雨水的每一滴都落在我的心上，我的身体因为蓄积了这么多雨水而倍感沉重。

　　那天下午，阳光像细长的柳丝悬垂下来，铺满乡间，村庄的人在撒满稻秆和阳光的路上奔走不息。秋收的高潮已过，渐近尾声。大雨从天而降，毫无征兆！这场大雨的降临，既没有拉开乌云的序幕，更没有敲响雷霆的警钟。人们猝不及防，阵脚大乱。就是晒谷经验最丰富、最善于看云识天气的老农也无法预见它的到来。它说来就来了，仿佛上帝也没有能力控制它的行动。粗大的水柱一砸下来，就把谷子冲出晒坪。雨水在一转眼之间就充满了晒坪，风吹拂着水面，晒坪就像一口浅浅的池塘。稻谷像密密麻麻的幼鱼被水流所推动，不由自主。雨水一直在下。晒坪大水茫茫，几成泽国，抢救稻谷成了迫在眉睫之事。人们动用了所有笊篱、畚箕和箩筐在水中打捞稻谷，由于稻谷在水底像鱼儿一样晃动，有人索性撒开网兜追捕。一连几天，人们在水中捞谷蔚然成风，人们披头散发，半挽着裤腿，湿漉漉地在晒坪上来回走动。

　　在往后的日子里，天气一度出现风和日丽之象。村庄的人喜出望外，用扫帚扫除晒坪的积水，迫不及待地将抢救回来的湿谷子挑到晒坪（这些湿谷子亟须晾晒，否则时间一长那可是后患无穷）。可是天公仿佛故意要跟人们玩一个恶毒的游戏，刚刚摊开，暴雨又倾盆而至。于是人们又操起笊篱、畚箕、箩筐诸如此类冲向晒坪。就这样，晒谷、下雨、捞谷，周而复始，一连三天，把人们折腾得死去活来，叫苦连天，谷子也自然损失不少。第四天，天气转晴，阳光普照，但村庄的人再也不敢轻举妄动，果然稍后暴雨又如期而至，倾泻如瓢泼，毫厘不爽，从不拖欠。那天，由于人们的谨慎，便免受了冒雨捞谷之苦。

然而，这一次，暴雨竟像满地打滚的泼妇，抖擞精神，竟是越下越猛烈了。雨水把我们困在黄泥小屋里，父亲站在门槛上，望着天上的雨水，嘴在发出一些谁也听不懂的咒骂。

二妹坐在小竹椅上剥花生（菜地里的蔬菜被连日来的雨水毁坏了，黄豆、花生和咸菜就成了这几天的菜肴），膝头放着一册薄薄的诗集。这是席慕蓉的《七里香》，纤巧秀美的句子不时像一朵朵红云升上她的脸颊，令她意乱情迷，剥开的花生仁常常忘了放落。碎花瓷盘里的花生仁雪肌红衣，一阵芳香在水气中扶摇直上。二妹年方十六。

我倚在门边，望着白茫茫的远山，那儿是一片郁郁葱葱的橡胶林，但如今被雨水完全覆盖。那些美丽的小鸟到哪儿避雨呢？它们完美的巢穴肯定被雨水打湿了。我掩饰不住心底的叹息。忽然，二妹像被蛇咬了一口，恐惧地尖叫了一声。她无比痛心地拭了一下书页，直起腰肢说，瓦漏水了！在哪里？父亲慌忙赶来。话刚落音，他也被一滴硕大的水珠砸在额头。漏水的地方越来越多了，于是，黄泥屋里摆满了盛水的木桶、瓷盆和坛坛罐罐，犹如盛开了大朵小朵的蘑菇，鲜艳夺目。水声丁丁冬冬，此起彼伏，清脆悦耳。然而，这种声音让人听了心烦意乱，仿佛来自地狱的深处。大雨毫无终止之象。再这样下去，那些打湿的谷子就要沤霉了，我忧心忡忡地对父亲说。

翌晨，四箩劫后余生的稻谷高高耸起，竟似比往日多了一倍。谷子发芽了！谷子发芽就意味着那些可以填充我们饥饿之胃的东西在散失，犹如一些珍贵的东西在手指缝中漏走。那些雪白的米仁挤破坚硬的谷壳，并将自身的营养化成一些锋利的嫩芽，谷芽像一道道纤细而嫩白的闪电，不可计数，层出不穷，令我大惊失色，谷子吐芽了！时间在一分一秒地过去，谷芽生长的速度几乎赶上了秒针！稻谷在箩筐里茁壮成长，不断发展壮大。显而易见，箩筐将不堪重负了。于是，一分为二，四箩变成了八箩。金黄的稻谷肆无忌惮地吐出明晃晃的嫩芽，旁若无人。父亲铁青着脸，他紧盯着箩筐里的稻谷，一言不发。

父亲抬头望天，雨水越下越欢，水声淅淅沥沥，溢满瓷盆，木桶里的水也一寸寸升高。父亲无可奈何，他只好顺着木梯爬上低矮的屋檐抬盖瓦片，企图把水滴拒之门外。在阴雨连绵的日子里，村庄的男人不约而同纵身跳上黄泥屋的檐头，像一只只雨燕在屋檐上低低飞翔，久久盘旋不去。只是他们的姿势难看之至，犹如锈蚀的铁人转动不灵，比不上鸟儿的一半轻巧。然而，鸟儿无比娇贵，惊慌于风吹雨打，在下雨的日子逃之夭夭。亲爱的小鸟，你的巢呢？我倚在门边说，雨水肯定淋湿了你的巢。谷芽在不断生长，稻谷像芝麻开花，节节升高，以星星之火可以燎原之势，席卷了家里仅有的十六只箩筐。父亲对揭竿而起的稻谷束手无策，无力镇压。最后，经过父亲和母亲的短暂商议，不得已用塑料布铺在水声四起的厅子里，把这些无手无脚而所向披靡的勇士全放倒下来，晾开，摊得薄薄的。

暴雨持续了九天。

其间，阳光曾昙花一现。

第十天，我从梦境中的一片水声醒来，其实早已雨过天青，晨曦透过窗棂打上我的床头。我对着阳光睡眼惺忪，一脸茫然。我伸出手去，摸了摸白色的阳光，我不知道处身于梦境还是现实中。当我一转身，马上吓得目瞪口呆！那些晾在地上的稻谷，谷芽又细又长，竟齐刷刷地长出了一片片青黄的叶子！这些叶子犹如一枚枚青光闪烁的钉子插满了我的心。我只觉得眼前一黑，浑身疼痛，谷壳里的养料全部变成了野草般的叶子，这些谷子就不能再称之为谷子了。如果说谷子发芽尚能做粮食的话，那么长出叶子的谷子已丧失了粮食的意义！完啦，一季的收成！我恍惚中揉了揉鼻子，稻叶像是见风而长，瞬息已是百年，稻秧在拔节、抽穗、开花，顷刻间长成了一株株孕育着子孙的稻胎，稻花的清香历历可闻。我知道这是一场短暂而恐怖的幻觉，然而，那些稻谷变成垃圾却是一个不可更改的事实。父亲把那些还没长出叶子的谷子放在铁锅中翻炒，他企图借助火的力量来扼制这些谷子的萌芽，谷子在"滋滋"声中烘干了水分。尽管这些几乎被烤熟的谷子已不能称之为谷子，但总比全部倒掉要好。

农民要生存下来太艰难了，他们匍匐于地，卑微如虫豸，像蝼蚁一样在土中刨食。要使土地长出果实并采撷，这是一条洒满了汗水和辛酸的道路。然而，那些谷子被我们收割回来了，却依然不能送入我们饥饿的肚腹，它们变成了一片片坚硬的叶子！这些叶子像刀片割伤我的血肉，犹如一场梦魇困扰着我，这无疑是我近二十年农民生涯中所受到的最深重的打击。

九年过去了，那些谷子在雨天中长出叶子的景象历历在目。我只要一想起来，心里就隐隐作痛。那些文人墨客笔下的田园风光和乡土诗是可疑的。我对所谓的田园诗或乡土诗

152

尤其反感，他们只看到金黄的麦田和抒情的油菜花，却没有看到农民砸在地上的汗珠和过度垦殖的土地。那些脑满肠肥的御用文人坐在设有中央空调的高楼，怎么可能进入中国乡村的现实呢？这不能怪他们。但不可原谅的是，那些在乡村出生、成长并通过新科举进城的人，在他们笔下，除了山水风光就是田园牧歌，脸朝黄土背朝天的辛酸记忆仿佛全已忘记，这就是文人的堕落！

成年后，我在中国的南方和北方漫游，看到的只是在重轭下缓慢行走的农民和牲畜，并无丝毫田园牧歌的意味。在我的记忆之中，中国乡村只有生存哲学，没有生存诗学。所有的乡土诗都是虚妄的，无论从诗学还是现实来说，它都无法成立。我写过一首《中国乡土诗人考》，对犹如麦地上的蝗虫一样遍地皆是的中国乡土诗人作了辛辣的讽刺，在无视乡村生存现实的前提下，所有关于乡村的诗歌都是野蛮的。

风谷

向土地觅食是非常艰难的，幸好土地不会骗人，只要你辛勤耕耘，就会有所收获。在农民朴素的生存哲学中，乌云总会吹散，风雨总会停止，只要坚持下去就会有云开见月明的一天。而现在是秋天，金黄的稻穗被挑回打谷场中，堆积如山，那些黄澄澄的谷子正在晒坪上晾晒，望着这一切，我们无法掩饰脸上的喜悦。我们料理土地，而土地给我们提供食粮，面对那一堆谷子，每一个人都应该学会感恩。现在，又一堆谷子晒干了，在谷子归仓之前，有一项工作是必不可少的，那就是"风谷"（借助木风柜把谷子中的秕谷、尘屑和砂子吹走或分离）。

我看见父母用手抬着风柜两端的木柄，一前一后地走过村巷，那缓慢的行走给人一种滑稽而肃穆的感觉，他们仿佛在抬着一乘古老的木轿。风柜是父亲向别人借来的，现在，它矗立在晒坪上，犹如一匹木马。风柜堪称庞然大物，它是由木板和长木方做成的，在它们的连接处敲打着一些铁钉。它主要有装谷的巨形漏斗、风扇槽、出风口和出谷槽、隔石仓等几部分组成。漏斗是用来装谷子用的，漏斗的横断面呈三角形，它犹如一个上大下小的棱锥体倒扣在风柜上面；风扇槽中的风扇由六块木制的风扇叶组成，风扇轴由一根呈"7"字的铁制把柄所连接，只要用手轻轻摇动把柄，风扇就会飞快地转动，它所产生的强风会把秕谷和尘屑从出风口吹走，而饱满的谷子会顺着出谷槽流进箩筐中；隔石仓其实是一个小抽屉，它就安装在出谷槽的侧边，那些砂石比稻谷要重，会顺着木槽流进隔石仓中。我不知道这种古老的农具源于何时，但它们在南方乡间一直常用不衰，直到今天，风柜依然在发挥作用。

父亲用畚箕把谷子一箕箕倒入风柜的漏斗中，母亲用手摇动风扇，她似乎毫不费劲，但一股尘屑已经夹杂着秕谷从出风口快速飘出，纷纷坠落。而结实的谷子则从风柜中流出来，并发出沙沙的声音。母亲显得不慌不忙，她站立着，双手在轻快地摇动着，犹如在进行着一个放松身心的游戏，她脸上的神色是安详而恬静的，甚至称得上有几分悠闲。而父亲一直在满头大汗地忙碌着。

我年少时无数次注视过父母"风谷"，犹如在看一场精彩的演出，从中得到了一种类似于观看木偶戏的乐趣。母亲并不懂得风柜的奥妙，也不需要懂得，她知道只要用手摇动把柄，手上的力量就会传递到风柜中去并完成吹走秕谷的任务。母亲在摇动，风扇在转动，饱满的谷子和秕谷分道扬镳。我们要的只是真正的谷粒，然而总有一些秕谷和杂质相伴而来，我们必须把谷粒和别的分开，风柜恰巧可以替我们完成这个任务。这其中肯定大有深意，可惜那时我还小，没有从更深处去想它。木柜仿佛在农事之内，又在农事之外，它犹如一场盛大演出的道具，摇风柜成为农事的一个小插曲，它预示着艰辛的农事将走向尾声。因为经过清理的稻谷就要入仓了。

　　风柜是父母向别人借的，但在农忙时节，并不是总可以借到风柜。风柜唯一的关键就在于一个风字，其实风无处不在。母亲有一个借助风力的办法：她站在晒坪的高处，双手把装满谷子的畚箕高举过头顶并轻轻抖动，箕口在微微倾斜，那些谷子由上往下缓慢地流泻，远处吹来的风也吹散了秕谷和尘屑。这就是乡村常见的"扬场"之法。这种方法当然比不上风柜更见效率和效果，但只要多扬几次，也基本上可达目的。有时，轻风停止了吹拂，母亲举着畚箕的双手也跟着停止了动作，她的嘴发出了呜呜声："风啊，风啊——"她是在叫风呢，仿佛她可以呼风唤雨似的。有时风很快就吹过来，有时风却仿佛消失了，连她的头发也纹丝不动。我看到她的脸上一片惶急，汗珠从发鬓滴下来。

　　那些经过风柜或扬场处理过的谷子，将被送到谷仓中去。村庄有一个生产队时期用来装谷子的仓库，实乃一个在新中国成立前防匪用的旧碉堡。它由长条形的石块砌成，只有几个细小的窗口，里面一片阴暗。而自从"分单干"之后，每户人家都会把谷子挑回家里去，只有把它们放在身边才会踏实。人们大多是在阁楼上开辟出一个装谷的地方，用谷卷围成一个小谷仓，谷卷通常是由草席或锡皮做成的，谷卷一层层地把谷子圈起来，顶部上有一个盖子，密封起来的谷卷是可以防老鼠和蟑螂的。当然，大缸也是装谷的常见容器。现在，谷子全部送入了谷仓中，然而，谷仓也不是它们的最后归宿，有无数个饥饿的胃在等着它们。

七月是收割水稻的高潮期，农夫在这段时间经历着农事最繁重的劳动，他们把早稻收好后，马上又要开始晚造的活计了，最好在立秋之前完成插秧工作，耽搁不得。这就是所谓的"双抢"。收割后的禾秆和稻茬铺满了稻田，稻草乃是有用之物，可以用来做柴火或牲畜的草料。然而，人们没有足够的时间把它们全都搬回去，最常见的处置方法是将其一把火烧掉，或深埋在犁翻的稻田下沤肥。那些被农夫留下来的稻草，凌乱不堪地堆放在田头或山坡上晾晒。那些青黄的稻秆在日光下很快变成了灰白色，它们彻底失去了生命，仿佛一些枯干而轻盈的标本，但这是一些没有意义的标本。

我跟父亲在稻田上焚烧过稻草。我们用禾叉把稻草堆叠在一起，父亲"嗤"的一声擦着了火柴，一小团火焰在稻草堆上烧出一个窟窿，一股白烟袅袅升起，瞬即笼罩着田野。田野中到处有焚烧着的稻草，烟雾是如此盛大，它几乎遮蔽了一半天空。火堆之中发出轻微的"哔剥"声，我静静地注视着，火光的热量炙烘着我的脸庞。那个窟窿在不断扩大，最后完全取代了小山般堆积的稻草堆，最终跟天与地之间的空隙融为一体。或许，那堆结实的草堆才是一个空旷的窟窿或洞穴存在于天地中，如今被自身升起的火焰填满了，抹平了。那些晒干了的稻草，它们把从阳光中吸收到的热量散发出来，往昔的血液变成了火焰。终于，稻草得到了充分的燃烧，它们在缩小、减轻，现在只剩下一堆灰烬。

农夫将草灰均匀地撒洒在稻田中，草灰将使土地肥沃，它们犹如稻草的亡灵，将会守护下一代庄稼的成长。收获后的田野变得一片空旷，那些灰烬会使人想起一些忧伤的东西。收获者回家去了，田野一无所有，田野空空荡荡。一阵风吹过，田野如释重负，它犹如一口倒空的布袋，可以好好地歇息一下了。然而，不用多久，田野上的空隙又将被庄稼重新插满。土地犹如农夫，一生中能够喘一口气的时候实在是太少了。

从稻苗插下到成熟并收割，水稻走完了它的一生，事实上乃是农夫完成了一圈生命的年轮。水稻的生长史将在初秋重新展开。父亲用香油将镰刀擦拭干净，用油纸包扎并妥善地放好。父亲将它们藏掖好乃是为了下一次重新使用。而现在，镰刀沉睡在光线灰暗的阁楼中，它的睡眠中埋藏着太多疲惫、眼泪和叹息？当我们吹开铁锈，只看到光滑的木柄和磨损的镰齿。

番　薯

　　粤人说的番薯，别名红薯，也就是北方人所说的地瓜，乃是凤凰村的主食之一，其地位仅次于大米，跟香芋旗鼓相当，高于木薯、毛薯、大薯等薯类作物。在米不够吃的岁月，番薯就唱起了主角，父亲要求每个人先吃足三碗番薯汤，才准吃饭或喝粥。粤西人爱吃粥尤胜于吃饭，所说的粥也就是稀饭，米刚好伸直，水清如镜，珠江三角洲那种烂如香糊的稀粥与其不可同日而语，后者倒像是滥竽充数，大大玷污了白粥的美名。然而，一个人吃完三碗番薯汤之后，还能吃得下多少粥饭呢？由此观之，吃番薯倒是一个省米的好办法。好在番薯饱含淀粉及多种微量元素，营养丰富，更兼有润肠通便之效，颇能养人。倘若番薯晒甜之后，淀粉转化成糖分，煮熟后食用香甜可口，糖汁淋漓，让人百吃不厌，乃是人间难觅的美食。但如果可以选择的话，我们更愿意吃粥。这样，番薯填饱了我们穷凶极恶的胃，但妨碍我们吃细粮，让人爱恨交加。

　　在凤凰村，番薯的吃法有多种，通常是洗净后整个煮来吃，连皮也不用削，待吃时用手剥即可。也可以将番薯皮用小刀削掉，截成一砵（粤方言，用来表示类圆柱形的东西的数量）一砵的，加水煲成番薯汤来喝。还可以去皮截段放在铁锅上焖烧，或加盐或放糖，吃起来滋味更佳。潮州菜中有一道"糕烧番薯"，做法与其有异曲同工之妙。其实潮人及粤西人有很多是福建人南迁的后裔，在饮食习惯上多有相通处，我以为可上溯至福建菜。潮菜自成体系，更为精致而考究，在粤菜中独树一帜，大有凌驾于寻常粤菜之情形。

番薯是茎状的藤本植物，块茎就是"果实"，至于薯藤上生长着的果子毫无意义。它是靠块茎生长并繁衍的。在初春，父亲选择那些留种的番薯，将其连皮切成若干小块，沾上草木灰种在地上，草木灰供薯种予肥料，促使其生长得更快。数天之后，地上拱出了一些雪白或鲜红的小芽，异常苗壮，芽尖上绽出几片淡黄的嫩叶。那些小芽是从番薯皮上长出来的，所以切块时，每块一定要粘连着皮。不久，缠来绕去的薯藤和密密匝匝的叶子就占据了整块薯地。

父亲用镰刀割取那些生机盎然的薯藤苗栽到地上去。番薯是在地下生长的，在肥沃而松软的地方更有利于发育。父亲先将地翻了一遍，以使其松软，然后将地整成多个长条状的小畦，再将番薯苗种到畦上去。番薯苗在地上生长，番薯却在地下秘密生长，此乃是一切薯类的特征，譬如香芋、毛薯、姜薯和深薯（淮山）莫不如是。薯体开始是一些细小的根须，汲取泥土的养分而逐渐长大。在番薯生长的全盛时期，藤蔓缠绕，叶片青翠，看上去绿油油的，充满生机。番薯苗长势过旺并非好事，它们会抢夺块茎的营养而不利于薯仔的发育，有必要剪除一些多余的枝蔓。好在番薯苗也有用处，将其割回来，用菜刀剁碎放在铁锅用猛火熬烂，就是猪牛的主要饲料。每天清晨，家家户户都响起了菜刀在砧板上剁薯叶的声音，此乃是农妇起床后的第一项功课，先管好猪再来管人，皆因猪栏里的肥猪乃是生活的希望。当然，畜牲宁愿吃煮烂的番薯，但番薯首先得用来填人们的肚子，薯皮倒有它们的份。

番薯叶也是一种蔬菜。凤凰村的人吃薯叶，会拣那些梗长叶大、生长期适中的，太老或太嫩都不好吃。先将叶梗上的皮撕掉，连叶一起炒来吃，叶梗脆嫩爽口，薯叶滑腻清甜，其美味不亚于其他青菜。近年来，番薯叶登上了大雅之堂，在省城的一些酒楼常能觅其芳踪。我在珠三角一家餐馆吃过一次番薯叶，但厨师连藤带叶一起炒，乃是名副其实的番薯苗。不要说没有撕掉叶梗上的皮，就连薯藤也带着皮，也不老，味道却差。番薯叶我是吃得多了，吃番薯藤倒是头一遭！我在广州吃过的番薯叶，配料十足，火候亦佳，但滋味总及不上凤凰村做的好吃。其中一个原因是没有撕掉叶梗上的薄皮，也许是过于琐碎，餐馆里用量又大，总比不上自己烹食那样精心炮制吧。番薯苗割了又出，正如韭菜一般，源源不断。

番薯也会开花，它跟其他的薯类一样，是同时向着天空和大地生长的，但长在藤蔓上的花朵毫无意义——至少在农夫的眼中是如此，在一个又饥饿又褴褛的村庄，人们看重的只是果实，那些怒放的花朵多么浪费！那些番薯花有什么用呢？甚至连牲畜也嫌它不够有嚼头。

而一朵类似小喇叭的淡蓝或雪白的番薯花，可以给一位乡村小姑娘带来无限喜悦。我六七岁时，看见比我大几岁的堂姐挎着竹篮在薯地割薯叶。她将篮子里的薯叶分成两部分，那些好一点的用来吃，另外的用来喂猪。有时候，人和牲畜吃的乃是同一样东西，尽管有优劣之别，实无本质不同。堂姐弯腰忙碌了一阵，遂坐在田埂的青草上小憩。她扎着马尾巴似的头发，露出了耳垂丰润的耳朵。她掐了两段又长又粗的薯叶梗，将叶梗折成数段而连带着皮，堂姐将它挂在耳朵上，这就是一副饶有情趣的"耳牌"（粤西人称耳饰为"耳牌"）了，头一晃动，那副"耳牌"也随之晃动，犹如珠串在碰撞。堂姐摘了一朵雪白的番薯花插在发鬓上，这朵小花犹如一束光华，刹那间照亮了堂姐俏丽的面容，被照亮的还有那个灰暗而忧郁的下午。

一个十几岁的小女孩，她稚嫩的肩头也感到生活的负担在缓缓地加重。她每天的主要任务是到薯地里割番薯叶，此乃是猪的主食。然而，要把猪食煮熟则需要大量柴草，她还得在清晨或黄昏上山去打柴。一个乡村小姑娘在上学之前，就几乎弄懂了"劳动""艰辛"乃至"生活"之类字眼的全部含义，对于她们来说，这不是书本上的词语，而是活生生的事实。她们有永远干不完的农活和家务，除了跟大人去侍弄地里的庄稼，还要放牛、洗衣、做饭等等。劳动是乡村的美德，劳动使姑娘们手脚健美身体结实，且通过力气和忍耐抵达了生活的本质。劳动创造了美，心灵对美的向往就是通过一朵小花来打开的，尽管这朵小花来自汗水的浇灌——这就是一朵番薯花对于一个乡村小姑娘单纯而隐秘的意义。

番薯花上也会结出一些碧绿的小果，成熟之后呈淡黄色。我从没见过番薯的种子，番薯也不是靠种子繁衍的，它生长的全部秘密隐藏在泥土下面。

　　秋天到了，番薯叶开始变得发黄和枯萎，连藤蔓也变得干巴巴的，不再像以前那么水分丰沛而娇嫩。秋天很干燥，薯地更没有丝毫湿润，半圆形的番薯畦上，两边的泥土也出现了一些小裂缝，仿佛有一股力由里往外膨胀。这是番薯成熟的迹象，成熟了就要收回去。一只果子成熟了，就会从树上掉下来，在洼地上缓慢地腐烂。番薯就在地里，总会有蛀虫侵入其中，并使薯体变成虫子的巢穴而最终腐烂。

　　我跟父亲挑畚箕去过薯地收获，也曾经一个人去收番薯。由于薯畦原本就是我们堆垒而成的，现在只不过将其掘平而已。薯畦相当松软，收番薯不用花太多力气。只要将泥土掘开，番薯就露出来了，犹如一窝嗷嗷叫着的小兽暴露在日光中，无所遁形。一根细小的番薯藤上挂着一大串番薯，大小不一，形状各异，大的有手臂般粗，小的如手指。不同品种的番薯，其形状也各不相同，有的呈长条状，有的是椭圆形的。番薯肉也五彩缤纷，有的雪白，有的深黄，有的淡紫。薯藤上还密布着难以尽数的根须，番薯乃是藤本茎状植物，番薯实是由那些根须发育而成的。这些根须实乃番薯的雏形，不过没有发育的可能了，薯藤已衰败，母体上再也没有更多营养以供其生长。此乃是没有办法的事情，一株薯苗最多也就孕育出十来只番薯，它不可能将每一条根须都变得饱满而成为果实。

　　收获果实是让人欣喜的。尽管严格来说，番薯算不上是一种果实，但它跟任何果实没有本质的不同。番薯跟瓜类更是有异曲同工之妙，同是一根藤蔓上长着一堆大大小小的果实，怪不得北方人也称之为地瓜。

我提起了一串番薯，心里的喜悦也是沉甸甸的。它们犹如一堆地雷，将埋在岁月深处，有效地阻击那日本鬼子般袭来的饥饿。我将一只只番薯从薯藤上摘取下来，这些尤物圆滚滚的，还带着土地的激情和温热。它们在生长的时候，曾在最大限度上感受过土地的情欲和狂野，如今变得内敛而宁静。一株番薯藤步入了老年，却奉献出美玉般的果实。深藏在泥土里的番薯被我一一刨了出来，无一遗漏，这就是"挖掘"的实践。但人世间没有一种挖掘比挖番薯更能让人感到喜悦和快意。我抚摸着这些浑圆而温暖的东西，仿佛第一次握住恋人饱满的双乳，有甜蜜和慌乱，也有说不出的伤感和感恩。我几乎流出了泪水。一地埋在泥土中的番薯，它不仅抚慰我身体的饥饿，也满足了情感上的饥渴。对番薯这种隐晦而微妙的感情，乃是对土地和庄稼的感情，这并非不问稼穑的人所能知晓。

　　在休憩的间隙，我仿佛闻到了番薯的清香。这是一种类似水果的香味，事实上乃是我的四肢因饥饿而发软，又使我对一切能充饥的东西倍加敏感。

　　原谅我在写每篇关于村庄或童年的文章之中，每一次都要说到饥饿，说到胃与饥饿的斗争，说到思想和饥饿的斗争。长期以来，我总是处于一种饥饿的状态之中，跟饥饿对抗一直贯穿在我的写作中，这是我拿起笔的动力。我在童年时代承受了一次次巨大的饥饿，我没有办法填满肚子，那种感觉犹如置身于人间地狱。这种饥饿像一片漆黑的鸦群笼罩着我的目光所及之处，一堆弹片般迸溅的乌鸦在眼前聒噪。我感到头脑一片混乱，那是声音的混乱，钟鼓齐鸣，那是一种饥饿的合唱和呼喊，宛若金属的尖叫，它仿佛熔铸成了一种镂心刻骨的合金，是各种成分的混杂，又是不可互易的。而我的胃里一片荒凉，犹如洪荒时代无人涉足的荒原，寸草不生，只有大风从荒凉的山冈吹过，从我的心灵吹到我的四肢，让人感到一种彻骨的虚无感和幻灭感。

童年时的那种饥饿是如此盛大和辽阔，根深蒂固，不可瓦解。它一直延续至今，它涵盖了我后来的所有饥饿，以至于我有一阵无论如何饕餮也难以饱足。在因饥饿而濒临虚脱的那一刻，犹如青铜铸成的记忆，在我的脑海中永不磨灭，已经转化成了一种精神性上的饥饿。当今天我拿起笔来写作，我的任务乃是要在精神上解决这种饥渴和焦虑，我吞咽大自然的奥秘和人类精神的遗产，犹如猛犸吞吃时光和道路。我知道能解决的那么微小，我将被更大的饥渴和焦虑所吞噬。

我无数次回到那个偏僻的小山村，村边有河，堤上有柳，柳丝的飘拂一如忧郁在吹动。在那个秋风吹送着阳光的午后，我在离村庄不远的山地上收割番薯。我放下锄头，一屁股跌坐在草坡上，被猝然而至的饥饿击倒在地。饥饿犹如一柄利刃，我看不到它的刀锋，但我感到了它给心底带来的疼痛。其实我刚吃完午饭，但午饭仿佛没有经过我的身体，加上劳作所花掉的力气和汗水，我很快就感到了身体的空虚。一个十几岁的少年总是感到饥饿，没完没了，仿佛饥饿乃是如影随形的伴侣。

我感到番薯的香气越来浓郁了，这当然是一种幻觉。只有煮熟或烤熟的番薯才发出浓郁的香味。我伸出手捧起一只硕大的番薯，心就安稳了。我知道这只番薯将会击退体内凶狠的饥饿，它填满我的胃犹如一朵干净的白云填充被蛀空的天空或一堆沙包堵塞河堤上的漏洞。的确，饥饿就是一场洪水，将会冲垮一个人身上的堤坝。薯地附近有一条小溪，所谓秋水，清且冽，犹如一柄寒玉的小剑。我在溪水中洗净番薯，开始大口咬嚼和吞咽，薯肉细嫩而甘脆，吃起来口感非常好，滋味可以跟水果相媲美，较接近黄花梨和青苹果。吃生番薯在村庄不是什么新鲜事，有的人甚至不用洗濯，而是就着草坡用力摩擦，将番薯上的泥巴草草擦掉就送入了嘴巴。如果手上有一把木柄的小刀，将番薯在泉水中洗净了，再用小刀将薯皮仔细地削掉，然后将薯肉切成小块，用刀尖一块块送入口中，那才是妙不可言的吃法。这堪称一种"贵族"的吃法，只是我们整天忙碌，就算手上有小刀，也不是常有这样的悠闲。

　　当我收好番薯，夕阳西斜，暮色降临，暗蓝的天空翻卷着灿烂的晚霞，金色的霞光笼罩着山顶和树林，整个天地仿佛成了一座金色的庙宇。乡野的黄昏总是那么美，美得让人不敢呼吸，但它从不珍惜那大美和华丽，它在天与地之间变幻出最壮丽的图案，又被一阵风所吹走——我听见"嗤"的一声——那是一幅绝色的织锦在利如剪刀般的秋风中裂帛！黄昏挥霍着那无尽的美和无尽的辉煌，仿佛那些美不值一文。大自然乃是一个美的宝藏，取之不尽，用之不竭，它每一分钟都要展示那迥然不同的辉煌和华美，以至于它没有时间来让哪一个景象多作停留。世上又何尝有可以永驻的珍宝般的美，有哪一种不是稍纵即逝？我也不能坐在山冈上静静地欣赏这样的美景，我必须让匆匆的脚步将我带回村庄。我要在天黑之前赶回村庄，还有其他的家务等待着我，譬如猪圈里的猪崽如果不能在饥饿时得到粮食，它将会发疯地拱翻猪栏。

我将番薯放进畚箕中，堆得满满的，番薯藤则覆盖在番薯上面，畚箕的提臂环护着它们。暮色如烟雾薄薄地缭绕在番薯上，这些番薯让我心里一阵充实，美滋滋的，这就是劳动所创造的价值。而番薯藤可以让老牛咬嚼那上面的叶子及细嫩的部分，老牛嚼剩后的薯藤可以晒干当柴烧。父亲对我说，不要浪费那有用的所有。节约和利用，此乃是村庄世代相传的教育，它是如此朴素，但也是如此实用。我挑起番薯迈上了通向村庄的那条小路。暮色越来越浓了，那条长蛇般逶迤的小路在暮色中露出微光，显得结实而白净。小路两旁是茂密而细长的青草，它们在暮色中一片模糊，浑然一体，我看不清它们的枝节和叶子。但这也没有什么新奇之处，一个在乡村长大的孩子，对每一种小草的形状和颜色都了如指掌。当我靠近村庄的时候，天已黑了。村庄纷纷亮起昏黄的灯火，天上的群星跟灯火相辉映，山顶上也升起闪亮的弯月。

番薯成熟了，就要收回去。如果是山地上的，薯身较干燥，易于贮藏，稍为晒一下就行了。倘若是薯田里的，就要放在阳光下暴晒几天，以晒干薯身上的水，否则很快就会腐烂。将番薯放在晒坪上晒，更有利于收藏，可以放在房子里停放半年甚至更长时间。这么多番薯，不可能一下子吃完。还有一个好处是，经过暴晒的番薯，放在通风透气之所略为晾放几天，就会变甜，肉质也更为细腻。因为番薯的淀粉经过日光的作用变成了糖。如果番薯有了蛀痕，放得久了，蛀虫就会在薯体生息和繁衍，薯体遂成为其居住的房子，那真是一个甜蜜的房子，害虫大吃特吃，最终掏空番薯的内部，将整个番薯完全摧毁。

如果将番薯晒干，也会将虫子晒死。但要将整个番薯晒干，那是几乎无法完成的任务。还有一种有效的方法，就是将番薯磨成薯丝，然后放在晒坪上晒。晒干的薯丝放水煮熟之后，非常清甜，薯汤宛若蜂蜜，乃是无与伦比的美食，粤西人将其称之为"番薯粥"。干薯丝可以贮放一年多也不变质。也有人将番薯切成薄片晒干，但这在村庄并不普遍。

将番薯从地里挖掘回来，并不算完成了收获的任务。正如将水稻从稻田收割回来，只是收割工作的第一步，还要脱粒、晒谷、"风谷"（利用风柜将秕谷及砂子之类的杂质清除的一种农活）、归仓等诸项工作。将番薯洗干净后，可用"薯丝磨"将其磨成薯丝。薯丝磨是一种乡间常用的刀具，它长约一尺，宽如大人的手掌，主体乃是一块木板，上面镶嵌着一块经过磨制的金属片（多是锡片或铜片），金属片上分布着数排小孔，一眼看去有点像蜂巢的表面，但小孔的口是向上微微翘起的，磨齿乃是这些孔壁，异常单薄而锋锐。当番薯在上面擦过，就会被这些小孔切割成一根根细丝，并从薯丝磨的背面掉落下来。不惟独磨番薯丝，要磨萝卜丝、土豆丝或蒲瓜丝亦无不可。

番薯一年两熟，晚造多是坡薯，在初夏下种，在立冬前后成熟。早造则多种在稻田里。在秋天，待水稻收完后，遂在稻田上整畦种植番薯苗（还可以在薯畦间种萝卜、白菜和荷兰豆之类的作物，它们乃是凤凰村人在冬天的主要蔬菜）。番薯在地里过冬，幸好南方的冬天也不冷，偶尔下点冻霜，也不至于威胁到番薯的生长，一直要到来年清明后才成熟。等收完番薯，也就刚好到了种植早造水稻的时候。种稻永远是农事的主题，一切工作都要为它让路。原因很简单，大米乃是粮食之王，番薯、芋头诸如此类只不过是杂粮。杂粮可有可无，但一日三餐大米是不可缺少的。早造稻在初秋收割，一收起马上种晚造稻。农事总是一环紧扣一环的，土地永无喘息之机，农夫也同样没有一天空闲。一年四季，农夫犹如行走在岁月边沿上的陀螺，永远不会停下旋转的身躯。

在收番薯的日子里，村庄到处都是磨薯丝的身影。人们用竹筐将番薯装到河边，洗净泥巴，再挑到晒坪上去。番薯堆积如山，人手一把薯丝磨，坐在小板凳上，左手持磨，右手拿番薯在磨齿磨动，一根根薯丝经过磨孔如泉水般流泻而出。磨薯丝的多是妇孺，孩子中也多是小姑娘。壮年男人有更需要花力气的农活在等待他们，而男孩总是不及女孩心灵手巧。磨薯丝不算多费力气的活计，但要求目光敏锐，双手灵巧，一坐下来就要干半天，这需要忍耐。

我跟母亲在晒坪磨过薯丝。我们在一棵龙眼树的浓荫下劳作，地上铺开宽大的塑料布，我们坐在布上，薯丝纷纷扬扬，就落在布上，我再用畚箕搬到晒坪上去晒。在持续不断的沙沙声中，一只只番薯被我磨成了黄玉或白雪般的丝条，手上的番薯越来越小，最终剩下一小块薯皮。番薯跟铁器的接触宛若一场隐秘的对话，我听不懂，但我在磨板上感到了飞翔般的乐趣。我双手在磨板上忙活，仿佛在弹奏一把乐器。我陶醉于劳动所滋长的快乐之中。

使用薯丝磨有其危险性，当番薯只剩下一小块，稍不留神就会将手指送入磨齿中去。有一次，我被磨齿削去食指和中指的皮肉，鲜血立马冒出来。我痛得叫起来。母亲放下手中的磨板，她没有慌张，从容地从路边的山稔子树上摘了一把嫩叶，塞入嘴中飞快地咀嚼，嚼烂后敷在我的伤口上。山稔子是粤西乡间常见的野生植物，学名桃金娘，落叶灌木，花朵粉白或粉红，微有香气，灿若云霞，果实椭圆形，熟后呈暗红色或紫黑色，乃是极鲜美的野果。山稔子的嫩叶有消炎止痛的功效，我也咬嚼过，略有苦味，异常生涩。在乡间，疗效显著的神奇草药何止千百（如"臭气草"止血更佳），山稔叶不过是其中一种。

　　番薯丝在烈日下暴晒数天就干了。无论是什么颜色的番薯，干薯丝一律呈白色，这是淀粉的颜色。晒干的薯丝倒入大瓦缸贮存，要吃时就用米升来打。这种瓦缸口宽肚大，立起来有一米多高，乃是乡间用来盛装粮食的容器。后来，那些用来装化肥的纤维袋（俗称蛇皮袋）多了，农夫洗干净后也可用来装薯丝等物什，但纤维袋禁不住老鼠咬噬，还是瓦缸保险。

　　在那饥饿肆虐的岁月里，番薯给我留下了美好的回忆。番薯乃是温饱的代名词，大米总不够吃，米饭乃是奢侈之物，只有过节或什么好日子才能保证吃到。而番薯却在饥肠辘辘的紧急关头挺身而出，或烹或煮，变着花样来吃，使我们遏止了饥饿。

　　在冬天，窑番薯给孩子们带来的欢乐是无法用笔墨来形容的。村庄的四周是肥沃的田野。这片田野在春天是绿色的，因为种水稻；到了秋天就是金黄色的，因为水稻熟了。夏天则不值一提，不青不黄的，因为水稻将熟未熟。我对这些季节都不感兴趣，只有冬天例外，因为冬天是窑番薯的最佳季节。田地在冬天没有什么色彩，因为什么也不种。田地被农夫犁翻过来，晒得发白，像一片片白色的鱼鳞，此谓之"晒冬田"。然而，这些晒得发白的泥片坯就是垒小泥窑的极好材料。冬天是农夫最空闲的季节，大人也可以睡睡懒觉或去墟集逛逛了，孩子就更不必说了。

孩子们可以在冬日尽情玩耍，或在山坡上翻筋斗做一些野蛮的游戏，或在田野上疯狂地奔跑，他们要追赶天上的飞机……总之不必担心家里没完没了的家务活将双脚捆住，这一切自有母亲包揽一空。只要她有时间去做，就绝不会让孩子或丈夫插手，每个家庭都有这样一个勤劳的母亲。在一切游戏当中，窑番薯无疑是最受人欢迎的一种，它不仅是一种游戏，也是一种别有风味的野炊。别的游戏多少总要花点力气，而它却能使大伙儿饱餐一顿。能使孩子们填饱肚子，光这一样就让它在游戏中脱颖而出。

北风呼啸，寒意凛冽，缺吃少穿的孩子们哪里待得住呀。我们光着脚丫在田野上奔跑，稻田在脚下凉飕飕的，但运动所激发的热量驱走了寒冷。倘若想待下来，生火烤暖乃是一个好办法。窑番薯首先使我们得以享受火的温暖和明亮。在寒风吹过耳畔的冬日，在田野上生火窑番薯的孩子随处可见，蔚然成风。窑番薯跟烤番薯大同小异，其不同之处是窑番薯首先得有个"窑"，它由烧红的泥巴所煨熟，而不是直接由炭火烤熟，香味也更为浓郁。

这个窑就是由泥坯垒成的，在阴郁的天空下，北风在田野上长驱直入，我和邻家的小妹来到稻田准备窑番薯。我用泥坯垒窑，而小妹则去捡柴。在树林或竹林中，枯干的树枝或竹鞭随处皆是，她很快就捡回一大把柴草。

　　垒泥窑是一项精细活，一不小心就会倒塌。窑底也不大，跟一张小圆凳相仿佛，愈垒愈高，愈垒愈细，到后来形成一个金字塔般的尖顶，只需一颗土坷粒就可覆盖。窑底的泥坯稍大一点，但愈垒到上面泥巴愈小，否则就会压垮泥窑。我摆放每一块泥巴都倍加小心，惟恐一不留神弄塌了泥窑，那可是功败垂成。天空显得很低沉，布满鱼鳞般的细云，寒风像冰水一样从我的衣领灌进身体。我缩着脑袋，忍不住打了一个寒战。我屏神摆弄着手上的泥巴，并将其加入到泥窑的顶部上去。天很冷，我的鼻尖却沁出了细密的汗珠。我太紧张了。我连大气也不敢透，仿佛一哈气就会将这座泥窑弄塌似的。小妹将双手笼在袖子里，她也冷得直哆嗦。她目不转睛地望着我，晶亮的眼睛充满信任和敬佩。垒泥窑不是随便一个孩子都可以胜任的，它需要一双灵巧的手，更需要一颗隐忍的心。我将一小块泥巴放上泥窑的顶部，泥窑顺利地封顶了。我又将一块较大的泥坯敲碎，选择了一些细碎的土坷粒填塞着泥窑的缝隙。我终于完成了一座简陋而精致的建筑物。我趴在地上，俯首从窑洞口往里面瞧去，里头一团漆黑，只有那些针眼般大的泥缝透出亮光。

　　我对这个亲手建成的小泥窑相当满意，现在该烧火了。我先在窑洞中放入一把树叶，风很大，我划了几次火柴才将树叶点燃，在火上搭几根枯干的树枝，树枝很快就烧着了。一团暗红色的火焰在熊熊燃烧，窑顶冒出了一股黑烟。小妹凑近泥窑，喜笑颜开。火光驱走了寒冷，也仿佛使阴郁的天空变得明亮了些，我们立马感到了火的仁慈和力量。我们不断地往泥窑中添加柴薪，火越烧越旺，火舌从窑缝往外乱蹿，泥窑很快就被烧得一片通红，每一块泥巴都被烧成红色的泥炭。这是一座火的宫殿，看上去跟一团火焰毫无二致。

我们将番薯塞入泥窑，用一根木棍用力击向泥窑，泥窑轰然倒塌。我们手中的木棍没有停下来，不停地敲击，直至泥炭将番薯完全掩盖并捶打结实。那座精心搭建起来的泥窑在刹那间被夷为平地，那一座火焰般的宫殿也随之化为乌有，它的建立乃是为了摧毁。不一会儿，泥炭中就传出了一股浓郁的香味。看来火候到了。

我们用小棍子将泥炭小心翼翼地扒开，那些煨熟的番薯暴露在目光中。番薯皮被煨得黑乎乎的，有如焦炭，将薯皮剥开，里面的肉又香又软，让人垂涎欲滴。我们需要的乃是烧红的泥炭将番薯煨熟，这个游戏有着极其强烈的功利目的，因此算不上是纯粹的游戏。通常的游戏除了愉悦身心，并没有其他企求。与其说这是一个精彩的游戏，毋宁说是一个索取食物的途径，吃饭是首要的问题，它凌驾于一切游戏之上。

172

萝　卜

　　萝卜是乡间常见的蔬菜，鲜萝卜或萝卜干几乎主宰了农人的一日三餐。在八九月间，母亲在河边的自留地用锄头整出了一块菜畦。选择在河边，是为了方便浇灌，蔬菜在生长中要浇大量的水。母亲在菜畦上划出了一条条小沟，先在沟中洒上一些草木灰之类的土肥，然后撒播萝卜的种子。这是一些细小的颗粒，乌黑发亮，跟白菜、芥菜或别的菜籽看上去没什么分别。母亲在播种完毕之后，在菜畦铺上一层薄薄的稻草。早造萝卜在八九月播种，生长六七十天即可收获。不可超过三个月，否则萝卜就会开花，营养也被花枝抽空而变成纤维状。晚造萝卜则在十月前后播种，一定要在十二月之前全部种下，否则逾期种下的萝卜还没发育就开花了，根本没有机会长出又胖又长的萝卜。数天之后，小苗纷纷从稻草上面钻出来。一开始只是两片半圆形的叶子，后来又长出了几片羽状复叶，叶边有如锯齿，跟其他青菜的叶子并无不同。萝卜生长的速度相当快，十天半月就枝繁叶茂了，整块菜畦绿油油的，轻风吹过，菜地上翻卷着绿浪，又传来脉脉清香。

我经常跑到菜地上去，观看萝卜的生长，但遗憾的是萝卜在地下生长，我无法透过泥土看到它的大小和形状。这是令人懊恼的。请原谅一个孩子的鲁莽和性急，我总是急不可耐地攥住萝卜的叶子将它拔出地面，往往又因为块茎太小而塞回泥土中去。类似的事我做过不少，譬如我伸出手去，充满怜爱和喜悦地抚摸瓜藤上的小南瓜和小蒲瓜，我不知道充满温存的抚摸对于长满茸毛的小瓜是一种毁灭性的灾难，它们在劫难逃地一一萎落了。事实上，我们不会等到萝卜成熟才拔，从初冬开始，每天傍晚，母亲陆续将地下的萝卜拔回来煮吃。萝卜有大有小，母亲总能准确无疑地将较大的萝卜拔出来，我就没有这个本事。

我们种的多是白萝卜，而极少种红萝卜之类。不种其他品种的原因，除了白萝卜高产之外，可能还跟别的萝卜做不了萝卜干有关。而一地萝卜，除了少数一拔回来就吃掉之外，其他的全用来做萝卜干。萝卜苗也可以做成一种类似于酸菜的咸菜。萝卜呈长圆锥形，尾端生长着根须，浑身雪白，水灵灵的，很惹人喜爱。我吃过生萝卜，用水洗净表皮上的泥巴，用小刀将皮削掉，咬起来脆生生的，略有辣味，异常清甜，跟生黄瓜的滋味相比各有千秋。如果将萝卜切成细丝，拌以油盐酱醋，乃是极佳的凉拌。不过，南方人不喜凉拌，多是切片或切丝来炒吃，滋味也很鲜美。至于将萝卜切件放在猪骨头中熬汤或拌以牛杂煮得稀烂，则是小康人家的吃法了。在冬天，我们家晚饭的菜肴总是少不了萝卜，其间杂以白菜、芥菜、黄瓜之类的菜蔬，只有过节或做社才能吃上一两片薄如蝉翼的猪肉。

随着日子的推移，萝卜的叶子开始变黄。秋天是万物的收获之季，在秋天播种的萝卜却在寒风凛冽的冬天步入成熟。萝卜是二年或一年生草本植物，一直要到明年夏天，才会走到生命的尽头。但等它长到明年，萝卜就会抽出又细又长的花枝，那些小花会吸干萝卜的营养，而使其变成一团棉絮般的纤维，这样的萝卜还有什么用呢？我们需要的只是鲜嫩的萝卜，如果不及时收获，它除了不断老化，不会再长大一分，倒是花枝开始结出灰黑的籽实。

　　在一个天气晴朗的冬日，我挑着箩筐跟随父母来到菜畦，有些萝卜缨已发黄脱落，但那几块油绿的叶子仍显示着茁壮的长势。我用手攥住萝卜缨，用力一拔，将一只大萝卜拔离地面。萝卜浑身雪白，尽管根须上沾着泥巴，依然难以掩饰它的水灵模样。一只萝卜就像一小罐白银，明晃晃的，犹如清澈的月光。这一片菜畦乃是一个宝藏，地下深埋着的是一地月光还是数不清的一罐罐银子？它们是大地之母孕育的，就深藏于泥土的深处，如今被我们用双手挖掘出来。我们忙了一个晌午，将地里的萝卜全拔起来，地上留下了无数个深浅不一的小坑。一个萝卜一个坑。这些小坑犹如洞穴，曾经是萝卜的屋宇，如今在夕照中显得空空荡荡。当萝卜被拔离泥土，它的生命也就走到了尽头，它只有在土中才能存活。而人只有死了才会埋入土中，是谓入土为安。

　　黄昏的太阳滑过山冈，冬天的傍晚总是来得那么快，在播种时铺下的稻草沤得霉烂，地上一片狼藉。我们的工作还没有完成，我们持刀将萝卜缨割离，任其撒落在菜畦上，先晒上几天再说。我们将萝卜扔入箩筐，要用箩筐将它们挑回去。萝卜在幽暗的傍晚发出了银白的微光，父母挑起担子迈上了小路，沉甸甸的担子在父母的肩上晃悠，但他们显得春风满面，这是一种收获的欣喜。

我们吃过晚饭后，将萝卜挑到井台洗。井栏上放着一盏煤油灯，晚风在吹拂，一个玻璃灯罩守护着那一团飘忽的火焰。冬天冻得我们双手发麻，井水却很温暖。我们在水桶中搓洗着萝卜，如霜的月光在照临，那些洗过的萝卜显得愈发洁净。

母亲用菜刀将萝卜切开，大的切成四等分，小的切成二等分。父亲将切开的萝卜放入了一个瓦缸中，并往里面大把大把地撒粗盐，那是一些很粗的颗粒，晶莹透明。该瓦缸不高，缸口倒是宽敞，父亲跳入其中，用一双大脚拼命揉搓，一直搓到萝卜发软。当父亲从缸中出来，我看到积了半缸水，那是萝卜的汁液，如今大半被父亲的脚板搓了出来。腌制乃是做萝卜干的第一道工序，放上几天，腌缸中的水越来越多，几乎要漫过萝卜，而萝卜条的体积也变得越来越小，保持着洁白。这样的萝卜条也可炒来吃，肉质细嫩，有点酸，滋味不错。当萝卜腌制充分之后，只要晒干就可以了。

第二天上午，母亲用箩筐将湿漉漉的萝卜条挑到向阳的山坡上去，山坡上长着须芒草、茅草和铁芒箕，十分茂盛。母亲先在上面铺一层稻草，才将萝卜条撒晒在稻草之上。在人们看来，稻草乃是清洁之物，而山坡上的杂草却有些肮脏。晒萝卜干的人不止我们一家，在山坡邻近的地方，同样有着一块块铺着稻草的地盘。萝卜条一直晒到天黑，才会被孩子们收回去，明天再挑出来晒，一直到晒干为止。

每个冬天，我都有一段时间要在山坡上收萝卜干。我有时蹲在厚厚的稻草上，有时半跪着，有时则干脆坐在上面，伸出双手将萝卜条一根根地捡拾到畚箕里去，待畚箕满了，才将畚箕里的萝卜倒到箩筐中去。我必须一条条地捡起萝卜，而不能利用别的工具将萝卜收拢，因为我不能将凌乱的稻草带进箩筐中。

在冬天，天上的太阳依然明亮如镜，耀眼得很，但阳光总是懒洋洋的，显得慵懒无力。这天上来的一缕阳光，让我感到了荒凉人世的温暖。这曾经是粗野蛮横如鞭子的阳光，凶狠地抽打着万物，也曾像母亲温馨的手擦红了高悬于枝头的果实，如今像一条蛇被抽掉了脊椎，软绵绵地垂挂下来。萝卜一连晒了三五天，才将表面上的水分晒干，而萝卜肉里还存留着水分，还要晒几天才能达到要求。山坡上的萝卜条难以计数，我捡得腰酸背痛，双手发麻，但待收的萝卜还有那么多。恍惚之中，我一眼望去，天啊，那些还没收的萝卜仿佛一望无际！风从我的头脑呼啸着吹入，并飘散、消失在我的体内，我感到脚下的山坡起伏如波浪，萝卜条围困着我，我犹如一叶孤舟飘荡在汪洋大海之中。蹲在山坡上捡萝卜不过是一件普通的农活，需要的只是机械地捡起和放下，是如此轻松，几乎不花任何力气。但我还是感到跟别的农活有不一样的地方，它除了轻松，仿佛还蕴含着一种启示：伸出你的手去，捡起你所能捡拾的一切。我想，主要是那个拾取的动作让我浮想联翩，这几乎是"获得"和"把握"的图解，我只要伸出手，就永不落空。

这是发生在我童年时代一件事，我愈来愈相信这是生命中的一次契约。我和太阳等待了多久，才在冬日的一个山坡上彼此践约？那可能是九岁或者十岁的某一天，也可能发生在更早的时候。这不重要，重要的是我过早就涉及了关于存在的命题。

在乡村，每一个家长都恨不得让刚学会走路的孩子也套上生活的重轭。我无数次仰视过乡村无限凄美或伤感的落日，我感到那个通红的圆盘在慢慢褪色、变淡，最终坠下了山冈的另一面。我看不见它的坠落，我只知道它的离去乃是受黑夜所推动。在它消失的地方，在那些光线离去留下的空隙，黑夜迅速地填充并洋溢。我很少坐在山坡上眺望落日下滑，捡萝卜条才是我的本意，但我被那个不可挽留地滑落的红日抓住了，就像胃被饥饿抓住了，我感到揪心。红日的周围汹涌着无数朵金黄或紫红的云彩，那吹过了我头顶的风也吹过了山冈，云朵在翻滚着、拧绞着，我宁愿相信那些由金属浇灌般的云朵也在为风所吹动。耀眼的霞光穿透了厚实的云层，那些悬浮而凝重的云彩仿佛烧红的钢铁在流淌——是的，落日是一个就要熄灭的熔炉，而它在冷却之前仍要将这些云朵的金属冶炼。

在乡村，我多次见过这么滚烫的红日、这么滚烫的云朵，连我的四肢也感到了一片灼热，它们几乎要使西边的那一角天空熔掉！火烧云通常发生在燠热难当的夏日，这么壮丽的景象发生在冬天十分罕见。我腿下的稻草仿佛变成了一张草席，正在飞离山坡，仿佛要飞速地卷入云海之中去。这是一种凌空飞翔的感觉，后来我看到《一千零一夜》描述的飞毯时竟有旧梦重温的感觉。落日还在继续下坠，它下坠的速度赶上了一个果子的坠地。我睁大眼睛，停下双手，我完全被这种巨大而滚烫的美所吸引，我的心灵还太稚嫩，还来不及准备迎接这么辽阔而沉重的美，但我的眼睛还是跟着落日而移动。就这样，我看到了人世间最美丽的景观——一片金灿灿的光笼罩着灰白的屋顶和墨绿的树木，晚霞使这些低矮的建筑物变成了金碧辉煌的宫殿！这就是我们的村庄，但我更愿意以人间仙境来称呼它。平时我生活在村庄之中，在每一条小巷上奔走，我看到的是长着野草的屋顶和结着蛛网的檐头。这是一个卑微的村庄，因为它乃是一群卑微如蝼蚁者的聚居之地，它所有的表情和神态集中在老农夫紧锁的眉头和农妇喋喋不休的嘴上。然而，当我来到一个合适之所（这个比村庄高出一半的山坡），却在晚霞的映照下发现了它惊人的美丽。我爱我的村庄。与其说我发现了村庄的可爱之处，毋宁说我发现了爱的奥秘！太阳是伟大而仁慈的，它不仅使万物成长，赐人间予温暖，而且还在消失前的一刻，使卑微的屋顶显现了神性，使人世间的一切露出了内在的光华。

萝卜条在日光的映晒下逐渐变得结实而金黄。它们内部的水分已被烘炙一空，在暮色中看上去有点像金条。这些稻草和金条，通常被比喻成两种对立的事物，但此刻我觉得彼此是如此接近，或者说也没什么分别。这一次，我一直干到天黑，才将萝卜条收拢起来。一只萝卜晒成萝卜干后，它的体积大大收缩，形状也由长圆锥形变成了扁平的长条状。之所以将鲜萝卜腌制成萝卜干，并改变它的味道，我想是为了更好收藏。

那些在菜畦上晒干的萝卜苗也被腌制成了咸菜。萝卜可以在泥土中保鲜，土地乃是鲜萝卜最好的贮藏室。但萝卜终究要被拔离地面，这么多的萝卜，如果不加以腌制就会烂掉。腌制好的萝卜干萝卜苗被贮存在埕（一种圆口的陶罐）

里，埕口密实地堵塞着一团稻草或布料缝制的盖子，需要食用时才取些许出来。埕中的萝卜苗有些湿润，放久了就会变得湿漉漉的，最好在半年之内吃完，否则就有变质之虞。而萝卜干就是放上一两年也没关系。

由萝卜做成的这两种咸菜，是乡下最普遍的菜肴，几乎每顿都离不开它。不是说萝卜干滋味太过鲜美，以至于大伙儿百吃不厌。而是因为它是自家出产的，数量也不少，除了在腌制时买几斤粗盐之外，不用花什么钱。当然，我也不否认它好吃，但我更宁愿将溢美之词献给一碟红烧肉或白切鸡。不管是多么好吃的东西，如果顿顿都要吃，那对于嘴巴来说，就不是享受而是一种折磨了。纵算是山珍海味，你也会觉得味同嚼蜡，更何况是廉价如斯的咸菜？

萝卜干的吃法有多种，但最常见的也无非是炒和煲，将萝卜干切成细段，用花生油来炒，香气扑鼻，乃是吃白粥的不二之选。萝卜干味咸，用来下干饭也不太合适。如果将萝卜干剁成米粒般细碎，打上几个鸡蛋来炒，那滋味就更佳了。至于煲法，则是将萝卜干切成细段放在瓦煲加水少许煲熟，吃起来又是另一番风味。有条件者，在瓦煲中放几块肥瘦相间的五花肉同炖，肉油渗透到萝卜干之中，吃起来回味无穷！以前粤西乡下的产妇坐月子，每顿必吃这道菜，只是煲里要多放几块老姜，据说有助于产妇恢复。萝卜干不是什么稀罕的珍馐，人人可吃，在吃法上也就没有那么讲究。如果你懒得费事，用水洗一洗就可以放入饭碗。事实上，这才是乡间习以为常的吃法。我所吃过的菜肴，吃得最多的必是萝卜干无疑。每一顿都是主菜，就算碰到有鱼有肉，但因为数量稀少也只能屈居配角的命运。在当时的村庄，有几个人可以饱餐一顿鱼肉？

我十二岁那年，考上了黄花初中，由于路途太远，遂在学校住宿和吃饭。饭是自己用一个铁皮饭盒淘好米放在饭堂蒸熟的，一次收五分钱柴票；菜则靠自带，如果有黄豆、鸡蛋之类的东西也可放入饭盒蒸。我带了一小玻璃瓶炒熟的萝卜干，吃饭时就用筷子挑十几粒出来。五斤米，一瓶萝卜干，这是我一周的伙食。我一般在周末回家一趟，拿米和钱，同时带一瓶萝卜干来。像我这样的学生不少见，可见这样的吃法也不是我的发明。但别人除了萝卜干，还有黄豆、鸡蛋之类的东西。有这样的东西也算不错了。我有时也能吃到黄豆，用小茶杯装了半杯，放在饭盒里一起蒸；或用一个铁皮口盅，盛满井水来炊，这样还能喝到黄豆汤。黄豆当然是自家种的，凡是要花钱的东西我都不敢奢望。我家里那几只老母鸡虽然兢兢业业，奋不顾身地产蛋，但还是难以对付我的"柴票"和家里的油盐，我自是不敢打它的主意。鸡蛋是不敢指望的，但天天吃萝卜干，以至于萝卜干几乎成了毒药的代名词。

我很想吃青菜。在家中蔬菜倒是家常便饭，白菜、芥菜、通菜和苦麦菜轮换着吃，好不痛快。但在学校，蔬菜就是可望而不可及的奢侈品了。粤西俗谚云：三日不吃青，行路不正经。长时间不吃蔬菜，的确使人无精打采，萎靡不振。有两位老师的家属看到了其中的商机，遂煮菜汤向学生出售。一把青菜，一大锅水，煮沸了，滴几点油腥。连菜带汤每碗卖一角钱，海碗里浮着几梗菜叶，犹如汪洋大海中的一叶孤舟。通常来说，青菜我们只炒来吃，很少做菜汤，但就是这样的菜汤也成了难得的佳肴。每次我看着别人大快朵

萝卜

颐，只能望洋兴叹。我根本付不起这一角钱，只有在周末回家时才能吃到蔬菜。

萝卜干是一种腌制品，味道很咸。吃一盒饭只需少许，轻易不会变质，一小瓶萝卜干够我吃一周。但每次饭后都要喝大量开水，尤其在炎热夏日，身体更要补充足够的水分。饭堂在午后用大铁锅煮上满满一锅开水，我们人手一个铁皮口盅，利用课间十分钟去装水喝。口盅是读书时代的重要器皿，既是洗盥和喝水的杯子，也是取水的勺子和蒸黄豆汤的餐具。我每次吃完饭后，嘴里都带着萝卜干的气味，这让我有点难堪。

萝卜是民间最常见的一种菜肴，它的味道是一种民间的味道，它沾染着泥土的腥涩，也带着汗水的咸渍。萝卜是农夫从土地种出来，浇灌着农夫的汗水、力气和情感。当萝卜被腌制成萝卜干之后，无论它的形态、颜色和味道都跟土地愈加接近，这乃是一种跟农夫共同的气质。一碗稀饭，一根萝卜干，就是农夫常见的伙食，它使农夫在疲惫、苍白、无望的岁月中咀嚼出生活的一丝咸味和涩香。

我在乡间生活的时候，曾多次参与过萝卜的种植和收获，还有腌晒萝卜干的全过程。萝卜的羽状叶子依然是关于村庄极鲜绿的记忆。那些深藏于泥土中的脆嫩萝卜，犹如装满月光和银子的圆锥形罐子在缓慢生长、扩大。我对萝卜的感情很复杂，既有感恩和歉疚，又有鄙视和厌恶。在村庄，萝卜的味道就是生活的味道。吃萝卜乃是贫穷和屈辱的象征，但也是萝卜给生活带来了一点聊可咬嚼的滋味，尽管这种滋味更接近人们心底的苦涩。

我们在冬天收萝卜时，总会留几棵苗壮硕大的在地里，它们在泥土中继续生长，将在明年结出细小的种子。在二三月间，萝卜缨开始发黄并萎落，并抽出了又细又长的花枝，花枝上缀着一朵朵小花，这是一些紫色和白色的花朵，颜色淡淡的，犹如它淡淡的香气，仿佛只要一阵轻风就可以将这点若有若无的颜色吹走。

　　我走在萝卜地上，收获后的菜地异常凌乱，遍地皆是萝卜拔离之后留下的坑坑洼洼，只有几株做种的萝卜还留守在地里，要坚持到生命的尽头。它们肩负着繁衍后代的任务。我在一株开花的萝卜前蹲下身子，这是一些朴素的小花，犹如村庄少女衣裳上的花纹。无论它的颜色和气味都是那么清淡，没有华丽的花瓣，也没有喧哗的色彩，它们只是静静地盛开，仿佛开花也不是值得夸耀的事。这是一些不事张扬的小花，它们默默地吐花开蕊，但也是春天的一部分。其实，它们跟乡间遍山遍野的山稔花构成了乡村的大部分春天。我们见到的是在绽放时仍保持克制的小花，这是一些卑微的花朵，没有愤怒和偏激，只有忍耐和坚韧，坚持下去，将身体内的每一朵花和盘托出，只要开花就会有希望——这跟在暮色中扛着农具走过山野的农夫何其相似！

　　我在岭南的山野间很少见到那些如弹片般迸溅的野花，它们因自身的愤怒而迸裂，因自身的火焰而烧伤。这些孤高决绝的野花只会独自绽放于人迹罕至的山谷，它们不需要任何人的关注。它们的花瓣乃是火焰所凝聚、白银所铸造，它们的开放乃是一尊雕像在春风的敲打下成形，这乃是一种艺术的总结。一朵花的开放就是一种艺术的诞生和完结。

　　而像萝卜花之类的小花，没有愤怒，只有温柔，它们挟裹在世俗忧郁的光线中缓慢、拘谨地盛开。它们有着更简朴而直接的目的，它们不求生之辉煌和死之绚丽，但求子孙得以在下一个季节传递。它们在世界巍峨的身影中弯下腰去，它们不需要抗争而只有逆来顺受，只要春风吹过，就会点亮枝头上的小灯。这些小花内心蓄积的所有悲愤全化成了心底的忧郁，而忧郁又化成了一泓清泉，在每一根花枝的茎管上流淌。

初春，柔和而暖湿的风吹过山冈，蝴蝶和蜜蜂扑打着翅膀，在微风的漩涡中打转。它们还要在小花的漩涡中打转，它们在花枝间穿梭，促成了萝卜花的婚事和受孕。这些飞舞着的小精灵，乃是最敬业的花媒，在每一朵花的后面，都孕育着下一代的果实。萝卜花很快就凋落了，这些朴素小花的生命何其短暂！萝卜仿佛没有更多精力和耐心来延长它们的花期。但这不重要，重要的是在花朵萎落的地方，长出了一些又细又长的荚实，荚实开始是淡绿色的，然后变得青黄，这是果实成熟的表现。

夏天追赶着春天，而转瞬间秋风又吹拂到你的脸庞。萝卜的叶子已全部枯萎，它的荚实也变得干燥、灰褐，萝卜终于走到了生命的尽头，也完成了它的使命。我们将萝卜连荚实一齐拔起，萝卜失去了水分，变得干瘪而老化，已全无往昔的丰润和脆嫩，犹如一截脆弱的树根。萝卜的荚实跟别的菜籽并无二致，有着相似的形态和颜色。我们将萝卜的荚实用稻草捆扎起来，跟别的菜种一起放到灶头悬挂着的篮子上去，篮子中往往还放着咸鱼之类的东西，被烟火熏得一片灰黑。萝卜的籽实就藏在荚实里面，九月快到了，秋风一直吹到了大地的尽头，父母正在田野上侍弄着菜畦，将要在一个彩霞满天的黄昏撒播那些细小的种子。

种豆得豆，种瓜得瓜

在凤凰村，除肉类需要到黄花镇购买之外（当然，家里养的鸡鸭亦常宰杀，但还是不够的。家里养的猪除了做年例时杀吃，都会送到食品站卖掉），蔬菜瓜果大多能自给自足，无须花钱去买，且去了农药残留之忧。农夫们常种植的豆类有近十种，譬如豆角、黄豆、黑豆、绿豆、棉豆（即眉豆）、荷兰豆、四季豆等等。"番豆"（花生）可能是唯一在地下发育并成熟的豆类作物。所有豆类的果实都分豆荚及豆仁两部分，一颗豆荚在阳光的暴晒下裂开，滚出弹丸般的圆形豆粒。每颗豆荚都隐藏着一个果壳中的宇宙。

一颗豆子跟一个星球在形状上有相似性，尽管在无限缩小。通常，豆壳不可食用，豆角算是例外，它的主要食用部分就是豆壳，而等豆仁成熟，豆角的外壳已衰老不可食。豆角也是豆类中最方便划归蔬菜之列的，其他诸如黄豆、花生之类，虽亦可作为蔬菜而端上餐桌，但不是其主要用途。譬如黄豆是豆腐、腐竹、豆奶等数十种食品的原材料，花生则主要用于榨油及加工成花生糖、糕点等食品。黄豆亦可榨油，但粤西人家偏爱花生油，对茶籽油、黄豆油、玉米油等敬而远之。

凤凰村种植的豆角品种很多，按不同时令播种和收获。譬如"四月角"，清明前点播，约四五十日有豆角可食，刚好是四月上下，从摘果到衰败，持续仅二十多天，果期短促。"六月角"亦在清明时点豆，五六月采摘，持续时间略长，逾一个月。"八月角"在春分后种，到七月末才有豆角摘，但收获期最长，可摘果两个多月。此为迟种，豆角亦长条粗大，长者达半米，颇为高产。有一种"九月子"，在五六月点播，八九月收获，颜色朱红，种子呈紫红色，如宝石玛瑙一般，惹人喜爱，颇具质感。有一种是黑色豆仁的，亦有白色豆仁者美其名曰"肥妹"，状如珍珠。又有一种豆角是蓝色的，豆粒呈黄色。

186

豆角多种在专门的豆角垄上。也有间种于菜地及芋地上的，都要上篱桩以让豆藤攀缘而上，方才苗壮成长，提高产量。一株豆苗来自一颗豆子，一窝豆角常播种三四颗豆苗。《圣经》有云，落地的种子不死。麦粒是这样，豆子也是如此。一颗种子将繁衍出更多的种子，豆角收获期虽然短暂，但几乎每天都有荚实可摘。那一个多月里，豆角源源不断地在母株上孕育、生长并成熟，给人一种取之不尽的幻觉。豆藤枯败，豆叶发黄、掉落，亦转换于瞬间。

值得一提的是，除了豆角可食，豆叶鲜嫩，亦是美味菜蔬。掺在豆角中煲熟，再辅之以油盐或猪肉几片、虾米数粒，豆角叶纤维虽多而细腻，口感略糙而爽滑，有奇妙清香，消滞开胃，乃去除油腻之上品。此乃粤西一带的烹饪之法。如今在省城各大餐馆亦大受欢迎。我爱吃豆角叶远甚于豆角，将豆角叶采摘回来，再撕去"个"字形般的叶筋煮食，虽有点麻烦，但更易咀嚼及消化。

棉豆（眉豆）乃豆角相近豆类，刚破土而出时，两者枝叶混淆而无法区分，豆叶亦可食。但棉豆植株较短，无须插豆桩以供攀爬。至开花结果之际，方显露其跟豆角的相异之处。棉豆短小，其豆粒亦细小些，在其初长成时，豆壳娇嫩，不妨当豆角烹食，但其目的终究是取其豆子。因此待其成熟（豆粒饱满豆壳干枯）时采摘为佳。棉豆亦可陆续采摘直至败亡。通常，早禾豆在春分时播种，一个多月后有豆摘，四月间败。晚禾豆在五六月间播种，收获期相若。每次采摘回来的棉豆放在扁箕上晒，豆子从荚壳脱落，再簸掉或吹散荚壳碎渣即可。晒干的棉豆可放入坛子中密封保存，需要食用再取出来。

绿豆的植株又较接近棉豆，其枝叶、播种期、生长期、收获及贮藏等跟棉豆如出一辙。其荚壳比棉豆荚更细小，豆子自然更小，而棉豆通常有红白二种，绿豆只有深绿之色。绿豆性寒，可解微毒，通常在夏季煲糖水饮用，至于加工成绿豆糕之类，好吃而较费事，在村中罕见。

上述诸豆有一个共同点，那就是在收获期里，可陆续、不断地采摘至败亡。诸豆收获期虽短，仍算得上高产。黄豆就只能在成熟时一次性收割。

黄豆一年两熟，分早禾豆及晚禾豆两造。早禾豆在春分时播种，五月时收割；晚禾豆在五月点播，八月可收。偶亦有人点冬豆，于十一月收割晚禾稻时播种，至翌年三四月时有收成。黄豆植株矮小，叶子卵状互生，类似于花生叶子，开黄色小花，豆荚短小，内含四五颗豆子，表面有绒毛。我在北方所见的"毛豆"，疑为同类之物。豆荚在外观上跟荷兰豆有相似处，但荚壳坚韧不可食。

黄豆成熟时，用"禾钩"将黄豆割取并用畚箕挑到晒坪上暴晒，荚壳纷纷炸裂，发出噼啪声，豆子不断从里头跳出来，犹如无数细小的星球出了轨道。霍金有著作曰"果壳中的宇宙"，源于莎士比亚的《哈姆莱特》——哈姆莱特：上帝啊！倘不是因为我有了噩梦，那么即使把我关在一个果壳里，我也会把自己当作一个拥有无限空间的君王的。每次，我在晒坪上观看黄豆从果壳中蹦跳出来，都感觉到大自然的神秘而为之震动。

母亲先用"禾叉"（一种铁制的双股叉，是稻谷、黄豆脱粒时用来翻秆的常用农具）翻动豆秆，然后用竹竿去拍打豆秆，以使其脱落殆尽。我也多次做过这个简单而必要的劳作。小竹竿抡起来，再挥击在豆秆上，黄豆如弹丸从果壳激射而出，有的甚至飞到晒坪边缘的草叶中去。我们不断地拍击，直至每一颗豆子都从荚壳中脱落并滚到一起。这个工作一般要持续两三天（视日照强弱而定），尽管拍击的动作必不可少，其实只是辅助手段，主要力量来自太阳。太阳使豆子生长并成熟，荚壳发黄而变硬，方可使豆子脱落。倘若是青涩未熟的豆荚，亦湿润柔软，即使将豆子打得稀烂，亦不会跟果壳分离。最后将豆秆及果壳的碎渣从豆子堆上分离并取走。黄豆浑圆，坚硬，光滑，金光灿灿，它的颜色比稻谷更澄黄而闪耀。至少稻谷在晒干后，那种黄金般的光泽会消减而变得黯淡。这些豆子，就像是地上生长出来的金粒，在阳光中的晒坪熠熠生辉。

黄豆可以贮放一两年之久，它比棉豆更易贮存（棉豆常

188

会招引多种虫子蛀食），在蔬果缺少的冬日，将会跟酸菜、
"瓜咸"、萝卜干之类的咸菜成为人们的主要菜肴。而黄豆
的烹食方法亦数以十计，或炒或煲，营养丰富，香气四溢。
更可制成豆芽、豆腐、腐竹诸物，凤凰村的农妇大多掌握了
做豆腐的技术，在黄豆大熟之际，正值七月十四、八月十五
这两个佳节，遂用石磨将豆子磨成浆状，并调以水及石膏诸
物煮制成豆腐，让全家人饱餐一顿。黄豆又是豆豉的主要原
料（黑豆亦可做豆豉），淡豆豉或干豆豉之类，既是调味
品，亦为滋味独特之佳肴。母亲每年都要做两坛子淡豆豉，
以作菜肴。尽管无钱吃肉（我在少年时代，几乎成了一个被
动的素食者），但乡间的各种菜蔬及豆类瓜果层出不穷，几
乎每天都有不同花样，倒也吃得口舌生津，滋味无穷。

从晒坪上取下来的豆萁（秆）是不错的柴火，在炉膛中
燃烧，仍然噼啪作响，让人疑以为还有剩余豆粒，这种可能
性不大。每一瓣豆荚，几乎都被母亲细细检查过了，一箪一
食，来之不易，我们不可能因为粗心而造成浪费。煮豆燃豆
萁，此乃常有之事，两者之间的关系乃至其纠葛，三国时代
的诗人曹植有《七步诗》名世。此诗取豆萁而譬人性伦理，
其对事物及人性的敏锐与洞见让人叹服。

黑豆跟黄豆仿佛孪生之物，惟颜色相对（如白人跟黑人
之异同），其外观、收获及贮藏方式并无二致。它们最大的
差异在于豆粒的大小及颜色，黑豆如墨，黄豆澄黄，前者粗
粒，后者略小。而大黑豆不必单独种植，常间种于芋地之
上，亦只能在成熟时一次性收割并脱粒。

荷兰豆多在十一月前后播种，此乃藤蔓攀缘之豆类，跟
豆角有相似处，故亦要上篱桩。荷兰豆外表碧绿，晶莹剔

种豆得豆，种瓜得瓜

透，每荚长约三五厘米，形如弯月，中有三五粒荚实，连荚可食，是一种高档菜豆。亦分软壳及硬壳两种，软壳尤佳。

上述豆类，均可从收获豆子中留种（豆角要做种，则任由其荚实在藤上生长至老熟），以供下一季播种。棉豆留种，需注意的是，从收获至播种须在一年之内（譬如今年八月收成的，必在明年五六月前播种，隔年的豆种尽管植株仍然蓬勃，但必然低产乃至不挂果），此乃农夫之经验，但是何道理，父亲也说不上来。

花生可生食，豆角、绿豆等在理论上亦可生食（北方有用生豆角凉拌的习惯，但腥味浓郁而让人反胃，不为南方人所喜）。四季豆则断不可生食，就是炒得不透，都会将人毒翻。此类消息，每年夏季，传媒时有报道。

190 　　凤凰村瓜果种类繁多，如黄瓜（含青瓜）、丝瓜、南瓜（金瓜）、苦瓜、蒲瓜、水瓜、节瓜、冬瓜等，几乎每家都会种植。

黄瓜在每年春分时播种，三四十日即有收获，可持续摘瓜四五十日。黄瓜乃藤本攀缘植物，须上瓜桩，以让其果于半空垂挂下来，保持其长大形状，若瓜藤贴地固然减产，黄瓜亦因此而弯曲短小，有损形象。凤凰村人将青瓜亦称为黄瓜。两者略有差别。此二瓜在瓜藤及瓜花上毫无差异。黄瓜成熟时表皮变黄，瓜身圆润、粗壮；青瓜则保持青皮，苗条修长，两者均可生食。在瓜田摘一根，在溪水中略为洗濯，即可入口，脆口爽甜。除了做菜炒食外，黄瓜尚可腌制成各类腌黄瓜，或咸脆，或酸甜，视需要而定，乃饭前小吃，亦是送粥之佳肴。黄瓜干乃上等之咸菜，作法跟萝卜干大同小异，先用酱缸腌制，再利用日光晒干，有时用微火烘烤，以脱却水分，口味更佳。青瓜甚少用于腌制。

丝瓜亦在春分时点播，管理方法跟种黄瓜大同小异。而丝瓜藤蔓更盛，除了上篱桩，最好再以竹木搭个瓜棚，以任由瓜藤缭绕蔓延，长条状的丝瓜于瓜棚上悬垂而下，让人欢喜。丝瓜播种四十多日有收获，可摘瓜两月有余。瓜大即摘，丝瓜黄瓜都以嫩为美，老了无法入口。丝瓜衰败后，可在原瓜地上略为平整，再次播种。若是良种，丝瓜果败后，瓜叶落干，瓜藤上却又蘖秧发芽，重新绿满瓜棚，又能开花结果，一直持续到八月间。黄瓜一旦叶落败亡则渐枯死。黄瓜及丝瓜均可留种，可留数条健硕壮粗之瓜，在瓜棚上生长至老朽，到时剖开取其籽即可。但黄瓜种子自产者不佳，还是到种子店购买更可靠，亦更省事。

黄瓜少有留种，丝瓜却往往有若干条悬吊于枝蔓上至老，老干的丝瓜，瓜皮呈灰白（此亦枯叶之色），而瓜肉全变成了麻絮状的丝丝缕缕，互相缠绕，甚为坚韧牢固。这种老丝瓜常被有点情调的城里人购买，挂到窗台上去，颇具田园风情。在乡间被广泛应用的乃是作"扫"（一种清洁锅具的小笤帚），乃清洁铁锅、锑煲及瓦煲的用具，比椰子皮、葵扇树皮或扫把枝制作的"扫"更好用。一是柔软而细密，适于擦拭；二是吸收油腻，这都为其他诸"扫"所缺乏。

水瓜跟黄瓜、丝瓜的瓜藤瓜叶相似，非行家莫能区分。瓜实亦有相近处，表皮比黄瓜粗糙，却又较丝瓜光滑。水瓜香气浓郁，故又有"香瓜"之称。有些地方亦称水瓜为丝瓜，水瓜老枯后内部组织纤维如麻如絮，跟丝瓜如出一辙，亦可作"镬扫"。水瓜乃贱生之物，不必专门辟地种植。随手在沟渠边或庭院前抛几粒瓜种，没几天，瓜藤则顺着院墙乃至樊篱、树木等疯狂蔓延，势成燎原，生长力旺盛得惊人，到处都是瓜藤和叶片，犹如绿色汪洋。未几，则挂满了草绿色的小瓜。瓜的尾端犹开着小黄花。黄瓜、丝瓜及水瓜都是先长出小瓜再开花的，当然也有朵朵纯粹的小花，却凋萎而不会从花蒂上结实，南瓜、蒲瓜及冬瓜亦与此相似。

一株水瓜秧的叶片密密匝匝，遮蔽日光，在夏日正好供人们于瓜棚下乘凉，而瓜果亦相继涌现，层出不穷。二三月播种，四五月有果，至八九月败。水瓜的滋味挺不错，但湿气过重，多吃有生湿疹之虞，手脚发痒，故不大受欢迎。藤上的水瓜也就任由其悬吊垂挂，无人采摘。水瓜收获期甚长，可持续两三月之久，到藤叶凋败，上面挂满了数以百计的老瓜，每个都是天然好用的"扫"，不失为绿色环保之洗刷用具。

上述诸瓜均形如手臂，细长，圆形，每条半斤上下，大的不过斤把。而南瓜、蒲瓜则称得上是瓜类中的巨无霸。南瓜（又含金瓜，两者形状相似，金瓜略小）及蒲瓜的种植、管理相似，不占用专门的瓜地或良田，而在山坡上（多取向阳坡）用锄头掘出一个半圆形的浅坑以作瓜穴，在里面倾倒塘泥及粪肥，并挑上数担粪水倒入去，以使其变得肥沃，瓜穴里的肥力将决定一株瓜苗能走多远，能长出多少片瓜叶，结出多少个果实以及果实的大小。当然，仍需不断挑粪浇灌，但种瓜时的肥力也不容忽视。

在七八月间种下的瓜子或瓜苗，至八九月有收获。南瓜生长的速度是惊人的，一天一个样，它在不断地膨大，一股力量通过瓜藤传递到瓜实上去。我小时候常惊异于一根细小的瓜藤，竟结出巨大笨重的果实来。南瓜及蒲瓜均不需要上桩，就任由其在山坡上攀爬和蔓延。有时，我在午后坐在瓜地上默默地注视南瓜的生长，几乎能看到南瓜生长的速度。我从早上等到傍晚，我感觉它仿佛又大了一小圈。南瓜的表面有好看的花纹，这有点像西瓜，开头是深绿色的纹路，呈淡绿色或白色，待临近成熟，就变得发黄乃至呈橘红色，瓜皮亦坚硬如木革。父亲警告我不要随便用手去摸那些初长的小瓜，以免其萎落，甚至不能指三道四乃至高声说话，小瓜受不得惊吓。我常用指甲去掐南瓜，试其硬度，若难以掐入，即使瓜皮深绿而果肉已变红，亦离收割不远矣。除非想吃南瓜了，否则也不必急着采摘，南瓜是越老越好吃，老了，瓜子才成熟有仁。但旧瓜不摘，就会耗损能量而影响到新瓜的孕育及生长。因此，瓜熟了就要采摘。

　　一季之中，每株瓜苗可取十数只乃至数十只南瓜，轻者四五斤，大者二三十斤不算奇事。南瓜就如巨石安静地卧于繁茂叶丛中，赫然在目，"顺藤摸瓜"这个成语想来专为南瓜或蒲瓜所设。

　　据说南瓜有清肝明目、降低血糖等效用，算是绿色食物，乃食疗之佳品。可烹食，可煲粥，小时候大米不够，母亲就以南瓜代之，滋味不俗，只是连吃数天，看到南瓜就毛骨悚然。越老的南瓜越耐贮存，通常放两三个月没问题，在冬日煮食，甜味更足，犹如番薯经罡风吹过后，糖分增多。

　　南瓜子在南瓜烹食时会连瓜囊一并取出，却不会丢弃，晒干后以油盐炒之，香味四溢。孩子在衫袋装了一把瓜子，找一棵相思树爬上去，嗑光了再下来，比神仙还快活。这南瓜叶、叶柄及南瓜花又有用途，乃爽口开胃的蔬菜，只是要下足油水，以免胃酸泛陈。那瓜藤上的须倒无人食用，后来在省城的餐馆吃到一味龙须菜，原来就是那南瓜须，感觉不若花叶好吃。

蒲瓜的种植、管理及收获跟南瓜相近，瓜藤及瓜叶亦颇有相似处，只是无人食用。南瓜外形如球如轮，蒲瓜则呈圆柱状，肉嫩好烹调做菜，瓜老就不好吃了。蒲瓜多切丝炒食（去皮后连瓜囊及嫩籽一锅熟），滋味独特，切块煮食，即略有"银"感（粤方言，近于韧而涩）。蒲瓜比南瓜更高产，也许是长大即摘之故，新瓜源源不断。蒲瓜大者亦有十数斤，一个能吃两三顿，却只能做菜肴，不如南瓜般充当主食。那些吃不完的蒲瓜另有用途，即腌制成"瓜咸"，切片晒干，再装入坛子敷上食盐，作法跟腌萝卜干略有不同，亦不如萝卜干可生吃，但煲烂了吃，鲜味异常，乃咸菜中之精品，又耐贮放，如萝卜干般可存一二年。据说以瓜咸煲粥，可解荔枝上火之毒。

农民总会留三五只蒲瓜在瓜藤上暂不采摘，任其"老大"。这些老瓜坚硬如竹木，轻叩之下，如击木石，笃然有声，当然不可食用，却另有用途。用锯子小心锯开两半，将内中纠结干枯的瓜囊及种子掏空，则成了舀水用的瓜勺（瓜瓢），平时浮在水缸上。舀水做饭或作喂猪用的勺子，适舒趁手，就是用久了或砸在地上，有裂成碎片之虞。二十世纪九十年代之后，塑料勺子在村庄普及，瓜勺遂退出了乡间。

村里偶尔也有人种葫芦瓜，就在庭院或屋前搭一个竹棚，任由其蔓延生长，其浓荫堪比水瓜，正好供夏日乘凉。葫芦瓜名副其实，形如葫芦，炒吃的味道跟蒲瓜无法区分，只是形状不同，也细小得多。葫芦瓜"老大"枯干后，外形硬实不变，瓜囊却萎缩成小团。从瓜蒂处打开缺口，小心掏空内部瓜囊以使其中空，就成了装水或酒的容器。以葫芦作酒器，南北皆然，且历史久远。我幼时在小人书中看到嗜酒和尚如鲁智深、济公等腰间必挎此物，看来，种此物以作器具远胜于果腹了。

凤凰村过江埠旁边，翼飞家门前搭有一个硕大瓜棚，每年夏日均爬满了葫芦瓜的藤叶，一个个草绿色葫芦瓜悬吊其中。而瓜棚下摆一小儿，两张条凳，几把竹椅，午后或夜晚在瓜棚下喝茶、纳凉。常有人此摆龙门阵，静谧而热烈，吸引了不少听众。待秋风渐起，瓜叶发黄而渐趋萎落，葫芦瓜早已成形，越长越硬实，颜色亦由绿色转淡黄或灰白。待晚秋来临，瓜棚上已不见一片叶子，瓜藤枯槁松脆，而那数十只葫芦瓜垂挂棚下，让人慨叹秋风萧瑟，光阴流逝，不惟独瓜果，人亦老之将至。待明年初夏，瓜棚又复绿如初。如此情景，周而复始，持续了数十年之久，即使翼飞将旧宅拆除在原址盖起了新居，仍保留一块地盘以置瓜棚。

直至一九九七年之后，方人去楼空，瓜棚荒芜，但棚上老大之葫芦瓜，仍然在顽强地悬挂，跟闪着银光的蛛网和斗笠般大的一个废弃黄蜂巢，仍持续了数年之久。我每次返乡，都要去看一看，眼见村庄渐归于沉寂，难掩惆怅。

冬瓜在诸瓜之中，颇具经济价值。二月播种，可在坡上专辟一瓜田，亦可间种于芋地，必须上篱桩，最好搭竹棚，以利于冬瓜丰产，四五月间即有收获。冬瓜在炎热夏日最受人们欢迎，滋味清甜可口，冬瓜骨头汤滋补而解暑。冬瓜耐贮放，一两月不坏。而冬瓜切细条状拌以白糖煮成冬瓜糖，乃凤凰村一带闻名遐迩的小吃，做法跟莲藕糖相若。

　　冬瓜子可入药，亦可制成咸瓜子，向在市场上流通，受欢迎程度不亚于葵花子。播种冬瓜子时据说大有讲究，一定要用母瓜中间一截的种子，方能保高产。用靠近头部的，生长出几截藤叶，就迫不及待地产果，却又后继无力，结不了几个瓜。若用尾部的呢，却一味疯长藤叶，要衰亡时才象征性挂几个小果，都很低产。

　　苦瓜（又名凉瓜）亦为凤凰村人广泛种植，二三月播种，四五月有果摘，须上篱桩。苦瓜味苦，略有甘味，表面凹凸坑洼。有一品种"雷公嘴"最著名，中间大，两头尖，形如织布梭，短小饱满。有一种小蜂专爱咬吃苦瓜，防不胜防。节瓜的种植、管理及采摘跟苦瓜相若，节瓜亦不大，重约一斤。

说　蝉

蝉声

蝉声统治着村庄。夏天到了，蝉大举进驻，蝉声抹掉了其他声音，或者说，它们几乎接管了凤凰村的一切声音。只要有树木的地方就会有蝉。童年时，我多次躺在一张条凳上午睡，忽然间就被蝉声惊醒了。所有的孩子都被蝉声吵醒了。夏天是使一个人犯困的季节，只有好好午睡，才使我们有足够的精力听好下午的课。在老师的要求下，我们午饭后一律回课室睡觉，或躺在课桌上，或睡在条凳上，连女孩子也不例外。我总是被蝉声鼓噪得不能安宁。我感到耳朵中好像有一万只蝉在疯狂地鸣叫。在我的印象中，起初是一只蝉在午后叫出了第一声，然后有无数只蝉在四面八方响应，从而构成了一出恢宏响亮的大合唱。

随着时日的推移，蝉声越来越嘹亮，越来越密集。可以想见，树上的蝉是越来越多了。蝉是大自然的抒情器官，它们在亢奋地唱，在撕肝裂肺地唱，它们生存的目的乃是歌唱。每一只蝉仿佛只剩下一张嘴，无数只蝉构成了一张巨大而聒噪的嘴巴。它们肯定窥见了什么秘密，才如此焦虑地呼喊。蝉鸣往往持续好几个小时，才逐渐消散在村庄的上空。但我不知道它们要唱的是什么。蝉的鸣叫可能是人世间最简单的秘密。它们的叫声如此简单，只重复着几个音节，以至于人们形象地摹拟为"知了"。蝉也叫知了，我想大概与此有关吧。

蝉的聒噪令我不快，它们打扰了我的睡眠。我是一个沉默寡言的人，生活在一个过于喧嚣的村庄之中，很早就感受到寂静和沉默的奥秘，但不懂得声音的重要性。也许，在蝉的世界，声音才是生命的精华。蝉坐在阳光中歌唱，旁若无人。蝉仿佛是这个世界上唯一的倾诉者和歌唱者。它们只管拼命去诉说，但并不需要有谁聆听。事实上，它们的声音压迫着村庄中所有疲惫、呆滞的耳朵。它们喋喋不休，滔滔不绝，要在短暂的夏天说出人世间所有的秘密，包括生命的屋宇和墙角的阴影。但没有谁去注意那些声音的含义。孩子们模仿着这些音节，嘴里快活地发出"知了、知了"的叫声，却不知道蝉到底要诉说什么。没有人知道。也许，蝉说的是另一个世界的语言，没有人可以听懂。也许，这一切叫声只不过是一个简单音符的无限重复。事物往往是这样的，那简单到无法简单的一切，在无数次重复中获得了意义。我无数次专心倾听过蝉的鸣叫，仍无法知悉那蕴含于声音中的意义。

蝉伏在树木的枝丫上，从容不迫地说出了那些玄奥的语言。它们看上去不像我们想象中的那样急躁、激动和热血沸腾。在蝉声中躁动的只是我们，包括孩子和大人，大人会高声咒骂这些该死的蝉扰乱他们的睡眠。毫无疑问，声音的确是从这些细小的昆虫身上发出来的，那些滔滔的乐章竟来自如此娇小的身段。一棵树木，因身上无数的蝉而成为一件乐器。它浑身是嘴，犹如一张木琴，让洒落于身体的阳光也化成了音符。是的，蝉是在灿烂的阳光中开始歌唱的，它们对阳光的喜爱非常狂热。我说不清它们是因为阳光之灿烂而情不自禁，还是视歌唱如阳光。

在很长的时间里，我都认为蝉是靠嘴巴发出声音的。在我朴素而傻气的认知经验当中，以为一切声音都跟嘴巴有关。譬如在乡间月夜大喊大叫的青蛙和以大嗓门著称的村长。后来才知道我错了，蝉那细小而尖利的针状嘴除了插入树木吸取汁液之外，并无其他用途。它赖以发声的是腹部两侧的块状薄片，也就是法布尔所说的"铜钹"——这才是它的发音器官。蝉靠自身发出的力量振动这对薄膜来发出响声。于是，说蝉会呼喊并不是一种准确的说法，与其说它会鸣叫，毋宁说它在演奏。蝉高踞于树上，敲响身上的两面铜钹。以此相关的一个错误是，我以为只有雌蝉才会发出声音，事实上恰好相反。雌蝉的形体要小得多，而且根本就没有发音器官。

你只要走在夏日的树林中，就会感到头顶下起了一场奇特的细雨。雨水落在你的脸上，几乎让你难以感觉。其实这不是雨，而是蝉群在空中降下的尿液。顺着树干往上望去，蝉密密麻麻地依附于树木之上，几乎在每一道树杈、枝条上，你都能看到蝉的身影。

在凤凰村，蝉的种类有不少，最常见的是那种长着白色透明羽翼、有着绿色身段的蝉。蝉的颜色跟树木的色泽看上没什么分别，如果不是蝉透明的翅膀使其跟灰褐色的树皮隔开，几乎让人无法发现它们的存在，太透明了，以至于如此耀眼。这种蝉的叫声相对柔和、清脆，宛若少女的歌喉。那种浑身红黑发亮的大黑蝉，叫声是最难听的，又响亮又刺耳，声嘶力竭，震耳欲聋。所谓金蝉或红蝉者，大概就是指此物了。它长着金黄色的翅膀。

在什么样的树上，就会有什么样的蝉。绿蝉大多生活于桉树、相思树和龙眼树上。金蝉则爱在苦楝树、樟木等栖息。在竹林中，还生活着一种娇小玲珑的蝉，它比黄蜂大不了多少，身子是橙黄色的，翅膀单薄而透明，边缘却镶嵌着一道绿边，看上去犹如巧夺天工的工艺品，仿佛由黄玉雕琢而成，乃出于巧手匠人之手，其叫声也柔弱缓和，清脆悦耳，有如欢快的排箫。与之相对的是，在成片的松木林中，

则生长着一种灰不溜秋、丑陋不堪的小蝉。其翅膀跟身体均呈灰褐色，就像松树皮一样粗糙而难看，其叫声也显得沙哑、低沉，仿佛午夜呜咽不停的怨妇。

蝉蜕

蝉大多生活在树上，但它们是从泥土中来的。所有的蝉都在阳光中歌唱，但它们是从黑暗中来的。有谁知道蝉不断地述说的是黑暗年代的记忆还是光明世纪的欢欣呢？蝉们说出了另一个世界的消息，但无人理会。没有人跟它有过相似的记忆。即使有过，人类也是善于遗忘的动物。或者，蝉原本并无深意，歌唱乃是出于本能？蝉远离人群。蝉面无表

情。它们只知道拼命叫喊，直至声嘶力竭，并在萧瑟的秋风中死去。蝉从黑暗泥土的深处走来，要在地下蛰居一段暗无天日的漫长时间，三年或六年，乃至十数年，才能享受在阳光中歌唱一个夏天的自由。

黄昏降临了，夜色越来越浓，最终彻底笼罩了整个村庄。孩子们不约而同地来到村边的桉树林（虽说是桉树林，但林子里生长的也不纯粹是桉树，其间夹杂着苦楝树和相思树，譬如龙眼树、番石榴树也是常见之物），仿佛在参与一个新潮而神秘的聚会。孩子们来到树林是为了捕捉蝉的幼虫，是蝉把我们从村头村尾召集起来的。

我们走到树木旁边，伸出双手，在黑暗中摸索着树干，如果摸到一个长着硬壳而有几分柔软的东西，那就是蝉蛹了。蝉蛹就伏在树干上。它们趁着漆黑夜色从地下爬出来，纷纷爬上了树干，但大多数还来不及爬上高不可攀的枝杈就成了我们的囊中之物。通常，我们都没有带灯盏。一户人家往往只有三五盏煤油灯，有着更重要的用途，轮不到我们去挥霍。我们在黑暗中作业。如果有谁摸到了一只蝉蛹，就会忍不住低喊一声，那是心底冒出来的快乐，不可抑止。如果有星光乃至皎洁月光的照耀，可依稀看到蝉蛹伏在树干上，捉起来就更容易了。

当然也有例外，富裕人家的孩子会提着一盏煤油灯。在那盏由玻璃瓶和铁皮管做成的煤油灯上，有一根铁丝穿过灯盏做成一个提手，它在孩子手上发出了明亮的光辉。灯光照亮了旁边的树木，有不少孩子围绕在灯光的周围。提着灯的孩子可以掌握那盏煤油灯，但并不能控制那些分散开去的灯光。灯光是黄色的，看上去很温暖。灯光毕竟有限，它不能照亮更远的地方，或更高的树木。夜晚像一块又厚又软的海绵，吸收着所有光线。在灯光能照得见的地方，蝉蛹纷纷落网，爬上高处的蝉蛹却安然无恙。尽管我看不到它们，却坚信在树木更高一些的地方，肯定有着数不清的蝉蛹。在这样的情况下，手电筒无疑是最有力的武器，那束白光可以照射到更高和更远的地方。当然，手电筒是一种奢侈之物，拥有它本身就是一种荣耀。

我非常羡慕别人手上的煤油灯和手电筒，但我不会跟在他们的屁股后面捉蝉。我认为利用别人的灯光找蝉有贪小便宜之嫌，我很早就养成了心高气傲的习惯。我宁愿在黑暗中寻找属于自己的幼蝉，这于我更有隐秘的乐趣。有时，我手中摸到的是一个软绵绵的东西。那是蝉蛹成功脱掉了身上的硬壳，它的身子是如此娇嫩与脆弱，身上的翅膀湿漉漉的，紧贴在背上，还无力张开。

夜晚在树林捉蝉蛹乃是大人不许可的。大人时常告诫说，在炎热的夏夜，千万不要在黑暗中的树木上摸索，会有大蛇盘在树上乘凉。但蝉蛹的魅力太大了，蛇根本吓不倒我们。不要说我们从没在树上遇到蛇，就是有蛇也不怕。凤凰村的孩子，有几个不是捉蛇捕鼠的能手呢。我们在黑暗中的树林穿行，用手摸索着，直到妈妈们的呼喊在小巷回荡才肯回去。

她们在呼喊我们回家吃饭。在夏天，父母在地里劳作，一直干到天黑才会回家，到家了，擦一把汗再淘米做饭。我们的晚餐是名副其实的晚餐，一家人在院子摆开架势，围着一碟白菜或豆荚，外加几根萝卜干，在煤油灯明灭的火光中狼吞虎咽。有时，月亮升上东墙，我们连煤油灯也省了，妈妈马上撅唇吹熄了灯光。如果月亮又大又圆，还要煤油灯干什么呢。乡村的月光多么明亮啊，我可以就着清澈的月光在小木凳上做作业。我怀念每一顿村庄吃过的晚餐，那些米饭是那么好吃，我好像总是吃不够，事实上是总吃不饱。我望着二妹碗里的米饭贪婪地啧着嘴唇。爸爸年轻而黯然的脸庞没有表情，但眼眸仍掠过了一丝忧郁和愧疚的神色，犹如火星一闪即逝。我们胃口太大了，粮食又太有限。在那些年月里，我们很少有人真正吃饱。我的遭遇就是一个村庄的遭遇。

吃罢晚饭，父母在院子的空地铺上一张凉席乘凉。我屈膝趴在席上，掏出口袋里的蝉蛹，我按捺着心底涌起的喜悦，静静地注视着它们。有的在席子上缓缓爬行，有的干脆一动也不动。它们仿佛比谁都沉得住气。这些奇异的昆虫，犹如宝石擦亮了我灰暗而沉默的童年。

蝉蛹长着一身硬壳，犹如身披铠甲的外星球来的武士，或无限缩小的泥俑。那套铠甲将它包裹得如此严实，就连那根赖以进食的细长吸管也套着硬壳，仿佛戴着防毒面具。它们曾长时间生活于地下，跟始皇帝的兵马俑如出一辙。据说，俑是作为古代墓葬的陪葬品而出现的，俑乃由活着走向死寂，且深埋于地底。兵马俑是一些陶俑，仿佛那些泥封之中也曾有过活生生的肉体，如今却窒息了生前的所有梦幻、尖叫和怪癖。蝉却从黑暗的泥土中踏上生命的光辉之旅。在蝉钻出洞穴并成功蜕变之前，应当没有啜饮过林中的清露及沐浴过阳光吧。那么，蝉追求自由和光明乃出于本能。在蝉的遗传基因之中，也遗传了祖先在清风中吟唱、在阳光中飞翔的记忆吗？

说
蝉

蝉蛹在地底下生活，四周一片漆黑，伸手不见五指。但看来它们在黑暗中没感到绝望，是什么支撑着它们拼命走向地面并看到了隔着泥土的阳光？以至于如此执拗而顽强地打通了从地底走向地上的道路。是的，阳光正在另一个世界照耀着，赐予万物光亮与能量。在厚实的泥土两侧，确实存在着两个迥然不同的世界。蝉在地下努力向地面挖掘，最终打通了这两个世界。在漫长而黑暗的岁月之中，它们肯定看见了光。倘若说这种光并非虚妄，那么肯定是另一种意义上的光亮。

每一只泥蝉都占据着一个洞穴，犹如孤独的隐士或苦修的僧人。在蝉的身边，没有食物，没有伴侣，甚至没有敌人。它拥有的是无尽的黑暗，它能触摸的只是潮湿、黑暗的泥土。那是一种囚牢般的黑暗，泥蝉在泥土中看不到尽头。在很长的一段时间里，蝉和世界相互遗忘。一年之中，有大半年的时间，蝉在我的眼前消失。我只知道蝉是从泥穴中爬出来的，但不知道它们最终要到哪儿去。蝉的轮回乃是一个谜，它出入于两个世界的经历堪称生命的奇迹。我不知道蝉是否需要记忆，不知道它的记忆是否包含着前世的阳光和清风，我想，它所忆及的乃是将来要一一遭遇的全部生活。蝉生活在地下，它靠吃什么来维持自己的生命并不断成长的呢？在它的食粮当中，在黑暗深处延伸的树根和渗入大地的泉水肯定是一日三餐不可或缺的吧。只是，它赖以进食的针状吸管仍然覆盖着那与生俱来的硬壳，犹如一个瓶子拧紧了瓶盖，它又如何进食呢？它在长时间的缄默中汲取大地的养料。蝉守口如瓶。它在洞穴中守护的乃是一个关于生命的传奇。

蝉蛹长着两对小脚爪，在脚爪的前面还长着一对有力的大螯。一只蝉蛹在油灯旁边爬动，显得纯朴而善良。这是劳作的工具，而不是武器，犹如农夫在田园上举起的镰刀。我看到螯上沾着泥巴，蝉蛹就依靠它开辟生命的通道。它们在地底中出发，向着地面一路挖掘，一直到走出洞穴。它们在出来之前肯定挖掘了许久，但总是在天黑时分才纷纷探出洞口，并向着树木走去——从树根出发，一直爬到树巅，蝉的行军路线准确无疑。泥蝉在地下生活时，也许温习过了千百遍树木的形象，以至于耳熟能详。泥蝉对树木应不会陌生。它们总是从树根攀缘而上。树根在地下的生长坚定而有力，并不逊色于它在地上的迸发。树根是一棵树在泥土中的倒影，是一棵树在相反方向上生长的枝桠和延伸的梦想。除了叶子、花朵和果实，一棵树的两端并无不同，它的过去和未来尽管面目迥然，实则一脉相承。泥蝉肯定洞悉了其中的秘密，它前进的方向乃是一棵树生长的方向。蝉跟所有树木一样，都是在泥土中出发的，但最终会向着天空走去。它跟别的生物没有两样，都是在沉默中孕育并成长的，但最终会张口歌唱。这一切是生命的真相。

我惊讶的是，蝉蛹拿捏的时间之准——仿佛戴着精确的钟表——它们总是在夜幕降临时才钻出地面，仿佛在洞穴中也能感觉到大地上缓缓笼罩下来的暮色。它们选择了夜晚，从不会在白天现身。夜晚的阴凉和幽静符合它们往昔在地底生活的记忆。

我在夜晚的树林捉蝉蛹，乃是要了解金蝉脱壳的奥秘。只要你有足够的耐心，你就可以看清蝉蛹褪去蝉蜕的全部过程。一只蝉要完全从它的躯壳中脱身而出，需要三五个小时甚至更多时间。我把蝉蛹放在床上，蝉蛹用脚爪抓紧了蚊帐。蝉蛹首先从背部露出一道裂缝，随着时间的推移，那道裂缝在不断扩大，蝉的头部从蝉蜕中伸出，最后整个身子都从硬壳中爬了出来。这些刚从蝉壳中钻出的蝉，有着淡绿色的身子和翅膀，宛若一片嫩绿的树叶。它的翅膀湿漉漉的，是那么柔弱，但只要一晾干翅膀就会飞走。我将它们放在蚊帐中蜕壳，就是为了不让它们飞出我的控制。蚊帐是由纱线纵横交织而成的，对于蝉来说就是一个罗网。

　　蝉蜕仍然挂在蚊帐上，它有跟蝉一致的外貌，却是空心的，在躯壳里面乃是空无。蝉已转身离去，它留给世界的是一个背影或面具。蝉蜕成了缅怀往昔的一个纪念。蝉蜕变的过程极其艰苦，它要抛弃过去的所有，才得以完成一个全新的自我。它跟过去相比，最大的区别是拥有了翅膀。这意味着在泥土中摸索并艰难前行的黑暗经历已一去不复返，并借此登上高枝，沐浴于阳光和微风中飞翔并歌唱。是的，它可以歌唱了，因为它除了翅膀，还拥有乐器般的发声器官，这不能不说是生命的一次奇迹。飞翔和歌唱，历来都是自由的核心部分。蝉将会以那对逐渐变硬的翅膀到达生命中的巅峰，它最终要在尘土中升起，并栖落于命定的树枝。它以（飞翔的）姿态和（身体触摸世界的）声音在静谧的树林中彰显自己的存在。

　　有一次，我在蝉缓慢的蜕变中失去了耐心。这只蝉正在努力挣脱一切束缚，这些束缚主要是由身躯带来的。然而，要摆脱过去的躯壳并非易事，它可能正处于撕裂般的痛楚。它露出了头部。蝉蜕的头部位置乃是一个空壳，它就这样长时间停留在这种状态中，似乎耗尽了体内的气力。它往昔的身躯有着一种古老而强大的力量在死死抓住它，不让它远去。就这样，该蝉仿佛成了一个双头怪物，它几乎没有任何动弹的可能。我目不转睛地盯着它，一个小时过去了，又一个小时过去，它依然保留着那种笨拙而痛苦的姿势，生命在过去和现在的交界处被紧紧卡住，骑虎难下，进退两难。我失去了耐心，用两根手指把躯壳中的嫩蝉的头部抓住并往外拉扯，又谨慎又粗暴。蝉被我完整地扯了出来，它终于在我的帮助下脱离了过去的躯壳。然而，我的帮助不亚于一场谋杀，蝉已奄奄一息，它无力抓住身边的任何东西，在踉跄中跌倒了。这个做法对蝉来说是残忍的，一个孩子在心中缓慢堆积的残忍，在一只弱小的蝉身上放大了一百倍。

事实上，自从蝉落入一个孩子的手中，悲剧就已经诞生了，它必将在我们手上失去自由乃至生命。孩子手中的蝉注定是不幸的，有时，它们甚至来不及蜕壳，就被煨熟并送入了孩子的嘴里。孩子们捉蝉的动机并不复杂，但也有血腥和残忍的味道，他们往往是垂涎于蝉蛹的香味和可口。煨熟的蝉蛹无疑是一种罕见的美味。有人拼命去捉蝉，也说不出什么明确的目的，犹如奴隶主拥有他的奴隶和牲畜，乃出于一种奴役和残忍的天性。我也吃过在柴火中煨熟的蝉蛹，在饥饿的年代里，我会吃一切可以果腹的东西。

捕蝉

在幼虫时侥幸逃过一劫的蝉，成年后要面对孩子们更加周密而彻底的追捕。是的，它们飞到了高高的树上，但飞得再高也没用。孩子们早已准备好了极长的竹竿。蝉栖息在树枝上，我们不可能直接用手来捉它。我们利用竹竿来加长了触摸的范围。制造工具和使用工具，乃是人类迥异于其他动物的地方。工具是手臂的延伸，它可以帮助我们去摘取或夺走那远处的东西，包括悬挂在枝条上的果子、隐埋于大地的矿藏。而现在，我们利用一根简单的竹竿，来触及树上的蝉并夺走它的一切。捕蝉的方法多种多样，但最有效最恶毒的一种，无疑是以黏性之物黏住它的翅膀。蝉的翅膀单薄而透明，只要黏住其翅膀，它就无力逃脱。正是赖以高飞的翅膀，使蝉断送了性命。

我们先去竹林砍来一根长长的竹子，削去竹枝，在竹竿尖细的顶端缠上黏稠之物——将蜘蛛丝缠绕到竹子上去。蛛网有很强的黏性，一小团蛛网足以黏住蝉单薄而轻盈的翅膀。最常见的黏性材料，却是我们发明的"胶水"。我们从橡胶林收集橡胶块——将橡胶树切割口流出并凝固的橡胶切碎跟适量煤油混在一起——橡胶在煤油中溶化，过三五天就是非常好的胶水，比蛛网不知要好用多少倍！一小团缠绕在竹竿上的橡胶可以用上半天，直到它因沾上尘土失却黏性才会被丢弃。

孩子们一人一根竹竿，一瓶用煤油发好的橡胶，集合在树林中，开始了对蝉的围歼。正午时分，蝉拼命喊叫，歌声暴露了它们的行踪。其实，就算它们一声不吭，也难以逃脱被捕捉的命运。孩子们的视力非常好。我在十一岁左右，达到了一生中视力的顶峰（之后因眼疾及近视而视力受损），足以看到远山的一只小鸟或者树枝的每一个节疤和斑点。孩子们不仅看见了树上密密麻麻的蝉，还能分清它们两翅的交接之处。对于捕蝉来说，这一点是重要的。蝉的头部长着一对复眼（还有三只细小的单眼），但它们难以看清树底下聚集的孩子，也无从分辨那些从地上指向天空的竹竿跟树枝有什么不同。但我们的竹竿不能伸向它的头部。否则它就会惊动而迅速逃离，橡胶黏不住它光滑的头部，我们唯一的下手之处就是它的翅膀。蝉的翅膀覆盖于背部，并在尾部交剪在一起，犹如一把剪刀在合拢。我们手中的竹竿稳定而准确地伸向它的翅膀，一只只蝉就这样落入了我们的手中。

我们把捉到的蝉放在口袋里。为了防止它们飞走，我们用胶水把它的两个翅膀反转过来黏在一起，犹如被反剪双手戴上了手铐的犯人，根本无力挣扎。这些被活捉的蝉最终会进入我们的口腹，但在投入火堆煨熟之前，我们会去玩一个游戏。孩子的游戏向来受到诗人或艺术家的肯定，认为这才是真正的自由精神及最少功利的生命狂欢。相较于成年人的诸种功利或贪婪而言，我不否认孩子天然存在的赤子之心，但人类天性中的残暴和冷酷，在孩子的手上已初露端倪。一个孩子的残暴或孩子式的残暴更让人恐惧，足以毁灭一个世界。

我们的游戏通常是这样的，把蝉身上的翅膀剪短，仅保留它原来长度的一半，然后把它放在地上，给予其自由。当然，此乃是一种虚假的自由，蝉根本无力飞上天空，但它在拼命挣扎，它的翅膀疯狂地扇动，带动着整个身躯在地面上风车般旋转。我们在比赛谁的蝉转得更猛烈更长久一些。最终，蝉会耗尽力气而奄奄一息，那只剩下半截的翅膀会渐渐停下来，终于放弃了努力，慢慢地合拢于背上。只剩下半截的翅膀显得又滑稽又悲壮，我几乎动了恻隐之心。但这仅是一念之间，我把这只气力衰竭的蝉弃之一旁，又开始了对另一只蝉的摧残和欺凌。

把蝉的翅膀剪去一半，还有另一种玩法，那就是再把它脚爪的上半截剪掉。蝉的脚爪是一些空心、细小的管子。我们用铁丝拗成一辆三轮小车，把小车上的铁丝插入蝉脚的空管中，这样，拼命扑飞的蝉就会带动小车在地上团团转动。类似的玩法还可以用甲虫替代。我们在折磨这些可怜的昆虫中获得了很大的乐趣。我们把捉到的昆虫当成了玩具，我们不知道的是，这些玩具乃是另一种跟人类迥然不同的生命。最后的结果乃是，孩子们把它所接触到的世界当成一件巨大的玩具。我们那时根本不了解生命的珍贵，更不懂得学会珍惜生命。在孩子们决绝而巨大的意志之下，蝉及更多的生灵成了手上的玩偶。

我们仰望遥远的星空，感到了宇宙的浩瀚，而没有在内心建立用以自律的道德。在一个孩子的眼中，他有太多未知的东西，但只有恐惧而没有敬畏。这是令人遗憾的，但这应当不是孩子的过错。一个孩子的心中并没有纯属自己的观念，他的所有想法不过是前人在他心灵中的投射和反映，他所有的行为不过是对成人世界的精彩摹仿及随意发挥。或者说，他在无意识之中开始了成年后一切想法和行动的演习。他所做的一切，无论残忍还是慈悲，聪明还是拙劣，都来自于对父辈的全面继承并传递下去。在每一个孩子的前面，都站立着一个高大（正面或反面）的榜样。

大人捕蝉的方法更加简练，也就更讲究效率和速度，在这里包含着更多狡诈的诡计和罪恶的成分。大人是这样捕蝉的：当夜晚降临时，他们用干稻草在树林中烧起了一堆火。

昆虫都有追逐光亮的习性，蝉也不会例外，树上的蝉受到火光的蛊惑，犹如飞蛾扑火，前仆后继，纷纷掉进了火堆之中。聪明的大人甚至省略了将蝉投入火中煨熟的程序，他只需用一根树枝把煨熟的蝉从火堆扒出来就行了。跟孩子们相较，大人捕蝉具有更强烈的目的性，遂省去了在林中捕蝉的游戏成分。一个孩子逐渐长大成人，他内心的游戏念头会慢慢减退，并变得更世俗和功利。他要求自己所做的一切都得到双倍的回报。他心中的自私和残忍也变得更明目张胆，他除了觊觎异类，也开始把贪婪的目光投向同类的所有。

从法律在这个星球上盛行的那一天算起，人类的道德也许恰好被证明了穷途末路。人类道德的崩溃，就是法律包括一切酷刑存在的理由。然而，不会有任何人为渺小如蝉的生物制订一部法典。但事实上果真如此吗？人类对大自然及其一切生物的摧残，已受到了大自然加倍的报复。我相信在遥远的星空之上，存在着一种更高的生物法则和宇宙意志。这是一部宇宙间的法典，它要高出人世间所有的律法。或许，人类的心中从来就没有生长过真正的道德？在生物的进化史上，人类对异类的吞噬和屠杀从来就不会手软。在人类的文明史上，每前行一步，每一个毛孔都滴着血和肮脏的东西。人类注定要在"改造大自然"之类的堂皇口号下扮演不光彩的角色。

那些在黑暗中投身于火堆的蝉，自以为找到了生命中的光亮，殊不知乃是跌入了人类精心设计的陷阱。它们被自己所投身的火焰所吞噬。我看着接二连三地掉入火堆的蝉，涌起了一种对生命的怜悯和悲伤。这些可怜的小生灵，还来不及挣扎，就已被煨熟并发出了让人们垂涎的香味。

蝉殇

蝉的数量是如此之多，我数不清树上的蝉，正如我不可能数得清树上的叶片。尽管人们大肆捕食蝉及其幼虫，却似乎无损于蝉的庞大数量。它们纷纷从地底下涌出，犹如春天的草芽，层出不穷，不可计数。

真正危及蝉生存的不是孩子们手上的竹竿和用煤油发好的橡胶，而是逐渐变质和恶化的土壤，蝉是从土壤中来的，土地是它们赖以生息的温床，是其得以孕育和生长的子宫。没有土壤就没有蝉的存在，土壤中过多的酸性或碱性都会危及蝉的生存和繁衍。然而，人们只知道向这片土地过度索取，而不会关心它的生老衰亡。再也没有比一片土地走向死亡更让人恐惧的了。夏蝉爬出了洞穴，蚯蚓仍在地下缓慢地穿行，泥土是思想的养料，这些穴居的隐士贯通了大地的秘密。食草动物像一架割草机修剪着洼地上的杂草。是植物的纤维、动物的血肉构成了这一片黑暗、血腥而旋转的土地。

农民在土地上耕种，把树上的果子全部摘光，把果树砍倒，把树桩连根挖起，甚至把泥土也搬回自己的庭院。他们需要的是让牛奶和蜂蜜滴入自己的喉咙，但不需要那潮湿的泥土混杂着野草的气味从晚风中徐徐吹来。他们把沼泽开辟成田地，让牛羊啃光河岸上的青草。他们从麦田、果园和牧场中看到土地的经济价值，但不知道土地也会生病、衰老和死亡，或者说，明明知道却不管它的死活。土地不仅仅是土壤，也是动物和植物的源泉，但无人珍惜那无用的苦苣菜和野荨麻。啊，大地有那么多甜井和矿藏，他们不断地向大地挖掘并搬运。挖掘啊挖掘，连煤炭也成了灰烬，连石头也被一扫而空。猎枪的准星瞄准了林中空地的野鸡和麋鹿。从何时开始，打猎不再是一种优雅的乐趣：把兔子的头颅剁掉、剥皮并吞食。把天鹅拔毛、去脏并烧烤。为了索取那少量的虎骨、鹿茸和熊胆，老虎、雄鹿和狗熊被捕获并屠杀。当荒野升起了人类的炊烟，当柏油路和飞机场一直修到天涯海角。所有野地都变成了城市的郊区——

"大自然只剩下了城市与城市之间种庄稼的空地。"然而，在楼群与楼群之间，是否还有那合唱的雁群飞过？在种着油菜和西红柿的郊外，是否还有悠闲地踱步的秧鸡和面容孤傲的须芒草？"热爱大自然是一种美德。你瞧，那蜂拥而至的游客挤断了风景区的木桥。"他们是农夫、猎人和旅行家：他们一生都在挖掘土地，连血肉也成了土壤；他们一生都在追捕猎物，连麻雀也只剩下标本；他们一生都在寻觅野地，连纸上的风景也在消失。

是的，土地正在走向死亡。从河流开始的地方乃是河流的结束，新的度假牧场和新的道路，使野地的范围不断缩小。毫无疑问，一切征服者都是愚蠢的。拓荒者把铧犁深深地插入荨麻的巢穴，但无视泥土狼狈地向下游流去。还有谁比野天鹅和水蓼更能表达这片土地？还有谁聆听啄木鸟和山毛榉的交谈？还有谁认为蝉鸣是夏天最动听的音乐？推土机摧毁了绿色植物的屋顶。农夫只看到偷窃麦子的雀群成群结队地飞过，但没看到过度种植的土地在春雨的击打下，变得荒芜一片。小麦王国结束于联合收割机的履带，连紫苜蓿的城堡也崩溃于一场沙尘暴。再也没有野地了。那伸着细长脖颈的芦苇被割断了喉咙。除了林兔和松鼠，还有谁会为这片砍倒的榛树林哭泣？野鸭正在迁徙，水中没有大鱼。那在水边隐居的人群拆除茅庐，盖起了豪宅。

蒙面的月亮像一个空酒瓶呕吐出星空的碎渣，陨石也忘却了往昔的记忆。野蕨一直被驱赶到水边，从河流开始的地方是河流的结束。无边的野地消失了，代之而起的是一座繁华的城镇。园林专家在街道两旁种上了簕杜鹃、垂穗草和泡桐树。公园的草地成了偃麦草的避难所。这些培植的植物像螺丝钉铆紧了坚硬的水泥路。龙舌兰缩回了被煤烟熏黑的舌头。一阵风吹弯了树木的年轮，那是天鹅的鬼魂在叹息："人类在世界的伤口上居住而不知廉耻。"

社会工业化是不可逆转的趋势，但人类的发展不应以破坏生态和毁灭土地为代价。总有一天，人类会因为无知和贪婪而付出惨重的代价。在我们乡下，土地因过度种植而变得荒芜，化肥和农药的过度使用严重破坏了土壤的结构，这些珍贵的尘土，已失去了自我净化和再生的能力。于是，我看见了畸形生长的庄稼和昆虫。这样的情况在工业发达的沿海地区尤为严重，土地受到的工业污染已到了它可以承受的极限。有一年夏天，我在广州城郊的山头上听到了一生中最难听最恐怖的蝉鸣，这些声音沙哑、微弱而低沉，犹如病人在床榻上无力地呻吟，又像一只被拗断喉管的大鸟在临终前发出的悲鸣。我只听到这些声音，但看不到发出声音的蝉。这些蝉都是从泥土中钻出来的，它们的身躯也先天带上了土地的伤痕和病痛。它们的悲歌也是土地的悲歌。然而，土地为自己唱的一曲悲歌，也绝不仅仅是唱给自己的。

在中国南方乡村，土地之死并不是二十年来的新鲜事。

但一九八〇年以来的确是土地遭受致命一击的严峻时期，在化工污染和过度垦殖的双重摧残下，土地业已奄奄一息。二十年来土地遭受的伤害乃是过去五千年来的总和。农村城镇化是农民摆动脱贫穷的根本，但把土地置之于死地却得不偿失。二十年前（指一九八〇年前），我们村庄还沐浴在田园牧歌的光辉之中，工业化仍然是一个遥远的神话。"四个现代化"不过是印在课本插图的飞机上的一句标语。土地保持着充沛的精力，河水依然清澈，山坡上长满青草和野花，那些蝉在林间飞翔和歌唱。这些大自然的精灵，拥有精致的面目、完美的体态和嘹亮的歌喉——尽管蝉并没有喉咙——但我还是愿意固执地认为那些嘹亮而清脆的声音乃是发自它的肺腑。

蝉是在夏天出现的，但夏天终会过去，秋天到了。秋天是万物成熟的季节，但也是万物走向衰败的季节。对蝉来说，岁月显得更加残酷无情。秋天就是蝉的死期。莫非蝉正是知道生命如此短暂，才会如此拼命地歌唱吗？蝉的一生，大半时光在黑暗的地底度过，可以享受到阳光、空气和轻风的时光不过是短暂的一季。

秋天终于到了，萧瑟的秋风吹过叶片发黄的枝头。不知从哪一天起，蝉原来宏大、热烈的合唱逐渐变得稀疏和微弱了，每天都有蝉在大批大批地死去。我不知道它们是怎么死的，我不知道它们死后去到了哪里。它们是从洞穴中钻出来的，是不是也会在临死前躲入洞穴中去？在很长的一段时间里，我宁可相信这一点。我在林间看不到一只死蝉。一只蝉死后掉落在地上，马上有一个数量惊人的蚁群来把它分离并搬走。蚂蚁是大地上最后的一批仵作，它们利用地下数不清的蚁穴，收埋大地所有的死亡事件。毫无疑问，蝉死得异常干净和完美。蝉是从尘土中来的，最终要归于尘土。慈悲而宽容的土地收容了这发生在大地上的一切。

秋风吹过林梢，吹过残蝉身上的翅膀。秋天越来越深了，季节以它的气温来显示威严。每一个人都穿上更多衣服。天空在一直往后退，它仿佛要离开这个树林，离开这个村庄，直到离开大地上发生的种种枯荣和悲欢。孩子们手持装着长柄的镰刀砍伐枯干的树枝。我站在一棵苦楝树下，满树落叶萧萧而下，犹如凋落的花朵铺满了地面。

我看见一只绿蝉伏在枝丫上，它一动也不动。它依然在振动着腰间的两面大鼓，也就是说它并没有停止歌唱。但它发出的声音如此微弱，我几乎听不到它的鸣叫。它还可以坚持多久呢？一只蝉在秋风中摇晃的树枝上等死。蝉一直在歌唱，它从不放弃，至死方休。它所唱的是一曲献给大地的挽歌，还是要赞美它目睹过的一切美丽事物？秋风吹走了多少树上的叶片和果子，吹走了多少地上的尘土和沙粒，吹走了多少回旋于心底的歌吟和梦想，也必将吹走树上由激越转而低沉的蝉鸣。蝉是怎样繁衍后代的？这对于我来说，始终是一个谜。但这并不重要。重要的是，在明年夏天，还会有数不清的蝉从洞穴中爬出来，在夜露中蜕掉躯壳放声歌唱。我知道，这些蝉已非复昨日之蝉，但看上去也不会有什么两样。

烧砖记

不存在的房子

那是一幢旷世无双的房子，也是一幢未完成的房子，事实上它一直未曾动工。那幢漂亮的红砖房子一直耸立在父亲的脑海中，未曾变成现实。父亲在头脑中无数次勾勒过它的范围和轮廓，挖好地基并砌起高墙，最好是买回那种光洁的方砖铺上地面。这是他毕生最大的梦想。在他的头脑之中，堆满着空想的砖头和檩梁，还有无数钉子和细沙，但这幢房子永远存在于父亲的想象之中，它不可能被他建造出来了，日渐老迈的父亲已无能为力，被迫放弃。一个人在年轻时代确立了一项工作，并付出毕生精力为之奋斗，结果却是不得不放弃。人的一生，总是被各式各样半途而废的事情所损耗。

当父亲站在宅基地上凝视地底的时候，我能体会到他的苍凉和遗憾。地下本来生长着一幢瑰丽无比的房子，但如今已没有机会破土而出。他在年轻时代确立的理想最终未能实现，数十年过去，他生育的五个儿女已长大成人，他也年过花甲。在乡村，建造房子是一件大事。一个人过得怎么样，看他的房子就知道了。一幢漂亮的房子，不仅是一户人家的门面，也是村庄的门面。建房子是一个人发达的标志，人们穷极一生的奋斗，最终的目的乃是为了建造一所新居。然而，对于二十世纪八十年代的农民来说，能解决吃饱喝足就不错了，发达是一个不切实际的梦想，建房子是那么遥不可及。村庄的住宅大多是那种低矮的黄泥小屋，泥砖垒起来的墙壁，木头削成的横梁，阴暗、潮湿而充斥着尘埃。我就是在这样的房子中长大的，我家的泥砖屋还是祖母留下来的。墙壁被风雨剥蚀得一片斑驳，小窗的木格子被烟火熏得一片漆黑，灰白色的瓦面上面堆积着落叶和尘土，还生长着一些小草。

我们当然想住上宽敞明亮的新房子，但建房子要花一大笔钱，建筑材料和请砖瓦匠都要花钱。父亲没有什么钱，赚钱更非其所长（在那个计划经济的年代里，谁也赚不了几个钱，更不要说一个老实巴交的农夫了），他深知倘要靠赚钱去建房子，那永无实现之日。于是，他去寻求一个不用花钱或者少花钱的建房计划，这听起来多么荒谬！不用花钱怎么能建房子呢？然而，父亲不这样认为，他决定一切都自力更生。

建筑房子的关键是要拥有建筑材料，如果又会建房子的话，那就用不了几个钱。在很早的时候，父亲就开始着手去做建造一幢房子的工作，这是一项庞大的计划，也是一个巨大梦想在他的头脑中成形并付诸实践。年轻的父亲精力充沛，简直是一个乡间的浪漫主义者，他决定通过双手使这一切变成现实。他先后学习建筑和木工，花了半年时间使自己成为一名业余的泥匠和木匠，从而解决了技术问题。他在山上大量种植桉树和杉木，桉树可作房梁，杉木可锯成薄片做格子，二十年之后甚至更早，这些树木就可以成材了。

为了建好一幢梦想中的房子，父亲决定要付出二十年或者更长的时间。在他看来，二十年的时间并不太长，事实上，如果这幢房子能够如期完成就心满意足了。倘要建泥砖屋是比较容易的，一个秋天就可以打好足够用的泥砖，但父亲矢志要建的是一幢红砖屋，这样就变得难乎其难了。建筑的材料除了用来做横梁和格子的木头，其中关键的是砖瓦，父亲决定自己把这些红砖和屋瓦全部烧制出来。当父亲作出这个决定时刚成年，这个异想天开的决定耗尽了他的青春。

打砖

父亲把农闲的时间全花在烧砖上，他利用锄头和铁锹挖了一口砖窑，这口砖窑就在村庄旁边的山坡，靠近河边。选择在这儿，是因为山坡上的黄泥细腻滑韧，是做砖坯的好材料，靠近河边则方便取水和泥。砖窑不大，直径约一米半，深逾二米半，每次可以容纳一千多块生砖。父亲在砖窑旁边的空地上修整了几条砖带，以作晾晒砖坯之用。那几条砖带光滑而平整，又向着西边，阳光从正午起，可以一直晒到天黑，砖带之间挖好了排水沟，预防在雨天积水。

父亲在砖窑旁边的山坡挖取砖泥，他用锄头铲开了山坡上的青草，草根下的泥土由于植被的腐化和积淀，这层腐土呈灰黑色，有几分肥力，用来种木薯之类的作物倒是不错，但用来打砖就因有杂质而不够理想。父亲把这层泥土清理殆尽，终于露出粤西丘陵特有的黄泥地，这些黄泥滑腻柔韧，取之不尽。父亲用锄头翻掘了一遍，把黄泥翻蓬松，往泥中倒入清水，然后用锄头和钉耙把将些黄泥搅烂。父亲让水充分在黄泥中渗透，直到水与泥融为一体，但水也不能放得太多，否则泥太稀了反为不美。我觉得和泥跟和面粉有异曲同工之妙，都要掌握用水的分寸，且要充分揉搓，以使其混成一团。和好了的砖泥光滑细软，黏稠而充满弹性，极具可塑性。

这些美妙无比的黄泥成了孩子们难得的玩具。我还在三四岁时，父亲在打砖，我则在一旁用黄泥捏造牲畜、器具和房子。我几乎捏制出了我想要的一切。我利用黄泥创造出了一个属于我的完整的世界。我还用黄泥模仿人类的形象塑造了几个小泥人，并让它们煞有介事地组成了一个小家庭。当时，我还没有接触到上帝的造人说，也没有听说过女娲造人的神话。我的举动却暗合了远古的神话和传说（实际上，这样的做法并非我所独有，乡间的孩子个个都从玩泥巴中得到了无限的乐趣）。我在泥巴之中倾注着热情、幻想和爱，我努力使手中的泥人变得逼真而生动。我认为这些泥人也有生命和呼吸，也存在着伦理和情感，它们在我的安排之下获得了崭新的生活秩序，犹如上帝安排他的子民。这是一个孩子按照自己的理解复制世界的模样和秩序，这样的复制无疑是粗糙和模糊的，却具备了某种原始的本质和真实。孩子们透过童话看到了远古神话的倒影，这本身就是一个意味深长的寓言。

我为这些泥人设置了一个虚拟的生活场景：一对父母带着他们的孩子在尘世中艰难跋涉并生存下来。这既是一个孩子对现实生活的简单摹仿，也是对未来世界的概括性预演。殊不知，日后的生活已在孩子们的游戏中预先作出彩排。

　　为了模拟对生活的庆祝，孩子们设计了一种简单的庆贺仪式。在乡间，任何喜庆活动都少不了炮仗，鞭炮的响声乃是对生活的歌颂，人们在刺鼻的硝烟中嗅到幸福的味道，甚至那飘落在地上的纸屑都成了快乐的碎片。于是，我们用泥巴制造了一种泥炮：先在一团黄泥上捏出一个空洞，使其形如茶杯，而杯底却只有薄薄的一层；然后再把那个空洞往相反的方向上捏过去，这样杯口就跟杯底对调过来了，杯底的泥巴打上了一道道细密的褶皱。由于杯底的泥巴异常单薄，所以反过来时一定要倍加小心，以免因破裂而前功尽弃。只要把泥炮用力往地上一摔，就会发出一声炸响，泥巴四溅。泥炮在结实的地上接二连三地响起。孩子们在欢笑声中完成了一次生活的庆典。孩子们用模拟的炮仗摹仿着一次乡村的庆祝活动，这的确带来了节日般的气氛和狂欢。它既是虚拟的，也是现实的。

　　那些泥人是从泥土中来的，泥土在水的调和之后具有了黏性并变得柔软，水在塑造泥人的过程中起到了无可替代的作用。然而，泥人身上的水分在阳光中慢慢蒸发，并最终彻底消失。失去水分的泥人犹如一个没有灵魂的躯壳，它在阳光的暴晒下出现了裂缝，并最终坍塌成碎片。一个泥人的死亡使孩子们感到了悲伤。泥人复归于泥土，这并不是真正的死亡，而是一种决绝的离去。一个泥人不会有生命，它缺少一个强大的灵魂以统摄那些四处飘散的泥土；它也不会有记忆，它总是被内部升起的巨大遗忘所摧毁。它不过是人类的一个肖像。然而，我想保存一个肖像而不可得。孩子们捡拾着地上的泥屑，总是有一些美好的事物在流失而不可挽回。这堆泥土曾经是一队栩栩如生的泥人，如今散落了一地。

父亲在专心打制砖坯，他对这一切熟视无睹。他偶尔会因为我浪费了泥巴而呵斥一声，并不关心我所进行的一切。一个大人是没法进入一个孩子的世界的，他的双眼被世俗生活中无数琐屑而喧嚣的事情所填充，不可能看到孩子内在的童真和神性。父亲在专心致志地劳作。他站在一个挖好的深坑中打砖，身上围着一块围裙，坑前装着一块又厚又长的木板，那块有棱有角的方砖就是在这块木板上打制出来的。父亲的左边有一堆细沙，右边堆着一大团和好的黄泥。打砖的模具由模斗和木弓两部分组成，模斗塑造着砖坯的形状，而木弓则把多余的黄泥刮掉。木弓用铁线做弦，有利于切割泥土。那个矩形的模斗是他用木板做成的，它的表面上嵌着一圈铁丝，当弓弦一次次划过砖模时，这圈铁丝就会起到保护的作用。而弓弦和铁丝的接触，也更有利于把泥土割开。

父亲劳作的动作和神态吸引了我。他双手在不停地忙活，那一块块棱角分明的砖坯就这样从他的手上诞生出来。他先把一片小薄板垫在模斗下面，往模斗里洒了一点碎沙（这点碎沙减少了黄泥的黏性，有利于模斗抽离砖坯），接着用手挖了一捧黄泥，"噼啪"一声，猛地塞打在模斗中——他用手指摁了摁模斗的四角，使其更加结实，最后将模斗提出来，使其抽离砖坯。一块崭新而漂亮的砖坯就这样完成了。父亲把这块带着木板的砖坯往前一推，又开始了下一块砖坯的制作。

父亲干得又快又好，那些黄泥通过父亲的大手从砖模进去，出来之后就变成了砖块，这一切犹如魔术。每做好一打，父亲就从泥坑中走出来，用双手把这一打砖坯小心地端到砖带上去。他用两块木板（砖坯是软的，而木板是硬的，木板有固定砖坯而使其不变形的作用）固定着一块砖坯，使其侧立在砖带上晾晒。

那堆和好的黄泥越来越少，而砖带上的砖坯却越来越高。它们的本质没有改变，但这些黄泥在模斗的作用下改变了面目。那一大堆黄泥混合在一起，每一团泥巴跟别的没有两样，而一块块砖坯从泥堆中走出，呈现出清晰的面目。正如雕像脱胎于石头，砖块也来自泥土。这样的启示，一直到二十年后才让我有所领悟。一个人之所以存在，最根本的是要在一大群人之中呈现自己的面目，形成自己的呼吸和腔调。当我决心致力于诗学时，正值"口语写作"充斥诗坛，那些所谓的口语诗人搂抱成一团，共同构成了一大堆黏稠的泥堆。我的写作跟这堆泥巴是两码事。

随着时日的推移，父亲打好了足够的砖坯，他将砖坯叠起来晾晒，砖带上盖着茅草蓬，这是父亲用竹篾将茅草夹起来做成的，可防雨淋。阳光和风将砖坯上的水分慢慢蒸发掉了，砖坯上的黄色逐渐消退而变得一片灰白。然而，要将砖块入窑煅烧，就必须让砖块完全干透，这需要一两个月，如果遇到连绵雨天，则需要更长的时间。

打柴

在这段日子中，父亲有别的事情要做，其中的关键是收集烧窑的燃料，譬如木柴、柴草和橡胶叶之类。烧熟一窑砖，对父亲来说是一件非同小可的壮举。通常，他在七八月之后实施这项庞大的计划，打砖、打柴、入窑……诸道工序有条不紊，依次进行。至于选择在此时，乃因时间相对充裕，正值早稻收回晚稻新种，是农夫在一年之中有喘息之机的时刻，可以用来打砖。而另一个更空闲的时候是暮秋和初冬，晚稻已收割回仓，新一造水稻的耕种则是惊蛰之后的事了，农夫显得无所事事。还有一个原因是，在深秋，山上落木萧萧，枯枝满地，乃是打柴的黄金季节。尤其是山上的橡胶林，金黄色的叶片纷纷扬扬，遍地皆是。橡胶叶火焰青蓝，没什么烟灰，乃是极佳的燃料。在等候砖坯晒干的这段时间里，正好用来上山打柴。父亲和母亲经常早出晚归，挑着竹筐和笨篓上山收集柴火。

父亲为了更好地收集橡胶叶，用竹篾编织了几对硕大的竹筐。筐眼呈菱形，又大又疏，乃是用来盛装橡胶叶的最好工具。

那一年，我六岁了，二妹未满两岁。每天清晨，父母就出发了。母亲对我说，一定要照顾好妹妹。他们将饭菜放在篮子里，挂在灶头的铁钩上，等我们饿了，就可以取下来吃。我不够高，就搬一张四脚小板凳垫脚，再伸手将食物取下来。在等待父母返家的过程中，我只能以玩泥巴和玩石子的游戏度过那难熬的时间。二妹太小了，她刚学会走路，还不能陪我一起玩。她久久地注视我，仿佛对我所做的这一切了然于心。她有时咧开嘴哈哈直乐，有时又扁着嘴号啕大哭。我承认我不能知晓她哭与笑的原因，只好使尽浑身解数去哄她。今天回想起来，二妹老哭可能是因为见不到父母。我在等待父母返家的过程中，也会无端端地升起焦躁及烦闷之感。尽管那些世代流传的游戏其乐无穷，我已掌握了好几种，但仍无法抑止心中喷泉般急剧上升的不安。孩子对父母的依赖何其强烈。

在这个过程中，父母中途也会往返数次。他们戴着麦秸织成的草帽，挑着满满一担柴草回来。父亲利用几段木头和几块沥青纸搭了一个简易的木棚，以作临时柴房之用。父母将柴草从柴筐中掏出来，密密匝匝地堆放于柴棚中。通常，刚打回的柴草或橡胶叶还是湿的，那就需要暴晒几天才能入棚。母亲回来时，先安排好我跟二妹吃饭，又匆匆吃了碗白粥才出门。如果父母在附近的山头打柴还好，这样他们一天至少可以来回几趟。

邻近的柴草毕竟有限，父亲决定去约十里外的中火嶂打柴。那一天，父母很早就出发了。他们走时带着镰刀和绳子，我大惑不解。在我有限的经验当中，人们装柴通常用那种装着提臂的畚箕，倘是笟（粤西方言，用笟篱来收集柴草之意）松针或橡胶叶诸如此类，则大多用竹筐。这一次，父母中途根本就没回来，我们从清晨等到黄昏，望眼欲穿，父母才分别挑着满满一担柴草返回。

彼时二妹哭了无数次，连嗓子也哭哑了。我起初还强自忍耐，但当暮色逐渐笼罩下来，也慌了手脚，跟二妹来到村口，一边哭着一边张望。我心中缓缓升起对父母的愤恨和失望。日光消失了，我们望着村口那条灰白的小径，只看见四

烧砖记

团黑乎乎的东西在缓慢移动，犹如几个无手无脚圆头圆脑的怪物在行走，父母的身躯被柴草夹在中间，根本就看不到。父母马上将柴担放在院子上。父亲一屁股坐在庭院中的碌碡上大口喘气。母亲则弯腰抱起了二妹，她又怜惜又惶恐。

天色已黑，但我心中积聚的委屈愤懑早已烟消云散。父亲"嚓"一声，擦燃一根火柴，点亮了饭桌上的煤油灯，一束温暖的灯光瞬间照亮了我们的脸庞。我围着柴草堆转了转，终于看清了那根绳子的用途，就是用来捆绑柴草。深山的柴草又老又长，蓬蓬松松的，用畚箕或竹筐都装不了多少，用绳子捆扎却最好不过。父母大老远跑到中火嶂去打柴，自然想尽量多挑一点回来。父亲喘息稍定，还要将两担柴草挑到柴棚中去。而母亲开始淘米做饭。

在父母没日没夜的劳作之下，柴棚里的柴草越堆越高，那一座小山般的柴堆就是其努力的结果。要将一块泥砖烧成红砖，需要多少柴草前仆后继地献身？在我幼年的记忆中，打柴比打砖坯要辛苦得多。父亲安静地打砖坯时，不急不躁，甚至称得上有几分悠闲。而打柴就不同了，父母每天都要起早摸黑，忙得筋疲力尽。

烧砖

更辛苦的工作还在后头，要烧熟一窑砖，还有漫长的路要走。待初冬到来，北风吹起，泥砖已晒干，柴薪也准备就绪，父亲遂将砖坯搬进砖窑并装好，此就是所谓的"入窑"。

在窑底的前面几层，父亲将砖坯交叉叠放，窑中央辟有一条通道，砖层之间也露出较大缝隙，这样可以使火焰得以上升，一直焚烧到砖窑的顶部。而随着砖层升高，通道越来越窄，缝隙也越来越小。到顶部的那几层，砖坯之间码得密密实实，不留一丝缝隙，这样火焰一直焚烧到窑顶后，就只能往回卷，不至于因热量散佚而浪费柴薪。入窑从清早开始，要花一整天的工夫，母亲也系起了围裙，帮忙搬砖，父亲则蹲在窑底忙碌。我趴在窑边上往下看，砖窑犹如一个地洞，父亲所做的工作就是用砖坯将这个地洞填满。终于，砖带上的砖坯已被搬卸一空，而砖窑也被完全充满，父亲从窑底也逐级上升到窑顶，最后顺理成章地从窑中走出来。入窑的工作宣告完成。

父亲拍打着身上的尘土，稍事休整，又将柴草搬到窑口不远处。他决定在晚上开始烧窑。窑膛分为两层，中间用水泥镶嵌着数根铁条，上层用来烧柴，灰烬则会透过铁栅掉落。父亲持着一根生铁做的火叉，将柴草大团大团地往窑口里塞去，柴草在刹那间就被火焰卷走，窑中传来火焰吹拂的呼呼声响。尽管冬天很冷，但父亲不穿上衣，只穿短裤，也被热浪烘烤得汗珠滚滚。

我很喜欢看父亲烧窑。我凝视窑口吞吐的火焰，觉得整座砖窑犹如一头饥饿而凶猛的巨兽，张开血盆大口，吞噬着柴草，并将柴草转化成了火，不知餍足。要多少柴草才能填饱它的肚子呢？那座小山般的柴堆顷刻间矮了一截。夜已深，四周一片漆黑，火光在父亲黝黑的额头上明灭，他的双手机械地往窑口中塞着柴草，仿佛永不知疲倦。有时，点点星光犹如水滴在天上闪烁，晶亮而清澈。有时天穹升起了圆月，银盘般的月亮穿过轻纱般的云层和黑蓝的天空，将光辉打在村庄和山冈上。炉膛中的火仍在一刻不停地升腾，柴薪燃烧发出的噼啪声加深了黑夜的寂静。窑顶升起了浓烟，浓烟在上空飘扬，很快又没入了黑夜之中。倘若是铁芒箕、须芒草之类，会留下大量灰烬，灰烬很快就塞满了炉膛的底部。父亲用一把短柄小铁锄将火灰扒出来，放在一个畚箕上倒掉。畚箕洒了水，弄得很湿，但炽热的灰烬依然灼烂了畚箕的边角，很快就无法使用了。橡胶叶倒没有多少灰烬，仿佛全由火焰浇灌而成，现在只不过是把火释放出来。

每烧一次砖，约要持续地焚烧三个昼夜。有时，大伯父也帮忙烧上一阵，父亲遂得以小憩，但主要的烧窑工作还是得靠他完成，疲劳不堪。有时，我看见他双手机械地塞着柴草，晃动着耷拉的头颅，脸上沾满了火灰，无力抗拒那强烈袭来的睡眠。

我经常趴在窑口向窑膛望入去，父亲一团又一团地往里面塞柴草。我看见窑膛一片通红，热浪炙人，砖窑中十分炽热，除了窑顶上冒出的黑烟（黑烟中偶尔升腾着尖刀般的火苗），我还看不出砖窑有什么变化。很快，那些浓烟熏黑了窑顶上的砖坯。

父亲在休息的间隙，走到窑顶旁边，用火叉移开一块砖头，透过砖层间的缝隙察看砖窑中的情况。我顺着父亲的目光看到，底下的前几层砖坯被烧得一片通红。被烧通透的泥砖，仿佛是一块块正在燃烧的煤炭。随着时间的推移，有更多的泥砖被烧红，逐层上升。待工作接近尾声，砖窑仿佛变成了一座熔炉，人还未走近就感到炽热的热浪。窑顶上有更多鲜红的火焰在迸发，窑顶上的砖坯也被烧得红通通的。尽

管我不明白红砖是怎样炼成的，但也知道火焰起到了关键的
作用。我赶紧用黄泥捏制了几个小泥人和水罐，放在窑顶上
烘烤。令人沮丧的是，我没有烧制出我要的陶人和陶罐。这
些小东西也被烧得通红，冷却之后却不过是一团红泥，一触
即溃，毫无陶器的坚硬可言，仿佛不过是那些泥土的灰烬。

　　烧窑的工作临近尾声，柴棚中的柴草被一扫而光。这么
多的柴草全被那个小小的窑膛吞噬了，当然，要将它们吞噬
并消化，也需要不短的时间。那些柴草全变成了火和灰，还
有一些浓烟飘入乌云之中。烟和云纠缠在一起，以至于我出
现了错觉，误以为乌云乃由大地上的黑烟所形成。那被父亲
倾倒的灰烬堆在一起，还升腾着热气和火星，也就是说它仍
保存着一些火的能量，但很快就会在风中冷却，最后的一丝
热量也消失殆尽。柴棚里的柴草烧光了，只剩下这堆灰烬。
灰烬的体积跟庞大的柴草堆不成比例。柴草的能量大部分转
化成了火，而火通过泥砖改变了它的性质，现在那些易碎的
泥砖变得异常坚硬。

出窑

　　数十天之后，砖窑冷却下来，可以出窑了。我拿起一块
红砖，我感到了它沉甸甸的分量和坚硬的质地。一块漂亮的
红砖，是呈红褐色的，表面上附着一层釉质，犹如陶瓷般光
滑而细腻。父亲将它捧近耳边，用粗糙的食指和中指敲了
敲，红砖发出清脆的丁当声。这块红砖异常坚固，就是将它
摔在地上也会完好无缺。多日的辛劳如今有了收获，父亲开

心得像孩子那样笑起来。

火真是一种神奇的东西，它可以摧毁一切，使其变成一抹轻灰，也能使一种东西变得更坚固而保存下来。火像时间，对别的事物具有不可抗拒的摧毁性，而火的流逝也如时间的流逝。坚固是事物的某种性质，看上去是时间的反对，事实上也是时间的趋同，因为恒久不变也是时间本质的另一面——在时间的内部源源不断地涌流着永恒之力。红砖是从泥土中来的，但已脱胎换骨，火通过砖坯的内部而改变了它的性质。在火的作用下，那些易碎的泥巴变得如此坚固。

父亲每次烧砖，称得上合格的红砖并不多。窑底的那几层砖由于烧过了头，变得黑褐一片，粘成老大一团，必须动用钢钎才能将砖头分开，这一部分的砖熟是熟了，又被烧得变形和炸裂，没有一块能保持完整的四角。而窑顶上的那几

层又太生了，砖呈淡红色，只要掉在地上就会摔成两半，甚至四分五裂，只有中间的那几层砖才庶几达到要求，棱角分明，砖体坚硬。入窑的时候有一千多块，能达到要求的也不过是寥寥三四百块。事实上，父亲从来没有烧过一窑完美的砖。烧砖需要掌握更加精湛的技术，但父亲根本就不知道问题出在哪里。他只懂得打砖、入窑并焚烧这几道基本工序，他只能将烧出好砖的希望寄托在运气上。

父亲将红砖叠放在屋边的空地，一分为三。那些因火候不够而半生不熟的砖放在一起，那些因烧过火而变形的砖放在一起，而那些烧得恰到好处的砖又叠成一堆。烧得好的砖不多，反倒是那些不熟或变形的占了大多数。父亲在砖堆上放了几把荆棘或簕竹，并洒上几道白花花的石灰水。前者是为了预防别人偷砖，而后者则可以看到砖堆是否减少数目，

这是凤凰村人常用的方法。

几年下来，不合格的砖越积越多，很快就堆满了空地，并在地上高高矗立。而合格的砖并不多，它以极其缓慢的速度增长着。在那些岁月里，父亲年年在烧砖，砖堆相较之于去年，却没有明显的增长。天长日久，砖堆上长满了蕨类植物之类的野草，砖缝也成了麻雀的乐园，这些叽叽喳喳的小鸟在其中筑巢。我在小时候掏过鸟窝，得到了几颗鸟蛋和两只雏鸟。那些半生不熟的砖头异常脆弱，但父亲舍不得将其扔掉，这毕竟是他的心血之作。有时，他将生砖放在砖窑的最后几层，回窑再烧，但效果也不显著。

建大屋是用不上这些生砖的，父亲就用来盖茅房和柴屋。他在早年学会的砖匠手艺得到了应用。即使是在建筑只有几行瓦面的茅房，父亲也非常认真，他尽量将每一面墙都砌得完美，仿佛在雕琢着一件工艺品。他是在进行建筑一幢房子的预演，他在心中已无数次建造过那幢房子了，现在算是找机会演习。为了建成这一幢梦想的房子，父亲将无数心力倾注在烧砖上。

一转眼就是几十年过去了，时间在流逝。时间多么无情，那个未满二十的小伙子如今成了垂垂老者，父亲双鬓已霜，腰已佝偻，我也长大成人，在十八虚岁考上了县城的高中。父亲在持续了近二十年的烧砖工作后，早就放弃了年少时的梦想。在落日的余晖下，他注视着那几堆为野草所缭绕的砖头，不得不承认岁月之无情及命运之残酷，他再也没有能力去完成梦想中的那一幢房子了。近十年来，我远走高飞，在异乡谋生，尽管颠沛流离，但也没有回村庄建房子的能力及打算。那幢无与伦比的房子，一直停留在父亲的头脑中，最终没有机会面世。那些砖头在风雨中不断遭到剥蚀和磨损，默默忍受着岁月的摧折，从来没有发出过呼喊。

一棵淬火的树

在砖窑旁边生长着一棵苦楝树，没有人知道它是何时生长起来的，也没有人知道它是怎样成长的。它在不声不响之中，就长到碗口般粗细，枝杈横生，树冠如盖。在春日，它开出了无数细小而淡白的小花。苦楝树乃是粤西乡间的寻常树木，在水塘边或山坡上，随处可见。而这棵苦楝树的生长，犹如时光之书上一枚精美的书签，不经意间就点缀出生命的美丽。每年初冬，它都要经历一次炼狱。父亲一年一度的烧窑，对于它来说不亚于刀砍斧戕，万箭穿心！

在冬天，苦楝树掉光了叶子，它称不上粗壮的躯干和每一根枝条都暴露于北风中。它静立着，在天空下保持沉默，黑蓝的树皮有一圈圈乳白色的花纹，看上去仿佛早已枯干！而烈火焚烧砖窑，烈火透过窑壁烘烤这一棵皮细肉嫩的树木。我多次观看过这棵可怜而无辜的树，抚摸它的身躯，感到它一片炙热，热量几乎蒸发掉它的每一滴汁液，它几乎要在烘烤下变成焦炭！这是不折不扣的煎熬。一棵没有叶子的树木看上去跟一棵枯树似无甚分别，我以为它早就停止了呼吸。直到第二年春天，它才从枝头上抽出淡绿色的芽苞，并长出绿色的叶子，绿叶尚未覆满枝头，那些密密麻麻的小花已抢先怒放了。一树繁花，仿佛是芬芳的音符。这样的树是一把乐器，那些清脆的花朵在命运的熔炉中发出了灵魂的声音。待冬日到来，叶子腐烂成泥，它又要经常新一轮考验，生与死的考验从来都是如此严峻。要么顽强地活下去，要么在死神面前缴械投降。

一棵树的死活无关紧要，父亲只想着那些可用于建房子的红砖。这一切并非有意，但父亲也从来不会因为损害一棵树而歉疚。这棵苦楝树顽强地挺过来了，它没有在残酷的命运面前低头，反而一年年在长大，它以扩大年轮的方式宣告着成长，每年它都以满树白花庆祝生命的喜悦，那些白花乃是庆祝和祈祷的歌吟——这就是一棵树对我的教育！这样的启示在学校里不会得到，它是我的老师。父亲在持续了约二十年的烧砖生涯后，深感到一所房子乃是他永远不可触及之物，终于放弃了烧砖的苦役，同时也放弃了对一棵树木的摧残。里尔克诗云，有何胜利可言？挺住意味着一切。一棵树终于以其绝世不拔的坚韧赢得了翻身解放，再也没有魔鬼般的烈火焚烧它的身体了——它在清风明月下徐徐抽出细长的枝条和椭圆的叶子。一棵获得自由的树木会有怎样的心情？我不得而知。我经常跑到树底下去，仰视着越来越高的树木，心中油然滋生热爱和尊重。那是一个孩子在对英雄致敬。

数年前，我从省城回到阔别已久的村庄。我看到了那几堆被父亲分成三个等级的砖头，那些半生不熟的砖头在日晒雨淋下没有了棱角。作为一块方砖，它们已不存在，而几乎成了一堆庞大的烂泥，上面长满了野草和藤蔓。而那些过熟的砖头黑乎乎的，犹如一堆木炭，它们是泥土的灰烬还是时光的焦炭？那些原来很漂亮的红砖也面目全非，砖缝间生长着野草，砖面上落满鸟粪，砖头布满虫豸爬过的痕迹。烧得好的砖头的确坚硬，但也在时光之刃下显得那么脆弱，世上没有什么东西能躲避时间的腐蚀。我感到一阵酸楚。这些来之不易的红砖，本来有机会成为房子的一面墙壁，但最终在默默无闻中归于尘土。

我还专门跑到山坡去看那口砖窑，由于年久失修，风雨侵蚀，砖窑已倒塌了半边。那棵英雄般的苦楝树已不知去向，只有那个枯朽的树桩才让我找到了它当年的位置。它是自己走到了生命的尽头，还是在别人的斧锯下摧折？这棵苦楝树，它在早年适应了火焰的浇灌和滋润，如今没有窑火的烘烤了反而感到失落？莫非它跟这口砖窑有一种说不出的玄妙关系？它们之间的命运在互相影响相互渗透？我不愿深究下去。但砖窑的倒塌乃是事实，而这一棵为我童年所喜爱的苦楝树也不见踪影。我坐在树桩上仰望天空，天空上飘散着云彩，我的视线跟随着浮云在移动。一只大鸟飞入树丛，像一声叹息坠入我的心底。

一九八〇年代的记忆

最重要的东西都是用管子制成的。证明如下：男性
生殖器、笔和我们的枪。

——［德］格·克·利希滕贝格

据说一九八〇年代是一个伟大的时代，国家层面上的改
革开放，最早进城的打工者、个体户、民企创办者和先富起
来的人，文化启蒙、文艺复兴和文学上的先锋派……这一
切，在今天已尘埃落定，被不同领域、不同年龄的人纷纷认
领。我在一九八〇年代的岭南乡村度过了童年和少年。不管
如何地处僻远，仍不可避免地被时代的大气候覆盖，我也有
个人纤细、坚硬如铁丝的记忆，这跟时代的洪流无关，却也
伴随着成长，在我的心灵烙下了印记，疼痛或欢悦，伤痕或
勋章，在相互交织、纠缠和转化，童年时的欢快，犹如秘密
的源泉，至今仍在浇灌我。年少时的锉伤也被带到中年，像
一棵树苗上的疤痕，随着树干的壮大而扩展、平复，甚至变

得浅淡而光滑，似有若无，但总不会彻底消失。

我在一九八一年入学，在凤凰村的小学念完了四年级，之后到黄花小学读五年级。一九八六年，我考入黄花初中就读，初一因故辍学一年。初三毕业后，曾考入邻县某中级师范学校的美术班，但又因交不起学费而失之交臂，垂头丧气之下，只好回黄花初中复读，一年后考上县城的高中，那已经是一九九〇年的事了。物理时间上的一九八〇年代过去了。我居然断续在黄花初中待了五年。由此，我关于一九八〇年代的记忆，除了我的乡村生涯（主要是玩乐及农事，亦适度涉入了岭南乡间的风土、民俗及邻里关系），而主要是在黄花小学及黄花初中的读书生活及体验，因前者在我的长篇散文《少年史》中已有充分展现，故后者才是本文所要侧重叙述的。

躲在被窝里看书

一九八五年，我在黄花小学读五年级。我的语文成绩及作文特长被班主任兼语文教师李老师看中了，先是当了个小组长，又被推荐去参加黄花镇的语文智科竞赛，获得了二等奖。奖了巴掌大的一张奖状，还有一个笔记本，笔记本上盖着墨水瓶盖大的红印章。李老师对我很友好。那时，我们的午饭及晚饭，都是在学校蒸来吃，每人拿一个铁皮或铝皮饭盒，自己洗好米，放好水，集中到学校的炉灶去蒸熟。每盒饭得交一张柴票，值五分钱。早餐则自行解决。譬如到墟上买两只包子，或喝一碗粥，也就是两三角钱的事。我当时拿不出吃早餐的钱，都省掉了。

有的老师看到商机，也买了几斤猪骨头，放些捣烂的花生米，熬一锅烂粥，去卖给学生，一角钱一碗。在一个寒冷的冬日，李老师一大锑煲的粥都快卖光了。他示意老婆给我盛了一碗，满满的一碗粥啊，热气腾腾，香气四溢，里头还漂着一小块骨头肉。我吹着热粥，小口小口地吃完了那碗粥，感到全身都暖洋洋的，四肢八骸，无一不舒坦。多日后，我回家跟父母说，李老师请我吃了一碗粥。母亲说："李老师是好人哪。"

我喜欢看课外书，当然，能看到的闲书也不多。小学也没有图书馆（后来，我就读的初中及高中都没有图书馆，能大量读到文学书籍尤其是外国名著，那是二十岁考上大学后的事了），老师和家长关心的只是考试分数，都不喜欢我们读课外书，尤其反感当时流行的武侠小说和言情小说，认为那些书都是精神鸦片。看那些书，也是游手好闲不务正业。有一次，我跟母亲说："我在学校里爱上了读报纸，里头登的小说真好看，没想到世界上还有小说这玩意。"班上订阅了两三份报纸，其中一份就是当地的日报，有个"春苑"文艺版，会登一些小小说、散文和诗歌。那些所谓的小小说，其实也是千把字的短故事。父亲不懂装懂地说："小说就是登在报纸上的故事，我平时跟你讲的故事，只要写成文字登出来，也是小说。"母亲不高兴地说："不要看小说了，看小说有什么用呢，升学又不考小说。"

在凤凰村，没有几本闲书。喜欢看书的人不多，零星有几本就不错了，都称不上有藏书。很少有成套的书，不是缺了上卷，就是丢了下卷。有的书不要说封面及封底，就是开头及结尾都不翼而飞了，只剩下中间的一截。我读过一本古典名著，多年之后才发现是《今古奇观》。我最早读《水浒传》《西游记》及《兴唐传》之类，就是这样读到的。

只要打听到谁家里有书，我都要想方设法去借阅。乡下人都小气，什么都喜欢拿来交换，不肯吃一点亏。譬如说，我想问人借一本书，就非要我帮忙将其厨房里的水缸挑满水，或者帮他收山坡上晾晒的萝卜干呀晒坪上的谷子呀什么的，总之要付出代价。给我看的书呢，也往往要求我在他们家的庭院里读完，不肯让我借走，更不能过夜。我于是拿一本书，坐在一张矮木凳或倚在一棵龙眼树上，一口气读完。有时，我读到了精彩的书，就恨不得借回家给父亲看，哪怕只留一夜也好。父亲在闲时也读点书，主要是中医药的，偶尔也看小说之类的闲书。有一次，我看中了一本好书，经过出卖苦力及乞求，书主终于答应我可以将书带走，并在家中停留了一夜。但那次父亲正值农忙，好一阵都是起早摸黑，在田头地尾忙得像蹦跶过不停的蚱蜢。他在晚上吃过饭，草草洗脚，一转身已在床上沉入梦乡。我借回来的那本书，他连书名都来不及看清。第二天，我只好怏怏不乐地还给人家。

我有个小学同学阿葵。他也爱看书，搜罗了好书，也会叫我一起看。乡下的孩子各有用途，很小就得承担相应的劳作或家务。大点的得跟父母下田，小点的或带弟妹，或看晒谷（盯着天空，密切留意天气变化，若一旦乌云聚拢，有下雨的迹象就得赶紧用扫帚、畚箕之类的用具收拢谷子；还有一个任务就是驱赶前来吃谷子的鸡鸭之类。一大堆黄澄澄的谷子摊开在晒坪上晾晒，这可是凤凰村人辛苦劳作的主要收获，虽然没听说过有人敢明目张胆地偷谷子，但有一个人看管，心里也就踏实多了）诸如此类，至于放牛、打柴、做饭、喂鸡鸭猪狗之类的活计，更是家常便饭。

我跟阿葵经常在晒坪旁边的大榕树下看书，铺一层金黄的新鲜稻草权当座席。树阴凉快，书由阿葵摊开放在稻草堆或他的膝盖上，他看完了就翻页。我半扭着身体，视线不可避免有点歪斜。我为了不错过任何一行字，只好尽可能看快一点。有时，我看完了，他还来不及翻页，看到精彩处难免焦急，但也不好催促，遂回头重读几行。我成年后读书较快，也是那时锻炼出来的。我们就这样读完了《呼杨合兵》《明英烈》《薛刚反唐》之类的评书，那都是三四年级的事了。凤凰村小学没有五年级，一至四年级，我都是在该小学读的。

阿葵的父亲是个杀猪卖肉的，俗称"猪肉佬"，能做这个买卖，都得有点本钱，在村中也算是富户。阿葵手上就有点闲钱，我们升上五年级后，读书的兴趣越来越浓，我们常跑到石湾墟的百货商店看书。

店子虽小，倒是一个名副其实的百货店，算是墟上的微型"购物中心"，还是国营的，应属镇供销社管。在乡间一切可能有市场的东西都不缺少，譬如糖烟酒油盐酱醋及各式果脯，布料、毛巾、脸盆、水桶、肥皂、雨伞等日杂用品，钢笔、墨水、铅笔、作业簿、图画纸、橡皮、三角板、圆规等文具，鞭炮、香烛、黄表纸等拜神用品，还有气球、小喇叭、泥鸡、哨子等小玩具……总之，衣食住行玩乐等诸方面的物什应有尽有。最妙的是还有书，算不上是多大的书店，但也有两三百本，几乎涵盖了百科，大多跟农村生活息息相关，如中医、兽医、饲养技术等等，有风水八字的，也有习武练功的，即使是文艺书，也走通俗的一路，我就没见过一本外国名著。但毕竟是书啊，那些书静静地躺卧在玻璃橱柜里，悄无声息，却散发着难以言喻的魅力。有兴趣了，也可以叫售货员拿出来翻一翻。那些书也不像今天的新书有塑料套及腰封，封面也不花哨，沉静而质朴，又几乎全是锁线装订的，牢固得很。都是乡下人，对书感兴趣者，往往都会心存敬畏，不管合不合适，对书总有善待之心。于是，轻轻翻一下书，对书的磨损程度也就大可忽略不计。

阿葵看中了一本《少西唐演义》，像砖头那么厚，恐怕有五六百页。我们看了看，见讲述的是薛家将的故事，当时我们刚读完了《兴唐传》和《薛刚反唐》，对该系列故事兴

趣未减，阿葵遂掏钱买了一本。好像是两块多钱（写此文时，我上网百度了一下，该书由黄佩珠口述，李少岩、范继伟整理，花山文艺出版社1985版，定价：2.40元，在旧书网上仍有出售，当然价格也翻了好几番）。对我来说，这算得上是一笔巨款了。我到高中毕业才买过几本书，那时我发表了一些作品，有了一点稿费。

书买回来一看，我们都手不忍卷，恨不得立马看完。但我们上课时都不敢看课外书，老师肯定会收缴，这么厚的一本书，哪怕是搁在课桌的抽屉里，也非暴露不可。在白天，我们利用课余时间找偏静之处（如校门之侧的小树林或学校背后的小山坡都是不错的所在）去读，我们行踪诡秘，形迹可疑，仿佛在干什么见不得光的事。

到了晚上熄灯睡觉，我们仍放不下那本书，遂躲在木架

子床的被窝里打开手电筒一起看（手电筒很耗费干电池，在乡间也是奢侈之物，是阿葵为了看书专门买回来的）。时值十二月底，天很冷了。当时的校规是熄灯的钟声一响，所有学生都必须回宿舍睡觉，不准在外头逗留，在床上也不准交头接耳，更不许喧哗，当然也不可使用蜡烛、煤油灯等明火，总之除了乖乖睡觉，什么也不准做。宿舍及教室等照明电灯由学校总务处派专人利用总开关控制。我们躲在棉被里看书，半蹲半坐，手电筒由我拿着，书则由阿葵负责翻页，看到精彩处，恨不得发出啧啧的赞叹声，却又强自抑制，以免惊动了旁人。也不知看了多久，突然觉得一阵凉风吹袭，身上那个保护罩般的棉被被腾空扯掉，一股寒意侵入身体。我心中一凛，糟了！我们被抓了个现行，原来是李老师来查房，也可能是被角处有手电筒的光线渗透了出去，他走近一看，就着月色看到我们在床上如怪物般耸起的一团，遂伸手一掀棉被——我们这可是违反纪律的行为。

我俩被李老师叫到宿舍外头的空地上，罚站了一个多小时，并保证以后不准再犯，才被放回去睡觉。我们站在那儿，心情沮丧，腿也站麻了。更难受的是寒风像刀片在脸上刮来刮去，冷飕飕的，我们冻得鼻涕水直往下掉，像软乎乎的虫子在鼻孔里蠕动，十分难受。那个年头，使用纸巾还不流行，我们也没有手帕，就只好用衣袖揩鼻涕。但我们都知道，这个处罚还没算完，明天在班集体上的点名批评更吃不消。当时，李老师问了句是谁的书？阿葵招了。李老师板着脸，将书收缴了。那一刻，我的心情跌到了低谷，仿佛一座金山被别人搬走了。那本书我还没读完呢，以后也没有机会或心情再去读。一直到本学年结束了，我们也小学毕业了，那本书才还给阿葵。书也破损得不成样子了，看来也不知道经过了多少双手及眼睛的抚摸。

第二天，李老师在早读课上宣布，说："小黄人小志气高，他昨晚跟我说了，他要立志考大学！请大家向他学习！"他鼓了一下掌，同学们也跟着拼命鼓掌。

我一下子懵了，耳畔听到暴风雨般猛烈的掌声，大脑一片空白，我从来没有这样陷于窘迫之境，昨晚被李老师抓住也没那么害怕。我总是被未知的事物所惊吓。我搞不懂李老师到底是什么用意。李老师压根儿就不提昨夜我们用手电筒躲在被窝里看评书的事，没提那本书，更没提阿葵。

近三十年过去了，我仍猜不透李老师为什么要这样说。当时，我可没有想过考大学，更没说过这样的话。这种表决心式的扬言，也不像是我平素行事的风格。考大学太难了。作为凤凰村或邻近村庄的孩子，我们顶多也就是想一想考上石湾初中或黄花初中，这倒是可以预期之事。说白了，所谓的大学，在一个少年的头脑也毫无概念。我不是有雄心壮志的人，更不善于拍胸口讲狠话。我平素行事亦无目的性，更没有什么规划、目标或理想。在年少时是如此，现今就更是如此。我道法自然。李老师那样一说，同学们不禁对我刮目相看，整个黄花小学还没出过几个大学生呢。但也有人对我冷嘲热讽，有时看我不顺眼就说："咦，这可是未来的大学生呢，失敬，失敬！"我窘得无地自容。

当时打破头也想不通，李老师在应该批评我的时刻，却来了一通莫名其妙的表扬。我在班上的成绩算是名列前茅，但读书也算不上用功。我不是刻苦之人。

春节过后，正月十五就到了凤凰村的年例节。不少家境殷实的人家，都会到石湾墟或黄花镇请学校领导和科任老师来过节，也是希望老师对自家孩子有特别关照。

在粤西乡村，年例节为一年中至大节日，比过年还重要，狂欢之后遍地狼藉。每个村庄的年例日期不同，集中在年初二至年二十之间，正好轮流操办和欢聚。在为期两天的年例里，家家户户大摆宴席，招待亲友，村子里舞狮、摆醮、游神、送五鬼，鞭炮轰响，酒菜飘香。前来赴宴的人马络绎不绝，卖玩具及零食的乡村货郎闻风出动，他们吸引馋嘴或好玩的孩子，犹如红糖吸引着蚂蚁。真是宾主尽欢，人神共乐。醒狮起舞，旗幡飘扬，鞭炮声不绝于耳，村庄笼罩在欢乐喜庆的气氛和美味佳肴的浓郁香味之中。还有木偶戏和电影，木偶戏在乡村日渐式微，这是做给土地神及十二群仙等神灵看的，露天电影则大受欢迎。年例作为乡村的盛大聚会，挥霍着人们的财富以及热情，以穷奢极欲的方式宣告着村庄的幸福。这是村庄最后的仪式和象征。这样的景象，持续多年，堪可概括粤西乃至南方的大多数村庄。进入新世纪之后，年例一过，回家过年的人就跑光了。凤凰村以及相邻诸个村庄，都只剩下了老弱妇孺，像一只掏空了的米袋，变得疲软而无力。

当然，不一定要等到年例节，就是寻常节日，也有人请老师到家里吃饭。像凤凰村的大雷家，他有三个儿子都在镇上的小学及初中读书，逢年过节，总会找个理由请老师来吃喝，就是希望孩子能得到老师的照顾或开小灶。作为黄花小学有点名气的教师，李老师当然也常在被邀之列。二十世纪六十年代，曾毕业于黄花小学的我二伯父就考上了省城的大学，一时轰动了石湾河两岸的数十条村庄，二伯父后来分配在京城工作，也算是个做官的，这羡煞旁人。大雷就扬言说："他们家能供出大学生来，我们家也能！"大雷对儿子们寄予厚望，也曾悉心栽培，但三个儿子都不是读书的材料。快三十年过去了，他们家还真没有出过大学生。其实，进入二〇〇〇年以来，上大学在哪儿都算不上是新鲜事了。但那昂贵的学习费用，也不是每一个农家都可以承受的，读完了能否找到工作，则另当别论。但那些五花八门的入学通知书，仍如秋天的落叶一样不时飘坠于乡间的小路上。

李老师身材瘦削，温文尔雅，颇有书卷气。据说他具有初中文化，见识也不俗，是小学为数不多的有威望的教师之一。当时，我们家仍在村子里生活，也象征性地做一做年例，但何其寒碜，当然敬神的仪式还是一样不缺，就是不怎么敢请客人。也就是杀一只鸡，买一刀猪肉，一来好去拜神，二来炒熟了吃，再加上两碟河粉、青菜之类，这样的水准，远够不上摆宴席。父母也就不敢多叫亲戚，就是叫也没什么人来。每年都只有外婆带着几个小孩过来，跟我们家的人，刚好坐满一桌。

大伯父家就不一样，他是个能人，颇有生财之道，譬如烧石灰、种菜卖、养母猪下崽出售等等，都有不少收入。两个堂哥也在初中毕业后去外地做木匠了，都能赚钱。在做年例时，他都要杀一头自家养的土猪。堂哥在正月十三、十四就要骑单车去县城里置办食材，鸡鸭鱼肉，虾米鱿鱼，茨菇莲藕，诸如此类，不计其数。他们家在年例时客人众多，吃流水席，每顿正餐都要吃十几桌，光掌勺的厨师就得请好几个。正月十五晚上及翌日中午，各吃一顿正餐。我们也有一些共同的亲戚，如二姈奶三姑姐之类，他们会来跟我们打一下招呼，却都会到大伯父家用餐。那个年头，吃饱吃好还是蛮重要的。大家也都能吃，遂正好放开肚皮饕餮一番。

在我读五年级的那个年例节，父亲听说李老师到了大雷家中要吃年例，就心血来潮，鼓起勇气，叫我去请李老师来吃饭。我跑到了大雷家，李老师坐在院子的茶几上喝茶，旁边有一棵波罗蜜树，枝叶繁茂，树桠上还挂着几只拳头大的小波罗蜜。我怯生生地走过去，低声叫："李老师——"李老师拍了拍我的肩膀，鼓励我说下去。我说："我爸叫我请您去吃年例——"大雷听到了，从屋里冲出来，吼了我一声，嚷道："你们家有啥吃的？你们家有烧鸭吗？有鱿鱼吗？你想饿坏了李老师吗？你滚一边去！"李老师跟大雷解释了几句，大雷脸色就变青了，但又不敢得罪他。

李老师跟我到了家里。父亲底气不足，说："很感谢李老师肯到我们家来，又没什么好招待。我孩子常提起您，说您讲课好生动。"母亲则脸色涨得通红，家里从没来过这样的大人物，她搓着手说："您给了我孩子一碗粥喝，他一直念叨着。"

李老师倒不好意思了，说了不少表扬我的话。我记得不是很清楚，好像有几句是，别看他课间也跟同学们玩打斗游戏，舞拳弄腿，看起来要翻江倒海，其实内心很文静，假以时日，必成大器，他可是一个做教授的材料啊……他一番话说得父母眉开眼笑。至于他在课堂上说我要立志考大学的事，倒是没有提，也许他说过就忘了。我也没有跟父母说过。当时，我也没有当一回事，有时觉得他也是恶作剧或变相处罚罢了，但想来想去也不像。他是个正经得接近严肃的人，平时也不开玩笑。总之，他那句话，我总是抛之脑后。李老师告辞时说："这顿饭我吃得好开心！"

一九八六年盛夏，我们读完了五年级，学制改革，可以选择读六年级，也可以考读初中。我选择了读初中。一九九一年，我考上了县城某中学高中（我因故在黄花初中待了五年）。一九九四年，我居然还真的就考上了省城某所大学的本科。阿葵也考上了省城另一所大学的专科。当时我们班有几十个小学生，还真是我们两个一起躲在被窝读评书的同学摆脱了种田的命运。我最想念的小学老师，就是李老师了。我考上大学的那一年，很想去看望他，听说他已调离黄花小学，到另一个管区（之前是大队或乡，后来又改为村委）的小学当副校长去了。我到了大学毕业，手上有了工资，认真地想过买点水果什么的去探望他，或请他吃一顿饭。后来我出了几本书，有的还写到了我的童年以及校园生涯，也想过寄几本给他看，都因失去联系，始终未能如愿。也托过友人代为打听，但始终没有消息，一直引为憾事。

当时，李老师是四十五六岁的样子，近三十年过去，如果他身体安健的话，也是个老人了。在荒凉人世，作为一个卑微的乡村少年，得以遇上这样胸怀爱意的人，是我的幸运。当我写下这些文字，一股感恩的暖流激荡在胸口，眼眶微微湿润。

写诗记

我在黄花初中就读时，语文成绩不错，但作文的得分并不高。语文老师钱志豪在班上点名批评我的作文，主题不够鲜明、层次不够清楚，结尾又没有升华，尤其是语言逻辑混乱、拖泥带水，让人读后如坠五里云中，堪称不知所云之典范。

钱老师将我的作文贬得一无是处，又充满讥诮地说："你干脆去写朦胧诗好了，存心是不让人看懂！"我很感兴趣，当着全班同学问他："请问钱老师，什么是朦胧诗？"钱老师支吾再三，又说不出个中的子丑寅卯，他不耐烦了，黑着脸摆一摆手说："所谓朦胧，当然就是让人没法看懂的啦！"钱老师的解释，无法让人满意，我私下认为我的作文分数不高，很有可能是因为老师看不懂，但这句话憋在心里没说出来。也是说者无意，听者有心，我决定去写诗，本市报纸的副刊就常发表诗歌，就认真去模仿。

有一年或者更长的时间，我投入了写诗的工作之中，绞尽脑汁，孜孜不倦。我的写作非常隐秘，我不想让旁人知晓。尽管我对诗歌所知甚少，但我一直认为，写诗是一件危险的事，或者说我无法把握。我在纸上写了一些奇特的词语，它们犹如眼中的砂子，细小，坚硬，伴随着滚滚而出的热泪。写诗这种带有很强私密性的事，跟我略显封闭的生活方式大致吻合。我喜欢躲在河边的小树林里写诗，我用圆珠笔在一个笔记本上记了一首首诗，优美、脆弱和忧伤。我文思如泉涌，冥冥中如有神助，仿佛不是我写下了这些诗，而是在记录着另一个人的口授，他就躲在我的身体中，然而我无法看清他的模样。我所写的也不是自己或身边的事物，而是另一个世界的东西，我惊恐于这一切。词语的砂粒，汇流成诗句的长河，那些长蛇似的句子，宛若闪电撕裂一张张白纸内部的黑暗。

在一刹那间，我仿佛看见了另一个自己，他隐藏在过去还是未来的岁月之中？那种陌生的感觉让我为之战栗。这是另一个世界，跟现实生活完全两样。我仿佛走在荒凉的旷野中，或无人的山谷，一种巨大的孤独感劈头袭来，就像夹杂在风中徐徐吹来的草籽的芬芳一样真切。我不知道哪一个世界更好，我茫然不知所措。然而，另一个世界，有一种陌生的醉意和奇美，这让我无力自拔。与其说我在享受尝试写作的乐趣，毋宁说我因羞怯而守口如瓶。

有时我心血来潮了，也用小刀在树皮上刻写即兴的诗句。我仿佛在一件青铜器皿上雕刻美丽的花纹。我的诗在数月之后，将跟树木的生命融为一体，宛若树皮上斑驳的花纹。这些诗句长久地得以保留，将深刻地楔入树木的年轮，这也是一棵树的记忆，就像风声和雨雪。然而，我的诗并不是献给这棵树的，这棵树就像一张纸一样，它只起到书页的作用。我没有一个献诗的对象。世界对于我来讲，乃是一个巨大的虚空。

我曾经用树枝作笔，在河滩上写诗，沙子洁白，细软，湿润，我能真正体会到那种沙沙声的乐趣。当我第二天去看，字迹已被涨潮的河水无情地抹去，沙子依然是同样的沙子，但沙滩却不是过去的沙滩了，它崭新得像一张刚制成的纸，它在等待着我的新一轮书写。

我甚至在河水上写诗，我认真地、一笔一画地在水上写下我的诗句。河水一刻也没有停留，我看不见我的诗行，我只能体会到那泉水般汩汩进涌的诗意。我陶醉于这种依附在虚空中的书写，我的诗并没有消失，它只是随着奔流不息的河水到达了远方。也许，下游的大河才是它发表的杂志，而浩瀚的大海才是权威的选本。

那些年，在我走过的地方，我留下了我的"诗"。譬如树木、沙滩和河水，这是三种特殊的纸张，它们曾经记载着我火焰一样吹拂或月光一样纯净的诗篇。

奇怪的是，一等我离开河边的小树林，我就蔫了。我说不清这种原因，我也无法解释为什么要写诗。我坐在课桌上目光呆滞地注视着黑板，搜索枯肠，一无所得。那面又宽又大的黑板让我感到一种无形的压力，我认为黑板是人世间所有发明之中最乏味的事物。那些粉笔在黑板上画过的痕迹，仿佛是世界消失的部分，是的，它们在短暂显现之后将被彻底擦去。干净就意味着完全的漆黑。黑板仿佛是银幕的相反之物，电影银幕是白色的，在天黑时分，它被一束强光照亮，画面马上生动起来，五彩缤纷，银幕上的人与事物仿佛不是一些影像，而是真实世界的一部分。我对银幕的热爱，恰好跟我对黑板的厌恶形成对比。但我作为一个初中生，我必须长时间待在黑板面前，默默诵记那些粉笔留下来的、就要被擦掉的白色字迹。

那些日子，我甚至养成了拿着一个笔记本坐在树杈上写诗的习惯。同班同学兼好友琥珀有时跟着我，她就坐在另一个树杈上，双腿在虚空中晃荡。她没有吭声，她怕打扰了我，只有她的眸子在茂密的枝叶间闪闪发亮。

随着日子的推移，我写的诗越来越多，我将它们工整地抄在笔记本上孤芳自赏。我觉得这些诗句不比本市报纸的任何一首差，我心里滋长了一个勇敢而荒唐的想法，我决定去投稿。但我还是心存怯懦，我担心被别人发觉而耻笑，我不希望任何人知道这件胆大妄为或异想天开的事情。我决定在夜深人静的时候，偷偷摸摸地将稿件塞入镇上的邮筒，就像做贼一样。

学校离镇上并不远，两者为一条曲里拐弯的小径所连接，中间要经过一片竹林和一道水坝。秋夜的月亮又大又圆，月光静静地照耀着大地，四周一片静谧，只有一些不知匿身于何处的秋虫在唧唧地鸣叫。那条小径在月光下发白，而它的四周乃是梦幻般的黑夜。这是一条结实而干净的泥路，现在它仿佛由玻璃碎渣般的月光铺筑而成，但在夜间看来，又显得何其飘忽，就像一条白纱巾在黑夜轻轻飘动。我独自一人在夜间行走，眼观六路，耳听八方，惊恐于风吹草动，显得鬼鬼祟祟。我终于来到了镇上的邮电局，镇上没有一星灯火，一片死寂。我借助月光的照耀，看见了那个方形的邮筒以及它嘴唇似的缝隙。我的心在怦然跳动，我做了一次深呼吸，将稿件塞入了邮筒。我有点不放心地往缝隙里瞧了瞧，但什么也看不到。这就是我激动而胆怯的第一次投稿经历。当然，那次投稿最终石沉大海，我的诗并没有在报纸刊登出来，但这一次让我难以忘记。

当我返回的时候，我看见了同学杨成安。他就在水坝的墙面跳跃和攀缘，捷如猿猴，迅若飞鸟。我恍然大悟，哦，原来杨成安在练轻功呢。那些年，《少林寺》及《大侠霍元甲》红遍了大江南北，不少同学都喜欢比划拳脚，舞刀弄枪，据说有的同学就练过铁砂掌。

那道水坝其实就是一个山塘的塘堤，只是山塘相当宽阔，蓄水量不亚于一座小型水库，所以塘堤也就筑得高大厚实，相当壮观。它是由一块块花岗岩用石灰浆垒砌而成的，尽管石头的表面粗糙，但一眼看去却很平整。而石块与石块之间的石灰浆形成一个个不规则的多边形，宛若蜂巢的平面图。它就这样气势磅礴地矗立在稻田边上。而水坝的顶部就是道路，每天都有自行车和机动车在坝顶上风驰电掣地掠过。水坝的前方是一垄垄良田，山塘里的水灌溉着这些稻田，一道水渠在静夜中哗哗地流淌。现在是秋天，成熟的稻子已收割归仓，田里露出短小的稻茬。稻茬上的月光像霜一样发白，而散乱的稻草随处可见。

我停住了脚步，静静地看着。杨成安站在距水坝约二三十米的稻田上奔跑。他越跑越快，就像一架在跑道上起跑的小飞机，终于跑上了水坝那几乎跟地上垂直的墙面。他就在墙面上倾斜而危险地疾走，飞檐走壁，如履平地。他很快就到达了坝顶，稍为喘息一下，又沿着笔直的墙面走下，速度快得惊人，就像传说中的大鸟，在御风而行。这一切，让我瞠目结舌。杨成安一次次地重复着这些动作，我的心里涌起一种莫名的惊恐。我眼前的杨成安是如此陌生，他在月光下辗转腾挪的身影，犹如一个轻盈而飘忽的幽灵。杨成安的轻身提纵术看来已有几分火候。他练轻身术的目的，对我来讲始终是一个谜。后来也没见他舒展过。

绘画记

若撇开我在黄花小学读五年级做过小组长不说，那么我在黄花初中读初一做学习委员，就算是做学生官的开端，一直做到大学。而我在村庄的小学读书时，是不可能被选上的，无论班长还是少先队长都由村长及那些富户的儿子充当。尽管班上也在教师的主持下，煞有介事地让大伙儿投票选举并在黑板上画"正"字，但实情怎样，人人心中雪亮。我做学生官并不称职，我对提高别人的思想品德毫无兴趣，最需要教育的就是我自己，但我不喜欢别人来教育我。这是我心中的一个秘密，不能将其公之于众。我对当学生官很反感。这么多孩子乖乖地听话，躺在地上成为一株小草，或镶嵌在一架庞大机器的空隙成为一个齿轮或螺丝钉，每一个学生干部都难辞其咎。学生官乃是教师对学生实现统治的爪牙和帮凶，尤其是班长及纪律委员，他们所从事的唯一的工作就是告密，他们瞪大眼睛，四下逡巡，像嗅觉灵敏反应快捷的鹰犬，及时将违反纪律的同学用小本本记下来交给老师。

我没有勇气拒绝老师的安排，这就是我可怕的怯懦和忍耐。学校的管理秩序是为我所反感并诅咒的，如今却加入这条链条并成为其中的一环，我的痛苦是双重的。

我的反抗很有限，每一次都将举起的矛头反过来对准自己。我还是隐晦地表达了自己的想法，我说也许更适合做宣传委员。这个职务的工作主要是在"雷锋节"（三·五）、"五·一""六·一"之类的节日出墙报，而无须过多介入到管学生的事务中去。我的书法及画画在班上首屈一指，刘芳老师考虑到这一点，自然没有反对。她不知道我别有用意，我是身在曹营心在汉。

我很早就表现出画画的天赋。还在五六岁时，我就用一种河边出产的彩色粉石和雪白的瓦片（它们就像粉笔一样好用），在"三级粪池"的圆拱或打谷场（这些地方由石灰混凝土夯成，表面光滑，质地细腻，其书写效果并不亚于黑板）画上我所看到或幻想的一切，包括村落、河流以及长着独角的怪兽和天上大袖飘飘的仙人。这些神奇而魔幻般的画面展现着我童年时的幻想世界，我整天沉湎其中，其乐无穷。每当我在画画的时候，村庄那个资格最老的老木匠总是站在一旁静静地注视着我，并不时发出啧啧的惊叹声，常念叨着说："这孩子肯定会有大出息，有大出息……"他仿佛在对我说，又像是在自言自语。我曾见过他用刻刀在木头家具上雕刻栩栩如生的盘龙和飞凤，这双灵巧的手如今像鸡爪子一样笼在衣袖里。

后来我开始仿画连环画上的线描人物，并用自制的毛笔和颜料来上色。我将每一分零用钱都攒起来买那种铺开来宽大如床单的白纸，并将其小心地裁成八开报纸或四开报纸那样大小的篇幅。我将小人书的人物搬到白纸上去，并放大了若干倍。《三国演义》《兴唐传》里的武将以及《西厢记》里的书生和仕女是我所喜欢的，武将身上锃亮的护心镜和鱼鳞似的锁子连环甲，还有仕女服饰上精致美观的玉器和每一道褶皱都让我心神俱醉。当我将它们画在纸上的时候，感到了一种前所未有的快乐。等到上学，我已经可以靠画画得到一些好处了，画一幅类似门神的那种武将，可以换取同学的一个小方格本或双行簿。但我当时并没有想过当画家，纯粹是出于内心的狂热，乃是我做梦的一种方式。也没有人来教我，在落后的乡村学校，不可能有真正的美术教师。熟能生巧，我渐渐画得有点模样了。

我曾经有过学美术的机会，我初中毕业考上邻县一所中级师范学校的美术班，但又因为交不起那九百块钱的学费而失之交臂。我终于放弃了绘画，我没有那么多钱购买昂贵的颜料和画纸。我开始了写作，我为其中的功利所挟裹。每个月几十元的稿费解决了我读高中的生活费用，写作很快就满足了我的虚荣。我仍保存着一些早年的绘画，当我展开那些破旧而灰暗的画作，想起往昔恍如隔世，我想以后不会拿起画笔了。画上那些舞刀弄枪的武将以及拈着小团扇徘徊在花园小径里的仕女，离我是那么陌生和遥远，他们象征的是过去的年代。

在黄花镇念书的那几年，乃是我在绘画生涯中的全盛时期。我所画的线描人像使同学们大为倾倒，我作为"小画家"的美名传到了校长的耳中。我画得最多的是雷锋像，每年三月，每一个班级都要在教室后面的黑板上出一期《学雷锋》专刊，这跟上街做好事同等重要。我用毛笔在红纸上画雷锋像，我只花寥寥数笔，雷锋像就在纸上呈现：年轻而英俊的脸庞，炯炯有神的大眼睛，头上戴着镶有五角星的皮帽，那是东北地区常见的御寒皮帽，盖住耳朵，帽子两端左右分开，在肩头上垂着。在黄花初中读书的那几年，我画过无数雷锋像，到了熟能生巧的地步。

学校还有一个姓姚的同学擅长山水画，他的山水画已初具火候，在初三的时候，他跟我成了莫逆之交。他的父亲是镇卫生院的医生，卫生院坐落在一座小山上，我和他经常在放学后托着画板在山上写生。落日将余晖打在地上，树林中一片静谧，我们一直画到暮色使画纸一片模糊，才放下手中的画笔。我跟姚同学自初中毕业之后，后来一直没有见过，听说他在美术上终有所成，在深圳画画发了财。我跟他一起在落日照耀的山冈上写生的情景，是多年前的事了。

失败的学生

　　二十多年前，我在黄花初中就读。后来，我跟同班同学琥珀重逢于黄花初中。她现在是这所初中的语文教员兼文学社指导老师。她请我到学校跟学生上了一节写作课。彼时，孙知算得上我们初二（3）班最努力的同学，我从小学到大学，从来没有见过任何一个人像他那样有明确的目标、磐石般的意志和为了理想而竭尽全力。琥珀同意，说她教了十几年书，也没有见过如此专注和勤奋的学生。但造化弄人，他不幸在黄花初中就读，就没有别的可能。你只要见到他，他都在用心看书或做练习题。他仿佛有无穷的精力和无比的斗志。但除了毕业班可以延长一小时学习外，所有同学晚上必须在十点半熄灯并睡觉。孙知自有延长学习时间的方法。他将厕所当成了课室，茅坑当成了课桌。他拎一盏煤油灯（有时点蜡烛），坐在两截烂砖头上，孜孜不倦地温习。

　　说到这里，似乎有必要介绍一下黄花初中的厕所，那真是臭名远扬。只要稍为回想一下，我都有恶心之感。厕所分男女，男厕又分大解处及小解处。屎楔子堆积如山，绿头苍蝇飞舞，山蚊嗡叫，稍待久一点，都会窒息。那年头还不兴用纸巾，同学们多撕作业本上的糙纸擦屁股，也有用甘蔗叶秆的，校舍旁侧的几十亩甘蔗源源不断地提供了这种材料。课间的十分钟，我基本上全用在上厕所了，根本谈不上休息。小便还好解决，就是钻入甘蔗林和木薯地亦无不可。但大解就麻烦了，茅坑太少了。有时等排起长龙。中国人排长龙，在何时何地都是一大奇观。屁股一蹲下，无数只蚊子和苍蝇就飞扑而来，让人不得安生。

该厕所后来成了我发噩梦的源泉之一。在梦中，它跟我设想的地狱有重叠之处。如果可以选择，我是不愿意到这个地方去的。但孙知对之视若无睹，升学的渴望压倒了其他。他往往一看书，就到了夜间十二点后才返回宿舍。他除了这个地方，也没有更好的去处了。有一次，值班老师查房，一看孙知不在，就要记下名字。我说："他上厕所了。"同学们发出窃笑声。校规再严，也不至于严重到不让人上厕所。教师方才作罢。后来该教师多次查房，均不见孙知，忍不住到厕所侦查，此情此景，不禁大为感动。孙知勤奋好学的事迹，感动了领导，特别批准他可以像毕业班的学生一样，作息自由，在课室里学习。但孙知反倒不适应。他照常在厕所里学习。他声称厕所尤其清静，更有利于思考问题。他私下跟我说："闻惯了那味儿，不闻反而无法集中精神。"

班主任兼历史老师刘芳多次在班会课上表扬他，一到鼓励学生士气，就说："人生能有几回搏？像孙知同学，他肯定会实现理想的。他不仅会考上高中，还会考上大学。"按常规来说，孙知的智商不能算天才，但也不差，考个普通高中应不成问题。但我们都觉得刘老师不是盲目乐观，就是睁眼说瞎话。因为黄花初中每年考上高中的寥寥无几，考不上是常态，考上的都是西边出的太阳，是会下蛋的公鸡。经验告诉我们，奇迹跟中头彩相似，总是百年难得一遇。孙知也明白这个道理，所以他倍加努力。除了自习，他不放过向任何一个同学讨教的机会，但同学所知有限。及至向老师请教，发现老师跟学生的水平也没什么两样。除了初三数学老师张林辉还不错，也欢迎他来。但对于大多数老师来说，都等于是给他们出难题，乃至让其下不了台。他们没有能力搞掂教科书上的习题，更何况是练习册或题库上的难题。特别是英语老师王二，一看到孙知就躲避不及，犹如见了麻风病人。在这样的情况下，孙知的英语成绩可想而知。

黄花初中的师资力量就是如此，也别指望教师会积极备课，认真教学。刘芳连秦始皇是哪个朝代都说不清，但好在历史课不是必修课，也就问题不大。语文老师钱志豪经常去帮镇上的某些部门刷石灰标语，赚外快去。政治老师由校长朱温兼任，还过得去。数学老师陆平是一个猪贩子。他们都是代课老师起家的，后来也没有进修过。由于他们收入菲薄，就得赚些外快贴补家用。我们班的师资力量在学校还不算最差。

我刚升上初一时，有一个科班出身的英语老师，是个女的，姓白。她也就二十岁出头，身体苗条，四肢修长，一张脸很美，五官仿佛由玉石雕琢而成，举手投足间，透露出一种乡下人罕见的东西。钱老师在课堂上一讲到"气质"，就喜欢拿白老师来举例说明。她一张嘴也是一口悦耳动听的粤语或普通话，偶尔也会说几句英语，但她知道说英语没有一个人听懂。诸位有所不知，教师上课用的都是黄花镇一带流通的土话，尽管也是粤方言的分支，但语速飞快，音调高亢、尖利，不及广州话好听。这种方言的长处在于吵架。白老师来黄花初中，仿若仙女降临凡尘，让男教师们都傻了眼。荒偏小镇，哪儿得见如此人才？其中有两个教师，一是体育教师孟东，一是数学教师张林辉争相向白老师献殷勤，你追我赶，争先恐后，最终狭路相逢，短兵相接。白老师一时摇摆不定，终究陷入了三角恋的漩涡之中。那孟张二人明争暗斗，为抱得美人归而不择手段，三十六计全都用上来了，最后还因为女生孙红梅被卷入而惊动了警察，一时间闹得沸沸扬扬。而白老师对谁也没兴趣了，最终黯然离去。

现在，琥珀跟我说："这个事儿没有谁比孙红梅更清楚，她也是当事人之一。所谓三角恋就变成了四角恋。孙红梅现在是橘州红梅缫丝厂的老板，精明强干，当年她为了这件事情付出了童贞和声誉，而完全是为了爱情。可惜那个狼心狗肺的孟东不懂得珍惜。话说回来，白老师的离开是学校的一大损失，最遗憾的就是孙知。孙知其他功课凭借死记硬背，狠下苦功，倒也马马虎虎，但英语就一直无法有微小的进步。他连续参加了两次中考，每次都败在英语上，也就差了那么十分八分。太遗憾了。"

我同意她的这个说法。孙知的失败是命中注定的。因为白老师的到来只是偶然，而她离开却是必然的。哪个有点本事的老师愿意留在黄花初中？她的离开，仿佛是一次错误遭到了纠正。这是学校绝大多数学生的命运，孙知付出的无疑更多。他没有第三次中考的机会了。

一知半解的英语老师

二十多年后，我有机会重返母校黄花初中。我忽然想起英语老师王二。他长得有点像外国人，高鼻深目，鬈发微卷，幸好仍是黄皮肤，黑头发。他仅有高二学历，靠函授取得了大专文凭，并非科班出身。他教英语教得特别吃力。他不懂音标，教我们背单词，只好采取鹦鹉学舌式的方法。他读一遍，学生就跟着读一遍，有时就索性用汉语去注音，但发音却是粤西土白话，譬如English，就让学生标注"英吉力士"，Classroom，则注"卡拉是龙"。这个方法不可取，我们老记不住单词。所以英语成绩很难上去。王二教得也十分难受。各科老师的水平都不怎么样，但王二不幸有个英语甚为了得的前任白兰花，这样别人就有了个比较。

王二还是挺认真负责的，他绞尽脑汁，将所有单词都用汉语注了一套读音。这样学生虽然读得不甚准确，但总算能让课文朗读下来。他又发明了一副扑克牌，每张牌上写一个单词或短语，据他所说，只要相关的牌拼对了，就能组合成不同的句式。但他说得云里雾里，我们也听得莫名其妙。那副牌的功用自然无法推广。为了攻克语法这个难关，王二认真拆解了汉语的语法规律，主谓宾定状补，将语文弄得差不多了。他经常跟孟东研究句式和语法，他认为孟东虽然是体育老师，但他会写文章。换言之，他会使用汉语，水平显然在别的语文教师之上。王二用心良苦，但他暴露了他既不懂英语又不懂汉语语法的老底。

等他基本上掌握了汉语语法，却发现跟英语语法根本不是一回事，那些时态、动词和单复数等变化，将他搞得晕头转向。他原来可怜的一点英语知识也全忘掉了。等他再回头看单词，那些用汉语标注的字母，显得支离破碎，犹如奇异昆虫的脚爪，怪异而陌生，根本无法组织起来。可怜的王二老师，有一天走上课堂，他发现原先那些靠强记的英文单词，一个也想不起来了，不会读，也不会写。那些异国文字像马蜂一样，嗡嗡叫着迅速飞离。他的头脑空空如也，就像一个在暮秋被蜂群丢弃的蜂巢。他怔怔地站在讲台上，手拿着粉笔，却变成了一个失语者。王二像木头一直站到了下课铃响，他才拖着身躯离开。他的脸色一片荒凉和悲伤，犹如秋收后的稻田，既空无一物，又显得饱受摧残。在刚才的数十分钟里，他仿佛离开自己的身躯，在地球上的每一个角落周游了一遍，但始终无法找回他曾经死记硬背的英语单词。后来，他放下了教鞭。校长朱温只好让他去做门卫。

这是我们初三毕业不久后的事。王二的悲剧，据说是他不该去向爱好写诗的体育老师孟东请教什么汉语用法。因为孟东参的都是野狐禅，原本就有偏差及荒唐处。他写的是什么朦胧诗，什么隐喻、象征、跳跃及逆向思维等等，随意将一些词语排列或并置，其打破常规的语文用法，显得既晦涩难懂，又思维混乱。孟东擅长诗性思维，所以不被扰乱。但王二就被搞乱了脑子，最终分不清哪是英语哪是汉语。这也只是一种说法而已。况且这个说法出自语文老师钱志豪之口，未免让人觉得有可疑之处。他的结论是：王二请教的人不对，如果来找他钱某人，呵呵。但王二将英语知识全部丢光了，却是事实。能丢掉的东西，就没有真正属于他。王二向来对英语只是一知半解，从未登堂入室。

写诗的体育老师被开除了

我对老同学琥珀说："孟东这个人，其实挺不错的，凭什么要开除人家？我觉得他有才华，也有情怀，这都很难得。在黄花镇，热爱诗歌并写得有点模样的，何其稀罕。那几个写打油诗及搜集民间故事的，都进了县文化馆呢。我最早去写诗，就受到他的影响。"

琥珀说："孟东在黄花镇一度臭名昭著，倒不因为他早年的风流生涯，相反是因为他写的诗。他在《茂州日报》上发表的，诸如'啊，情人，你的乳头像草莓在甜美的半球上张开眼睛''我的铁锹被你身体里的磨刀石擦出火星''我像种子在你两腿之间的洼地萌芽'之类的诗句，被认为是咸湿（粤语，淫秽之意）诗，简直教坏小孩。每个有点羞耻感的人，都不会视而不见。诗人都有一些神经质，看上去很古怪。孟东作为一个下流文人的形象，为人们所痛斥。自从跟他相好过的白兰花离开黄花初中后，他消沉了好长一段时间，然后发愤而为诗，写了一大堆艳情诗，并有少量在报纸上发表。读过这些诗的人，都被出没在字里行间的诸如'乳房''私处'之类的女性器官所震惊，更为他无耻的诗句而激怒。路边一些小饭店的暗娼还专门搜罗了孟东的诗篇，在关键时刻背诵出来，以增强服务质量。朱温校长在社会贤达及百姓的怨声载道中，只好将孟东开除了。在那段日子里，孟东内外交困，他既不见容于校方及黄花镇，也被妻子美兰痛殴。美兰也读不懂那些诗句，但标题下面的'献给我永恒的情人白兰花'之类的文字，她还是看懂了的。美兰说，如果孟东愿意给她写一首情诗，那么这一切都可以既往不咎，一笔勾销。但是孟东拒绝了。他说，就算我可以出卖我的诗，也不能出卖我的爱情，况且，你看得懂吗？这自然招至美兰的一顿暴打。可怜孟东身为体育老师，但鸡胸驼背，体弱无力，竟远非凶悍如母狮的美兰之对手。而处于悍妻拳脚之下的孟东，居然还在剧痛中凄然而笑。其实，孟东被朱温开除，倒并非全因所谓的艳诗事件，而两年前已祸根早种。他在敢于反抗学校的女生张瑶被开除不久，就写了一篇文章《我们要培养什么样的学生》发表在《茂州日报》上，惊动了县里某些管教育的领导。"

多年过去，我对这篇文章仍有印象，尽管文采平平，见识一般，某些观点在今天看来亦无甚新奇，在二三十年前，却显得惊世骇俗。其大意是，我们都想学生听话，觉得听话的就是好学生，凡是有些个人想法的就是坏学生。我们总是教育学生成为活雷锋，但不教育学生成为他自己。我们给学生提供学习的好榜样，但那个榜样是如此完美，不亚于圣人，我们教师和官员都做不到，却要求学生去做。我们教育学生要成为螺丝钉、小草，但不教育学生成为巨木或鲜花。我们没有问一问学生的成长愿望，也从来没有给予过其自由选择的权利。学生的成长，是按照我们准备好的模具去铸造上一代人的翻版而不是新人。这既是学生和学校的悲哀，也是民族和国家的悲哀，更是人类的悲哀，当然也是我们这一代悲剧的无限延续。我们这一代人，因为林彪、江青两大反革命集团的毒害和耽搁，其根本性的悲剧命运已无法逆转。但在十一届三中全会的春风吹拂下，新一代少年是祖国未来的花朵，是共产主义事业的接班人，是时候让他成长为有觉悟有思想的"四有"新人的时候了。在二〇〇〇年，我们要实现四个现代化的伟大目标，就不能不反思我们的教育体制，应当从应试教育扭转到对学生的思想素质和实践能力上来。如果还是过去那种洗脑式的教育模式，培养出来的只能是唯唯诺诺而素质低劣的奴隶，靠这样的奴才如何能完成四化大业？

在文章的结尾，他花了一小段节制隐晦地叙述了我们班女生张瑶被开除的悲剧。他说，在黄花镇有一个非常有头脑的女初中生，各门功课都相当不错。但出于某种不可告人的目的，也许是因为其容貌过人而引起某些教师垂涎，也许是她的特立独行让校方不快，就找了个莫须有的借口，将其开除了。她在学校，犹如羊羔赤裸在狼群中，无力抗拒。这样的悲剧，仅仅是张瑶一个人的吗？我认为损失的是建设社会主义大业的优秀人才。呜呼！

此文一出，在黄花初中乃至全镇都掀起了轩然大波。应当说，文章的前半部分观点固然离经背道，跟当时的教育思想格格不入，但倒并非其首创，更非新鲜。尽管恢复高考没几年，传媒就应试教育之利弊展开过多次讨论，某些有识之士已多次提出素质教育及培养学生独立思考的看法。若非有此背景，其文章亦不会见报。

让朱温、郑策等黄花初中领导如坐针毡的是后头一截。之前，数学老师张林辉和学生孙红梅发生了有伤风化的丑闻，这让朱温焦头烂额，也是因孟东而起（后来，人们终于知道，事件乃孟东一手策划并报道。事情错综复杂，先是张林辉设计离间孟东和白兰花成功，后是孟东还以颜色，为了搞臭情敌而不择手段），此番张瑶被开除事件，若引起更大范围的关注，实在不是妙事。孟东这个刺头，不剃掉是不行了。到后来其艳诗一再见报并在黄花镇上流毒甚广之际，朱温趁着孟东被人们切齿痛骂之机，遂将其开除了。校方的理由是："一个专门去写下流诗歌的人，不配为人师表。不开除他，家长们都不敢将女孩送到学校来了。"

美兰虽然揍孟东，实对丈夫情深义重。孟东丢了饭碗，生活骤然出现经济危机。他又肩不能挑手不能扛，孩子有两个，都是要吃饭要穿衣的，多亏美兰摆了个鸡粥档，生意还不错。孟东也就会帮忙拔拔鸡毛，洗洗碗筷，给妻子打下手。也不知从什么时候起，或出于何种原因，他终于放弃了写诗。每一个人在年轻时，都有无数种可能的道路，而最终只能挑其中一条走到黑。曾经跟妄想制造飞行器的物理老师赵云一度成为黄花镇上最另类最出位的才子、奇人或怪人，孟东已多年离开了人们的视野。他跟任何一个小老头没有两样了。

琥珀说："你想去看他吗？"

我说："这多年来，我心里最惦念的就是孟东老师，尽管他寡言少语，对我也不算特别好，但他是最肯定我作文的老师。我一直想过去看他，每发表一首诗或一篇文章，我就想过拿给他看看多好！大学毕业后，我拿到第一笔工资，就想过提点水果去看他。但一直没有付诸行动。不知是何种原因。我很怕见昔日的老师们，不管是对我好或不好的老师。我的感情十分复杂。如果说我对老师没有感恩之心，我是不同意的，但同时也有惊惶和羞辱之感。也许，少年时代的某些时光，已化为我内心的阴影，渗入了我的骨髓中，这妨碍了我的成长，但同时也提醒我某些记忆之不可遗忘。我最为震惊的是，他居然被开除了二十多年！"

琥珀说："我很少见到他。据说师母摆鸡粥摊生意不错，但等我后来师范毕业重返黄花镇，却没有见过他们。也不知道他们是否还在黄花镇呢。"我说："我对当年孟东、白兰花及张林辉之间的纠葛一直很好奇，但也有诸多谜团深感疑惑。"

琥珀说："我们作为局外人，具体情形当然无法尽知。但我知道孙红梅对孟东的爱情很伟大。她跟张林辉睡觉是为了孟东，那时候，孟东就是叫她去下油锅，她也不会皱一下眉头。我很替她不值！"

我的初中生涯

旧地重游

　　二〇一一年夏天，我应母校黄花初中的邀请，从省城坐大巴奔赴黄花镇，在离校二十年后首次返回，给学生做了一次文学讲座。眼前的文学社指导老师竟是我的同班同学琥珀。我们有过纯真的友谊，就差没有"早恋"了。

　　多年以来，黄花初中的一草一木，以及在学校的种种遭遇，像楔子一样粗暴地楔入我的记忆和灵魂。这既是我的养料，也是我的噩梦。我打消了一次次涌起的旧地重游之念，无数次在梦中重返故地。那条通向学校的白色小径，那个山坡，那幢墙灰剥落的二层白色校舍，校舍四周的操场、蔗地、山林以及山脚下的水井、田畴和河畔，这些景物，历历在目。我携带着这些事物、场景和人，就像二战后的老兵携带着无法取出的恐惧和弹片，也许还有疯狂和耻辱。那无数件发生在学校的事情，既是我的伤痕，也是我的勋章。

　　我是黄花初中走出去的为数不多的几个高中生之一，更是绝无仅有的靠文字吃饭的人。我的同学大多数在乡下种地，或进城务工。我从此处出发，并接触这个广大而神秘的世界。据琥珀说，我的名字一度在黄花初中如雷贯耳。我成了孩子们学习的好榜样，他们对我像对周星驰和周杰伦一样耳熟能详。这显然是夸大其词。

当天的讲座，我望着台下一对对清澈的眼睛，我知道我终究是过去年代的人。那些穿着雪白校服、脸庞如葵花的孩子，跟我们那一代相比，有相似性但更有不同。是否有一个像我一样孤独而敏感的孩子躲在人群中？这并非是异想天开。那些身影模糊而挥之不去的人，曾像囚徒那样封闭于我的脑海。但他们越来越不安分了，越来越躁动，在暗中策划着越狱和暴动。他们要求自由、奔跑，并到达一个更为广阔的天地。我像一座旧监狱，不堪重负，摇摇欲坠。我要获得安宁，就必须将他们释放。我受够了。你们走吧，你们爱到哪去到哪去，你们爱干吗就干吗，只是别来烦我！我也要走了。走出我的记忆，走出我的身躯，走出我的梦幻。我也可以是另外一个人。我干吗不是？我干吗非得是这个，而不是那个？就因为我在黄花初中读了几年书吗？它就像一座教育工厂，还是小规模的乡镇企业，我作为一个劣质产品不可避免地戳上它的印记。它像一个酱缸，每一块酱菜都不可避免地带上了这个气味。换一间学校呢？那也只不过是另一架制造螺丝钉的机床，我作为一颗螺丝钉的定义和本质是无法改变的，顶多是型号及款式略有出入。每一尾金鱼都有不同的鱼缸，却有相似的囚禁。一代人有一代人的局限。也许，我们上一代以及下一代，那种悲剧性的根源是一样的。

你瞧，那些操场上像积木一样排列整齐的孩子。他们就像一堆数字、符号或图像，按照某个秩序在排列组合。他们是一些空心人，却填满了这个时代的信息和影像。他们是一些纸人，却更容易因摩擦而起火。他们肢体崭新，笑容闪光，而内心麻木、朽坏。我们当年高唱《学习雷锋好榜样》。他们哼着周杰伦歌曲的古怪腔调。但我们的处境并无不同。我太熟悉那种秩序了。那个背景模糊而闪着微光的巨大链式绞盘，一群人在星空下列队进入。当年，我吃足了苦头，一直到今天仍有后遗症，在我的脑海像潮汐反复地震荡。正基于此，我每次想起来，都有一种坐黑牢的感觉。

在一个红日大如轮毂、红光万丈的清晨，我站在山坡上望着操场身穿校服、队列整齐的初中生，他们正像提线木偶在韵律庄严的口令中做体操。我眼眶发潮，一扭身离开这所折磨了我二十多年的乡村学校。

学校二十年对照记

一九八六年，我考上了黄花初中。我读初一时因眼疾休学一年，毕业后又复读一年才考上高中，在该校断续待了五年。该校坐落在黄花镇附近的一个山坡上，距村子有十几里路。去黄花镇通常有如下几种方法：有钱的人可以骑单车去，更有钱的人可以开摩托车去，没钱的人只好走路去。我家里很穷，连学费的一部分都是父亲像乞丐那样厚皮乞脸向沾亲带故的人筹措的，当然不会有单车，所以我只好走路。我还有一个选择，那就是坐父亲的鸡公车去，父亲早已跃跃欲试。所谓鸡公车，就是电影《淮海战役》里老百姓推着大米和白菜上前线支援子弟兵的那种独轮车。去年除夕，他就是用这样的鸡公车把家里养的一头猪推到了黄花镇的屠宰场。但我不愿意，我觉得我不是一头猪，也不是一袋什么货物，坐这样的车子多少有点丢脸。谁知到了学校，父亲做出了一件让我猝不及防的事：他一走到学校大门，往墙角一靠，也不管有没有人，二话不说，就伸手往裤裆里掏——他用针线把学费牢牢地缝在内裤里了——这是乡下人常用的藏钱方法。就在父亲往裤头里乱掏的时候，许多人的目光像机关枪一样朝我们扫射过来。我脸上发烫，恨不得地面裂开一道裂缝，好让我将脑袋塞进去。

我对琥珀说："我像一只懵懂无知的小老鼠，被扔进了一架构造精密的捕鼠器里。但我当时不知死活，反倒有几分趾高气扬。我觉得自己长大了，告别了童年。我成为初中生了。人在年纪小时，特别渴望成熟。做梦都想着远离童年，而不知道童年是人世间的伊甸园，最后的避难所。我一次次地返回童年，才得以忍受现实中的残酷和苦楚。"琥珀说："我同意你对童年的看法，但我无法理解你的那个比喻。对于我来说，那些岁月是温馨的、珍贵的。学校也是我最重要的场所，过去我在这儿成长，如今是我工作的地方。"我说："你是好了疮疤忘了痛。有些事情是永远不能遗忘的，否则就是背叛。"琥珀说："你还是那个样子。记忆既不是预设的，也不是刻意为之，而是自然而然的事。它不需要篡改或削减，也不需要添加或放大。我能记住那些温暖的场景和细节，那完全是命运的力量。"

二十多年过去，通向黄花初中的道路，有的荒废了，有的修筑成了宽阔的水泥路，有的人迹罕至。在过去，东面沿着山坡拐两个弯，有一条大泥路，自行车呼啸着，奔向黄花河下游的河堤。沿着黄花河的岸边，也有一条路将镇上的大街和学校连通。在西面，沿着镇子旁侧的公路，往上爬两个山坡，穿过小树林，还有一条大泥路，这是学校跟外界连接的三条最重要的大路。也有捷径，从镇子中央出发，趟过几块稻田，再蹬上一座架在小溪上的小木桥，穿过一个大竹林，走上山坡，再接通一条黄土大路，学校赫然在望。这条小径十分幽静，最适宜徒步。琥珀跟我说，那三条大路只剩下两条了，西边的大路已废弃，被新修的省道拦腰截断了。从镇子伸出的路及东侧的土路已扩建为硬底路，相当宽敞，路边种着棕榈树，安装着路灯，这都是过去没有的。那晚琥珀驾车送我去讲课，走的就是从镇子出发的那条路。晚上，尽管灯火明亮，但我也看不清学校及四周的景象。或者说，我找不到昔日熟悉的感觉。

270

我让琥珀陪我去学校看看，选的是那条偏僻小径。我们走在田埂上，稻穗就快成熟了，沉甸甸的，倾垂如沙锤，空气中弥漫着谷穗的气息。我不否认往昔的岁月中有美好的事情。但我对那一切使我在少年时代扭曲的环境、势力或者那股野蛮而巨大的暗黑力量绝不宽恕。在那数年间，我几乎崩溃了。那股破坏力在我心头留下的后遗症持续至今。

溪水仍在欢快地流淌，只是变得浑浊。溪中堆满了枯枝败叶，竹林仍然青翠，一阵清脆悦耳的蝉鸣震颤着空气。我顺着琥珀手指的方向望去，看见了竹枝上的小竹蝉，像美人指尖那样小巧，几片透明的羽翼覆盖着金黄的身躯。蝉鸣使溪畔变得更加清静，那条白蛇般迤逦穿越树林的小径，有点潮湿和灰暗，长着零星的花草和苔藓。

琥珀说："这条小路很少人走了，学生也多有单车代步。"在过去，我和琥珀曾经千百次走过这条小路。此刻，一股流行曲的旋律从远处传来，节奏急促，欢快，我对流行音乐一无所知。琥珀说："这是周杰伦的《菊花台》，新一代的偶像之声。我们那个时代的偶像之声是徐小凤和张国荣。我们女生，每个人都有个大本子，上面抄满了流行歌曲。"我说："你们都有一到几个偶像，但那是隐秘的、地下的。学校希望刘胡兰、董存瑞、雷锋才是你们的偶像。后来还加上赖宁，一个死于救火事件的英雄少年。若干年后，赖宁的名字又从学习榜样中消失了。据说校方不再鼓励青少年去扑灭山火，这应是消防员做的事。像赖宁这类昙花一现的榜样，还有好几个。我一直找不到可供崇拜的偶像。我长期处于精神上无所依附的孤立状态。"

我们穿过了桉树、松树和相思树的混合林，学校广播愈加响亮和清晰。这一幕似曾相识。当年，我和父亲一走上山坡，广播的轰响笼罩着整个学校，四周的山坡与树林，笼罩了整个天地和多年之后的岁月。当时广播的是《团结就是力量》，类似的歌曲有十几首，翻来覆去地播放，如《学习雷锋好榜样》《接过雷锋的枪》等歌曲，我听了无数次，但没有一句记得住。偶尔也播流行歌曲，譬如《小草》《鲁冰花》《故乡的云》，都是格调健康、积极向上的。我父亲仿佛听到了战斗的号角，兴奋地说："快走，就要到了。"我们走出树林，就见到了黄花初中的全貌，近处是一个尘土飞扬的黄泥操场，两头矗立着旧篮球架，架上的网兜不翼而飞。两座水泥乒乓球台。邻近一幢是教学楼及学生宿舍。另一幢是教职工宿舍。操场的旁边有一截坍塌的围墙，部分完整的墙头镶嵌着白色或蓝色的玻璃片，那些颜色取决于瓶子原来的色彩。校舍四周绿树掩映，高大的粉蕉树伸展着宽大、青黄的叶片，艳红的花蕾和翠绿的香蕉果依稀可见。

那天阳光灿烂，一切景物及其阴影均清晰可见。当时的感觉我挥之不去——校舍像一艘搁浅的旧木船，它的中枢毁坏了，已无法行驶。那只是黄花初中的主体部分，还有食堂、水池等未能目睹。至于水井，则在另外的山坡之下，需步行两三百级在泥地上挖掘的阶梯。

学校东面的坡地各种有十几亩木薯林和甘蔗林。这是学校劳动课的主要场所及产业。校舍灰白的泥墙在阳光中显得斑驳苍老，事实上它也在朽坏，墙体上的裂缝让人触目惊心。我跟琥珀说："现在回头看，当时的黄花初中就像是一个远逝年代里的建筑物。它像一个时代的终结，一个人的暮年，一点活力也没有。那种颓败荒凉的感觉，至今仍残留在我的身体之中。你瞧，眼前的校舍，虽然多了好几幢，甚至多了一幢高达五层的大楼，但都是旧房子了，仿佛昔年校舍的翻版，或者那些旧建筑的幽灵。这些房子顶多也就十七八年的时间，为什么也给我几乎一样的苍凉感呢？"琥珀惊讶地望着我，她肯定有另外的想法。而我目睹着眼前的校园，尽管操场上的体育设施相当丰富，校园也扩大了几倍。但我还是说："以为回到了二十多年前的校园。我曾在梦境中一次次造访，那种氛围和情景何其相似。"

一群衣着整齐簇新的同学不时走过，他们穿着白色上衣蓝色裤子的校服。这是夏季校服最常见的颜色，款式大同小异，但颜色在十数年来无甚改变。我注意到学生的发型仍然严格遵守着规则，男生不准留长发，女生不得烫染。琥珀说："学生就得有学生的样子。"我说："你还是昔日的那个小女生。"她摇摇头，说："我在教书多年之后，才深刻地体会到了'园丁''接班人''灵魂工程师'和'祖国未来的花朵'之类的含义。我们责任重大啊。一个十几岁的孩子，懂得什么呀。这一切得靠我们去培养和引导。春风化雨，润物无声，阳光普照，朵朵葵花向太阳！"我跟琥珀终究不是一路人。我不必每句话都去反驳她。昔日那个女孩仍存活于她身躯里的想法，那只是我的一厢情愿。

父亲带我去交费、注册。学费三十五元，公允地说，这不算太贵。尤其是比起之后的逐年一翻数番（数年之后，我读高中一年的学费是三百多元）。但这笔钱对父亲来说不算少了。他桀掉了一担稻谷，卖掉了家中的那只母鸡，还得借一点。这势必导致过冬时口粮短缺，盐也得省着吃。盐原本指望着母鸡下的蛋去换取。但以后的事管不了，只能先顾眼前。父亲不解地问："不是说要搞九年义务教育了么，为什么还要涨学费？"没有人理他。这个问题也纠缠了我多年，成年后才若有所悟。学费仅是开端，班级乃至学校巧立名目的校服费、补课费、班会费、郊游费等等，将接踵而来，将父亲搞得焦头烂额。

父亲帮我扛着床篾（用竹篾编织的匾状物，以充当床板之用）、装米的木桶和被铺，去宿舍占床位。我则扛着一根竹竿。此刻我才明白竹竿的用途。由于校舍紧张，在每间课室的后面，都间隔出五分之一的空间做男生宿舍，那些竹子被绳子捆缚在一起，犹如竹墙。数天后，老师搞来一大块红色的厚布去覆盖它，就像舞台上的布幕。有的同学在上课中途，趁老师一不留神，就会掀开布幕钻到后头的"宿舍"睡觉。床是木头打制的架子床，上下两层，通常上层更受欢迎，少了灰尘及摇撼。对于少年来说，一个个身手敏捷，也就没有什么上落不便。至于女生，则全部集中在数间大房子里，其中摆满了木架子床。教职工的宿舍也不好，顶多是一个单间，家属和孩子全挤在十多平方米里。

黄花镇的小学生，除了极少数成绩优异者可以去考县城一中外，其余的只能进入黄花初中或石湾初中。乡村学生的起点很低，连老师也嘲讽说："你们都是箩底橙、卖剩蔗，不值钱了。这儿不是学校，而是废品收购站啊。"乌鸦只看到猪身上的黑。学生是这样，教师亦无二致。稍为有点水平或能耐的教师，早已削尖脑袋调到县城去了。琥珀说："当时乡镇教师调入城区花销不算贵，也就两三千元搞掂。现在是明码实价，八万到十万不等，还得看靠山硬不硬。"我说："你为什么不也调到城里了？"琥珀说："我喜欢黄花镇。"

当时学校有九个班，五六百个学生，教师也就四五十人。在全省的初级中学中，很不起眼。现在算是规模不错了。琥珀带我参观了教学大楼，我惊异地注意到校方设有图书馆、音乐室、美术室。琥珀说："正儿八经的生物园我们没搞，但学校的那几十亩坡地，是非常好的劳动课堂。这个优良传统，我们继承下来发扬光大了。"我想，在过去，我们开的课程就是政治、语文、数学、英语那几种中考的必修课，像历史、地理之类，形同虚设。音乐和美术更名存实亡，没有专门的艺术课教师，大多由班主任兼任。不要说图书馆，就是图书室也没有。如果我读初中时就能接触到文学作品乃至世界名著，我想今天肯定是另一个模样。这样的假设让我沮丧（我就读的县城高中也没有图书馆，我们班考上大学的寥寥无几）。这是我的隐痛。我到一九九四年考上省城的大学，才知道除了语文教材上的那几篇鲁迅和杨朔，世界上还有那么多奇珍异宝般的文学作品，这绝非某些贫乏、僵化和腐朽的课文可比。我二十周岁了。我固执地认为，一个人读书的黄金时代是十二至十八岁。我丧失了。

我说："黄花初中的确有很大的发展。我很喜欢现在添加的图书馆和艺术类课程。一个学生即使考不上高中，但艺术方面的熏陶非常重要，甚至改变了他对世界的看法，终生受用无穷。"琥珀说："我们的升学率就靠艺术类的考生。文化课永远比不过人家。"她既自豪，又略带难堪。黄花初中在全县中学的排位，多年过去，仍没有多大改观。

我对图书馆特别感兴趣。但我发现，馆里的藏书，文学类多是中国古典文学、红色革命经典及当下流行的网络文学之类。至于外国文学名著少得可怜，也多是批判现实主义小说及苏联的革命经典。我一直走入书架的尽头，好不容易发现了一套《卡夫卡文集》，积满灰尘，半新不旧。我抽出一本，不禁百感交集。如果我在十五岁前接触到卡夫卡，那会出现什么样的结果？我是看不下去呢，还是狂热地喜爱。卡夫卡对塑造我的文学形象，曾经起到无可替代的作用。假设毫无意义，但那至少使我多了一种选择的可能。

我说："馆长进书的思路有点问题。"琥珀说："我不这样认为。中国古典文学是我们的根脉，革命经典可以塑造一代新人，也许艺术性稍逊，但具有十分重要的思想道德教育。我们的教育方针并不僵化，而是与时俱进，对优秀的网络小说并不排斥。让我们头痛的是，同学们似乎比较倾向于网络小说，下来我们要推选更行之有效的阅读计划。"我说："我姑且不臧否你的观点。问题在于，大多数作品不是经典，即使就道德教育而论，也应当读一读《威廉·迈斯特的学习年代》《约翰·克利斯朵夫》《一九八四》之类。"琥珀说："你太偏激了。"我说："现代教育的意义不在于培养考试机器、熟练工人乃至什么小草、螺丝钉，而是培养精神独立、思想自由、具有创造性的人。而在现实中，考试分数高、听话的人就是好学生。你看'三好'学生，创造性从来就不重要。"琥珀说："一个小孩子懂得什么思想？什么创造性？就是思想也有正确和错误、高尚和卑下之分。在个人主义乃至自由放纵面前，怎么说也有一个集体、民族乃至国家，哪头轻哪头重，就不用说了。思想道德教育是我们重要的任务，自有一套行之有效的办法去矫正学生偏差的思想行为。"

现在学生的住宿条件都不错，一个十来平方米的房子，也就住八个人，摆着双层的铁架子床。黄花初中现有学生一千多人，教职工一百多人，可谓大大发展了。

说到管理，琥珀难掩得意之色："现在的管理更加科学而合理，比过去更进步了。当然，现在的社会环境也比较复杂，社会上的不良风气影响太大，尤其是电视及网络上传播的大量垃圾信息，都是污染学生心灵的精神鸦片。当年也就镇上有几家录像厅，放放黄色录像。学生学坏也就是看黄色小说，连电子游戏机也没几台呢。不良少年顶多也就是打打桌球，拉帮结派，鸡鸣狗盗，打群架算是大事。现在的学生大多是九十年代出生的，独生子女居多，父母又多在外地打工，很容易出事。世风日下啊，教育工作者的压力太大了。我们必须绞尽脑汁，杜绝各种社会污染源，积极灌输、引导健康的思想和先进文化。在过去，我们为了四化大业，培养四有新人。现在，我们的目标是在新的形势和条件下，培养建立和谐社会、爱党爱国、素质全面的复合型人才。这个要求比过去更高了。说到素质教育，说了多少年，但我们还是绕着中考高考转。没办法，没有升学率，什么都是假的。我们实行的是半军事化的封闭式教育，你看，整个校园被围墙和铁栅栏封锁起来，学生不得擅自外出，实行严苛的作息制度。这样的好处是，学生可以较少受到社会不良因素的污染，能更专注于功课。另外，也减少学生外出违法乱纪的可能。在以前，有的老师对待好学生像春天般温暖，对待坏学生像冬天那么冷酷无情。他们还振振有词：没有办法，教育不是万能的，你必须承认，总有一些害群之马就像社会渣滓，你只能采取对待渣滓的方式和手段。这很成问题，我无法想象我放弃任何一个学生。"

在以前，我们也严格遵守作息制度，早上六点起床、洗漱后吃早餐，做早操。上午（八点至十二点）上四节课，下午（两点至五点）上四节课，中午的两个小时是吃午饭和午休时间。晚上约有一个多小时的吃饭及活动时间，之后七点至九点半是晚自修时间。十点半熄灯睡觉，学生不准外出及说话，灯一熄就必须睡觉，只有毕业生才有挑灯夜读的权利。周末休息。上课必须按时并认真听讲。不得无故缺课、旷课及迟到早退，有事须交请假条并获得班主任乃至校长的批准。上课时不准打瞌睡，不准思想开小差，不准交头接耳及看课外书。我最难受的是睡觉。睡觉时有值班老师及学生会干部监督，先检查人数，然后在门外逡巡、窥伺。若发现有谁说话，必记下名字处罚，轻则罚站、跑步，重则记过、处分。

校方的理由是任何学生不得打扰其他同学睡觉。但门外的老师对窃窃私语者的怒斥炸雷般不时轰响，似乎忘了他也可能会影响我们。

这是当时的基本作息。学校的管理框架，大体上是这样的。重点在于思想道德教育，有一系列规章制度。譬如《中学生守则十条》（后修订扩充为《中学生日常行为规范》六十条，一本小册子），校方制订的各项规章制度，繁文缛节，交叉重叠乃至相互抵牾之处不在话下。奖励三好学生。惩罚违法乱纪的学生，视情节轻重针对条文作出相应处理。每周一次的校会及班会，由校长及各班主任对学生进行思想教育。

在一个班里，班主任身兼重任，乃一班之主，下设班委会及团支部数人，在班主任的直接领导下管理全班同学。除班委外，各组设小组长，班干部分工合作，首尾兼顾，就像轴承、齿轮、皮带和润滑油一样带动着班集体这台机器运作。至于操纵机器的人，当然是班主任。上面还有诸位科室主任及校长，乃至教育局长直至高层，层层上溯。对于我们来说，那都太遥远了，就像仰望飞机，一转眼就看不到踪影了。能当班干部的多为成绩较好的学生，当然也有个别成绩不佳但有特长的同学，前提是首先得听话。名义上有全班同学投票选举，往往也煞有介事地当场投票、统计，但实为班主任直接任命或提供等额候选人。类似的把戏，我后来见多了。

我的成绩不错，但天生缺乏权力欲及管理才能，却也当了个学习委员。尽管责任较轻，但除了收发作业本之类的本职工作，同样要参加班级管理，譬如打小报告之类的事情在所避免。学生干部无非是班主任的爪牙。多年之后，我对自己当过学生干部感到羞耻。这是我性格上的怯懦及虚荣所作祟。我本能地对权力反感又无力排斥。我有时为自己开脱，一个十几岁的少年，根本就没有觉悟及违逆班主任的勇气。成年后，我以内心的意愿做出选择，主动远离权力争斗的是非之所。我对学校的反抗，是十分微弱而隐秘的。但我内心充满压抑和屈辱感。我感到无时无刻都被洗脑和控制。只要我稍为清醒，就无法不感到屈辱。我的忧郁和孤独在那几年是最深切的。学校和老师对我很友好。毕竟，我的成绩总在前十名之内。我是校方有望升上高中"深造"的少数学生之一。我的对手尽管强大而无处不在，却绝非某个真实的人，而是某个无形无影而威力无穷的庞然大物。这样，我比公然反抗或调皮捣蛋的学生感到压抑，也比乖乖听话或内心不认同却为了利益而趋附者痛苦。前者得到了发泄，单纯而痛快；后者深谙世故而屡得好处。只有我无时无刻感到压迫而不敢公然反抗，但我内心的警惕和搏斗从来没有停止过。这也是我能够成为漏网之鱼的缘故吧。我的同学要么屈服于某种"正确"的精神力量之下，或为某种世俗利益所挟裹，毫无精神独立可言。

那几年，我几乎被毁掉了。我庆幸自己像一只小木船在激流险滩中打转，而没有撞得粉身碎骨。只要我往后退一步，或往前迈出一步，可能都无法全身而退。

劳动课

朱温作为黄花初中的一校之长，其铁腕统治让学生不寒而栗，其经济头脑亦十分活络。他除了赚学生的钱，还利用学生去赚钱。前者呢，就是通过给学生订辅导书、资料和报刊，组织补课班及旅游活动等，大搞创收。后者的主要方法是带领学生利用劳动课，挖果坑、修水利、挖树桩，这些工作都是有报酬的。当然，大半进了校长的腰包，教职工尤其是班主任也能分一杯羹。学校那几十亩坡地的木薯和甘蔗，春种秋收，也能带来一些收入。

从小学到大学，"三好"学生都是大伙儿趋之若鹜的荣誉。最初，所谓"三好"就是德智体全面发展，除了考试名列前茅之外，其他并无竞争力。说到思想品德，我自然比不上镇领导的儿子或整天帮教师挑水扫地的同学，评不上"三好"也毫无怨言。后来，"三好"发展到了"五好"，也就是德智体美劳，当然名称还是叫"三好"。至于教师所称道的"美"到底指什么，我至今不甚了了。而"劳"就是劳动，我读初中时，每周一至两个下午的劳动课，什么都干，忙得筋疲力尽。

学校有几十亩坡地，全种上甘蔗或木薯，种木薯还好。种下之后除除草就可以了，大不了再去挑点粪水肥淋浇。到秋天，木薯成熟了，就可扛着锄头挑着箩筐前来收获。

种甘蔗的活儿就多了，可以一直忙到收成之日。在种植的时候，须经过掘蔗坑、收集土杂肥、选种栽植等诸多工序。种下之后，整天都要挑粪水肥来浇。等到甘蔗苗钻出地面，甘蔗渐渐长高并变得粗壮，那我们的主要劳动就是将甘蔗植株上带状的长叶子剥离。这项活儿又累又烦，让大伙儿叫苦连天。甘蔗的叶子生长着一层细密的茸毛，沾在脸上、手臂上就像给毛毛虫蜇过一样，又红又肿，疼痛异常。但劳动是一种美德，我们为了博取班主任在家长信或《中学生手册》写上一句"该生劳动积极肯干，不怕苦不怕累"之类的评语，就是再苦再累也不敢吭声。相反，脸上和手臂上的红肿就成了积极劳动的标记，谁是最积极的人，只要看一眼他的脸和手臂就可以了。我们就像农夫一样，持着农具在地上辛勤劳作。而教师从不劳动，他们戴着草帽或打着伞，坐在树阴下瞅着我们。他们有更重要的任务，那就是及时发现并口头表扬积极分子并对落后分子做出严厉批评。

有时候老师也会带领我们下乡劳动，譬如修水利、割水稻诸如此类。修水利是黄花镇政府的工作，而我们割的水稻，也大多是乡镇干部家里的。这些劳动对我们构成了挑战，这种挑战不仅针对我们的觉悟和勤劳，也针对我们的意志和体力，直到榨干我们体内的汗水和力气为止。直到日落西山，归鸟鼓噪，教师才让我们拖着稚嫩而疲惫的双腿回去。

在一个初秋的下午，学校让所有学生都持着一把锄头、铁镐之类的农具，坐上了一辆"东风牌"敞篷大卡车。汽车驶出了黄花镇的街巷，然后驶入一条通向深山的土路，路上黄尘滚滚，而路边绿树成荫。这是一个天气晴朗的秋日，凉风拂面，天空高远而辽阔，云朵洁白而聚拢。尽管我们像罐头鱼一样密密实实地塞在车厢里，手上的农具也在磕磕碰碰，但我们的心情都不错。我们不知道将要开始的劳动是什么，但更宁愿将其视之为一次金风送爽的郊游。

汽车在行驶了大半个小时之后停下来，将我们抛在路边。朱温校长一马当先，手拿着一个喇叭大声喊："同学们，我们到目的地啦，冲上山去——"

这是一个宽广而低矮的丘陵，粤西地区像这样的面包山随处可见。然而山上光秃秃的，一眼望过去空空荡荡，山上一片焦黑，有焚烧过的痕迹。由于失去了植被的遮蔽，裸露出碎石、泥土和沙砾。待走近一看，山上也并非什么都没有，至少有无数大大小小的树桩布满了山坡。那些树桩在泥土上高出一截，还残留着斧斫锯戮的痕迹。我注视着这么多树桩，心中想起了往昔这个山地上的树木，可以想见那翠绿而茂盛的树冠上面，栖息着多少麻雀和鹧鸪，而那林间的小径上，又有多少松鼠和野鸡在嬉戏奔突。如今这一切都消失了，包括那些生机勃勃的树木也被砍伐下来，用利刃削掉了枝叶，被汽车运送到不知什么样的地方上去。我不知道那些树木是谁砍的，也不知道被砍下来作何用途，我只知道这片曾经繁茂的树林如今成了一个荒颓的山冈。我甚至不知道这是一些什么树，以我对树木的有限认知，并不能根据树桩做出准确的判断。那些在泥土上凸出来的树桩犹如砍下的头颅，那些树木美丽的身躯已不知所终。

现在，我们知道了自己的任务，乃是将这些树桩全部挖起来。当然，这些树桩除了当木柴去烧，也没有多大用途。校长说："不将这些树桩挖起来，待明年春雨降临，它们就会抽出一束喷泉般的枝条，很快就会长成小树。这块地是镇领导承包下来的，他将会在山上种植龙眼和杧果之类的果树，所以必须要把这些树木连根刨起！"校长说得有道理，我想不通的是镇领导种果树跟我们何干？我打破头也想不出我们的劳动课竟然会跑到别人的山地来上。也许，一切奥秘尽在于"领导"二字。校长为了讨好镇领导而出卖我们的力气和汗水，这不是什么新鲜事了。尽管我们不喜欢这样的劳动课，但除了执行教师的命令，别无他法。我们从没想过逃避。

我们扎紧了腰带，挥舞着锄头或铁镐向着一个个树桩冲去。用校长的话来说就是："勇敢的小战士啊，我们誓要将敌人消灭干净——"这是什么样的敌人呀。它们深埋在泥土，不言不语，仿佛一群被赶入死胡同的野狗，无路可退，只有任人宰割。

山上一片静谧，只有铁器掘入泥土或碰在树桩上发出"噗嘭"的声响。树根隐藏于地下的深度和牢固超出了我们的估计，它们并不像看上去的那么容易对付。在树桩扎根之处，泥土甚少，更多的是石子和沙砾，我双手狠劲地将锄头掘下，只能掘开一点土块，而手却被震得疼痛难忍。令人难以置信的是，在这样贫瘠的地上，竟然能生长出这么多树木！挖树桩么，只要将树桩四周的泥土挖掉，树桩自然水落石出——这就是教师传授给我们的劳动技能——这也是挖树桩的唯一办法。女同学在教师的安排下专拣细小的挖掘，那些粗大的树桩全留给了男同学。树桩自然是越小越好挖。我承认挖树桩是记忆中最艰辛的劳动，如果这算是一堂课的话，它除了耗尽我的气力，并不能给我带来更多教诲。

这堂课唯一的收获就是让我学会了什么叫"根深蒂

固"。那些树桩并不是好欺负的，尽管无路可走，倒也困兽犹斗。它们就像一些穴居的动物在无声地顽抗，我们举着铁锄，挥汗如雨，仿佛在跟一头猛兽殊死搏斗。随着我们的努力，树桩四周的泥土被一点点掘松、搬走，树桩的树根在一条条地显露出来，并最终原形毕露，就像一条八爪乱舞的章鱼那样浮出水面。这时，只要用铁镐轻轻一敲，就可以将树桩最后一条连结着大地的根须敲断。

我们抬走了树桩，这是一个长着无数利爪的怪兽。它曾以爪子跟最猛烈的狂风暴雨搏斗并取得了胜利，但不幸的是它这次的敌人是人类。它在人类的暴虐面前无能为力，首先是被砍掉了躯体，然后是取走了深埋于地下的头颅。不要说是一棵树，就是一只真正的猛兽也逃不脱人类的毒手。在树桩离开的地方，留下了一个丑陋而不规则的坑洞。暮色越来越浓，那些坑洞犹如一只只失去了眼珠的眼窝，它们在暮色中张大空洞的眼眶，让人感到一种说不出的悲怆。挖树桩的劳动强度太大了，即使由大人来做也不轻松。而我们是如此的年幼，哪怕是最强壮的同学也叫苦不迭。

天色渐暗，校长让我们将挖出来的树桩扔上车厢。他望着山上还没有挖掘出来的树桩，颇不情愿地挥了挥手，说："算啦，今天就到这里，下课！"由于车厢装满了树桩，所以我们只能步行回家了。由一位年轻的教师带队，我们扛着自带的农具迈上回家之路。我们坐车来时还觉得挺快的，但现在要步行，就觉得长路漫漫仿佛永远走不到尽头。我们又累又饿，拖着仿佛灌满了铅的双腿，像一支老弱病残的士兵缓慢地行走在越来越黑的山路上。只有黯淡的星光照耀着地面，道路两旁是一片漆黑的风景。

后来，我们又来到那座山冈上了好几堂"劳动课"，才将山上的树桩悉数挖掘出来。大伙儿松了一口气，以为这种苦役终于到了尽头，谁知更大的考验还在后头。

又一个秋日的午后，校长让我们带着铁锹、锄头和鹰嘴锄来到了山冈。这一次，我们的任务乃是挖果树坑。树坑的要求甚高，长和宽各一米，深垂直一米，加起来刚好是一立方米。如果在泥土中挖掘，这算不上是多么辛苦的事，但当我们用锄头铲开那层薄薄的土皮和残留的草根时，下面的土层异常坚硬，密密麻麻的细石夹杂着沙砾和少量的泥土，每前进一寸都需要付出极大的力气。铁锹根本就无法撼动土层分毫，就是铁锄也在砾石中卷刃，只有那种由精钢打造的鹰嘴锄才能崩掉一小块。而我每挥一下工具，虎口都会震得疼痛，花九牛二虎之力才能挖一个浅浅的小坑。

挖树桩和挖树坑，是我所遇到的最可怕的劳动，它打着上劳动课的幌子，其实是一种非人的苦役。我累得腰酸背痛，双手磨出了一坨血泡，稍一触动就会疼痛难忍。树坑挖得越来越深，我需要跳进坑中去干活，我矮小的身体几乎为树坑所遮蔽。我利用鹰嘴锄将土层掘松，然后利用铁锹将其抛出坑外。随着树坑在不断加深，我发现这其实是一个小型的洞穴。

之前，我曾在凤凰村见过一个人挖洞。那是非常动人的一幕：他弓着脊背，双手挥舞着铁锹，他把头脑中关于洞穴的观念通过手上的铁锹有力地传递到泥土中去。从他挖下第一锹起，洞穴开始现身并露出幽暗的面目。那个敢于挖掘的人，在前进中弯下了腰，泥土在不断抛起，洞越来越深，那个挖洞的人已深陷其中。蓝天越来越远，那个洞穴似乎永无尽头之日，他扔掉了铁锹，我看见他的头发在洞口飘动。洞穴并非出自某人的发现，更不是某人的创造。它本来就存在于泥土中，只要把多余的泥土搬走，它就会显露出来。然而那挖出来的泥土，无论放在哪里，对别的洞穴来说都是一种多余之物。那个持着铁锹挖洞的人，苦恼于新挖出来的泥土，已经填满了原先的洞穴。那是一个人持着铁锹在地面上挖掘，那是一个人搬走了心中多余的东西。那是一个完美的洞穴在缓慢地成形，一个人像一架掘土机在跟大地搏斗，他仿佛要把越来越深入的洞穴挖穿，但搏斗的结果是扩大了洞穴的幽深。

那个持锹挖洞的人，他也许首先要腾出身体中的位置，并把头脑里的杂物清理一空，以便堆放那些挖出来的泥土。那些泥土越堆越高，缩小了地面跟天空的距离。但有些东西却无法抛弃，譬如月亮的碎片，那是爱情的矿渣在少女的胸膛熔化并浇灌。事实上，没有谁可以把记忆的钉子全部拔除，它们像山冈上遥远而黯淡的群星，尖锐而锈蚀，跟闪电般划过的铁锹擦出了火星。

那个持着铁锹挖洞的人，忽然停顿下来。他侧耳倾听着阵阵从身体传来的挖掘声，大惊失色，他知道有人在他的双眼中向外眺望并屏住了呼吸。但他无法反过来看清那个人的模样，他感到有一锹锹泥土被抛出体外并进入了现实中的世界。那个酷似深渊的洞穴仍在不断加深，他感到身躯正在被一把铁锹掏空，并变成一个洞穴的圆形内壁，而自己却在虚空中下坠。瓶子，坛子，甚至口袋或利希滕贝格看重的管子，这些都是洞穴在生活中的模型。你可以把一个较小的瓶子塞进一个较大的瓶子中，却不能把一个较小的洞穴放入一个较大的洞穴里。如果所有的洞穴不是同一个，那么它只能是一个虚无，但那么多真实的洞穴在泥土的减法中加深。你无法把一个洞穴像萝卜那样拔离地面，它依赖于那遮蔽它的一切，洞穴不过是一个虚空，但它需要坚实的四壁。在萝卜离去的地方，世界在泥土中凹陷，尽管下陷的尺寸微不足道，但那是一个人的观念像晾晒的布袋那样翻转过来。那个人仍在不断地挖掘，他小心翼翼的样子，仿佛在出土一件无形的古董。

在幼年，我曾见到村里有个人，在挖好的洞里种上树苗并填上泥土用脚踩实。那个洞仿佛从来就没出现过，却长久地停留在我的记忆中，他终于挖好了这个洞，我不知他挖这个洞有什么用。他正挖着的可能是一个树坑，可能是一个阴险的陷阱。也许，他根本就不是在挖洞，而是在掘取地下的东西，譬如埋藏在岁月深处的地雷，譬如一个时代的肖像和勋章。他要亲手挖一个洞穴，这就是悲剧的叙事之初。

向下挖，向下挖。挖洞的人，感到洞穴越来越深。他甚至看到了神秘的泉源，但他终于放下手中的铁锹，他发现自己早已置身于洞底中，一直在对着洞口反向挖掘，仿佛在一棵树木的根部往前挖，一直挖下去就是树冠，每一根枝条都指向新的歧路，每一根枝条都蘖生新的枝条，他在无数个方向中迷失了自己。树冠前面是天空，辽阔的蓝天犹如没有边界的洞穴让他倍感绝望。他多年来的努力，只不过是在别人的洞中，盲目地挖掘而不自知，他所触及的并不是真正的洞壁，而是另一个洞穴的边界，把他跟别人的梦境隔开。与其说他在挖掘中丢失了洞穴，毋宁说他在梦中抱紧了现实，他几乎看见了脱胎于泥土的上帝，其实这是他在流水上弯曲的倒影。一个梦游者在雨夜回到了家乡，草木可以作证，这一次是真的，但他在无限靠拢而最终无法抵达。

在一个潮湿暧昧的春日黄昏，我发现几个农夫在凤凰村附近的一个山坡上挖掘。这是一片种着花生和豆子的坡地，他们在地上疯狂地挖呀挖，泥土在身后堆积成了一座小山，泥坑中一片狼藉。据说，他们知道地下埋着十几罐白银，这不知是从哪儿得来的消息，这可能是神灵的启示，也可能是在梦境中获取的信息，总之宁可信其有不可信其无。银子没挖到，却挖出了几个陶罐，陶罐里只有一些清水或几只呆头呆脑的蟾蜍。那些陶罐具有洞穴的形状，仿佛是一个脱离于地底的古怪洞穴，他们的本意并不是挖洞，但仍然得到一些洞穴的模型。换言之，他们并没有找到想要的东西，他们所能得到的乃是一些虚空。农夫们失望地扛着铁锄拖着疲惫的双腿离开了那儿。

我曾帮族人挖过井，那是一个有着圆形内壁的水井，这种井较之于树坑更像是一个洞穴。我蹲坐在井底，使用那种短柄的锄头在不断地挖掘，井口装着一架辘轳，那长长垂下来的绳子系着一个畚箕，我将泥土铲入畚箕中。族人只要转动辘轳上的绞盘，就可以将井中的泥土搬运到地面。我不断地挖掘，井底不断地向下推移，昨日的井底今日却成了井壁，我知道一直往下挖就是深深的泉源。终于，那些甘甜的泉水从遥远而神秘的地方涌流出来，挖掘的工作才告终止。

农夫挖地三尺只得到几个虚无而空洞的陶罐，我在地底向下挖掘而获得甘甜的泉水。挖树坑是为了种果树，当然在种上果苗之前，会先往坑中填满沤烂的草叶以及牲畜粪便之类的土杂肥。那些将要挂满累累硕果的果树与我们无关，那是镇领导的私人所有。而我们被驱赶来到这个山冈挖树坑，因为这是我们必须要上的课程。上劳动课是每一个学生的本分，但无人理会该劳动有初中生无法承受的强度，也无人理会这种劳动对培养学生到底有何价值。在劳动的名义下，我们成了校长向镇领导献媚的牺牲品。

朱温的胃口越来越大，每周一两个下午的劳动课已无法满足他的需求。到我读初三时，他拟效法职业中学，准备在毕业班腾一个学期出来搞社会实践活动，让全体学生一分为二。男生组成一个建筑队，去做砖瓦工及装修工学徒，女生则分派到制衣厂或制鞋厂。反正学生毕业后的命运无非是这些，除了少数几个，都成了珠三角牛高马大的打工仔及心灵手巧的打工妹，何不早些让他们介入社会学习技能？这对他们日后的生计也有好处。我被编入建筑队学徒中，马上就要跟大伙儿开赴深圳时，我们的实践活动被突然叫停了。镇教办收到了一封匿名信，其措辞激烈，事实确凿，颇对朱温不利，几乎让他下台。幸亏朱温树大根深，总算大事化小，有惊无险。

事后有人说，该信是副校长陈茂写的，以让朱温下台取而代之。也有人说是物理老师赵云写的，以报他一再戴绿帽之仇，据说他老婆就是为了某个校领导而红杏出墙。众说纷纭，不得而知。黄花初中毕业班的社会实践总算流产了，我得以在校学习，否则我升学"深造"的梦想势必破灭。琥珀说："是谁告的状，朱温在第一时间就知道了。多年之后，他跟我们透露了为什么一定要开除刺头女生张瑶，这就是原因。"

诗人和他的出生地

深山里的村庄

　　出生地对一位诗人意味着什么？因为诗人安石榴，广西

藤县石榴村让我记住了。在石榴村那个黑暗无边（夜色如
墨）又光辉无穷（群星涌现）的夜晚，其重要性堪比我的故
乡凤凰村。这两个南方山村，这两个山村赖以命名的象征之
物：石榴树和凤凰树（前者是果树，岭南人家所说的石榴通
常指番石榴。后者是高大乔木，在夏天开满大如杯盏的满树
花朵），它们之间构成了两组隐秘而多层次的对应。也应和
着我跟安石榴十几年的交往，尽管我们聚少散多，却内心相
通。与其说这是兄弟情谊，毋宁说是诗或精神的胜利，我们
像两面斑驳的古老铜镜，从对方身上窥见了自己历尽沧桑又
宁静喜悦的心灵。总之，那一切相似及差异都展露无遗。

　　二〇一一年四月一日，诗人黄礼孩组织的"中国诗人出
生地之旅"一行从广州分乘两车前往。之前我犹豫不决。我
恰巧动了返乡的念头。出于爱恨交加的心理，我没为凤凰村

写过一行诗。同年三月初，我跟安石榴说，我将为凤凰村写一本书。这是我唯一一次跟别人聊起我的写作计划。我向来是文本完成乃至发表才愿意提及。我于三月中旬开篇写《凤凰村辞典——十万个沉入岁月和往事的词语》（二〇一五年，更名以《田野的黄昏》由百花文艺出版社出版），一连持续五天，在大十六开的笔记本上写满了六十页，约摸八九万字，写作已到中途。我忽然想回乡下看看凤凰村，看看田野、河流、祠堂、学堂、屋舍和谷仓，看看庄稼、蔬果和禽畜，并趁清明扫墓之机，将村庄周围的丘陵和田垌重走一遍，它们曾无数次出现于我的梦中。但我还是选择了石榴村之行。我有一个奇怪的预感，这对安石榴不仅重要，对我也很重要。

尽管我们的家乡同为两广的僻远农村，但石榴村的偏僻、封闭仍然超出我的预料。从藤县出发，要花一个多小时的车程。前面的大半截路程，跟我的家乡毫无二致。公路两旁是大片大片肥沃而荒废的田畴，水源充足，野草繁茂，偶尔能见到几块菜畦。田地后头是高矮不一的丘陵，山上植被不错，但漫山遍野的速生林让我不快。这些破坏生态、耗损土壤的桉树因为见效快而遍布两广山地。路过江面开阔的北流河之后，一条小河跟公路几乎呈平行之状，乡村公路也变得狭小弯曲，路是前年底通车的。在河边的竹林绿树间，村庄的青砖白墙历历可见，这跟我的故乡何其相似。道路穿过田野和丘陵，跟小河的流向相反，颇有溯流而上的意味，小河逐渐变小，乃至成了小溪流。两边山势拔地而起，变得崎岖陡峭，颇具大山之气象，已远非寻常丘陵可比。

在溪水的源头，在大山深处的坳地里，我们一直走到尽头，除了上山，无处可去。一个只有二十多户的小村子，就是石榴村了。道路的终点也是起点。一股洪荒的、初始的感觉扑面而来，仿佛天与地刚刚生成，一切都是原始而崭新的，万物还没来得及命名。假设时光倒溯三十年，那种蛮荒、闭塞的情形更可想见。一九七二年，李高枝生于此地，他要成为安石榴，犹如生铁锻成钢刃，还得经受岁月与风尘的反复锤炼和淬火。

村口一幢两间的平房，就是石榴三十年前读书的小学（原校已倒塌，此乃在原址上重建），似已废弃多年。我们弃车而徒步。随着暮色愈来愈浓，道路愈加窄小难行，山势益发险峻巍峨。傍晚近七点，我们到了安石榴的家。一幢建有天井的三层楼房，坐北向南。落日隐入了大山的背面，暮色愈加浓密。安石榴指着屋前的一座山说，山势如站着吃草的骏马，东边是马臀，西边是马头，马脖子一直伸至大山石狗岭的腹地，楼房恰好对准马鞍处。这块宅基地是祖先留下来的。安石榴的大哥是村里出的唯一一个大学教授。而安石榴可能是村子乃至藤县当代唯一一个产生全国性影响的诗人。

一走入村子，我就跟世宾、黄礼孩探讨一个地域成就一位诗人的土壤、风物、气候、文化等诸多条件，我们一致认为，这偏僻之地要诞生一个诗人何其艰难。安石榴少年时到镇上的乡村中学读初中，每趟得步行两三个小时，要到县城去，来回一次得花两天。地理的僻远和封闭，几乎扼杀了生命蜕变的任何可能性，文化土壤的稀薄及贫瘠，使无数颗埋入泥土的种子透不过气来，更何谈萌芽。这让人惊异于一位杰出诗人是如何神奇地诞生的。

诗人之诞生

安石榴在二十世纪九十年代的中国诗坛横空出世，是对无数个不可能的反抗和推翻，是无数个可能性的接驳和堆积。无数个有利于诗人成长的偶然性就像链环一样不断连接起来，构成了一条走出深山老林的道路，既险象环生，又别无选择。只要缺少了任何一环，都不可能有安石榴，而只有李高枝。一个在乡下种田、采松脂终老的农民，顶多学一门木匠或瓦工之类的手艺，像他二哥那样。这也是石榴村开村数百年来一代代男丁的命运。这并无任何轻视他们的意思，安石榴却于不可能的处境中开辟出另一条道路。换言之，任何一个干扰、障碍或变故都随时会将那一缕在黑夜中穿行和游移的火光所窒息。安石榴的出走与成长没有先例可循，他没有榜样，没有同道，甚至没有来自外界的呼唤和启示。石榴村是一个充满神秘和诗意的地方，也是一个含着血泪和屈辱的村庄。在安石榴之前，从没有人将村庄及群山的神秘壮丽以象征及隐喻为核心的现代诗联系起来。安石榴肯定从大自然的教育中，学会了自我教育的本领，并逐步领悟到了生命的秘密，就在于热爱、宽容和自由。

这一切，都必须在走出石榴村之后，石榴村才会以双倍的养分浇灌并壮大他的内心。当他在大山上打转而出路难觅时，我能想象他的焦虑、无力乃至恐惧。

他有幸完成了中学教育，这就是他寒碜的家底。一个小泉眼，足以让他产生了汇入大海的渴望与梦想。但仍难以支撑他变得开阔并到达远方传说的北流河、浔江和西江，那是通向大海的道路。只要汇入了南方著名的大河西江，就等于拿到了进入大海的门票。在乡村，每一代少年都曾经满怀梦想，却大多泯灭，犹如高山上漫山遍野的杜鹃花，像柴薪一样将肉躯变成烈焰，像血书一样触目惊心。

四月二日上午，我们爬上高山看杜鹃花，我仿佛听到了花朵从心底发出的嘶哑呼喊。它们在怒吼，在咆哮，撕心裂肺，用尽了平生的气力，将体内所有的鲜血全部凝聚起来，从嘴唇般的花瓣中吐出，只为了发出自由选择的呼喊。我从不否认这些花朵梦想的辉煌和真实，也从不轻侮它们的灿烂和鲜艳，但它们短暂十来天之后纷纷凋零的事实，让我感到了巨大的悲怆和凄恻。这就是乡村少年以鲜血铸就的梦想，却年复一年在白白流淌，而不可能有像样的结果。仿佛梦想就像肥皂泡，那些花朵唯一的意义就在于破碎。在乡间，曾经有多少个才华横溢志存高远的年轻人在深山独自发光、燃烧而最终在漫漫长夜中耗尽血肉并无声无息地熄灭？

夜幕将石榴村完全覆盖，我站在二楼的阳台上，凝神望着四周的群山和树林，我只能看到黑暗，有更多藏匿于黑暗中的事物和生灵无从目睹，但依稀能感觉。譬如风吹林梢的簌响，虫鸣、水流、鸟雀归巢的扑翅声，都在提醒我，黑暗之中丰富、博杂而活跃的生命，在以不同的形态去纳入宇宙的轨道并阐释着生命的奥秘。我们很容易就看到了石榴村的"风景"，即使在工业化像双头怪兽那样疯狂地践踏中国山水与故园的今天，石榴村仍保留了其山野处女般的恬静、贞洁和神秘，也许还有野性和狂暴。

　　这是一块无人打扰的土地，但也承受着双倍的压抑、封锁和耗损。尽管这里没有什么工厂，溪水尚得以保持洁净，但村中青壮年外出打工而十室九空的现象，揭示了这个山村在走向荒芜。这几乎是南方所有村庄不可挽回的颓败之象。这完全超出了"风景"一词的含义，更不是普通意义的风光（你看看所谓的风景区，还有多少自然的景致）。那是种子萌芽的土地、孕育生灵的子宫，也是遮蔽万物的黑幕、粉碎梦想的障碍。孕育生命的奥秘，至今无人能真正确切地揭示。但至少得有梦想和热爱，还难免有血泪和心碎。一棵草，一条蛇，一尾鱼，一只狗，一只虫豸，一个小孩，一个泉源，当他们来到这个世界，来到此时此地，都带着存在的奥秘，也带着造物主的祝福和喜悦。这片土地是万物之母，它孕育了生命的梦想和激情，也承受了梦想的破碎及激情的涣散。它点燃了火光，火光撕裂了黑暗又最终被黑暗吞噬。它是神奇的，慈悲的，但一直未曾有人去言说它的神奇和慈悲。这样的境况持续了千百年，要等一位诗人诞生才会终结。我相信万物有灵，鸟雀、昆虫、野兽乃至风土、水火和星月都曾经歌唱这片土地。

　　一位诗人的诞生，肯定带着这片土地上万物的祝福，诗人又反过来祝福这片土地。安石榴为故土写下的《献给石榴村的歌谣》等诗篇，俨然是对中国山水、乡村乃至大自然的祝福。他不仅看到了存在，还看到了虚空，也许万物皆是幻象，只有绝对的虚空。

　　基于我对乡村生存处境的了解，那些出自乡土而经过血与火锤炼的人，太坚硬，太锋锐，也太脆弱，太容易愤怒乃至崩溃；但安石榴身上的睿智、宽容和热爱，还有那如块茎深藏于泥土般不动声色的幽默感，一直让我惊异。我想这首先得归功于石榴村的孕育。这不像是一个从苦难中突围而出的人，那样的人习惯于愤怒或控诉，至少也要揭露，而很难产生幽默感。作为一个曾经从地狱返回的人，我就太严肃，太呆板，从未懂得幽默的奥妙。我携带着从地狱领取的礼物，那是苦难堆积的遗产，那么沉重和苦涩。我堆积着翅膀上枯枝败叶般的羽毛，我迷恋重量甚于轻盈的飞翔。而安石榴不是。当别人说这片土地太美不出诗人才怪时，我不以为然。原因很简单，不是别人成了安石榴，而是李高枝。"安石榴"只是一种果树或水果，那是石榴村遍布山野的象征之物，这可以是任何一个石榴村人。事实上，这个名字也概括了一代代志存高远的乡村少年的梦想和命运。尽管，石榴村的每一个生灵、物什和往事仍然在李高枝的脑海或梦境中浮现及翻腾（我太清楚故乡是如何以梦境的方式呼唤诗人的了），从未停止对他的孕育和塑造，但李高枝必须在每一个岔路口迈出正确的一步，稍有不慎，都可能误入歧途，前功尽弃。真正重要的时刻，都只能自己判断，别人无法代劳。

关于地灵人杰的那个说法，要找到佐证是容易的。譬如这片土地上的花草树木、飞瀑流泉、诸种动物、天穹上的星辰，看不见的风摇撼着林梢，都无一不参与对一位诗人的孕育和塑造。照耀着藤县山川的日光与月华，苏轼、黄庭坚和秦观留下的足迹及诗篇，千百年来穿越藤县的诸条大河的波浪和云影，肯定对安石榴起到润物无声的滋养。

但是，我想说的是，我更乐于去揭示一位诗人诞生的无

法描述的那些东西。最重要的东西总是无法言说的。我想讲
述那些无法言明的事物，是如何在无数次偶然和因缘中使一
个人在少年时代就学会了养育自己的精神世界并使之不断宽
广。这是无法求解的问题，但这不应受到忽视。我必须说出
的正是这些无法解释的事物以不可思议的方式使李高枝往安
石榴一步步走去，并以诗行搭建的小径通向了现实的世界及
诗的世界。那是两个迥异的神秘地带，安石榴在这两种神秘
的反复浇灌中逐渐长出躯体，形成自己的面目，开始对世界
发声。那也是一棵石榴树的生长过程。石榴村首先诞生"李
高枝"的躯体，这个躯体再分娩出"安石榴"。他必须脱胎
换骨。他是石榴村的孩子，但他必须走出这个村庄。为此，
他必须再次出生。

在二十世纪八十年代，安石榴被重重大山围困。一个人
要有多少精神能量，才能支撑他突破封锁走出去？在他的身
边，无数火把在黑夜中相继熄灭，无声无息，仿佛从未存
在，连灰烬也被风吹散。

夜晚的群星

那个覆盖了石榴村的夜晚是天启的夜晚。我相信我们都
以自己的方式进入了那个夜晚，并使之在生命中刻下印记。
即使安石榴自己，也以无法想象的遭遇拥有了这个匪夷所思
的夜晚。那天晚上发生的事，看上去貌似平常，但却伴随着
鸡鸣、狗吠以及女诗人的呼喊，将会长期停留于眉飞色舞的
村民之口。而我得以更好地认识了安石榴和自己，并掌握了

开启别人心灵的钥匙。那样的一把钥匙，向来是我所缺乏的，但并非不重要。

晚餐时，大家亢奋地喝掉了四五斤酒，有数人醉翻在地，这多少得归功于陈海明和余丛活跃的气氛。世宾去"偷菜"。这是一个崇尚行动或以身体去思想的人，他有猛兽般的身躯、无穷的精力和雄辩的嗓音。我去烧火煮粥。安石榴家仍是南方乡村那种常见的砖砌炉膛，有三个灶眼，第一个烧大铁锅，后头两个放锑煲。我用弯月形的柴刀将木柴劈开，变细，削薄，塞入炉膛。柴片发出的火光明亮，气味馥郁，铁锅里的大米粥很快就吱吱作响。我蹲在地上，劈着木柴，想起了在凤凰村用柴火做饭的情景，被火光的温暖和牧歌般的思绪所包裹。我想平时活得那么沉重是否有必要？那副道貌岸然的嘴脸让人反感。但为什么我不能更放松和快乐？临近中年，我的激情被大大驯服和耗损了。我能伤害谁呢？连自己都无法触动了。过分的沉寂和缄默，已走向了生命的反面。在炉火之前，我的情感像火触碰的蜡，逐渐变得柔软。

石榴村之夜的转折点发生了。一个女人喝多了，慷慨悲歌。另一个女人受到感染，壮怀激烈。她们要去田野走走。门外漆黑如墨，山野阒静，安石榴赶紧找了个手电筒跟上。我可能是全场滴酒不沾的人，也匆忙跟着。我们走出村巷，一路上牛粪遍地，我说，可别让两株鲜花插在牛粪上啊。众人大笑。

在村尾通向大山的山道上，我们坐下来，感觉到了草的柔软和泥石的坚硬，晚风吹拂着草木及溪水的气息。两女人逐渐平静。彼时山风吹动，夜露湿润，冷意侵肌，四周一片漆黑，连天空也是无尽而广阔的黑暗。隔了一会，我抬起头来，才发现天上群星璀璨，如大珠，如钻石，它们穿越漫长时空将光辉洒落于石榴村。星光的闪烁仿佛应和着虫鸣。很快，世宾和黄礼孩也赶到了。他们太及时了。山道上太过黑暗，让我略感不安。尤其是安石榴说到，大山有灵，他幼时目睹过不少灵异之事乃至鬼怪时，连他的声音也在颤抖。

安石榴的声调有父亲式的慈爱与柔和。他说起他的童年和少年，说起他的艰难和绝望，甚至说起了他的自卑。这让我震动。他说："一九九三年，我还在山上放牛，觉得通向世界的道路全被堵住了。"他不爱谈论苦难，别人一说起苦难，他就发笑。他关于我《少年史》的书评有句云："它呈现的是一次精神吐纳的仪式，如同一位长期的负重者从肩膀上认清了内心的重量。"他认为这是关于《少年史》的最佳阐释，旁人无法超越。他说，别人不可能比我更能读懂《少年史》，你所经历的一切，我大多也经历过。他说了很多。安石榴披露了很多尘封多年的旧事，我相信这都是他平时不愿提及的，以后也不会轻易泄露。他说："那些地方并不遥远，只有距离。"他又说："尽管我在这里不尽人意，但我仍然热爱这片土地。"一句轻描淡写的"不尽人意"，里面包含了多少惊心动魄的思想事件及成长的惨烈代价，我很清楚。即使是我这样以热爱和悲悯自诩的人，对故乡的山水及人事也是爱恨交加的，很难做到对每一样东西完全宽恕。

那个夜晚，我借助了石榴村无边无际的黑暗和闪亮的星辰，看到了安石榴貌似平静实则潜流暗涌的内心世界。这也许就是一个诗人诞生的秘密，但我无法将这个秘密形诸笔端，也无法口头表达。我同时看清了自己。一些愤世嫉俗的情绪从我的心底散发出来，被夜风带走。我更平静，也更活跃。那一刻，我充满了爱。我暂时忘却了人类的狂妄、愚蠢和贪婪。在平时，我必须很好地控制内心的火焰，才不至于将自己灼伤。

黄礼孩、世宾和那两个女人也被安石榴的讲述所打动。那一刻，安石榴是一个智者。他像在跟我们交谈，也像在跟石榴村的生灵和死者交谈，他甚至在跟石头、流水和星空交谈。他看上去更像在独白。显然，他有好久没好好地跟自己交谈了。我很感动。我见过太多的虚情假意，我很少被打动。但那个夜晚，我被诗人强大的精神之光所照亮。也许，这就是人之为人的东西。每一个人被触动的地方及时刻各不相同，但都体会到了无法忘记的经验。在漆黑之夜里，有人抱怨说平时太孤独了。我反问，不孤独写诗干什么？不能享受孤独谈什么写作？莱耳叫好。对方不好意思地笑了。我们都缄默下来，身影跟夜色融为一体，而内心的澄澈也跟夜晚的寂静相互渗透。

之前，众人在黑暗中不停走动，他们五个人都喝多了。我没喝酒，但也有一股奇异的醉意。我不断地将众人从陡峭的山路边缘拉回来，我担心他们坠入溪涧中。第二天返程时，我想起了"麦田里的守望者"。在藤县吃晚饭时，电视上的画面是贵港有一头大水牛坠落于山崖间的水潭，一帮人在艰难地营救。我低声对纯娜说：昨晚我最担心的就是世宾坠落山涧，那可不是我跟安石榴能将这个庞然大物弄上来的。

后来，我跟同伴作短暂交流时说："没有什么不是重要的，你说石狗岭上的一粒沙子不重要吗？"

　　翌晨登山，我在路边的一丛灌木上发现了一只黄玉般的甲虫，我想指给前面的两个人看，但还是作罢。我不懂得跟人搭讪。攀登石狗岭的那两三个小时，是一次愉快的旅程。纯娜穿的长筒靴老打滑，但她仍然坚持攀越了最后那数百米陡峭难行、草木掩映的羊肠小道。她携带的一大壶水让多人解除渴意。我们看到了大片大片的杜鹃花以及挖杜鹃花去培植的山民。山顶上有几堆巨石，巍峨突兀，险峻雄奇，当我留连在旁边杂树乱草间的几堵墙垣遗迹之际，安石榴和世宾已登上石顶，双手斜举作飞翔状。我爬了上去。我二十年没有如此大胆的冒险之举了。但那一刻，我无法抑制这个冲动。安石榴的小侄子也爬了上去。这是个二十多岁的年轻人，数年前我去北京宋庄看安石榴时跟他见过。余丛跟他说："你看你叔，你爬上去他不但不说，反倒爬得比你还快。"

　　在石榴村之夜，王连权跟我交流时谦逊而低调，这跟他雄狮般的外貌相映成趣。他曾是一个成功的商人，也曾到云南乡村支教，数年前才因追寻精神自由而从商海返回，如今安静读书、写作及搞摄影。我们这些写诗的人，都是同类。他跟我说常感迷惘。我说："结果不要去管它，重要的是过程。人的处境终究是荒诞的，譬如人不知从哪儿来，要到哪儿去，世界说到底是虚空。因此，不要看重什么结果。那只是一个终点。不要跟我谈任何形式的成功或胜利，即使在失败之中，生命也自有其意义。"他点头称是，略感轻松。

　　这次跟诗人余丛交流得不多，但我们在买书的态度上很一致——只要有价值，就先买了再说，反正有钱就买，没钱

301

诗人和他的出生地

拉倒。在石榴村之夜，他只睡到凌晨三点，就披衣而起，独自在阳台上坐到天亮。他聆听着黑夜中丰富而细微的响动，虫鸣、吹树叶和溪水流动的声音，之后是鸡鸣和狗吠，天色逐渐由黑转白，铺天盖地的阳光终于像暴雨倾泻如注。他说："我看到了天幕。"我相信这样的体验，已融入他的身心。石榴村以某种无法言述的方式跟每个有心人都达成了交流。

对平庸的反抗

我们在傍晚返回藤县，安石榴受到了故乡文化界的盛大欢迎。我向不在场的人重述了安石榴那两句话，听者无不动容。世宾认为"并不遥远，只有距离"就是诗句，并从人与自然、人与人的关系乃至人的精神诸角度诠释其内涵。安石榴笑着对我说，你是我最理想的广告发布平台，我的话经过你的嘴就成了诗句。在石榴村和藤县，我惊奇地发现了藤县话跟化州话有惊人的相似，词汇、腔调、表达都很接近，我跟当地人用土白话交流没有障碍。

我发言时说："我回到石榴村，好像回到了自己的村庄。此时此刻，我觉得自己就是安石榴。这个想法当然很荒唐，却很真实。藤县乡亲对安石榴的欢迎，这跟安石榴对藤县的热爱和贡献是相称的。我作为安石榴的朋友，也感觉到了这个荣耀。……"

之后，我反复述说了故乡的山川草木和人文气息以何等的慈爱、韧劲和耐心孕育了一位诗人的成长，而诗人的诞生又使万物有灵得到确证尤其是人证。结尾时我简单地谈及了写作的基本态度及方法，但一看到场的没几个年轻人，就不多说了。

我说了约十五分钟，略显冗长。由于我谈论的是诗，以及一个地域对诗人诞生的无法讲清楚的东西，我被迫使用了诗的语言，跳跃的，概括的，神出鬼没的，以暗示、隐喻、模糊的方式试图更精确地揭示那个不可言说的东西到底是什么。因此有断续、破碎及晦涩之感，这让人难以听懂。但除非以诗的语言去描述诗及诗人，否则无法触及实质性的问题。只要有一个人感兴趣，我就没有白说。另外，我以这样的语言去夸赞安石榴，也不突兀却有说服力。我试图摧毁人们头脑某些固有经验而让其直接面对事物。我可能在某个同伴那儿做到了。

我还谈到，我只信仰艺术。我在对诗学的求索中，领悟了爱就是祈祷，宽容就是力量。也许这就是生活的真谛。通过写作，我发生了忧郁的根源，也发现了爱的源泉。生活归根到底是荒诞的，这种荒诞无处不在，这就是我们的共同处境。但并不代表我们没有出路，生命的价值恰在于对抗荒诞战胜虚无，在不可能的处境中寻求可能的自由。写作是次要的，但写作也是自我教育的途径，我可以通过写作来达到人的完善乃至自我完成，通过追求写作来实现人的自由。一个人在夜深人静时，应扪心自问：他想要过什么样的生活？他想成为什么样的人？他想要什么？他不想要什么？关键在于抉择，一个人想成为什么样的人就会向他走去并最终完成。

与其说安石榴在石榴村的出走，是对故乡的背叛，毋宁说是他对故乡的丰富和建设。事实上，他从未离开故乡。他只是将故乡背负于路途中。而大多数人的故乡正在沦陷，哪怕是偏远如石榴村。当公路终于修到了村口，故乡已行将消失或荒废。这也是当下中国大多数村庄的命运，仿佛除了城市，人们已无处栖身。那些进城的乡下人，即使像成名多年的诗人安石榴，亦无法拥有一个城里人的身份。以赛亚·伯林说，人最重要的就是自由选择的可能性。但一个出生于乡村的人，注定了其必须一辈子跟土地打交道并终老于斯。土地是他的双脚也是他的镣铐，是他的乐园也是他的牢狱。他几乎没有别的可能，除非长出梦想的翅膀。这就是人生之荒诞及虚空。任何一种另外的选择，都是对一种固定的、僵化的、铁桶般的现实之反抗。

在藤县的夜晚，我跟师珣和纯娜在交谈。我说诗是经验。必须将日常经验玄学化，才有可能触摸到荒诞现实中的诗意。我概括和简单化地传递了里尔克和布罗茨基的诗学。对于热爱生命及热衷于精神求索的人来说，里尔克是一个常读常新的源头性作家。其诗篇的重要性堪跟经文相比，他有时比某些宗教经卷的作者更富于教诲。他的散文与书信充满启示性及甜蜜的洞见。他历来是最伟大的教诲者之一。譬如人要消除情绪，返身于内在的追寻并注重经验；譬如"诗人的祖国是童年""有何胜利可言？挺住意味着一切"，犹如暗夜中的烛火让我温暖。

我一度沉湎于大自然和怀疑论。我谈及人无时无刻存在的困境以及出路，涉及了信仰和自由。我宣称自己是一个有神论者，但没有明确的宗教信仰。世界是神秘的，不可解释的，甚至无法揣测，我对那些说得头头是道的人深表怀疑，不信任对一切都言之凿凿、真理在握的人。某些体系貌似无懈可击，其实只是建筑在沙堆上的城堡。那些自以为是的人，不过是盲人摸象，显得狂妄和可笑。最值得信赖的是苏格拉底，他承认自己无知而所知最多。很多被人们深信不疑的教条、理论和体系，只是一种假设、幻象和诡辩。但居然被视为理所当然而长盛不衰。可见，真正有独立精神和自由思想的人不多。千百年来，统治者实行精神禁锢的愚人政策取得了累累硕果但也不断地自食其果。如果民众没有头脑，这个国家的根基也是脆弱的。

作为对荒谬的揭示者、描述者和预言者，卡夫卡毫无争议地成为西方现代派文学的源头性大师之一。《变形记》的荒诞离奇迹近于神话，似不及《诉讼》于日常生活中涌现的恐怖，更接近于中国的语境。卡夫卡充满不安地说出了专制机器对个体的斫害及取消。多年后希特勒式、斯大林式的残酷现实回应了此一预言。每一个有孩子或想做父亲的人，都应当去读一读《致父亲的信》，家庭从来就是惨烈的战场，父与子的冲突惊心动魄但并非不可避免。卡夫卡是痛苦的，其小说人物也是无力和软弱的，但他仍坚持说出他目睹的一切。对悲剧的揭示还谈不上是积极性的反抗，但对真相的洞察及描述从来就并非次要。一个人只要还想象着自由，就不可能摆脱卡夫卡式的梦魇和灾难，并梦想着自由之艰难及出路。

在怀疑论的道路上，很少有人像萧沆那样走得更远。我读过他的《解体概要》。这个深受叔本华和尼采影响的人，他走过的道路不属于任何人。这本书是对地狱的复仇，尤其是精神牢狱。他致力于摧毁一切信念、意志、绝对主义之类的庞然大物。他独自一人在做着拆除地狱砖墙的工作。他的哲学带着光与电，像炸弹将一切成见和幻象炸毁于瞬间。在这里，"解体"有溶解、粉碎、摧毁、颠覆和解构之类的含义。"生命是未知数""信仰即放弃（独自追寻）""真正的罪魁祸首是那些在宗教与政治上建立起了正统，区分开了信徒与异教徒的人"，这些观点堪称惊世骇俗。他太骄傲，出于对荣耀的蔑视及对孤独的捍卫，他仿佛在拒绝阅读及模仿，他既不追随别人，也不允许别人跟随。他讨伐意志和狂热构筑的虚幻世界，这跟叔本华有相似处，但更不留情面，他玄学化的叙述及飞刀般伤人的言说，又有兰波、诺瓦利斯语锋的锐利。他认为被奴役的根源在于对偶像和权威的崇拜，所谓圣人在他的笔下也原形毕露。他像挥舞着长矛大战风车的堂·吉诃德，试图将一切堂而皇之的体系摧毁。他犹如庖丁解牛。他的剔骨刀闪着寒光，挥向一切偶像、庙宇和城堡，某些绝对性的庞然大物被他剁成肉末。他告诫我们，凡欲进行精神控制者，必先依靠虚假、欺骗、利诱和恫吓。吊诡的是，他揭示了罪恶世界应当解体而实则岿然不动；某些貌似美好和清澈的源头，在他的穷诘下纷纷坍塌，而建立于神秘主义及怀疑论的世界却越来越凝固。于是，他的忧伤、孤独和绝望牢不可摧。

也许，信仰可分为宗教和非宗教两大类。我信仰后者，譬如艺术。艺术家的首要道德就是创造艺术。有人像买房子一样，必须依赖中介（譬如形形色色的教会、僧侣或导师）才能信仰，自以为找到向导，就一劳永逸了；但头脑清醒、内心强大的人，却独自面对上帝，宁愿单独地、长期地追寻，譬如里尔克和薇依。由此，我认为一个人最重要的是精神自由，但自由的学说也五花八门，甚至以自由的名义杀人。我倾向于认同以赛亚·伯林的"否定"或"消极"的自由，伯林强调自由的可贵，但首先倡导宽容和多元论，否则自由不可能实现。这跟穆勒的学说及《人权宣言》中"人只有不侵犯他人的自由"一脉相承。

我简要介绍了其著作《自由及其背叛》：这是伯林于一九五二年在BBC的著名演讲。对精神控制和政治专制的反抗贯穿了其思想。在本书中，他以无与伦比的洞察力及精确如钟表的优美笔触探讨了爱尔维修、卢梭、费希特、黑格尔、圣西门、迈斯特等六人的"自由"理念。伯林认为他们（迈斯特除外）对人类自由持肯定态度，但其理论最终导致了反自由的结果。伯林指出人类困境没有一劳永逸的解决方法，乌托邦只是神话；而浪漫主义跟国家主义或权力的结合必然走向专制及疯狂，譬如卢梭的自大使其试图垄断"自由"的解释权：人生而自由也必须自由，但什么是自由，只有我才能告诉你。马里奥·巴尔加斯·略萨在《面向二十一世纪的小说》中认同以赛亚·伯林的观点："自由即个人选择的神圣权利和既无外来压力、亦无附加条件，完全尊重个人的聪敏与智慧。这就是几个世纪后以赛亚·伯林所说的'否定的自由'，即不受干扰的和非强制性的思想、言论和行为。寓居于这种自由思想的灵魂具有怀疑权威和否定一切滥权的深刻性。"

安石榴跟我说，有的人将精神力量变成一支矛，则我们则铸成一面盾。我喜欢以否定竞争及暴力的方式去肯定和捍卫生命的自由和意义。

我简要地比较了萨特和加缪的自由论，前者主张打倒奴

诗人和他的出生地

隶主并将其变成奴隶，而让奴隶翻身解放当家作主；后者主张取消一切奴隶存在的可能，暴力不足取。这也是两人反目的根源。很少有人像加缪那样看到了人生的虚空及荒谬，但他仍然要在虚空的崖壁上凿出生命的道路来。《西绪福斯神话》开篇即说："判断人生值不值得活，等于回答哲学的根本问题。"他的结论是正视荒谬，并从荒谬中取得三个结果，即"我的反抗、我的自由和我的激情"，而重要的是生活。其反抗更强调个人的隐秘性和体验，主张个体性的反抗，而对某种街头政治式的狂热敬而远之。他无意于像萨特那样成为文化领袖，却让人保持头脑清醒。他跟萨特的分歧在于：萨特要将奴隶主推翻，让奴隶翻身解放当主人；而他要推翻一个奴隶存在的世界。这样的洞见比盲目乐观者更清醒，又不至于坠入悲观而毫不妥协。加缪将哲学的抽象深刻跟诗的精确神秘相糅合而创造出的散文风格，有清晰、简洁而雄辩的力量。半个多世纪过去，人类的荒诞处境没有丝毫改观，而他的哲学仍在给每一个追求自由的人以勇气和启示。

由此，我谈及萨义德式知识分子及现代公民社会建设的必要性。一旦触及现实，我一脸悲观。我说，到此为止吧。对方对我的言说表示了足够的宽容，这让我惊异。

我是自由主义的信仰者吗？而我是一个诗人，不应该也不可能被什么主义所捆缚。我承认我被自由所诱惑，但我知道自己不可能获得真正的自由。我追求艺术也是因为艺术永无止境，这种不可能中的可能让我迷恋。种树木的人，不要仅仅盯着果实，重要的是种植及树木生长的过程。

我谈及了早年的工作经历，我的第一份工作是教书，但我对那种没有可能性的生活厌倦不已，这跟我在凤凰村种田有何两样？那种日复一日却没有任何新意的劳作，更像是一场刑罚，西绪福斯推巨石上山或吴刚砍伐桂树式的苦役，就是这种荒诞生活的概括。在那个秋日的午后，我看到一个刚办完退休手续的教工愁眉苦脸地从校门走出，就将是我三十年后的模样。我必须反抗这种生活，正如我跟安石榴对乡村庸常生活的共同反抗。这个说法，引起了同伴的共鸣。后来，我慢慢懂得了所谓成功学的荒谬，我终究是一个失败者并乐于享受失败，并从中磨亮生命的锋刃。正如我的写作，我只关心艺术本身而无视其荣辱。不计成败得失。不计后果。我甚至不计较是否能达到预料中的艺术境界，只专注于写作本身并享受这个过程。我认为可能性蕴藏于生活的未知或不可知当中。一切尽在掌握中的工作不值得去做，而某种危险的、未知的世界却在吸引我迈出脚步。我愿意自己的写作以实验的方式，涉入未知与神秘之境。我在写作上避开安全、可靠的道路。

　　我在生活上倒是步步后退，我所依赖的人与事物越来越少，我深居简出，反而触及了更深刻而看不见的源头。这得益于叔本华的教导。我以后退、消减、否定的方式捍卫了最大的神秘。那既是大自然或宇宙的神秘，也是内心浩瀚如汪洋的精神世界。这是使生命活跃如火焰的方法，元气由此而充沛，不轻易耗损。

　　在对平庸生活和精神控制的反抗及对未知世界的追寻中，我们几个是可以聊天的人。我们萍水相逢，擦肩而过，但在石榴村的某个时刻，我们内心相通。有人说是共鸣，我说是碰撞。我的话语像石头一样不断地朝别人掷出，当对方心里也有相似的这样一块石头，必然迸溅出火花。这也是对

交流所能作出的最高评价。我喜欢以自己的见解去刷新每一
个词语上堆积的垢渍，以使其发出本来的光泽。

要懂得一个人是很困难的。譬如安石榴，我以为懂得
他，但这次石榴村之行，我又看到了他另外的侧面。我总是
直面悲怆的现实，从不回避，而安石榴却以戏谑的方式，将
世界像翻布袋那样轻巧地反转过来，以尖锐凛冽的幽默感将
苦难完全颠覆而解构得无影无踪，仿佛那些沉重如山的艰难
只是气球，甚至从不存在。但这次，我窥见了他内心沉重如
巨石的伤感和忧郁，只是他一次次地将那些石头搬运出身体
外面，并将其铺设成了走出石榴村的道路。二〇一〇年三四
月间，我在北京鲁院读书时，也遇到这样的几个人。通常是
人海茫茫而你想找个人说话却找不到。我只好沉默。

凤凰村的昼与夜

　　二〇一二年十月三十一日上午，《诗歌与人》杂志社策
划的"中国诗人出生地之旅"一行，分乘两辆车从广州出
发，于午后抵达凤凰村。从化州通往广西的省道北行二十多
公里，我在李山村委会路边看到化州市第九中学，路过佛子
村口，眼前的景物逐渐熟悉而生动，往昔的山野、村庄及草
木亦从脑海中清晰地浮现，跟视野内的事物对照，但格格不
入。我少年时，公路两侧为相思树及桉树杂交的树林覆盖，
如今荡然无存。两边的山头不时见到新房子，或被劈开而显
露南瓜瓤似的黄土。

　　村庄及山野面目全非，泥砖砌成的老屋纷纷坍塌，又崛
起一幢幢钢筋水泥的小洋房。新旧并存，好坏参半，田野荒
芜，草木疯长。在大块大块丢荒的田地之间，亦偶见零星稻
田仍有种植，秋风徐来，晚稻渐熟，稻穗像金色的沙锤在
悬垂。

　　从黄花镇前头拐入村庄的混凝土公路，从西埇进入村
庄，先往南走，途经副食店、戏台旧址及水井头。此处有一

片空地，犹如乡村中央广场，过去作为村庄的心脏地带，乃乡村文化活动中心、交通枢纽及消息发布的平台，有几个出村的通道在此汇合，亦是"年例"节时做戏、摆醮、集会的场所。从"水井头"拐向西，经过乡村小学（我曾在此读过四年小学，近年因并校而废置），之后再往南到了屋背坡及樟木头，顺村边公路走到尽头，就到了我家。家门前有一口百年老井。入村之后，鲜见有人走动，倒是狗吠声不绝于耳。正是人的多寡决定了村庄的面貌。作为自然村，本村乃镇上有数的大村庄，在二十世纪八十年代人口已逾两千，散居于五六个山头或山坡，在生产队时期分成六个小队。我们家本属第六队。近年来人口只多不少，但都进城务工或到城镇买房子去了，只有一些老人在留守。

六队坐落于一块鱼形（又曰龟地）的斜坡上，我家处于鱼头的位置，老井正巧位于鱼眼，西面及南面的田垌叫门口垌，皆为良田，大多抛荒，南面不足二十米外就是无名小河。村头的两幢红砖小楼，一幢是大伯父在二十世纪八十年代建的，一幢是二堂哥于去年新建的。大堂哥在省道边的村口亦建有一幢小洋楼。在两幢楼房之间，有两间低矮的红砖房，加起来不足三十平方米，是父亲以前自挖砖窑烧砖建的，房子太小，手工粗糙，算不上是像样的房子。我考上大学前住过两三年，之前住在祖屋，乃祖母遗留的泥砖老屋，有个堂哥将其拆掉并在原址上建房。幸亏之前我拍过几张照片，作为散文《三十年，改变了一个乡村家庭的命运》《跟父亲的战争》的配图，先后刊于《作品》《花城》，总算为我存放记忆留了一个容器。

见车辆来到，久候多时的父母、五弟、大堂哥及二堂哥一家笑脸相迎，沉寂已久的山村立马有了生气。我家在一九九七年已搬到县城谋生，那幢小屋空置多年，我在村里可以说是没家了，想过建新居，但困难重重。两个堂哥都是木匠，平时在外务工，很少住在村里，逢年过节还是要回来拜神或摆酒席的，跟别人一样。父母更是从化州家里特意赶回。

　　来访者中，除了陈海明不写诗，无一不是享有盛誉的诗人，有几位更是如雷贯耳。我跟他们平素也有来往，像安石榴我视之若兄。他们在凤凰村的昼与夜，无疑是这个逾三百年的古老村庄最具诗意的短暂时光。我是本村出的第一个诗人。我三妹黄春红及四弟黄晓聪作为诗人亦小有影响。一九七四年一个彩霞满天的黄昏，造物主通过父母创造了我。十七年之后，我考上县城高中，出现了离开村庄的可能，这一切要到三年后才见分晓。我在二十岁时，终于念完高中并考上省城的大学，离开了从童年起持续耕种到成年的乡间，又快十八年了。

　　之前，我每年都会返回村庄一两次，也仅在村子近处如长滩、屋背坡、门口峒、门前溪、过江埠、"荷包袋"等处溜达，未能深入更偏远、更广阔的旷野。大多数山野，我有近二十年没有涉足了。这些年来，我经常梦见村巷、山水、草木乃至星空，但记忆也在逐渐变得模糊乃至飘散如烟，难以捉摸，我早就想回来看一看了。当《诗歌与人》主编黄礼孩跟我说拟将这次"诗人出生地之旅"定于凤凰村，我答应了。我安排了在茂名、化州及村庄的行程及接待事宜。车辆由黄礼孩负责。家乡的向卫国老师及李院新、刘付永坚、黎怀骏诸兄都出了力。二十多年来，我跟他们以诗结缘，君子之交淡如水。在荒凉人世，对于恐惧于社交而知己稀罕的我来说，不能不说是奇迹。

二堂哥新屋前有一棵波罗蜜树，生机勃勃，在初秋刚收获了十几个硕大如桶的果实，又从枝条及树干上抽出了数十个黄澄澄的小果子。我在十来岁时手植过数十棵果树，只活了寥寥数棵，此乃硕果仅存（后来，此树又被人砍了）。旁边原本有一棵同根孪生（两条树干并起）的杧果树，也是我用果核种下的。每年挂果数百斤，味道甜美。果实熟时，弟妹们也不去采摘，想吃时就抱住果树摇撼，掉落的杧果就捡来吃，必是熟透了。可惜被人砍了，只剩下两截黑乎乎的孪生树桩。

二三十年前，村边跟门口埇相接处，林木繁茂，如今皆湮没无闻。尤其是家门前有两棵大树，胸径有一米多，两人合抱而不得，树干挺直，叶片阔大如蕉叶，乡下人叫角栌木，也不知其学名是什么。一株被大伯父及父亲在八十年代中期砍伐了。另一株于十几年前，被二十几户村人合谋而抢掠，大伯父拼死阻拦而不得，大树被抢走卖给了一个开木工厂的人，据说参与者每人分得八角钱。据二伯父说，过去水井四周有数十株百年以上的龙眼树。昔日村庄内外林木密布，如香樟树、白玉香、荔枝树、龙眼树、橄榄树、荷木等等，不乏古树名木。小河两岸，均有高大水蓊树。这些巨木在大炼钢铁时被塞入炉膛化成了灰烬。据说村庄过去到处都是凤凰树，我之前从未目睹，直至去年五月撰写长篇散文《田野的黄昏》之初，才在龙眼洞森林公园见到不少凤凰树，今年在白云山亦有零星遭遇。

母亲和二堂嫂之前去拜神，已从村中的文武庙、土地庙等庙宇返回，只剩下大众屋厅（属六队该"房头"供奉祖灵之所，房头即近亲宗族，本队数十户逾三百人皆为正瑞公之子孙。各队皆有类似祭祀场所，诸庙则为全村数千人共有之信仰道场）未拜。母亲让我也去拜了。

秋阳和煦，在父亲及五弟带领下，我们经屋背坡、樟木头、长滩、土地庙往牛洼山及江竹垌走去，目的地是农场（属于红峰农场的联队，因种橡胶而设，故村人称之为胶厂）。屋背坡曾为堆稻草垛之所，现在一个草垛也见不到了。我指着一排倾塌的平房说，这些房子曾是生产队时期的猪圈，早已荒废。长滩跟土地庙的密林相连，本为河流的最开阔河湾，乃昔日大鱼的藏身之所，如今水已变质，淤泥堆积，长着茂密而墨绿的水葫芦。长滩之上的水坝及桥梁建于二十世纪六七十年代，建了个水轮机房供碾米之用，但不数年已荒废。水轮机房在九十年代初倒塌了，其遗址长满了杂草、簕棘及灌木。我童年时仍能在屋背坡见到一些大树，现在要觅一棵而不可得。土地庙的树林算得上村子唯一像样的林子了。山坡上除了杂树、小灌木、野草之类，多种上了速长桉。那种生长奇速但损害生态的外来树种躯干笔直，树叶稀疏，在山野上挺立如竹竿，诡异而丑陋，为我所不喜。

草木繁茂，空气很好，大家兴致高涨。父亲年轻时热衷于杂学及手艺，所涉及的门路有二三十种，中医、堪舆、算命下过功夫。他随手指着荒野上的野草及灌木，一一简说其药性及功效。在乡间几乎无草不入药，盛慧及风流颇有兴趣，但父亲的乡村土话在化州全境尚无法流通，何况外地人？对方也只能听懂三四成。安石榴专注于摄影，供《诗歌与人》出专辑之用。黄礼孩则忙着用手机上微博，发布活动的图片及消息。

我指着路上的坡地及水田，将我昔日修补地球的地方一一指点，说那都是我战斗过的地方。自从我家离开村子到县城谋生始，田地已丢荒至今。邻家田地十之八九，亦无人耕种。牛洼山、园山、马自山、竹箕山等诸山交界的田垌名曰江竹垌，以江竹溪命名，乃村庄丰美之粮仓，水源充足，肥沃松软，如今长满了野草，泉水浸润，状若沼泽。垌中有一头母牛带着牛犊在吃草，满身泥浆。据父亲说，村里的耕牛只有三五头了，一是少人耕种，二是耕种亦有铁牛代之。两头牛抬起头来，瞄了我们几眼，又低头安静地啃草。黄礼孩说，在他的出生地徐闻小苏村，无论山头还是坡地都种上了作物，这么多好田没人种，真是可惜了。陈海明问我为何无人耕种？我说，在家种田不如出外打工吧。父亲说，要种就得一起种，只种一小块，不够虫子吃，不会有好收成。

跟村庄相仿佛，农场在二十世纪八十年代达到极盛时期。那时农场屋舍成排，巷子井然，有幼儿园、水塔及大晒坪，四周果树飘香，俨然是微型城镇。农场工的工作是种植橡胶树并收割。说是工人，其实耕山掘地，跟农民无异，因吃国家饷，也就高人一等，跟村庄的关系很微妙，保持着协作又对抗的张力。他们毕竟是外地人。农场隔三岔五就会在大晒坪上放露天电影，开始是黑白片，后来又有了彩色的。每逢传出放电影的消息，大伙儿早早收工做饭吃，扛着板凳去占位置。四邻八乡的人闻风而动，人头攒动，人多时有数百乃至上千。我最初几年看的电影，都是在农场看的。进入八十年代中期，凤凰村邻近拉上了电，每天晚上将电视机搬到晒坪上去放，一个小小的黑白电视，同样是人山人海。露天电影则越来越稀罕了。后来，随着村中富户也买了电视机，才没村人去农场看电视了。

我写作以诗及小说为主，长篇散文只完成三部：《少年史》《与父亲的战争》和《田野的黄昏》，有六十多万字，是谓"乡土三书"。《少年史》讲述我少年时的经历，村庄及田野不过是背景。《与父亲的战争》侧重于写家庭与伦理，试图写出中国式父子关系的复杂性。《田野的黄昏》则以村庄为主角，从自然学、人类学、社会学、历史学、心理学及哲学诸角度切入，通过揭示故乡沦陷的根源，映照长达数千年的中国农耕文明逐渐崩溃乃至解体的悲怆历程，并探寻新一代农民的生活方式。这是我欠了村庄的。

在牛洼山侧的垌尾，赫然出现了一个近三十亩的大鱼塘，塘边建有猪舍。据父亲说，垌尾往西推进，皆为大鱼塘，水面开阔，怕有两三百亩之多。种速长林、开鱼塘和办养猪场，是当地能人攫取财富的时兴做法。因涉及集体山地及多人稻田，普通百姓即使有资本也做不了，除了极少数能人，不是有点背景的，就是乡村的新兴豪强。路边有一大丛"籁固"（实是野菠萝），叶片如剑如锯，叶边及叶脊均密布尖刺，躯干虬龙盘曲，层层叠叠，有苍茫古意。二十年前此处可没有一株籁固苗。距农场仅一两百步之遥，忽闻狗吠声大作，有十数只恶狗踞守路口，如剪径恶人。我们只好打消了去农场的念头。农场亦如村庄，留守者不过数人。

我们折上园山，在橡胶林中穿行。橡胶树比我记忆中的高大粗壮了数倍，树冠如伞，并非昔日的小树可比。但放眼望去，山野田峒面目皆非，那种缺乏人的活动而造成的"生"（陌生、不熟、荒凉）之感觉，驱之不去。因橡胶林仍有几分旧貌，园山西面最接近我记忆中的样子。我们从园山西南向的路口下来，跨过宽不逾米的江竹溪，涉过江竹峒口，在竹箕山及鬼落山交界处的小径上徒步。走到竹箕山，彼处也有几条胶带（橡胶林带），变化不大。除橡胶林守护着我的一些记忆，似乎没别的了。

暮色徐降，西南面的中火嶂如巨人昂起的头颅，呈深黛色。中火嶂乃粤西名山，主峰海拔近三百五十米，距凤凰村约十里。山上林木幽深，是数十条小溪及小河的源头。它在四周低矮的面包山中鹤立鸡群，不惟独在村庄，就是在市区亦能看到。这是我心目中的圣山。我曾多次上山采摘野山竹及山稔子，也为我以前所做的无数个神奇梦幻提供了容器及舞台。梦亦非说，这不算高吧，在我的家乡贵州大山深处，最矮的山也有三四百米（海拔）。

梦亦非好奇地问我，山路为何有卵石隐藏土中。我也说不出所以然。我不能断定此处曾为河床或湖底。这样的小石子，我童年时常用来玩"捉子"及石子棋的游戏，这次，我不禁捡了几颗晶莹通透的带走。暮色愈来愈浓，草丛中传来清越虫鸣，震颤着空气，不知来自哪些虫子。

我看见一只黄鹤从草丛间飞起，才霍然惊觉，过去珍禽大鸟虽已稀罕，但小鸟的种类及数量仍甚多。麻雀、燕子、叼鱼郎（翠鸟之一种）、白鹤和"红屎忽"（一种屁股鲜红、羽毛灰黑的小鸟）难以尽数，在屋舍、山野间随处可见，如今鸟类已难觅踪迹。在凤凰村一昼夜，那鸟是我见到的唯——一只鹤。在泥路尽头处，西南方为窑地山，西北向是马自山，皆林木繁茂，野草疯长，已难觅去路。此二山有大半曾为农场种植橡胶之地，树早就砍了。眼见天色渐暗，我们遂沿着鬼落山边往回走。南侧是猪娘山，两山之间的洼地本为良田，名曰"小横埇"，却无人耕种，在埇口倒有鱼塘及养猪场。

在鬼落山东侧及北面跟小河的"荷包袋"、米缸窝段之间，有一块沃野，是为荷包埇，往南有溪名"石头溪"，乃村内河段七小溪之一（皆为雨季时，我跟父亲扛鱼笼去捕鱼之佳所），该溪将田埇分成两块，溪北仍属荷包埇，溪南至对砍笃山等数座丘陵山脚处为石头埇，乃村中最南之良田。最往西南向走，如双象山等山岭就属谢村了。该村人亦姓黄，跟凤凰村属同一个祖宗。米缸窝乃村中鱼虾最丰的河湾之一，此处新建了一座水泥桥。过桥即为蛇龙埇，跟门星岭、蛇龙山、马园山等连接，田埇皆为良田，耕种者同样稀少。河畔植有一畦山姜，植株高大，叶片萎黄。我少年时曾以其植株自制"毛笔"写大字。本想带大家穿过蛇龙埇，沿着门星岭山边的小路（山脚下即为河面）返回。但野草封路，埇中水多，无路前行，只好折返，走过荷包埇，从门前溪的小桥回家。

天黑透了。从茂名赶来的向卫国、刘付永坚和黎怀骏也到了。时值农历九月十七，圆月从门星岭西北面的林梢上升起，月光皎洁，不少大星闪耀。野外虫鸣唧唧。大堂哥和二堂哥夫妇在厨房准备晚餐，木柴在炉膛里烧得噼啪响，火舌吞吐，阵阵香味弥漫出来。

饭后，大伙儿想去村巷闲逛。我拿了手电筒，父亲和五弟陪同，大家沿着硬底化公路散步。往北走到乡村小学，再折向东到了村中的交通枢纽"中央广场"，此处有旧小卖部、水井头、戏台旧址等，小卖部虽已停业，但那幢泥砖房倒有存留，我用手电筒照了照，有人走了出来，居然还有人住。我说，这里是过去村中的文化活动中心，有井台两个，夏天常有人坐在井栏上乘凉。小卖部内外更聚集了大批闲人，侃大山，吹牛皮，村中的新闻旧事多经此地汇集，再往八方扩散。

有一小溪名"裂坑"，发端于西埇，流经戏台遗址前，再沿着门星岭脚及门口垌田边流下；到我家旧晒坪处，筑有小桥，即为桥瓮（俚语指小桥洞），此处有一小水潭，再往下注入小河中的"荷包袋"。每逢雨季，春水起或秋雨降，鱼虾溯流而上，从黄花河乃至罗江、鉴江等大河赶来。几乎每场雨后，我都去桥瓮儿下的水潭捉鱼，每有斩获。

水井头前面，从山边辟有一片空地，乃过去作戏台之用，逢年过节，演木偶戏、摆醮等全村人参与的活动，均在此举行。四邻八乡的小贩闻风而来，人潮汹涌，热闹非凡。当然，现在已难见人烟，旧戏台亦坍塌多年，长满了野草杂树，已找不到戏台的丝毫踪影了。看来，村中也有多年没演木偶戏了。

在过去，村中通向黄花镇主要有两条通道，一条是西埇，如今黄泥路变成了水泥路，可出入车辆，俨然是乡村公路。一条是从水井头往东南面的斜坡出发，我去黄花镇读书时，从家门口出发，涉过裂坑溪，登上门星岭的小径，在三队晒坪时汇入黄土路，乃是昔日主要大路，亦可行驶拖拉机等。在水井头西北角亦有一条大路通向白庙、山口、朋村等地。我家门口经门口峒，涉过门前溪，再到荷包峒、石头溪、石头峒，即可到达层峦叠嶂中藏着的几个僻静山村，实乃诸村之来路（如邻村要去黄花镇赶集或经省道去官桥墟，则必途经村中诸路）。长滩处的小桥即通向农场及相邻诸村，农场及四周乡村的人，亦经长滩而出黄花镇。是谓村中五大出口。

我介绍了此处过去在村中的重要地位及社戏、"年例"等习俗，然后顺着斜坡的大路拐上了地势较高的三队"禾地堂"（即晒坪，此处为三队集体所有）。晒坪保存得还算完整，禾地屋倒塌多时，在泥砖头上辟了一畦地，种了甘蔗，月光下枝叶纷披。我说，此处亦常为年例节时放电影或舞醒狮之所。向卫国说，此处倒是搞篝火晚会的好地方。恰巧晒坪堆着几叠木头，乃是家具的半成品。有人笑说，柴火都准备好了。月光清白，我抬头望月，明月亦如篝火，只是过于松散，也不够炽热。

村巷沉寂，路边新盖的洋楼装修豪华，堪比城外别墅，看不到灯火，倒是狗吠声此起彼伏。在返程时，有人叫我摁灭了手电筒。众人在月光下散步，晚风中吹来的草木气息，夹杂着稻谷成熟的清香。我内心澄澈，依稀回到了年少时在村中漫步的感觉。

我们返回家中。业余魔术师刘付永坚一口气表演了十几个出神入化的扑克魔术，中间穿插了几个民间小魔术，大获成功，掌声及笑声不断。余丛、世宾等还想着要破解，但不得其门而入。世宾模仿着去耍一个变小纸团入碗的魔术，手法笨拙，引来一阵笑声。

茂名来的三人由黎怀骏驱车返回。世宾、盛慧、东荡子、老刀、陈海明及风流诸兄不甘寂寞，亦驱车到二十公里外的化州城区玩。我跟安石榴、黄礼孩、余丛、梦亦非诸人，喝茶、聊天至夜深。

我睡到半夜，将这两天来躁动而繁杂的思绪梳理了一遍，心清如水，又偏无睡意，索性披衣而起。村中原本没几个人在家，在凌晨三四点，更是万籁俱寂。我抬头望天，但见月亮如发光的圆瓮，在倾泻着豆汁似的光线，中火嶂那边白云黯淡而鲜明，就悬浮于黑蓝的天幕之上。我在广州生活近二十年了，乡村月夜中涌出的白云犹如梦幻在聚拢又飘散。月光浩浩荡荡，星辰虽不多，却颗颗耀眼如水晶，有一组亮星如勺柄，也不知是不是北斗七星中的部分。门星岭的天穹上有一颗星大如灯盏，气势不凡，其光华的亮度似不输于月亮，而质感尤有胜之，当是启明星无疑。我想起了一个关于繁星与幻境的旧梦，那个情景无数次浮现于我的脑海或梦境中：某天夜里，满天都是大大小小的星星组成了各式各样的图案，或如花园，或如屋舍，或如巨石阵，或如达利的画面，或如科幻电影中的古堡，无一不闪光如钻石，又透明若美玉雕琢，我从一个星球飞到另一个星球，星球亦在变幻成花园、城池或大海之类。你可以重温旧梦，但要完整地复述梦境是不可能的。即使是同一个梦，每一次的重现都有变奏，但飞翔、天空及星球之类，作为其核心内容仍有保留，当然有微小的差异，但仍属于一个梦境的不同面貌。

村中很静，空气很好，但我睡得不沉。晨曦如鸡鸣，将我唤醒了。我起床一看，门星岭东坡的草木之上，朝霞满天，呈银白色、鱼鳞状的碎云密密匝匝，镶着红云的金边。阳光娇嫩如少女的眼波，太阳还得过一会才从岭顶上冒出来，阳光倒愈来愈耀眼。

我跟安石榴、余丛到门前溪转悠。我说，别看小河不起眼，也不干净，但在二三十年前景致很好。每逢山洪暴发，沿途溪流汹涌而下，河床骤然变宽，波涛翻滚，水声震响，犹如小矮人变成巨人。一九七六年的那场大洪水，是我目睹过的小河最辉煌的时刻。河床从家门口一直延伸到石头垌的对砍笃山，村口池塘的塘鱼趁机逃之夭夭，黄浊的河水差点漫上了我家的门槛。一眼望去，我的视线全被黄色的、咆哮的波涛所充满，水面辽阔如汪洋。

余丛问我，村中可出过什么人物。我想了想，似乎没有说得出名字的大人物。村民世代良善，没出过什么盗匪或官府的反抗者。相传明末出了个胸怀大志的奇人黄应国，在马园山的密林间啸聚了好几十人，招兵买马，私铸铜钱，蓄园养马，在山嘴河湾处筑坝建水碓，利用水力打铁熔铜，现在仍存留水坝遗址，清晰可辨。马园山及水碓之为地名，亦据此而来。此处跟茂兰埇村交界，亦有村人田地。但这次无路可入，我们放弃了探访。黄应国尚未举事，已事泄被官府捕杀于竹箕山的地洞之中。此事世代口耳相传，虽有遗迹可寻，但之前无半句文字为凭，顶多算得上是野史。有多少乡间曾轰轰烈烈的豪杰壮举，就此于黄土之中湮灭无闻？

我高祖如拭公曾是廪生，做过化州小吏，负责粮食的催收与贮藏，曾置下不少物业，算得上大户，所建的上下二进九间大宅仍惠及我祖父。我曾祖是个私塾先生，粗通文墨。祖父黄高声却大字不识一个，为人憨实，常受人忽悠，他解放前夕因饥饿早逝，享年四十九岁。他在三十六岁时娶妻，祖母持家有方，家道得以重振。祖母育有三子一女，她于一九七六年逝世，享年七十二岁。我于二〇〇二年写有长诗《农妇陈高英的一生》。我大伯父精明能干，是村中的能人，做过六队的生产队长。我二伯父于二十世纪六十年代考上省城的大学，曾轰动黄花镇一带，现在北京工作，任某部师级军官，可能是村子官阶最高之人。二伯父儿子也是村中出生的，毕业于北京师范大学，后移居加拿大。我兄妹五人，有四人大学毕业。近三十年来，村中还出过一些乡镇干部、中小学教师和包工头，据说亦有数人在县市机关任低级职务。

世宾和盛慧驱车从市区返回，尚有四人在城里休息。我
们七人在父亲的带领下闲逛。沿着旧塘堤往西南走，经过过江埠，沿着荔枝园的田埂往江竹垌走去。

过江埠是村中主要的洗濯之所，譬如小孩戏水，妇人洗衣，洗牛吃的青草。那时河水清洁，洗菜、宰禽亦常于此处。小桥下的洗衣台比过去宽阔、结实，但水太脏了。此处是六队人过河往江竹垌、马自山、大横埇乃至中火嶂的主要通道，如今河湾死寂，河水污秽，鱼虾绝迹。江竹垌口夹在园山、鬼落山两山之间，状若葫芦。垌口有一小溪仍水声潺潺，颇为清亮。垌口有一畦稻田，有人种稻，成熟了的稻子像一大块黄金在微风中晃荡。溪之南侧的鬼落山脚，本修有水渠，如今早已荒废，溪涧之上有一条两三米长的水泥引水槽，水可从渠中引到园山脚下荔枝园的地里。该槽宽不及尺，当年大人小孩子常将其成桥梁，即使挑着柴禾或粪水亦

照样通过，犹如耍杂技，也没有谁摔伤。

水槽边的山坡上，过去有一株小樟树，不过粗若儿臂，如今竟如巨蟒般从灌木丛中脱颖而出，气质非凡，树干大如木桶。这是我这次看到的唯一一棵樟树。站在此处往垌里眺望，目光直达城堡状的马自山为止。江竹溪往东南流入小河的碑头湾，我在碑头有一块田地，亦抛荒多年。余丛说，这只不过是寻常山村，山水亦属平常，在《少年史》中却写得犹如仙境，引人入胜。安石榴打趣说，我知道这次的文章该怎么写了，就是将《少年史》所涉的地方及风物列出来，将我看见的东西写出来一一对照，读者将会发现其中的鸿沟，标题就叫：论《少年史》的"欺骗性"。

我笑说，所写事物原本为真实，并无半点杜撰或虚构，我也警惕记忆和想象对事实的损害。出于对语言、思想、情感等种种局限的警惕，我当然不会自信到认为写下的就等于存在或事实，但也不至于存心杜撰乃至美化村庄的山水及草木。看过《少年史》的人都知道，我对田园牧歌式的写作嗤之以鼻，就是试图写出乡村及自然的复杂及丰富。但是，无人能否认大自然的美，即使是一条小溪或一片云，也有变幻不定的神奇——

众人大笑。有人说，一段两米长的引水槽，你也写了几千字，一株草也赚了一笔稿费。有人又说，每个山包都翻来覆去写了好几遍，村庄被过度消费了。

我说，我总能发现有新东西可写。你说村子平常也平常，但说神奇也神奇，至少我无法穷尽其奥秘。譬如说这条小河吧，每朵浪花都不一样，在水中游动的鱼儿、沉默的河蚌、河边吹拂的草叶，几只水鸟如遥控的飞机模型在水面上

凤凰村的昼与夜

低低地飞……这些事物都具有独立而尖锐的美，又构成了一幅完整而神秘的画面，既难以描述，又让人无法忘却。现在生灵几近绝迹了，但它们的魂灵仍可能在山野中呼吸。村庄及山野间的建筑（尤其是谷仓、老屋、祠堂和庙宇）、池塘、草木、禽兽和昆虫，既平常也神奇，连一只蚂蚁也带着神的表情。只要乡村上空仍翻卷着辉煌的火烧云，晚上仍有浩瀚的星空，草丛仍有清越的虫鸣，就不能不说它仍有奇异的事物及大自然的遗迹。况且，不仅村庄（诸如建筑、山野、风俗乃至天空、流云、风声等）每一刻都在以惊人的速度彰显其变化，而我的记忆及感受亦日日新，与之的综合反应更如河水在流动中保持着神秘：它在滔滔不绝而不重复一个词语。我至今仍有书写村庄的兴趣和激情。

　　我不仅仅是去描述乡村及存在或消逝的东西，这一切也是我用来打量世界的长筒镜头。我以此为据点，展开了我对自然、万物、风土、人类乃至宇宙的思考，《少年史》的写作如是，《田野的黄昏》《与父亲的战争》乃至相关的乡土小说系列，亦莫不如是。因此，我写的无一不是村庄，但又因丰盈而溢出。我无意于夸张、粉饰或歪曲，我力图还原真实，但我只能一次次无限接近而永远无法抵达。在我看来，一座没有人的村庄变化得更快、更大。有人的时候，倒相对凝固或维持在某种"人性"（尽管借助于化肥及农药的现代农业，也许是背离自然而不是走近自然）的状态中，当然这种变化前途未卜，迹近崩溃，未免让人伤感。

　　对荒野、田垌的参观暂告一段落。我们从过江埠折返屋背坡。因过去贯通六队南北的村巷已被人建屋封堵，我们只好又自西向东横过村舍，沿着旧大路北行，再折往西侧长滩岸边，绕变压房边走过，登上长滩东北岸的黄栌山。

在此居高望远，可将六队的村舍、土地庙的树林、桑园旧址、长滩、水轮机房遗址等一览无余。小河在长滩的上游贴着牛洼山的北坡流过，河边的洼地曾是丰美水田，如今亦有零星种植。

父亲说，别看黄栌山小，在过去曾被原始森林覆盖，不乏古树名木，如数人合抱而不得的白玉香、银杏树、香樟树、荷木等等。也有多个野果林，如龙眼、荔枝、橄榄等，最让人难忘的是一种栗子树，果仁雪白糯香，炒熟了吃或磨粉打糍粑，乃无上美味。林中亦多有斑鸠、白鹤等珍禽出没。每天清晨，都有人在林中采蘑菇，其中有一种红菌，滋味鲜美无比。这一切，如今当然是黄鹤一去不复返了。林子跟诸山林中的古树一同毁于大炼钢铁时期。

翌日，在京城工作的二伯父亦来电说起黄栌山昔日之好处。我当然无缘目睹，但此山亦为幼时乐园，或在山上游戏，或在冬日挖树桩取暖，其乐无穷。由于山上在八十年代曾修有黄泥公路通向六队，近年虽少人行走，却依稀保持旧貌。

我们横跨通往白庙方向的黄土路，在相接的山坡上看到了一个生产队时期的大晒坪，旁边的禾地屋居然保持完整。我说，我曾在此处跟一个小伙伴共同看完了评书《兴唐传》中之一册。之后，顺着乡村公路到了西埔，此处算得上村中交通咽喉之一，在九十年代也曾有一个小卖部，平时也有不少村民聚集休闲。我少年时，路口有十几棵大榕树，如今尚存留一棵。乡村公路亦在此处分岔，一通往黄栌山，再到六队屋背坡；一通往水井头、乡村小学而到六队门前溪，村头处即为我家，过河即到鬼落山那单独的一户，是为公路尽头处。

我们到了水井头，在戏台遗址处，觅得一条小径，登上了门星岭，在岭脚曾有几块坡地，地边有一棵品质上乘的橄榄树，属私人所有。每当果子饱满之际，总有孩子设法采摘，却又被主人驱逐。如今小径被野草掩埋，举步维艰，那棵橄榄树亦荡然无存。

最后一站，是参观我们家的旧晒坪，那是祖先遗留下来的。父亲以土话介绍说，晒坪约有一百三十年历史，岭边有一条千年古道，可由化州通往广西，过去倒是村人经马园、水碓等处的必经之道，如今人迹罕至，也看不出古道痕迹了。昔年我在乡间跟父母耕田，亦利用此晒坪以脱粒、扬场、晒谷子等，当然也可以晒花生、木薯片、番薯丝乃至晒柴草。我一边看晒谷（主要任务是驱赶啄食谷子的家禽，并在下雨前及时收拢谷子以防淋，多有老人或小孩等弱劳动力担任），一边带弟妹玩。东头的龙眼树及西端的桉树林，都曾是我们做游戏的乐园，早已湮灭无踪。连晒坪上也长满了高及腰间的杂草和小灌木，哪儿还有半点晒坪的模样。

晒坪东侧有一个大坑，曾是大伯父挖泥做砖坯的地方。半坡上原有一口砖窑，大伯父壮年时曾多次以此烧砖。往东的山脚及小河之侧，有几丛竹林，此处曾是父亲昔日挖窑烧砖之所。小路两侧，各有一座小砖窑，如今荒草萋萋，也看不出有砖窑的痕迹了。

门星岭西南坡上，一间泥砖小屋赫然可见。彼处有堂哥家建于三十年前的晒坪，那屋即为禾地屋。草木繁茂，路途难走，大家热情不高，尚距三五十米时，竟转身而返，功败垂成。梦亦非建议大家登上门星岭最高处，正合我意，登高望远，可一览村庄六队全貌及四野景观，但无人响应。我们从旧晒坪的茂密草丛间觅得出口，通过裂坑溪的桥瓮返回。

庭院中的旧磨盘引起了安石榴的关注，他建议我搬回广州去，做茶具或放东西都不错。我有点心动，但没有动手。石磨和舂坑功能相仿，都是乡间打粉的常见用具，磨豆腐、磨粉皮、炊点心及做"薄箕炊"（化州乃至粤西乡间一种用米浆分层炊熟的名小吃），逢年过节都用得上。后来有了电磨坊，才逐渐淡出。

我们于午后离开村庄。路过黄花镇时，我执意要去看看黄花小学，拍了几张照片。我本想再花十分钟到小学后头山坡上的初中旧址去看看，但不忍拂逆诸人之意，遂驱车离开。黄礼孩见我怅然，说小学是新盖的，这又不是你读过书的地方，有什么好看？我说，这是我母校，前几年还是旧校舍呢，是在原址上重建的，父亲及二伯父都是从这里毕业的。我在小学读过五年级，在黄花初中断续读了五年才离开，而这几年的时光都跟黄花镇紧密相连，在我生命中留下了深刻的痕迹。我的长篇小说《我的一九八四》就以黄花初中及黄花镇为背景。黄花镇原为乡级行政单位，生产队时期为一大队而隶属于某镇，因得地理之便而商业发达，逢一四七为墟日，四邻八乡的人均来趁墟（赶集），其繁荣堪比市镇。曾易名为管区、乡、村委会，后来升格为镇，楼房密集，店铺林立。凤凰村的无名小河从马园山脚流出，经茂兰埇村、山茶根村等，再从下游注入黄花河。

在我读书时，黄花河畔树木繁茂。于密集的相思树之中，也能见到水翁树等野果树，河水清澈，田地葱绿，有数条小溪穿过田垌，汇流入河。如今田地均用于建房，树木消失，房屋密集，尘土飞扬。昔日草木茂盛的河岸，被混凝土河岸取而代之，跟珠三角城镇的河涌相仿佛，这样的河流犹如戴上了镣铐的囚徒，再无行动自由，亦无生态可言。

傍晚，我们到了茂名，由李院新做向导，参观了茂港区滨海公园（即过去的"天下第一滩"），在海边绿道及沙滩上漫步。绿道两旁林木繁茂，树种颇具观赏价值。沙滩有十二公里之长，海风吹来，心旷神怡。我们又从海滩上折回，沙子细密松软。耳畔涛声阵阵，远处大海蔚蓝，海天一色。我极目远眺，放鸡岛赫然在望。

翌晨返程，中午途经阳江时，跟诗人陈计会、黄昌成等小聚，下午回到广州。至此，"诗人出生地之旅凤凰村站"画上了句号。这次由广州出发的人，有黄礼孩、安石榴、世宾、东荡子、余丛、梦亦非、盛慧、风流、老刀、陈海明和我。

二〇一四年六月二十日初稿于广州
二〇一五年九月十八日二稿于广州
二〇一六年九月三十日定稿于广州